# À PROPOS DE L'AUTRICE

Après avoir passé son enfance dans l'Hudson Valley, **Emma R. Alban** vit à présent à Los Angeles, profitant du soleil éternel, de l'océan et des montagnes. Lorsqu'elle n'écrit pas des livres ou des scénarios, on peut généralement la trouver en train de faire de la pâtisserie pour chasser son stress, avec l'air conditionné poussé à fond, de skier jusqu'à un moment avancé du printemps, de chanter des airs de comédies musicales à pleins poumons en roulant sur l'autoroute et de lire partout.

# Un ennemi irrésistible

*Collection :* VICTORIA

*Titre original :*
YOU'RE THE PROBLEM, IT'S YOU



**HARPERCOLLINS FRANCE**
83-85, boulevard Vincent-Auriol, 75646 PARIS CEDEX 13
Service Clients — https://www.harlequin.fr/contenu/contactez-nous
ISBN 978-2-2805-1945-8 — ISSN 2493-013X

Édité par HarperCollins France.
Composition et mise en pages Nord Compo.
Imprimé en septembre 2025 par ScandBook UAB en Lituanie
en utilisant 100% d'électricité renouvelable.
Dépôt légal : octobre 2025.

FSC www.fsc.org MIXTE
Papier | Pour une gestion forestière responsable
FSC® C021394

Pour limiter l'empreinte environnementale de ses livres, HarperCollins France s'engage à n'utiliser que du papier fabriqué à partir de bois provenant de forêts gérées durablement et de manière responsable.

EMMA ALBAN

# Un ennemi irrésistible

Victoria

HARLEQUIN

*À Dylan,*
*le meilleur de tous les grands frères !*

# 1

*Bobby*

*Avril 1858*

Hélas, ils n'ont pas encore inventé d'alcool assez fort pour supporter l'affligeante banalité du bal d'ouverture de la Saison.

Bobby Mason observe la liqueur dans son verre tout en écoutant son frère aîné, Albie, et leur ami Cunningham lister à toute allure les débutantes présentes à la réception. Tous ces noms se mélangent en un vrombissement indistinct dans sa tête.

Comment Albie peut-il connaître toutes ces filles, alors qu'il vient de passer la dernière année auprès de sa femme Meredith à la campagne ? Est-ce qu'ils discutent de ces jeunes femmes au cours de leurs soirées ensemble pour savoir laquelle lui conviendrait ?

La culpabilité lui serre aussitôt le cœur. Il ne devrait avoir que des pensées affectueuses à l'égard de son adorable belle-sœur. La pauvre est coincée à la campagne, incapable de voyager depuis qu'elle attend un enfant. Et puis, en toute honnêteté, c'est surtout Albie qui adore comploter et colporter les rumeurs. Meredith est un amour.

— Je ne parierai pas un centime sur une victoire Steton-Johnson.

La voix légèrement nasillarde de Cunningham parvient à percer les sombres pensées de Bobby.

Seigneur… Cette interminable conversation est une torture.

— Je n'en serais pas si sûr, rétorque Albie. Lady Annabeth ne recule devant rien quand il s'agit de gagner et, aux dernières nouvelles, elle avait déjà dix héritiers dans le viseur.

— Déjà ? marmonne Bobby en baissant les yeux sur sa propre carte.

Pour le moment, il n'a repéré que six héritiers, lui inclus. Il y a aussi Cunningham et Lord James Demeroven, le cousin de Beth.

Bobby tourne la tête vers ce dernier qu'il ne connaît pas encore. Il est le cousin de Beth, la tendre amie de sa propre cousine, Gwen.

Ce dernier garde les yeux baissés sur son verre, l'air mal à l'aise malgré ses épaules bien droites. Pas sûr qu'avec une attitude aussi fermée il trouve chaussure à son pied…

Aux dernières nouvelles, Cunningham serait fiancé à une gentille demoiselle de la campagne ; il n'a donc plus besoin de trouver la perle rare cette Saison, le veinard ! En revanche, avec son tout nouveau titre de vicomte, Demeroven va bientôt devoir s'établir. Son beau-père, un certain Griggs qui a affreusement traité la pauvre Beth et sa mère Cordelia en les jetant hors de chez elle quand il a pris le contrôle du titre Demeroven pendant la minorité de son beau-fils, doit avoir hâte qu'il engendre un héritier mâle.

Allons, un petit effort ! Il y a forcément d'autres héritiers dans la vaste salle de bal. Il ferait mieux de se concentrer un peu pour ne pas perdre lamentablement au jeu de la soirée. Bobby parcourt du regard l'océan de débutantes, accompagnées de leurs mères, qui déambulent à la recherche d'héritiers de bonne famille dans la pièce immaculée. Tout cela forme un dégradé de tissus pastel, où scintillent les parures de bijoux.

Voilà Mr Yokely, jeune frère de Lord Yokely !

— Neuf, marmonne Bobby.

Il pioche le petit crayon que Gwen lui a donné tout à l'heure pour ajouter leurs noms sur sa carte du jeu *Repère-les-héritiers*.

Pour le moment, il se débrouille convenablement. Encore dix noms et il aura une chance de sauver sa dignité.

— Tu en as un autre ? demande Albie en se penchant sur sa carte.

Bobby fait quelques centimètres de plus que lui maintenant, et c'est étrange d'observer le sommet du crâne de son grand frère.

— J'avance… Il n'y a pas grand-chose d'autre à faire, répond-il avec un haussement d'épaules.

Il est tellement reconnaissant à sa cousine Gwen et à Beth de lui avoir trouvé une occupation pour passer le temps ! En signe de gratitude, il devrait au moins essayer de remporter la partie. Beth leur a dit que tout l'argent remporté aux courses d'Ascot la Saison passée irait au gagnant du tournoi des héritiers cette année. Seulement, la migraine menace déjà. Il ne pourra jamais se rappeler assez de noms d'héritiers pour remplir une carte en entier. En plus, cette année, elles ont ajouté les cadets !

Soyons honnête, face à Gwen, Beth et leurs amies, il n'a aucune chance : les filles peuvent se mêler à la foule et déambuler d'un air ennuyé, ce qui leur donne un avantage incomparable pour repérer la progéniture de la bonne société.

Albie est en train d'inscrire quelque chose sur sa carte.

— Tu en es à combien ? l'interroge-t-il.

— Quinze, répond-il, les yeux pétillants de malice.

Bobby émet un grognement écœuré. Si seulement il n'avait pas ce souci de mémoire concernant les visages et les noms !

— Et vous, Demeroven ?

Ce dernier lève son regard bleu perçant. Il a l'air tellement mal à l'aise que c'en est douloureux à regarder.

— Euh… quatre.

— Seulement nous, alors ? demande gentiment Albie.

— Oui, admet piteusement Demeroven.

— Pas le choix, dans ce cas, lance Cunningham avec un sourire espiègle. On va devoir vous envoyer danser, Bobby et vous, histoire que vous repériez un peu de monde.

— Oh ! non, non, non... je ne danse pas, proteste Demeroven en blêmissant.

Discrètement, Bobby essaie déjà de battre en retraite, mais Albie le saisit par les épaules en riant.

— Toi, tu connais les pas. Je t'ai vu valser avec Beth.

— C'est différent avec elle. Elle ne me marche pas sur les orteils.

— Je suis certain qu'il y a une quantité de charmantes jeunes femmes qui pourront tenir toute une valse sans te blesser, réplique Albie dont la prise s'affermit. Pourquoi pas... ?

— C'est à Demeroven d'y aller, lance désespérément Bobby. Il vient d'arriver, il a besoin de rencontrer du monde.

Il déglutit quand ce dernier redresse la tête si brusquement qu'une de ses mèches couleur miel tombe devant son regard tourmenté.

— Impossible, vraiment. Je suis certain que... Oh ! Lord Havenfort, s'exclame-t-il avec soulagement.

Bobby croit l'entendre ajouter tout bas : « Dieu merci ».

— Messieurs, les salue Dashiell Frédéric Bertram, comte de Havenfort, que Bobby surnomme affectueusement oncle Dashiell.

Son oncle fait quasiment une tête de plus que tous les hommes rassemblés dans la salle et attire sur lui tous les regards avec son visage saisissant et sa blondeur. Gwen, sa fille, a hérité de sa beauté et, si elle avait envie de se trouver un mari, elle n'aurait aucune peine à le faire. Tout comme oncle Dashiell, elle est blonde, sculpturale, captivante. Seulement, Gwen ne s'intéresse guère au mariage, mais beaucoup plus à Beth, la fille de Cordelia qui a épousé voilà peu oncle Dashiell.

Bobby cherche désespérément dans la foule les deux jeunes femmes, plus proches que jamais...

— Bobby, cela ne t'ennuie pas que je t'emprunte Albert, James et Cunningham un moment ? J'aimerais leur présenter certains invités, déclare Dashiell.

En tant que cadet, Bobby n'a aucun poids à la Chambre des

lords, et il n'a d'autre choix que d'acquiescer avec un sourire, avant de voir son unique rempart contre les matrones disparaître. Bien entendu, aucun d'entre eux ne penserait à l'inviter à les suivre. Il n'a aucun poids politique, d'accord, ça ne signifie pas pour autant que les questions parlementaires ne l'intéressent pas.

Avec un soupir, Bobby avale le reste de son verre.

Toute la charge du titre revient à Albie. Son frère gère le domaine familial, il a pris le siège de leur père décédé au Parlement, il s'occupe de tout ce qui a de l'importance.

Il ne reste rien d'autre à Bobby que la Saison et ses interminables réceptions mondaines. Il est supposé y faire bonne impression en tant que représentant de la famille. Le problème, c'est qu'il préférerait être n'importe où ailleurs…

Il récupère un nouveau verre sur un plateau, mais ne parvient à en avaler qu'une gorgée avant de le reposer. La brûlure de l'alcool lui retourne l'estomac. Le médecin n'a jamais pu leur confirmer avec certitude que l'alcool était responsable de la mort de leur père, mais, quoi qu'il en soit, cela n'a certainement pas aidé.

Pour se distraire, il tente à nouveau de repérer Gwen et Beth dans la foule. Il n'a aucune envie de penser à son misérable père ce soir. Ni au chaos qu'il a laissé derrière lui et qu'Albie doit remettre en ordre à présent.

Bobby a plutôt envie de tout oublier auprès de ses amies, de se laisser envahir par leur bonheur communicatif. Miraculeusement, aucune d'elles n'est plus contrainte de trouver un époux. Oncle Dashiell et Cordelia, la mère de Beth, ont été parfaitement clairs : ils sont plus qu'heureux de les garder sous leur toit pour toujours, à l'abri de la bonne société. Ainsi, les deux jeunes femmes amoureuses peuvent se cacher à la vue de tous.

Si seulement son propre père n'avait pas été une horrible brute, Bobby aurait pu imaginer un arrangement similaire pour sa propre vie. Si ce n'est qu'il n'a absolument pas trouvé l'homme avec lequel il pourrait imaginer vivre…

Désormais, ce n'est même plus envisageable. Son père est mort et il suffirait d'un accident de calèche pour qu'il devienne le vicomte Mason si jamais Meredith mettait au monde une petite fille au lieu d'un héritier mâle. Seigneur, il a besoin d'un verre, et au diable ce que le médecin a dit à propos de son père !

Il s'apprête à repartir vers la table où sont rassemblées les liqueurs quand apparaît en travers de son chemin un déluge de satins et de rubans. Lady... Chiswith – si sa mémoire est juste – et sa fille se dressent entre lui et l'oubli salvateur de l'alcool.

— Votre père était un homme tellement charmant, Mr Mason. Je sais que je parle aussi au nom de mon mari en vous adressant nos plus sincères condoléances, déclare Lady Chiswith.

Son long visage se plisse d'une expression de compassion qui le fait grincer des dents. Son père était exactement l'opposé de ce qu'on pourrait appeler un « homme charmant », si bien que c'en est presque comique.

— Merci, répond-il en jetant un regard rapide vers la fille, qui s'évente copieusement à l'aide d'une monstruosité en plumes bleues.

— Miss Chiswith serait absolument ravie de vous distraire de votre perte tragique, si vous vous sentez d'humeur à danser, poursuit la mère.

Bobby voit la jeune fille pâlir de mortification. Il comprend parfaitement ce sentiment. Inutile de leur infliger l'enfer à tous deux. Il s'efforce donc d'imiter au mieux le sourire facile d'Albie, hélas conscient que le résultat doit être loin du compte.

— Je crains de ne pas avoir encore assez de force pour cela. Une autre fois, avec grand plaisir, dit-il en tournant le regard vers la fille.

Il voit ses épaules se détendre et se félicite intérieurement de son refus. Poliment, il s'incline et bat promptement en retraite en traversant la salle d'un pas rapide et assuré, comme s'il était attendu.

Malgré cette esquive réussie, Bobby se sent cerné par les regards féroces des matrones qui ne le lâchent pas à mesure qu'il passe devant les petits groupes de débutantes. Il a l'impression d'être un morceau de viande sur l'étal d'un boucher… ce qu'il est, en vérité, même s'il n'est qu'une pièce de qualité médiocre sur le marché matrimonial. Il y a forcément bien mieux pour toutes les jeunes filles présentes ce soir que le second fils d'un vicomte alcoolique et joueur presque tombé en disgrâce. Pourtant, les yeux fureteurs et insistants semblent dire le contraire.

Seigneur ! Il lui faut absolument retrouver Gwen et Beth pour se sentir enfin en sécurité. Il guette partout l'éclat d'une chevelure blonde, mais Gwen n'est nulle part en vue et Beth est bien trop petite pour qu'il la repère dans la foule.

Il fait demi-tour, décidé à rejoindre la petite terrasse extérieure, quand il manque percuter Demeroven.

Plus petit que lui, ce dernier rôde juste devant le hall qui mène au salon tendu de velours rouge où la plupart des gentlemen et des parlementaires se sont installés pour la soirée, à l'écart de la bataille rangée qui fait rage dans la salle de bal.

À travers la porte entrouverte, Bobby aperçoit son oncle dans la pièce. Demeroven devrait s'y trouver également, au lieu de quoi, il s'est planté contre le mur, bloquant la sortie discrète que Bobby espérait emprunter vers la terrasse.

Bon… même si Demeroven n'est pas Gwen ou Beth, il vaut toujours beaucoup mieux que les mères marieuses.

— Un peu trop dur à supporter ? lance-t-il en se concentrant sur l'évident malaise de Demeroven pour oublier le sien.

Ce dernier relève brusquement la tête et ses grands yeux bleus se fixent sur lui, comme s'il était une apparition.

— Oh… euh… un peu, balbutie-t-il avec raideur.

Bobby fait un signe de tête et Demeroven s'écarte aussitôt, pour le laisser se glisser à son côté, derrière le pilier qui les cache à la vue de la grande salle. Côte à côte, ils observent les danseurs qui tournoient sur la piste.

Dans ce recoin, enfin au calme, Bobby parvient à se détendre légèrement. Il a beau chercher dans sa mémoire, il ne se rappelle pas avoir croisé le chemin de Demeroven à Oxford, alors qu'ils n'ont qu'un ou deux ans d'écart. Il s'en souviendrait s'ils s'étaient rencontrés là-bas : impossible d'oublier ce regard perçant, ce nez droit et cette mâchoire carrée.

Est-ce que son voisin d'infortune est en train de serrer les dents ? Dans l'espoir de le mettre à l'aise, Bobby demande avec un signe de tête en direction du salon où sont rassemblés les parlementaires :

— Des sujets intéressants au programme ?

Demeroven lève le regard un instant avant de le baisser de nouveau vers le sol.

— Pas vraiment.

Bobby attend, mais rien d'autre ne vient.

— Il me semble que le projet de loi qui porte sur l'exercice réglementé de la médecine est fort intéressant, tente encore Bobby.

De toute façon, tout vaut mieux que de parler mariage.

Demeroven hausse une épaule.

— C'est beaucoup de bavardages.

Bobby s'étonne :

— Mon frère m'a dit que la présentation qu'oncle Dashiell lui en a faite était intéressante.

— Je suppose, répond Demeroven sans conviction.

Bobby se mordille la lèvre. Si c'était lui qui était sur le point de prendre un siège au Parlement, il ne décrirait pas ce qui lui rapporte une pension généreuse comme du bavardage… Néanmoins, il peut comprendre que le poids des responsabilités doit être difficile. Personnellement, il préférerait subir cent sessions à la Chambre des lords que danser, mais admettons…

— Vous savez, la loi sur les régimes matrimoniaux de l'an

dernier a déjà porté ses fruits. Avez-vous aperçu Lady Ashmond tout à l'heure ? Elle semble bien plus heureuse depuis qu'elle est divorcée. Sans cette nouvelle loi, ç'aurait été impossible.

— Tant mieux pour elle.

Bobby retient un soupir exaspéré. Allons, Demeroven est le cousin de Beth, il doit lui accorder le bénéfice du doute.

— En tout cas, j'espère que vous trouverez au moins un projet qui pique votre curiosité, lance-t-il avec une légèreté forcée. Cela me peinerait que vous vous ennuyiez à mourir pendant toute la session parlementaire.

Les yeux toujours rivés au sol, Demeroven joue avec ses boutons de manchettes.

— À chaque fois que quelqu'un soulève une question intéressante, la conversation finit immanquablement par dévier sur les événements de la Saison ou sur les courses. Des heures et des heures à discuter des paris des uns et des autres. Comment des hommes qui font nos lois peuvent-ils être à ce point fascinés par ces jeux vulgaires et stupides ? Je ne le comprendrai jamais, lâche-t-il brusquement.

Bobby se pince les lèvres, stupéfié par cette brusque déclaration. Décidément, ce rabat-joie ne lui facilite pas la tâche !

— Il doit bien y avoir quelque chose d'intéressant qui s'y passe, tout de même. J'ai entendu dire que les parties de whist pouvaient être endiablées.

— Je ne parie pas, réplique sèchement Demeroven.

— Inutile de parier pour jouer au whist, répond Bobby en faisant de son mieux pour ne pas le prendre personnellement. Mon oncle m'a dit que vous étiez doué avec les chiffres, vous devez aimer les jeux de cartes.

Demeroven hausse de nouveau les épaules.

— Je joue correctement au whist, seulement je refuse de jouer pour de l'argent, en tout cas avec eux.

Bobby remarque le dédain qui marque ses traits séduisants quand son regard se dirige vers le salon rouge.

—Vous allez devoir apprendre à faire mieux semblant, vous savez.

— Je vous demande pardon ?

— Vous n'allez jamais survivre dans les clubs avec une telle attitude. Trouvez quelque chose, n'importe quoi – les fléchettes par exemple – pour donner l'impression que vous êtes accessible, sans quoi vous serez ostracisé pour le reste de la Saison.

Bobby se mord l'intérieur de la joue en voyant les épaules de son interlocuteur se raidir. Il tente de s'expliquer avec plus de diplomatie :

— Je veux simplement dire que vous devez trouver un moyen de survivre dans ces clubs, rien de plus. Les connexions sont essentielles dans notre monde. Je pourrais peut-être vous suggérer quelques clubs un peu moins... aristocratiques, si vous voulez ?

Il s'apprête à lui donner quelques noms, mais le visage fermé que Demeroven tourne vers lui lui coupe la voix. Il a seulement voulu l'aider, pour l'amour du ciel ! Pas besoin de le regarder comme s'il était un moins-que-rien...

Désespéré de trouver un moyen d'échapper à cette conversation, Bobby sent qu'on lui touche le bras. Il est intensément soulagé de découvrir Beth qui lui sourit, pendant que Gwen tend sa main à Demeroven.

— Lady Gwen, Miss Bertram, les salue Demeroven avec une raideur toute solennelle.

— Demeroven, ne soyez pas si formel, proteste Gwen avec son naturel coutumier. Et invitez-moi donc à danser, cela nous épargnera à tous deux une valse avec des inconnus insipides.

Demeroven pâlit légèrement mais s'exécute. Bobby les regarde s'éloigner avec soulagement. Quand ils s'élancent sur la piste de danse, le spectacle est saisissant. La stature souple de Demeroven s'accorde parfaitement à la grâce impériale de sa cavalière. Quelle injustice que ce type arrogant et désagréable soit à la fois séduisant et bon danseur, alors que Gwen se plaint tout le temps de ses médiocres talents de danseur en le comparant à Albie. D'autant que Bobby a tout fait pour s'améliorer au cours de l'an dernier, même si elle refuse de l'admettre !

— Vous vous entendez bien, tous les deux ? demande Beth en se glissant derrière le pilier à la place de Demeroven.

Bobby lève les yeux au ciel devant son visage plein d'espoir. Elle tient toujours à ce que tout le monde s'entende bien, soit heureux… Sa bienveillance est aussi adorable qu'exaspérante. Comment résister à ses grands yeux de biche ? Avec ses boucles brunes qui tombent de son chignon, elle a presque l'air d'un ange.

— Oui, oui, ment Bobby en détournant les yeux vers la piste.

Il repère immédiatement la chevelure dorée de Gwen, elle aussi relevée en un chignon flou au sommet de sa tête. Sa cousine fait une tête de plus que la plupart des danseuses, d'ailleurs, elle est même un peu plus grande que son cavalier.

— Tu penses que tu pourrais inviter James à t'accompagner dans quelques clubs ?

Bobby tourne la tête vers Beth, étonné qu'elle se préoccupe autant d'un type à cause duquel elle et sa mère se sont retrouvées sans toit, fût-il son cousin.

— Pourquoi donc ?

— Eh bien, il ne connaît personne et je me souviens comme je me sentais seule les premières semaines de la Saison. Ce serait adorable à toi de lui présenter du monde, pour l'aider à se faire des amis.

Bobby se mord l'intérieur des joues pour ravaler la réponse honnête qui lui monte aux lèvres : la plupart de ses amis sont mariés, les pauvres. Cunningham est le dernier encore libre, mais plus pour longtemps. Même Prince s'est fiancé ! Dans ces conditions, il ne sait pas si lui-même aura très envie de passer ses soirées dans ces clubs.

— Je ne suis pas certain qu'il apprécierait les clubs que je fréquente, répond-il en éludant le véritable problème.

Non pas que Beth ne comprendrait pas ce qu'il vit, mais elle a Gwen : une amie sur qui compter, une compagne, l'amour de sa vie. Alors que lui… il n'est que le fidèle second d'un frère qui n'a presque plus de temps à lui accorder.

— Je suis sûre qu'il les aimera, tempère-t-elle. Je t'en prie. Je ne veux pas qu'il se retrouve au milieu des mauvaises personnes.

Sur la piste, Gwen et Demeroven s'élancent pour une nouvelle danse. Bobby pousse un soupir et fait tourner à son doigt la chevalière en or gravée à ses initiales que Meredith lui a offerte.

Albie aussi lui conseillerait sûrement de s'assurer que Demeroven partage les positions politiques d'oncle Dashiell et vote pour les libéraux. Si toute leur famille élargie fait front commun, cela aidera à effacer la tache laissée par le précédent vicomte Demeroven, l'horrible père de Beth. Si James Demeroven rejoint leur bord, ce sera une nouvelle voix pour une nouvelle génération. Alors, si même Beth – qui a pourtant toutes les raisons d'en vouloir à Demeroven d'avoir hérité du domaine – trouve en elle la bonté de l'aider, comment pourrait-il lui refuser cette faveur ?

Après tout, faire visiter la ville à Demeroven ne devrait pas être un tel calvaire et cela lui donnera un but pour supporter cette Saison. L'homme est agréable à regarder et instruit, même s'il a l'air affreusement austère et réservé. Et puis, Bobby a toujours aimé les défis.

— Qu'est-ce que j'obtiens en échange ? demande-t-il en revenant à Beth.

— Parce que la fierté d'une mission accomplie et la perspective d'une possible amitié indéfectible avec mon cousin ne te suffisent pas ?

Bobby fait la grimace et Beth rit.

— Je vois… Ma reconnaissance éternelle, alors ? suggère-t-elle.

Bobby pousse un soupir théâtral, pour le seul plaisir de

voir ses sourcils se lever. Il adore agacer Beth, presque autant qu'exaspérer Gwen.

— Bon, bon, très bien.

— Oh ! merci ! merci ! s'exclame-t-elle en serrant son bras sous le sien, avant de pousser un soupir énamouré, les yeux rivés sur Gwen. Elle est magnifique...

Bobby contemple ses yeux écarquillés et son sourire débordant d'amour. De fait, Gwen n'est peut-être pas la plus gracieuse des danseuses, mais il y a quelque chose de fascinant dans l'assurance royale qui émane d'elle. Et sur ce point, Demeroven, avec sa raideur solennelle, semble le partenaire idéal pour elle.

— Elle l'est, confirme-t-il. Et toi aussi.

— Oh ! nul besoin de me flatter, Gwen n'a pas cessé de me complimenter toute la journée, j'en ai les oreilles qui sifflent.

— Oui, quel fardeau d'être aimé de la sorte ! lâche-t-il avec ironie.

Beth rit et lui serre gentiment le bras.

— Est-ce qu'on ne devrait pas trouver quelqu'un pour chanter tes louanges cette Saison ?

Bobby se retient de hausser les épaules.

— Inutile. Transformer ton revêche cousin en joyau de la Saison et en parlementaire accompli me semble un projet suffisant pour la Saison.

D'accord, ce n'est pas aussi important que d'édicter des lois, ou changer le monde, mais faire de Demeroven un lord à peu près respectable, ce n'est pas rien non plus...

# 2

*James*

Après avoir refermé la lourde porte d'entrée, James pose un instant le front sur le bois frais. S'il n'avait plus jamais à assister à un autre bal de sa vie, il serait le plus heureux des hommes. Entre les discussions politiques, la danse et le flot incessant de mères et de filles qu'il a déçues par son absence totale de talent en matière de sociabilité, il se sent épuisé.

Danser avec Lady Gwen ou avec sa propre cousine, Miss Beth, n'était pas si terrible, mais devoir subir leur conversation volubile, ajoutée à celle des cousins de Lady Gwen, Lord Mason et son jeune frère, lui a donné le vertige.

Est-ce à cause de l'heure tardive, de son ivresse légère ou de l'éclairage agressif de l'entrée, mais il lui semble que sa mère a acheté un nouveau buste pour sa collection. Les statues et les peintures s'accumulent dans l'espace étroit et haut de plafond, créant une sensation d'oppression insupportable.

À quoi bon essayer de calmer les ardeurs décoratrices de sa mère ? Au moins, cela lui offre une distraction maintenant qu'elle l'a rejoint ici et se trouve isolée de ses amies. Son beau-père avait hâte de rejoindre Londres, mais sa mère, tout comme lui, tirait un grand réconfort de la petite communauté qu'elle s'était construite à Epworth.

Ainsi, malgré la garde-robe complète qu'elle s'est fait faire pour leur séjour en ville, elle n'a pas mis le pied dehors depuis plusieurs jours. Sa femme de chambre, Miss Marina, affirme qu'elle souffre d'un simple mal de tête, mais James est persuadé qu'elle est atteinte de mélancolie. Tout comme lui, sa mère a du mal avec les changements récents, contrairement à son beau-père…

— Demeroven ? C'est toi ?

James grimace et envisage un instant de monter discrètement l'escalier vers sa chambre, plutôt que d'avoir à affronter le bureau enfumé de son beau-père, bureau qui devrait être le sien, d'ailleurs…

Seulement, s'il n'y va pas maintenant, James sait que Griggs toquera à la porte de sa chambre demain à la première heure pour demander un rapport complet. Alors, il se fraie un chemin dans l'étroit couloir. Dans le bureau, la fumée est tellement épaisse qu'il se met immédiatement à tousser. Son beau-père aurait au moins pu entrouvrir une fenêtre.

La pièce est remplie d'étagères de livres à moitié vides. Griggs a ramené ses fauteuils imposants pour les installer devant l'énorme bureau laissé par le défunt vicomte. Ainsi aménagé, l'endroit n'a aucun sens : à moitié vide et en même temps surchargé de meubles trop gros. En tout cas, il n'y a rien qui porte sa marque en ces lieux.

Son beau-père lève les yeux du registre financier qu'il étudiait. Depuis qu'ils sont arrivés en ville, il s'est plongé dans la comptabilité londonienne du précédent vicomte, non qu'il sache quoi que ce soit sur la gestion d'un domaine, mais il aime tout régenter… En toute honnêteté, James ne s'y connaît pas davantage…

Les yeux de fouine de son beau-père transpercent le nuage de fumée. Son large visage rougeaud exprime un mécontentement perpétuel.

— Tu rentres bien tôt.

James devrait rétorquer qu'il est adulte et n'a aucun compte à lui rendre. Il possède le titre désormais. Il est le nouveau vicomte Demeroven. Dans peu de temps, il siégera au Parlement. Griggs se trouve en fait sous son toit à lui, et son règne devrait être terminé.

Pourtant, les mots ne passent pas ses lèvres. Au lieu de ça, il hausse les épaules, comme un petit garçon penaud.

Son beau-père fronce les sourcils et avale une rasade du brandy du défunt vicomte.

— Tu as pu rencontrer Lord Henchey ?

— Non. Mais Lord Havenfort m'a présenté à un certain nombre de personnes de son parti.

— Tu as laissé cet homme te marcher sur les pieds, n'est-ce pas ? J'ai bien dit à ta mère que tu n'avais pas les épaules assez larges.

James tente de carrer lesdites épaules et serre les poings pendant que son beau-père se lance dans l'une de ses diatribes méprisantes. James est faible. James n'a aucun talent avec les gens. James n'est pas fait pour cette charge et, s'ils avaient pu discuter avec le défunt vicomte, ils auraient pu faire en sorte que ce soit lui, en tant que beau-père, qui conserve le contrôle officiel des finances, même après la majorité de James. Mais non, évidemment, il se retrouve coincé avec ce gamin faiblard, au lieu de l'homme dont il aurait besoin.

— Je vais m'améliorer, coupe James dont les oreilles sifflent encore des dizaines de sermons qu'il a déjà endurés. Demain, je vais m'assurer de rencontrer Henchey.

Il bâille exagérément, avant de poursuivre :

— Bon, eh bien, je suis épuisé. On se voit demain au dîner.

Sur ce, il s'enfuit du bureau avant que Griggs ait le temps d'ajouter un mot de plus. Il reprend le couloir, traverse l'entrée et rejoint la cuisine.

Il n'est pas prêt à rejoindre son lit immédiatement, pas après la tirade de son beau-père. Alors, il se laisse tomber devant la longue table en chêne réservée aux domestiques et se prend la tête dans les mains. Il a juste besoin de quelques minutes pour se débarrasser de l'écho des paroles de Griggs, de la musique de l'orchestre, des bavardages de sa cousine et sa demi-sœur, sans parler des questions incessantes de Robert Mason. Son débit trop rapide et agacé refuse de se faire oublier.

Derrière ses paupières fermées, James voit le visage de Bobby Mason : sa mâchoire bien dessinée, ses yeux noisette pensifs, son froncement de sourcils réprobateur, comme tous ceux qui posent les yeux sur lui et mesurent ses innombrables manquements...

James sursaute quand Reginald pose une assiette garnie de scones devant lui avant d'aller s'asseoir en face, les yeux brillants de curiosité. Il lui sert un verre de lait qu'il pose près de l'assiette.

— Merci, soupire James.

Il aimerait bien pouvoir se cacher à nouveau le visage dans les mains, mais leur chef a su lui soutirer ses secrets depuis qu'il est enfant, à l'époque où Reginald n'était encore qu'une petite main en cuisine. Il le gâtait de pâtisseries et le protégeait de son beau-père autant qu'il le pouvait. Pendant toutes ces années, Reginald a été son seul ami, son seul refuge. Il sait tout de lui, ce qui est exaspérant, même si l'odeur savoureuse des scones relâche un peu la tension qui crispe ses épaules.

— Alors ?

James grommelle et avale une moitié de scone pour gagner du temps.

— Allez, raconte-moi, insiste Reginald. Est-ce qu'il est comme tu l'imaginais ?

James se sent rougir.

— Arrête.

Le sourire de Reginald s'élargit et il se frotte les mains de contentement. Ses fossettes ont beau forcer le sourire des plus revêches, James n'a aucune envie de s'étendre sur le sujet, alors qu'il se sent irrémédiablement inadéquat.

— Je vois... Et la danse, alors ?

James enfourne un second scone dans sa bouche et Reginald éclate de rire.

— À ce point ? Des gens intéressants ?

James hausse les épaules. Lady Gwen n'était pas une cavalière si horrible que ça, mais elle ne semblait pas vraiment s'intéresser à lui. Elle et Miss Beth sont incroyablement liées et semblent avoir le pouvoir de communiquer d'un simple regard. Elles ont passé la soirée à rire ensemble et à remplir des petites cartes pour leur étrange jeu de repérage des héritiers.

— Ça allait, dit-il après avoir avalé le scone.

D'ordinaire, ce sont ses pâtisseries préférées, mais ce soir il a la gorge sèche d'avoir trop bu et trop dansé. Il prend une grande gorgée de lait en fermant les yeux pour échapper au regard inquisiteur de Reginald.

— Je vois, répète ce dernier en attendant patiemment qu'il n'y ait plus rien à boire dans son verre. Tu as dû faire de nouvelles rencontres.

— Lord Havenfort m'a présenté à quelques lords, marmonne-t-il en émiettant un scone.

— Et ?

— Et ils étaient prodigieusement ennuyeux. Beaucoup de « la femme d'untel est là… » et de « la fille d'untel est célibataire »…

— Et parmi ces jeunes filles, certaines faisaient-elles partie des noms favoris de ta mère ?

James lève enfin les yeux pour croiser le regard de Reginald et lâche dans un soupir :

— Des tas.

— Avec combien d'entre elles as-tu dansé ?

— Deux ou trois ?

En vérité, il n'a prêté attention à personne d'autre qu'à sa cousine et à Lady Gwen.

— Celles qui m'ont été présentées étaient toutes des amies de ma cousine, Elisabeth Bertram, et elles étaient déjà prises.

Reginald tend la main pour prendre un scone, les sourcils froncés.

— Ta mère ne sera pas contente.

— J'y suis allé, non ?

Face au regard dubitatif de Reginald, James réduit le biscuit en poudre, agité.

— Il y aura d'autres bals.

— Bien sûr, bien sûr, commente Reginald en mâchant pensivement.

James se laisse presque aller à se détendre, quand Reginald ajoute :

— Et Mr Mason ?

James pousse un grommellement excédé.

— Si tu veux la paix, donne-moi quelque chose ! Après tous ces étés où tu rentrais d'Oxford pour te morfondre en lisant des poètes romantiques, dis-moi que tu as enfin échangé quelques mots avec lui !

James serre fort les paupières et se prépare mentalement avant de relever les yeux pour affronter la curiosité de Reginald.

— Il était là.

— Là ? C'est tout ce que je mérite ? Après toutes ces années de loyauté, à te cuisiner des douceurs, à te dispenser ma sagesse...

James lui intime de baisser le ton en regardant avec anxiété vers l'entrée. Mais tout est calme. Ce qui signifie aussi que personne ne viendra le sauver de cet interrogatoire...

— Dis-moi au moins qu'à présent que vous êtes de la même famille, tu as trouvé le courage de lui parler !

James pousse un soupir.

— Je lui ai parlé.

Le regard de Reginald s'enflamme.

— Vicomte !

Le titre lui arrache une grimace tout en l'incitant à redresser aussitôt les épaules. Il est vicomte désormais. Il peut tout de même affronter les questions et les piques de son cuisinier qui l'a toujours soutenu ! Après tout, il a dansé, il a échangé des poignées de main et il a sans doute fait la plus mauvaise impression qui soit sur ce satané Bobby Mason…

— Alors ? insiste Reginald.

James prend un autre scone.

— Il pose beaucoup de questions. Et Lady Gwen m'a dit qu'il était mauvais danseur. Ma cousine Beth semble l'apprécier, toutefois, il n'a pas l'air d'avoir grand-chose de plus à offrir qu'un joli visage.

Dans le silence qui s'étire, il trace du doigt les contours de son scone, dans l'espoir que Reginald s'estimera satisfait et le laissera enfin en paix. Malheureusement, quand le silence devient trop inconfortable et l'oblige à lever les yeux, il découvre que Reginald le regarde d'un air absolument pas convaincu.

— C'est tout ? Le grand Bobby Mason, merveille d'Oxford, le héros de la moitié de tes histoires ne serait qu'un pantin sans intérêt ? J'en doute fort.

James hausse les épaules avec une nonchalance feinte.

— Je ne sais pas quoi te dire de plus, il a développé sa carrure depuis l'école…

Quand il devine un petit sourire au coin de la bouche de Reginald, il se dépêche d'ajouter :

— Il ne voulait parler que de ce projet de loi sur la réglementation de la médecine.

— Et alors ? Ce n'est pas un sujet suffisamment passionnant pour toi ?

— Et des clubs. Il n'arrêtait pas de répéter que je devais parier si je voulais m'intégrer. Quelle ineptie !

James s'évertue à garder un visage indéchiffrable, malgré le froncement de sourcils de Reginald. Bon, d'accord, il exagère à propos de cette histoire de pari, d'autant plus que Lord Havenfort lui a appris comment le défunt vicomte Mason avait dilapidé la fortune de la famille avant de mourir prématurément. En vérité, Bobby Mason ne doit guère apprécier les gros parieurs...

Peu importe. James ne veut ni discuter des clubs, ni songer au fait qu'il va devoir frayer avec tous ces lords dans de petites pièces bondées. Rien que de les imaginer le juger avec le même mépris que son beau-père...

Comme il n'apprécie pas la fréquentation des clubs, il doute fort de pouvoir s'entendre avec Mason qui semble les adorer. Dire qu'il rêvait de le revoir depuis l'école, tout ça pour se retrouver avec la langue collée au palais, intimidé au point de se montrer impoli face à son amour de jeunesse.

Peu importe. Il se moque de ce que pense Bobby Mason. Il se moque de ce qu'ils pensent tous. C'est beaucoup plus simple ainsi.

— Bon, si Mason n'était pas aussi intéressant qu'on l'espérait, il devait bien y avoir d'autres jolis visages ?

James tend l'oreille vers le couloir, mais ils sont bien seuls, à l'abri.

— Pas vraiment, dit-il à Reginald. Je n'ai pas eu le temps de parler à quiconque, à part quelques connaissances de Lord Havenfort qui...

— ... n'étaient pas ce que tu attendais, conclut Reginald. En tout cas, l'invitation de Thomas est toujours valable. Il aimerait t'accueillir au club et te présenter quelques gentlemen.

James sent ses épaules se raidir. Le regard de Reginald s'adoucit.

— Ce sera comme à la maison, seulement un peu plus élégant.

— Je suppose...

James repense à l'arrière-salle de l'auberge d'Epworth avec ses fauteuils confortables, à sa table en bois lustrée par les années, à la porte arrière qui conduit dans les bois... un lieu à l'abri, un refuge.

Comment Thomas Parker, le frère de Reginald, pourrait-il avoir créé ce genre d'endroit, aussi secret que confortable, en plein Londres ? Il peine à y croire. Son club, surnommé D'Vere, est réputé être un havre de paix pour les hommes d'une certaine inclination ; seulement, depuis qu'il est arrivé à Londres, James a l'impression qu'il y a des yeux partout.

— Garde cette option à l'esprit, c'est tout, suggère Reginald en se levant. Ce n'est pas comme si tu allais rencontrer un homme charmant ailleurs que là-bas...

James hoche la tête, les yeux sur son assiette. Les miettes éparses de scone ressemblent un peu trop aux ruines de sa vie.

— Qu'est-ce que tu veux porter, demain ? Je vais demander à Gabriel de repasser tes vêtements avant d'aller me coucher.

James pousse un faible grognement et se prend la tête dans les mains. Il avait presque oublié ce qui l'attendait demain.

— Peu importe.

— Allons, ce sera ton premier jour au Parlement. Tu dois faire bonne impression.

James est bien tenté de l'envoyer au diable, seulement, Reginald a raison. Ne serait-ce que pour que son beau-père ne l'agonisse pas d'injures, il doit faire un effort.

— Rien de ce que ma mère m'a acheté, en tout cas. Quelque chose de classique, élégant, simple.

— Parfait ! s'exclame joyeusement Reginald, les mains sur les hanches. On va faire de toi le jeune lord le mieux habillé de tout le Parlement ! Je m'y engage sur l'honneur !

— Quel honneur ? grommelle James en souriant malgré lui quand Reginald éclate de rire.

Cet homme est tout simplement irrésistible.

— Va dormir un peu. Gabriel aura tout préparé pour toi demain matin.

Avec un sourire affectueux, James regarde son vieil ami quitter la pièce.

Cette soirée était épuisante et la journée du lendemain s'annonce encore pire. Lui, siéger à la Chambre des lords ? Lui, l'imbécile qui n'a même pas réussi à se montrer aimable avec l'homme qui lui fait chavirer le cœur depuis l'université ? Comment un idiot pareil pourrait-il impressionner qui que ce soit au Parlement ?

Assis près de Lord Mason sur les bancs des libéraux, James tire nerveusement sur son col. Le banc en cuir rouge est dur et inconfortable. Il observe les dorures qui s'étalent sur les murs et le plafond de la Chambre et fait de son mieux pour ne pas gigoter pendant que le chancelier déblatère sur les règles de procédure, l'ordre des questions du jour et les votes prévus.

James est coincé entre Lord Mason et Lord Havenfort, qui semblent tous deux passionnés par ces points de procédure, ce qui l'oblige à feindre lui aussi un intérêt qu'il est loin de ressentir. Ça fait presque une heure que la séance a débuté et ils commencent tout juste à aborder les sujets d'importance.

— La troisième question à l'ordre du jour concerne la proposition de loi pour un exercice réglementé de la médecine, qui impliquera la gestion des accréditations pour les médecins, ainsi que l'enregistrement officiel de ceux qui veulent pratiquer. Les débats se tiendront…

Le chancelier poursuit son annonce alors que quelqu'un éternue bruyamment. James tourne le visage vers l'origine du bruit et, soudain, tout son corps se raidit, glacé. Son regard croise celui de Raverson qui lui adresse un sourire aussi triomphal que sournois.

Du temps de leurs études, Richard Raverson était le plus beau de la classe, et grâce à son sourire magnétique il se tirait de toutes les situations. Quoi qu'il fasse – manquer les cours, rendre un devoir calamiteux, voler l'argenterie… il était intouchable.

Et sa façon d'être avec les hommes… personne n'était protégé contre son charme. James moins que tout autre. Au cours de la deuxième année, il était devenu le jouet de Raverson qui le conviait à dîner, lui servait des vins luxueux et l'entraînait dans toutes sortes d'activités et de sorties. Raverson lui avait donné l'impression d'être le garçon le plus intrigant et le plus prisé sur terre, alors, évidemment, il était tombé amoureux.

En fait, il était tellement ensorcelé par les marques d'affection de Raverson qu'il n'avait pas vu qui il était véritablement avant qu'il ne soit trop tard. La réalité s'était révélée beaucoup moins romantique : il avait offert son corps et partagé ses plus sombres secrets avec un séducteur qui n'hésitait pas à lui révéler les prouesses sexuelles et les secrets d'autres garçons.

Finalement, Raverson s'était entiché d'un nouveau jeune homme et l'avait abandonné du jour au lendemain. À ce moment-là, il était déjà trop tard : James ne pouvait plus se protéger contre lui.

Et voilà qu'il le retrouve siégeant dans la Chambre des lords, au milieu du cuir rouge et des dorures, détenteur d'une multitude de secrets qu'il peut utiliser à sa guise.

Ça ne devrait pas être une surprise : James a été informé du décès du père de Raverson. Seulement, au cours de l'année dernière, contraint lui-même d'endosser un titre dont il ne voulait pas et de quitter sa campagne tranquille pour la capitale à ses vingt et un ans, il n'a tout simplement pas pris conscience qu'il ferait sa première session parlementaire avec l'homme qui…

Le commentaire exaspéré de Lord Havenfort interrompt ses pensées affolées :

— Absurde… nous sommes en 1858 tout de même !

— Ne vous inquiétez pas, mon oncle, nous allons prendre la tête du comité pour ce projet de loi et nous assurer que tout soit fait dans les règles pour passer rapidement à la Chambre des communes, répond Lord Mason, le visage aussi rouge de colère que celui de Lord Havenfort.

James cligne des yeux, brutalement ramené à la réalité, tandis que le chancelier achève son discours préliminaire. Pourquoi ses voisins sont-ils dans cet état ? Il croit se rappeler que le chancelier parlait de créer un registre public de médecins. Une telle liste ne devrait-elle pas déjà exister ?

— Vous n'êtes pas d'accord, Demeroven ?

James manque sursauter. Il se tourne vers Lord Mason en remarquant que tout le monde se lève et s'apprête à quitter la salle.

— Pardon ?

— Lord Havenfort voudrait que nous le rejoignions à son club cette semaine, afin de faire des recherches sur les différentes listes de médecins dressées par les hôpitaux. Il s'agirait de les mettre au propre et de les vérifier avant de les transmettre au comité qui se charge de cette question.

Sa confusion doit se voir, car Mason secoue la tête et passe devant lui. Lord Havenfort est déjà en train de sortir aux côtés de lords plus importants. James se retrouve tout seul, déboussolé et amer.

Quelle importance ? Si personne ne souhaite lui parler, c'est qu'il n'en vaut pas la peine. Son vote n'a manqué à personne l'an dernier, alors qu'est-ce que ça pourrait bien leur faire de savoir ce qu'il vote cette année ?

Si Mason et Lord Havenfort l'écartent pour un simple moment d'inattention, il n'y peut rien.

James se faufile hors de la salle en faisant son possible pour ne pas chercher Raverson du regard et en priant pour parvenir à l'éviter. La peur lui serre la gorge. Heureusement, Raverson a apparemment mieux à faire, car il ne croise rien d'autre sur son chemin que des visages inconnus. C'est au moins une confrontation qu'il n'aura pas à subir aujourd'hui...

Les battements de son cœur se calment légèrement, tandis qu'il passe devant la file de voitures qui attend devant Westminster. Allons... Raverson aura bien d'autres choses à gérer cette Saison. Inutile de s'inquiéter de lui. Les caprices de jeunesse appartiennent au passé.

À mesure que la panique reflue, James repense à l'expression déçue de Mason. Il n'a jamais voulu lui donner l'impression qu'il se fichait complètement de la session parlementaire, seulement, ce n'est pas comme si son vote allait changer quoi que ce soit.

Et puis, ils ne transformeront pas l'avenir du pays avec un registre de médecins vérifié. L'Angleterre est profondément inégalitaire, alors les plus pauvres prendront de toute façon les rares praticiens qu'ils pourront payer, sans se soucier de l'endroit où ceux-ci auront étudié.

Le temps qu'il parvienne à la résidence Demeroven, James se sent complètement dépité. Les seuls liens qu'il avait avec des parlementaires semblent déjà distendus, tout cela à cause d'une minute d'inattention. Quel triomphe pour son premier jour, vraiment !

Il pousse la porte d'entrée et est accueilli par les cris de sa mère.

— Ce n'est pas ton argent, ce n'est pas à toi de décider !

Depuis le premier étage, elle lance un regard noir sur son beau-père, qui vitupère au bas des marches, le visage rougi de colère. Il est visiblement déjà ivre en plein après-midi.

— Tu ne peux pas savoir quelle pression je subis ! tempête Griggs. Tout garder à flot en attendant que ton fils grandisse ! Et maintenant, tu me dis que je n'ai plus d'autorité parce qu'il a atteint la majorité ? Comment oses-tu... ?

— James, dis-lui ! insiste sa mère qui l'aperçoit, alors qu'il essaie de se glisser en silence le long du mur.

Elle porte encore une robe de chambre et ses cheveux grisonnants s'échappent de sa tresse.

— Lui dire quoi ? demande James, la voix alourdie par l'épuisement.

— Dis-lui de me donner ma rente !

— Elle l'a déjà eue et a tout dépensé, s'emporte son beau-père. Il ne faut pas lui donner davantage.

— Tu lui donnes à lui de quoi boire et parier, mais tu refuserais à ta mère quelques livres de plus pour s'habiller ? plaide-t-elle, ses yeux bleus suppliants.

— De combien de robes as-tu besoin, exactement ? Tu sors à peine avec tes maudites migraines !

— Ce n'est pas à toi d'en décider !

James écoute à peine la suite de la dispute. Il trouve au moins un avantage aux atroces peintures que sa mère a fait accrocher dans l'entrée : elles étouffent partiellement l'écho.

— Eh bien, vicomte ? persifle son beau-père. Tu es l'homme de la maison, désormais. À toi de décider.

James se presse les tempes et laisse son regard errer de l'un à l'autre.

— De combien d'argent avez-vous besoin, mère ?

Son visage s'éclaire aussitôt et toute trace de colère et d'amertume disparaît.

— Mon chéri, tu es un amour.

— Ton fils est un faible, coupe Griggs. Tu n'arrives même pas à tenir tête à ta mère, pas vrai ?

— Est-ce qu'un mois d'avance suffirait ? demande James en ignorant les récriminations de son beau-père.

— Ce serait merveilleux, mon chéri, dit-elle en dansant presque sur place. Oh ! je vais pouvoir commander de magnifiques robes et tu auras de nouveaux chapeaux, des gants et des boutons de manchettes !

— C'est parfait, mère, répond-il en s'obligeant à lui sourire.

Elle tape des mains comme une enfant et remonte à l'étage.

— Tu n'es qu'un misérable, un lâche pathétique…

James baisse la tête sans un mot. Il sent le regard furieux posé sur lui. Puis Griggs part s'enfermer dans son bureau en claquant la porte. Les murs tremblent sous le choc et James reste planté au milieu de l'entrée, seul dans le silence assourdissant.

Pathétique… Apparemment, c'est l'opinion générale le concernant. Il jette un œil aux toiles criardes et aux bustes de mauvais goût.

De toute évidence, le Parlement ne lui procurera pas les

connexions qu'il espérait. Et rester dans cette maison ne lui apportera que des disputes et des insultes à longueur de journée, autant de blessures infligées à sa déjà bien faible estime de soi.

Peut-être devrait-il écouter Reginald et faire un tour au club de Thomas Parker, dans l'espoir de trouver un seul endroit dans tout Londres où il pourra se sentir bien.

# 3

## *Bobby*

Tandis qu'ils roulent vers la demeure des Kingsman, Bobby observe la brûlure de cigare qui a abîmé le velours rouge tendu sur le côté de la calèche. Sa vision se trouble, alors il cligne des yeux et les lève pour croiser le regard assombri de son frère.

— Je vais demander qu'on fasse remplacer l'intérieur, grommelle Albie.

Son frère est assis avec raideur en face de lui, serré dans son habit bleu marine. Il joue avec son nœud de cravate, l'air renfrogné. Il semble constamment de mauvaise humeur ces derniers temps. Bobby a dû pratiquement l'extirper de la maison pour le faire assister à ce thé.

— Est-ce que Cunningham sera présent ? demande Bobby.

— Je pense, répond Albie en jouant avec ses manchettes. Ce serait bien qu'il soit là, je pourrais demander à sa belle-mère quel médecin elle a vu quand elle s'est cassé la jambe.

— Effectivement.

Bobby tourne le visage vers la vitre. Il manque un morceau de velours le long du verre, comme si on l'avait furieusement arraché.

— Avec un peu de chance, Lord Blechtle sera également présent. On pourra régler une partie des dettes de père. Si je peux d'abord croiser Lord Highton, qui était son débiteur, cela suffira peut-être à couvrir ce qu'il doit.

Bobby roule ses épaules tendues. Il n'y a pas moyen d'échapper à l'ombre de leur père, qu'il s'agisse de ses dettes ou des dommages qu'il a causés à la calèche.

Au moins, pendant les réceptions et les bals, au milieu de l'agitation, il parvient à oublier. Mais quand tout est calme comme maintenant, quand Albie énumère la liste sans fin de tout ce qu'il reste à accomplir… il a la sensation que leur père est dans la calèche avec eux, ivre, le teint cireux, en train de rire à une plaisanterie de mauvais goût.

Bobby aimerait que leur oncle Jonathan puisse venir en aide à Albie. Accepterait-il seulement ? Malheureusement, la goutte de tante Gertrude s'aggrave, ils ne seront donc pas présents à Londres pour la Saison. Ainsi, il ne reste que lui pour écouter les tirades d'Albie sur leurs dettes, les impôts et les dépenses… Il a parfois l'impression de vivre avec un boulier parlant, obsédé par les chiffres.

— Je me demande si Prous aura une histoire de chasse à raconter, intervient Bobby dès qu'Albie reprend son souffle.

— Sans doute pas. Lord Kingsman est en train de lui préparer la place pour qu'il dirige bientôt toutes ses possessions. Je crois qu'il a passé l'essentiel de l'hiver avec Lady Eloise chez les Kingsman. Leur domaine n'est pas aussi étendu que celui du père de Prous.

— Horrible, dit Bobby en frissonnant.

Albie éclate de rire.

— Horrible de passer du temps avec sa fiancée ?

Désormais marié et comblé auprès de Meredith, Albie doit considérer le mariage comme le summum de la romance. Seulement, Bobby voit les choses autrement : être pris au piège sous la coupe d'un futur beau-père et devoir faire la cour à sa fille ressemble peu ou prou à sa définition de l'enfer.

— Crois-moi, un jour ou l'autre tu rencontreras la perle rare et tu deviendras aussi mièvre que nous, promet Albie.

Au même instant, la calèche s'arrête devant la vaste demeure des Kingsman.

— J'en doute fort, marmonne Bobby, alors qu'Albie a déjà sauté dehors.

Ils ne sont pas en retard, mais arrivent juste à temps, car les jardins vibrent déjà de l'animation feutrée de la haute société.

Comme à son habitude, Lady Kingsman a su mettre en valeur les talents de son jardinier. Les fleurs ne sont pas encore en pleine floraison, mais les dégradés de couleur déjà visibles sur le vert des buissons promettent un spectacle enchanteur dans les semaines à venir.

Partout où il pose les yeux, Bobby tombe sur une jolie jeune fille artistiquement assise sur un banc, élégamment étendue sur une couverture de pique-nique, ou qui s'évente à l'ombre d'un oranger en pot. Des douzaines d'adorables jeunes femmes, dotées de sourires légèrement prédateurs, qu'il va tout faire pour éviter.

Bien évidemment, Albie est prêt à l'abandonner à la seconde où ils parviennent dans le patio.

— Je vais discuter avec quelques parlementaires. Amuse-toi bien.

Après une tape sur l'épaule, fraternelle mais néanmoins condescendante, il disparaît. Bobby s'efforce de réprimer un mouvement de désespoir. Il n'a aucune envie d'aller discuter avec l'une de ces jeunes filles. Si les choses étaient différentes, s'il était dans le club de Thomas Parker, peut-être qu'il pourrait être présenté à de charmants jeunes gens ...

Par chance, il croise le regard de Jeremiah Prince depuis l'autre bout du jardin. Son ami et ancien amant est désormais fiancé à Miss Catherine Langston, une jeune femme aux joues rondes, dotée d'un sourire agréable et de magnifiques cheveux bruns.

Prince lève son verre dans la direction de Bobby, l'ombre d'un sourire joue sur sa mâchoire ciselée.

Certes, lui et la jolie Catherine ont l'air de s'entendre à merveille, mais quelle horrible vie ! Prince est un jeune homme plein d'entrain et de joie, en plus d'être très talentueux en matière de baisers. Désormais, tout cela est derrière lui, emporté par un mariage et un avenir que Bobby ne parvient pas à souhaiter pour lui-même.

Soudain, Bobby se fige. Lord Demeroven vient d'arriver, toujours aussi beau, toujours aussi guindé, toujours aussi indifférent à tout.

Agacé sans bien savoir pourquoi, Bobby se détourne et se sert une pinte d'ale. Il a certes promis à Beth de prendre le jeune homme sous son aile, mais il ne s'est pas engagé à le faire en étant sobre. Il consacre donc les minutes qui suivent à vider consciencieusement son verre tout en étudiant les choix de sandwichs qui s'offrent à lui : crabe-concombre ou bien jambon-fromage ?

Une fois sa sélection terminée, il découvre que Demeroven est en pleine conversation, ce qui le libère de ses obligations pour un petit moment. Il avale donc une bouchée de sandwich au crabe et au concombre et s'appuie contre la rambarde qui court le long du jardin pour observer tranquillement l'assemblée.

Prince et Catherine Langston se sont mis à l'écart pour discuter à voix basse sur un banc. Non loin d'eux, Lady Eloise et Prous tiennent une petite cour à quelques amis qu'il a déjà aperçus en compagnie de Gwen. Ils ont l'air enthousiastes et en pleine forme, absolument pas comme s'ils avaient subi le joug tyrannique de Lord Kingsman pendant tout l'hiver.

En fait, tout le monde a l'air absolument enchanté d'être là. Bobby entend même le rire de Prince à travers le jardin. La riche nuance de baryton lui procure un frisson plaisant qu'aucun gloussement de jeune fille n'a jamais provoqué chez lui. Pourquoi lui ne peut-il envisager de trouver le bonheur dans le genre de vie que ses amis sont en train de se construire ?

Tout à coup, son sandwich ne lui paraît plus tellement

appétissant. Avec un soupir, il s'appuie contre la rambarde. Cette Saison promet d'être longue.

À l'instant où il envisage de se glisser à l'intérieur pour aller jeter un œil à la bibliothèque de Lord Kingsman, il aperçoit son oncle Dashiell, en compagnie de Gwen et Beth. Bien entendu, elles sont arrivées avec juste ce qu'il faut de retard.

Enfin, un peu d'amusement en perspective ! Il est simplement dommage que sa tante Cordelia soit à présent trop avancée dans sa grossesse pour assister à la plupart des événements de la Saison. Il s'amuse toujours avec elle. Heureusement, Gwen et Beth sont tout aussi divertissantes.

Il traverse la pelouse à grands pas et son sourire s'élargit quand elles le repèrent à leur tour, leurs regards pétillants de plaisir. Ça fait du bien de savoir qu'elles sont heureuses de le voir. Son oncle lui serre affectueusement la main, toutefois, il note une légère tension dans son regard. Est-ce le sort de son épouse enceinte qui l'inquiète ou bien est-il simplement sur ses gardes, même dans une simple garden-party, quand sa fille et sa belle-fille sont en société ?

— Quel plaisir de te voir, Bobby.

— Un plaisir partagé ! S'il vous plaît, transmettez toutes mes pensées à ma tante. J'espère qu'elle se porte bien ?

— Elle appréciera ta gentillesse, mon garçon. Elle était fatiguée ce matin.

— *Un peu* fatiguée, intervient Gwen en levant les yeux au ciel. Père se montre *très* protecteur.

Dashiell lui adresse un regard noir, qui ne la trouble pas une seconde.

— Maman va très bien, confirme Beth en glissant son bras sous celui de Gwen. Mais c'est une bonne chose qu'elle reste au repos une journée, car nous avons eu beaucoup de dîners cette semaine.

— Tout à fait, conclut Dashiell. À ce propos, Bobby, puis-je te dire un mot ?

Intrigué, Bobby laisse son oncle le guider vers une partie moins bondée du jardin, pendant que Beth et Gwen rejoignent le stand des boissons. En voyant leurs têtes penchées l'une vers l'autre, il se demande ce qu'elles mijotent à présent.

— Tout va bien ? s'inquiète-t-il en revenant à son oncle.

— Oh ! bien sûr, le rassure Dashiell. Je voulais simplement te demander une faveur.

Bobby redresse les épaules, impatient de se voir enfin confier une mission par son oncle qui fait office de chef de famille.

— Bien entendu. Que puis-je faire pour vous aider ?

— Pourrais-tu aider James à s'intégrer davantage ?

Son estomac se noue soudain. Demeroven, encore ? Il parvient de justesse à conserver une expression neutre en suivant le regard de son oncle : Demeroven se tient au milieu du patio et semble étrangement à l'écart, alors que d'autres lords discutent autour de lui.

— Il semble ne pas parvenir à créer de liens, poursuit son oncle. Peut-être que si tu l'emmenais avec toi pour lui présenter certains de tes amis et leurs frères aînés, il pourrait se lier d'amitié avec eux et se sentir plus à l'aise. Je crains que son comportement distant ne finisse par rebuter.

— Et vous pensez que je suis la personne la plus à même de l'aider à créer des liens ?

Bobby fait de son mieux pour ne pas trahir sa déception. À quoi s'attendait-il, franchement ? Son oncle n'a évidemment pas besoin d'une faveur pour lui-même. Il s'agit encore et toujours de s'occuper de ce satané Demeroven !

— Je pense que tu es un jeune homme aimable qui entretient d'excellentes relations sociales, et j'aimerais beaucoup que mon neveu par alliance acquière la posture et le comportement qui sont les tiens, oui.

Bobby s'oblige à sourire. Son oncle a beau louer ses qualités, il n'est pas stupide : lesdites qualités ne sont utiles que parce qu'il a des relations familiales bien plus influentes que lui. Seul, il ne vaut pas grand-chose.

Quoi qu'il en soit, il ne peut refuser. Son oncle s'est toujours montré généreux et attentionné avec Albie et lui. Il a payé pour leurs études quand leur père a cessé de le faire. Il les a hébergés pour les événements importants, les a fait entrer dans le monde avec Gwen... Bobby ne peut pas lui refuser cette faveur. Il la lui doit.

— Merci, mon oncle, dit-il humblement. Je ferai de mon mieux pour m'assurer qu'il noue les relations appropriées.

— Je te remercie, s'exclame Dashiell avec une tape amicale sur l'épaule.

Puis, il tourne aussitôt les talons pour rejoindre le patio, laissant Bobby seul avec ses pensées moroses sur son absence de valeur politique. Le but assigné pour cette Saison est limpide : s'assurer que James Demeroven rencontre les bonnes personnes. Son oncle et Beth comptent sur lui.

Bobby s'accorde un court instant pour se lamenter intérieurement sur sa fierté malmenée, puis il avale son whisky et plaque un sourire sur ses lèvres avant de rejoindre Beth et Gwen, comme si tout allait pour le mieux dans le meilleur des mondes.

— Je ne suis pas certaine d'avoir très envie de tout ce dérangement, dit Gwen à Beth quand il les rejoint.

— L'alternative, c'est passer toute la Saison auprès de ma mère, à l'écouter parler de ses chevilles enflées et de toutes les soirées où elle ne peut pas aller.

Gwen fait la grimace et avale une gorgée de champagne.

— Quel est le sujet du débat ? interroge Bobby.

— On essaie de décider quelle cause soutenir pendant cette Saison, explique Beth en ajustant sa robe bleu pâle pour qu'elle ne se froisse pas au contact de la jambe de Bobby.

— Oh ! je pourrais me joindre à vous ? s'écrie-t-il aussitôt, soulagé d'avoir un objectif plus agréable que s'occuper de Demeroven.

— Tu peux difficilement venir avec nous aux bonnes œuvres organisées par les dames, commente Gwen. Sans compter que je ne suis pas convaincue pour l'instant. C'est notre première année sans pression, ne pourrions-nous pas en profiter ?

— On peut très bien en profiter sans devenir pour autant négligentes et paresseuses. Et n'oublie pas… la compagnie constante de ma mère.

— J'aime beaucoup ta mère, intervient Bobby, qui adore alimenter leurs petites disputes en bon cousin agaçant.

Gwen émet un claquement de langue et écarte une boucle blonde de son épaule.

— Là n'est pas la question… Je suppose que ce ne serait pas une mauvaise idée d'avoir un endroit où aller les jours où nous n'avons rien de prévu.

— Une honnête journée à travailler est une récompense en soi, confirme-t-il.

Il rit du regard noir de Gwen qui déteste quand il joue sur les deux tableaux.

— En parlant de travail honnête…, déclare Beth avec un mouvement vague de la main.

Bobby retient de justesse un grognement exaspéré en découvrant que Demeroven traverse la foule dans leur direction, son séduisant visage toujours aussi fermé.

— Je ne parlais pas de ce genre de travail, dit-il à Beth qui lui répond d'un clin d'œil.

Elle accueille son cousin avec un large sourire. Celui-ci fait un pas dans leur petit cercle, l'air incroyablement guindé dans son habit bleu et sa chemise amidonnée. Même ses cheveux ont l'air raidis par la pommade.

— Chère cousine. Lady Gwen, les salue-t-il.

— Bonjour, James. Charmante réception, ne trouvez-vous pas ? demande Beth.

Demeroven hoche brièvement la tête et un silence gênant s'installe. S'il en avait la possibilité, Bobby prendrait congé, seulement il a deux promesses à tenir, envers son oncle et Beth, alors il ne peut pas lui laisser porter le fardeau seule. D'autant que Gwen ne lui sera absolument d'aucun secours : parfaitement sûre d'elle, elle se régale de ces moments de silence pesant.

— Vous qui étiez à Oxford quelques années après moi, vous rappelez-vous cet étrange professeur qui enseignait l'histoire médiévale ? lance Bobby. Il portait toujours une cravate rouge.

Demeroven le regarde avec stupeur, surpris de le voir lui adresser la parole.

— Le professeur Marchbank, dit-il enfin.

— Voilà. J'y repensais l'autre jour... Saviez-vous qu'il est depuis parti s'installer à Stratford où il compilerait un nouvel ouvrage sur Shakespeare ?

— J'adore Shakespeare ! s'exclame Beth. Ce cours devait être fascinant !

Ils ont tous les trois les yeux rivés sur Demeroven, dans l'attente de sa réponse, mais ce dernier leur offre à peine un sourire crispé.

— C'était en effet un cours passionnant, dit finalement Bobby.

Un autre sourire froid.

Bobby regarde les filles, en quête d'aide. Mais Gwen se mordille l'intérieur des joues pour ne pas rire devant ses pénibles efforts et Beth lui adresse un regard implorant.

— Êtes-vous déjà allé dans ce club qu'il appréciait ? Le White Rabbit ? reprend Bobby.

Il tente de percevoir le moindre signe encourageant chez Demeroven. Peu de monde savait qu'il y avait régulièrement des réunions dans le sous-sol du White Rabbit. Il doute que son interlocuteur l'ait su. En revanche, le pub en lui-même était agréable pour boire une pinte par un temps hivernal, qu'on ait envie ou non de choisir au passage un gentleman pour passer l'après-midi agréablement.

Sans grande surprise, Demeroven secoue sèchement la tête.

— Non.

Bobby attend une réponse plus développée… en vain. Seigneur… la Saison promet d'être interminable.

Bobby regarde Beth avec un léger haussement d'épaules pour signifier qu'il a fait son possible. Elle fronce un sourcil, puis tourne le regard vers Gwen qui lève un sourcil. Enfin, avec un soupir théâtral, elle avale son champagne d'un trait et tend sans cérémonie sa coupe vide à un Demeroven confus.

— Allez ! lance-t-elle en le faisant comiquement sursauter. Profitons un peu de la fête !

Elle fait signe à un groupe de jeunes gens de les rejoindre. Lady Eloise entraîne Prous après elle et ils arrivent avec un sourire amusé.

— Tu comptes causer un scandale à chaque garden-party annuelle de ma mère ? s'enquiert Lady Eloise.

— Je ne vois absolument pas de quoi tu parles. J'ai simplement la ferme intention de m'amuser autant que possible cette année, répond Gwen avec un clin d'œil à Beth.

Bobby se rappelle effectivement que c'est sa tante Cordelia qui avait plus ou moins accidentellement envoyé son maillet de croquet dans les parties d'oncle Dashiell l'an dernier, juste avant leurs fiançailles…

Beth glisse son bras sous celui de Bobby en levant les yeux au ciel.

— S'amuser… mettre le bazar… est-ce que ce sont réellement des synonymes ?

— Pour Gwen, absolument ! confirme-t-il en riant.

— Je pense qu'il est grand temps de mettre à profit la pelouse de boulingrin[1] que ta mère a gentiment dédiée à l'organisation d'un tournoi, déclare Gwen à Lady Eloise.

1. Le boulingrin est un jeu de boules sur gazon, pratiqué en Angleterre.

— Tournoi exclusivement réservé aux débutantes et aux jeunes gens, précise la jeune femme. Après ce qui s'est passé l'an dernier entre vos parents, mon père a formellement interdit aux parents d'y participer.

— Quel dommage ! déplore Beth. Ta mère est une excellente joueuse de croquet.

— Meilleure que la tienne, en tout cas, se moque Gwen.

Beth éclate de rire pendant qu'Eloise ouvre de grands yeux.

— Eh bien, quoi ? Cordelia est ma belle-mère désormais, je me moque d'elle avec la plus grande affection, se défend Gwen.

— Alors, cette partie de boulingrin ? intervient Prous pour mettre un terme aux chamailleries.

— Allons-y, lance Gwen. Répartissons les équipes.

— En couples ? demande Lady Eloise.

— Tout à fait ! confirme Gwen dans un sourire rayonnant. Eloise et Prous ; Annabeth et Johnson ; Miss Susan avec Haroldson ; Catherine et Prince et nous terminerons par Beth avec Mason. Lord Demeroven ? Vous serez avec moi.

Les équipes s'assemblent aussitôt. Beth lui serre affectueusement le bras et Bobby lui rend son sourire.

— On va leur faire mordre la poussière, lance-t-il de manière à être parfaitement audible, ce qui la fait rire, car aucun d'eux n'est réputé pour ses talents sportifs.

Il jette un œil vers Gwen qui s'est rapprochée de Demeroven et doit déjà être en train de lui indiquer les faiblesses des équipes adverses. Demeroven a l'air d'être au comble de l'inconfort, pourtant Bobby l'entend déclarer :

— S'il faut en croire votre père, vos prouesses au billard ne leur laissent aucune chance.

Gwen éclate de rire et Bobby prend bonne note de l'information : Demeroven est donc capable de se montrer charmant à l'occasion.

— Très bien. Il me semble que Lady Kingsman a trois équipements disponibles, déclare Gwen pour tout le groupe.

— Oui, confirme Eloise, sa main dans celle de Prous.

— Dans ce cas, chaque équipe en affrontera une seule autre, puis les trois équipes victorieuses se départageront dans un tournoi final. Eloise et Prous, vous jouez contre Annabeth et Johnson ; Miss Susan et Haroldson contre Catherine et Prince. Beth et Mason, vous serez contre nous. Et on a l'intention de vous massacrer, n'est-ce pas, Demeroven ?

—Absolument, confirme celui-ci en faisant de son mieux pour feindre la même combativité.

— Dans vos rêves, réplique Beth en conduisant Bobby vers l'équipement de jeu le plus éloigné du patio.

— Est-ce que tu es forte à ce jeu ? pense-t-il soudain à demander.

— Oh ! Seigneur, pas du tout, répond-elle avec un large sourire. Cependant, j'insiste : on doit gagner. Tu sais comme moi qu'elle sera insupportable si elle l'emporte.

Un peu plus loin, Gwen se lance dans une série de mouvements sportifs pour s'échauffer.

— Dire que tu es amoureuse d'elle…, marmonne Bobby.

Beth glousse.

— De tout mon cœur, et aussi mauvaise gagnante soit-elle ! Penses-tu que James ait le moindre talent ? Si c'est le cas, nous sommes cuits.

D'instinct, il s'apprête à répondre par la négative, mais au même moment Demeroven se débarrasse de sa veste pour la poser sur un banc. Il a une silhouette étonnamment musclée et, cela ajouté à ses pommettes hautes et son regard intense…

— Bobby ?

— Oh ! euh… non, non. Il n'a pas l'air spécialiste de ce type de loisirs, dit-il précipitamment en ignorant superbement la brusque vague de chaleur qui s'est emparée de lui.

— Un petit tournoi amical ? s'enquiert Albie en les rejoignant.

— Quelque chose comme ça, réplique Bobby en espérant que sa voix ne traduise pas son trouble.

— Gwen, ton père m'envoie en arbitre, afin d'éviter toute répétition de ce qui s'est passé l'an dernier.

— Pourquoi donc ? Il s'inquiète que Beth envoie sa balle sur Bobby, en plein dans ses...

— C'est aimable à toi de te joindre à nous, Albie ! la coupe Beth en levant les yeux au ciel. Merci de venir surveiller Gwen et James de près.

— Oh ! Vous aussi seriez un fauteur de troubles, Demeroven ? demande Albie en lançant le cochonnet tout au bout de leur terrain.

L'interpellé lève les yeux, interdit.

— Au contraire, je fais de mon mieux pour en causer le moins possible, balbutie-t-il.

— Eh bien, aujourd'hui, il faudra en causer ! rétorque Gwen en le saisissant par le bras. Nous prenons la première manche.

— Comme c'est étonnant..., marmonne Bobby, tandis que Beth rit.

Le premier lancer de Gwen arrive évidemment tout près du cochonnet, quand celui de Bobby ne fait pas de miracle. Plus surprenant, la première boule de Demeroven se retrouve accolée à celle de sa partenaire. Un joueur sur lequel parier, finalement... même s'il refuse de jouer pour de l'argent.

— Vous avez eu le bras précis ! rayonne Gwen. Et musclé, ajoute-t-elle en tâtant sans façon les muscles en question, alors que Demeroven vire à l'écarlate.

Albie tend à Beth ses deux boules en gloussant devant l'inconfort évident de Demeroven. Quant à Bobby... sa gorge s'assèche quand les muscles en question se dessinent sous le tissu, alors que le pauvre garçon tire sur son col. Ces bras sont effectivement plaisants à regarder.

— Vous faisiez de l'aviron pendant vos études, n'est-ce pas ? l'interroge Albie.

— En effet.

Bobby s'oblige à garder les yeux sur Beth qui se mordille la lèvre en ajustant son tir. Malgré lui, son regard revient vers Demeroven. À Oxford, il ne s'est jamais intéressé à ces épreuves de rames épuisantes. Peut-être aurait-il dû, si tous les participants étaient bâtis comme Demeroven… Ils se seraient peut-être rencontrés plus tôt, dans de meilleures circonstances, loin du protocole strict de la Saison.

— Oui !

Interpellé par l'exclamation triomphale de Beth et le grognement de dépit de Gwen, Bobby découvre que sa partenaire de jeu est parvenue à déloger la boule de Gwen. Désormais, c'est la leur, de couleur bleue, qui est la plus proche du cochonnet. Joli coup !

— Eh bien, tu es tellement forte que tu n'as pas du tout besoin de moi, s'amuse-t-il tandis que Beth sautille de joie.

Gwen prend un air renfrogné, mais Demeroven paraît simplement concentré.

— Vous pensez pouvoir faire mieux ? lance Bobby, à l'affût de la moindre de ses réactions.

— C'est possible, répond-il avec simplicité. Quoique ce fût vraiment un excellent tir, ma cousine.

— En effet ! confirme Bobby avec un sourire à Beth qui hausse les épaules avec modestie.

Il lance sa deuxième boule qui atterrit à peu près à la même distance du cochonnet que celle de Beth.

— Impossible de vous départager, déclare Albie. Sur cette première manche, je vous déclare à égalité !

— Bravo à nous, cousin, l'encourage Beth. Même si ce n'est pas aussi impressionnant que l'aviron, j'en conviens.

— Ce sont des talents très différents, répond Demeroven, pendant qu'Albie récupère toutes les boules et les fait rouler vers les joueurs.

Cette fois, Demeroven commence et sa boule atterrit à quinze centimètres du cochonnet.

— Les deux requièrent un fort esprit d'équipe, intervient

Gwen en lançant sans effort apparent une boule qui se colle à celle de son coéquipier.

— C'est vrai. Néanmoins, le boulingrin implique beaucoup moins de cris, ce que j'apprécie particulièrement.

— Vous n'avez jamais joué avec Gwen, malheureux ! Par pitié, ne tentez pas le diable, marmonne Albie.

— Mon père m'a appris que vous aviez gagné la plupart de vos courses, poursuit Gwen en ignorant superbement la pique d'Albie. N'avez-vous jamais pensé à rejoindre l'une des équipes de Henley-On-Thames ?

— Seigneur, non !

Bobby écoute avec attention pendant que Gwen, Demeroven et Albie se lancent dans une discussion pointue sur les cotes des différentes équipes d'aviron pour la prochaine régate. Ce faisant, il remarque que Demeroven s'anime dès que la conversation s'oriente sur un sujet qui l'intéresse. Quand c'est le cas, la lueur qui brille dans ses yeux devient pour le moins… captivante.

Il remarque également la sueur légère qui perle à son cou et l'incite à tirer constamment sur son col de chemise, ce qui tend le tissu de sa chemise sur ses muscles. Apparemment, ses abdominaux sont fort bien dessinés, eux aussi.

— Est-ce que tu m'écoutes ? demande Beth.

Bobby cligne des paupières et ramène son attention sur le cochonnet qu'il a misérablement manqué de près de trente centimètres.

— Euh, bien sûr.

Beth secoue la tête.

— Elle va être insupportable à présent, tu le sais.

Il esquisse un haussement d'épaules coupable et recule pour laisser Gwen et Demeroven emporter une victoire incontestable. Beth a fait un jeu tout à fait honorable, mais lui n'a aucun talent au boulingrin. Ce qui, d'ordinaire, ne lui fait ni chaud ni froid. En effet, il a perdu voilà bien longtemps l'espoir de battre sa cousine dans n'importe quel sport. Néanmoins, aujourd'hui, il se sent légèrement honteux de cette défaite devant Demeroven.

Pour masquer sa gêne, il retire sa veste au moment où Albie les déclare perdants. Gwen pousse un cri de victoire, tandis que Beth félicite poliment son cousin. Puis Albie conduit les vainqueurs vers l'autre équipe victorieuse pour la suite du tournoi.

Beth lui adresse un haussement d'épaules impuissant et leur emboîte le pas en riant aux pitreries de Gwen et Albie.

Bobby se masse la nuque, découragé. Quand il relève la tête, il découvre Demeroven qui le fixe du regard, l'air troublé. Bobby s'immobilise, perplexe, avant de prendre conscience qu'il est en bras de chemise. Est-ce de l'admiration qu'il lit dans le regard de Demeroven ? Intéressant... Peut-être ont-ils finalement quelque chose en commun tous les deux...

C'est l'occasion de tenir ses engagements :

— Voudriez-vous vous joindre à moi ce soir pour une visite au club ? J'ai l'impression que vous aurez de fort bons conseils à prodiguer sur les paris des régates qui débuteront bientôt à Cowes et j'aurais besoin d'aide pour que Gwen ne me batte pas à plate couture.

Voilà. Une invitation simple, innocente, amicale. Il n'a rien d'autre à offrir pour l'heure. Impossible de l'emmener au club de Thomas Parker, il est encore bien trop tôt pour s'y risquer. Il doit y aller petit à petit, avant de lancer Demeroven dans le grand bain.

Mais en un clin d'œil le visage de ce dernier se ferme, il enfile sa veste et ajuste son col.

— Je ne parie pas, si vous vous rappelez.

— Ah... euh, oui, balbutie Bobby, trop surpris par la froideur brutale dans sa voix pour trouver une réponse élégante. J'ai simplement pensé que ce serait amusant.

— Eh bien, navré, je ne parie pas, répète Demeroven. Les paris rendent imprudents.

— Je... suppose que c'est vrai, concède Bobby.

— Je ne peux me permettre d'être imprudent, peu importe à quel point ma cousine souhaite que nous nous liions d'amitié, déclare-t-il, avant de tourner les talons pour suivre les autres d'une démarche raide.

Bobby reste là, complètement abasourdi. Il a l'impression d'avoir été réprimandé comme un garnement. Il n'est pas imprudent. Est-ce que la remarque de Demeroven était une pique contre la réputation de joueur invétéré de son père ?

Il reste là, incertain, à observer le jeu de Prous. Albie se penche vers Demeroven pour lui poser une question, tandis que Gwen les écoute avec attention. Bobby se sent trop déconfit pour se joindre au groupe, alors il se dirige vers les boissons.

Quels que soient leurs efforts, il semble qu'Albie et lui ne puissent échapper aux agissements de leur père. Il se sert un verre et se replace dans son coin pour observer la fête. Il regarde Demeroven et Gwen se lancer dans la dernière manche dont ils sortiront vainqueurs, cela ne fait pas l'ombre d'un doute.

Il laisse la brûlure de l'alcool couler dans sa gorge et apaiser son inconfort. Il se sent vaguement insulté, ce n'est rien de grave. Alors, pourquoi réagit-il aussi vivement ?

Pendant un bref instant, il a cru pouvoir faire de Demeroven un ami. Il l'a bien vu se montrer aimable avec Gwen et Beth et il a surpris son regard intéressé sur lui. Il s'est imaginé qu'ils partageaient peut-être un certain… Sa réaction est ridicule ! Il n'a aucune raison d'être déçu, non, il doit simplement ressentir de la colère. Oui, c'est cela, de la colère. Il n'y a pas d'autre possibilité !

Quand il aperçoit Beth traverser la foule pour le rejoindre, Bobby retient un soupir. Il ne sera pas de bonne compagnie pour l'heure, et même si c'est Beth qui l'a poussé à échanger avec ce type déconcertant, il ne veut pas se montrer désagréable à son égard.

Il ne connaît la jeune femme que depuis un an, pourtant, elle est déjà comme une sœur pour lui. Gwen restera toujours sa cousine aussi enthousiaste et vive qu'exaspérante, mais avec Beth c'est différent. Elle et lui sont des sortes d'âmes sœurs.

— Je crois que c'est en bonne voie, lance-t-elle en parvenant à son côté.

Elle tend la main et il y dépose son verre.

— Vraiment ?

— Gwen et lui s'entendent à merveille.

— C'est un bon début, admet-il.

Gwen est d'ordinaire très bonne juge des caractères et elle semble effectivement apprécier Demeroven. Pourtant, cette fois, il n'est pas certain de pouvoir lui faire confiance.

Beth lui rend son verre et prend son bras. Il répond à son geste par un grognement grincheux.

— Navrée, je t'aurais bien laissé bouder dans ton coin, mais on m'a envoyée te chercher, s'amuse-t-elle. Gwen veut discuter de la semaine à venir.

— Avec Demeroven ?

— Bien sûr ! s'exclame-t-elle avec un clin d'œil.

Bobby meurt d'envie de s'échapper, mais Beth est si frêle, ce serait injuste. Et surtout, il ne veut pas risquer le courroux de Gwen qui, elle, le surpasserait dans n'importe quel combat de force, malgré les heures qu'il a passées à s'entraîner à la boxe au cours des six derniers mois.

À l'arrière du jardin, sous l'immense saule pleureur, Gwen, Albie et Demeroven les attendent.

Beth le libère pour prendre le bras de Gwen, et Bobby les observe avec envie se serrer avec confiance l'une contre l'autre, en plein jour, sans que personne ne se doute de rien.

Le vide douloureux grossit encore au creux de son ventre. Gwen et Beth peuvent compter l'une sur l'autre et sur leur amour secret qui leur laisse tout loisir de passer autant de temps qu'elles le souhaitent ensemble. Quant à Albie, il a visiblement trouvé en Demeroven un soutien au Parlement. Qu'est-ce qui lui reste dans cette configuration ?

— Votre femme se sent-elle mieux ?

La question polie de Demeroven ramène Bobby à l'instant présent. Il se force à étouffer son accès de mélancolie.

— Elle va mieux, merci, répond Albie. Les médecins m'ont assuré qu'elle serait tout à fait remise dans un mois environ, mais... enfin, c'est difficile de la voir dans cet état.

— Je suppose qu'un registre officiel de médecins qualifiés pourrait lui assurer des soins de qualité, convient Demeroven.

— Absolument, confirme sérieusement Albie. À ce propos, nous ferions bien d'aller rencontrer ces parlementaires dont mon oncle nous a parlé, avant qu'ils ne boivent trop.

Bobby se retrouve bientôt seul avec Beth et Gwen qui continuent d'organiser leurs projets. Il les écoute vaguement parler de divertir Meredith, puis elles discutent du dîner et, enfin, Gwen murmure quelque chose à l'oreille de son amie, trop bas pour qu'il puisse entendre. C'était visiblement le but, s'il faut en croire la vive rougeur qui colore les joues de Beth.

Bobby s'appuie contre le tronc de l'arbre et lève les yeux vers le feuillage. Il ferme les paupières et inspire l'air printanier, tandis que son doigt passe et repasse sur les initiales gravées de sa chevalière.

Peut-être devrait-il aller chez Parker ce soir, pour essayer de nouer des liens en dehors de son cercle restreint. Il souffre visiblement de sa solitude et il a grand besoin de divertissement pour oublier l'état de santé préoccupant de Meredith, et la grossesse, plus risquée encore, de sa tante Cordelia.

Il espère y trouver quelqu'un qui puisse lui prendre la main et lui assurer que tout ira bien.

# 4

*James*

Installé dans son opulente calèche, James observe les rues sombres éclairées au gaz. La brume donne à toutes les surfaces des contours flous. Sa jambe s'agite nerveusement et ses poings se contractent involontairement.

Bon sang ! Il a pris son siège au Parlement, il peut bien descendre de voiture, traverser la rue et frapper à cette maudite porte.

Hélas, tout son corps tremble.

Ne ferait-il pas mieux d'oublier entièrement cette idée, avant que quelqu'un ne repère ses armoiries et ne comprenne ce qu'il fait ici ?

Seulement, l'alternative est tout bonnement insupportable : un dîner interminable avec sa mère et son beau-père à les écouter se disputer sans interruption. Ou pire, entendre sa mère s'épancher sur les jeunes femmes charmantes qu'elle va inviter à dîner.

Cette pensée suffit à l'extraire d'un bond de la calèche. Ses pieds heurtent le pavé humide et il manque glisser. Accroché à la portière de justesse, il doit offrir un spectacle risible.

Peu importe. Il peut le faire. C'est ce qu'il veut.

Alors, il referme la portière, ajuste les plis de son manteau et s'avance, armé d'une assurance entièrement feinte. Il traverse la rue et entame le court trajet qui le conduira dans l'allée. Il a la sensation que les rares passants qu'il croise entendent les battements effrénés de son cœur.

Il ne sait pas bien lui-même pourquoi cette visite le rend tellement anxieux. Ce n'est tout de même pas le premier club qu'il fréquente... Pourtant, lorsqu'il tourne dans l'allée étroite et découvre une simple plaque de laiton, il comprend pourquoi il est nerveux : il a l'impression de revivre son tout premier jour à Oxford.

Si ce n'est qu'aujourd'hui il n'est plus simplement le beau-fils d'un gentleman, il est vicomte. Un vicomte qui se faufile dans la pénombre pour rejoindre le numéro 122 d'une obscure allée. Il hésite devant la discrète entrée de service, les poings serrés, le cœur battant.

Il pourrait simplement rentrer chez lui. Il n'a pas besoin d'affronter tout cela ce soir.

James jette un œil autour de lui, inquiet. Mais non, il est seul dans la brume. Et de toute façon, « chez lui » n'est pas un refuge. Il a besoin de trouver un lieu où il se sente vraiment chez lui, et ce pourrait bien être ici...

Il prend une brusque inspiration et lève le bras : trois grattements, deux coups, une courte pause, un dernier coup.

Il attend, fébrile, tandis que le brouillard humide s'enroule autour de lui. Qui sait ce qui se terre dans les ombres alentour ? James sent la sueur glacer sa peau et, après une minute d'attente angoissée, il est prêt à retourner en courant à sa voiture.

Au même instant, la porte s'entrouvre, juste assez pour laisser passer un visage humain. James fixe le visage souriant de l'homme, surmonté d'un chapeau bleu ciel de guingois.

— Le mot de passe ? le presse-t-il, toujours souriant derrière sa moustache rousse.

— « D'Vere est divin », lâche James d'une voix rauque.

Heureusement, Reginald l'a bien préparé à sa première visite dans le club très fermé de Thomas Parker qui porte l'étrange nom de D'Vere.

— Précisément ! s'exclame jovialement l'autre en ouvrant cette fois largement la porte sur sa haute stature.

James manque trébucher sur les deux marches du seuil et sursaute quand son hôte referme prestement la porte derrière lui. Il se retrouve dans une cage d'escalier éclairée par d'imposants chandeliers.

En haut des marches, une autre porte toute simple…

— Thomas Parker vous souhaite la bienvenue ! dit l'homme en posant une main amicale dans son dos pour l'inciter à monter.

— Euh… merci.

À mi-chemin, il jette un regard en arrière, juste le temps de voir une porte dérobée se refermer derrière celui qui lui a ouvert l'entrée. Aux yeux du premier venu, rien ne permet de discerner l'ouverture sur le papier peint vieillissant.

Décidément, entre les mots de passe et les entrées dérobées, il n'est plus à Epworth… James carre les épaules, et tente d'oublier qu'il transpire d'angoisse dans sa chemise blanche toute neuve. Il est James Demeroven, il peut le faire !

Bien loin du petit salon bondé à l'arrière de l'auberge locale d'Epworth, la porte en haut des marches s'ouvre sur un vaste club richement décoré. Des lampes à gaz éclairent brillamment un espace accueillant, rempli de jeunes hommes occupés à savourer des boissons.

La pièce est élégamment meublée d'étagères chargées de livres et de fauteuils club en cuir bordeaux. Les murs sont tendus d'un brocart bleu ciel, assorti au chapeau du portier. Les rideaux sont aubergine et même les échiquiers et les plateaux de jeux éparpillés sur de petits guéridons à travers la pièce sont dans les teintes violettes ou lavande. Des miroirs ouvragés et de belles peintures décorent les murs, tandis qu'un parfum raffiné de lilas et de houblon embaume la pièce.

Définitivement rien à voir avec ce qu'il a connu…

Il observe les lieux, intimidé et enthousiaste, intrigué surtout. Il n'a jamais mis les pieds dans un lieu comme celui-ci. En fait, il n'a jamais vu rassemblés autant d'hommes qui partagent la même inclination que lui, sans quoi ils n'auraient pas trouvé leur chemin jusqu'à ce club.

La petite voix intérieure qui ressemble décidément bien trop à celle de son beau-père lui serine des choses désagréables : il n'a jamais su y faire avec les gens, il n'a aucune conversation, il sera une déception ici, tout comme il l'a été au Parlement ou dans les réceptions mondaines.

— Oh ! un nouveau venu, entrez, entrez !

James cligne des yeux, stupéfait qu'on ait remarqué son arrivée. Un grand homme svelte, vêtu d'un habit bleu assorti au brocart des murs, l'accueille avec un large sourire. Il porte la même moustache que celui qui lui a ouvert la porte, mais dans les tons bruns. Son visage lui paraît vaguement familier… Soudain, la lumière se fait dans son esprit. Ce visage rond et ouvert, ses sourcils en accent circonflexe…

— Vous devez être Thomas Parker, le frère de Reginald, s'exclame-t-il.

— Lord Demeroven ! répond Parker avec un sourire magnétique. Quel plaisir de vous rencontrer enfin ! Reginald me parle de vous dans toutes ses lettres – avec la discrétion qui s'impose, bien entendu.

James se sent rougir.

— Il parle tout autant de vous, dit-il en serrant la main tendue de Parker.

Celui-ci lui rend sa poignée de main avec enthousiasme, avant de glisser son bras sous le sien.

— Appelez-moi Parker, voulez-vous ? Une petite visite s'impose ! annonce-t-il avec un large geste du bras. Bienvenue à D'Vere, où chaque homme est accueilli tel qu'il est, où l'alcool est gratuit et les secrets... bien gardés.

James note au passage de nouveaux détails, comme les verres multicolores et les bretelles bleues de l'homme au bar, qui arbore la même moustache superbement taillée que tous ceux qui travaillent ici. Quand il pense à la sienne, qui n'a toujours pas atteint une épaisseur raisonnable ! Comme sa mère ne parle jamais de son père, il ne sait pas si c'est de lui qu'il a hérité ce retard de pilosité faciale. Bien sûr, il n'a pas eu le courage de poser la question...

— Que voulez-vous boire, milord ?

— Oh ! euh... un whisky ?

— Excellent choix ! s'exclame Thomas en tapant sur le comptoir. Jeremy, le meilleur whisky que tu as pour Lord Demeroven !

James ne peut retenir une grimace instinctive en entendant son nom résonner dans la salle. Thomas le rassure aussitôt :

— Ne vous inquiétez pas, comme je vous l'ai dit, les secrets ne quittent pas cet endroit. C'est une règle immuable.

— C'est vrai... Merci, dit-il en prenant le whisky que le barman vient de déposer devant lui.

Il avale une gorgée du liquide savoureux.

— Délicieux.

— N'est-ce pas ? Jeremy, si jamais j'oubliais, rappelle-moi de passer une commande prioritaire avec ce fournisseur. Ce whisky est fabriqué dans une charmante distillerie à la frontière de l'Écosse, poursuit-il à l'adresse de James en l'entraînant à sa suite. Un type aimable qui s'appelle Gaddie. Je l'ai rencontré dans un club d'Édimbourg. Y êtes-vous déjà allé ?

— Non, répond James qui tente de suivre le débit rapide de Parker tout en découvrant une seconde pièce, plus confortable encore, avec ses canapés en velours, ses fauteuils à oreillettes et ses tapis à poils longs. Vous avez une collection impressionnante, commente-t-il avec un geste vers les murs chargés de livres.

— Absolument, absolument, s'exclame son hôte en souriant

avec adoration vers ses livres. Je tiens à découvrir chaque salon de toutes les villes que je visite et je repars bien souvent avec des présents. Certains de ces ouvrages proviennent des confins de l'Europe.

— C'est fascinant.

James n'est pas surpris d'apprendre que Parker sait charmer tous ceux qu'il rencontre.

— Il y a une bibliothèque proprement dite à l'étage, si vous avez besoin d'un espace pour travailler confortablement et au calme.

— Combien d'étages y a-t-il donc ?

— Trois ! La bibliothèque et quelques petits salons juste au-dessus, et les chambres à louer encore au-dessus.

— Des chambres à louer..., répète James en se raidissant.

Il tente de masquer son malaise derrière un sourire, mais Parker lève un sourcil.

— Pour des partenaires consentants qui auraient besoin d'un lieu à l'abri pour se rencontrer, rien d'autre, indique-t-il. Je suis certain que vous comprenez combien rares sont ces refuges.

James ébauche une grimace coupable. Il est bien placé pour le comprendre, en effet.

— Néanmoins, si vous recherchez plutôt des hommes respectables à... louer, je peux vous indiquer à quelle porte toquer, poursuit Parker, dont le regard de reproche disparaît déjà derrière un sourire entendu.

— Oh ! euh, non merci, balbutie James qui se sent complètement dépassé par la liberté de ton qui semble avoir cours dans ces lieux.

— En tout cas, si vous avez besoin de recommandations pour quoi que ce soit – bonne chère, pièces de théâtre... n'hésitez pas. Reginald vous conseillera tout ce qu'il y a de plus guindé, moi, je sais où l'on s'amuse.

James avale une gorgée pour se détendre.

— Merci, je m'en souviendrai.

Parker fait demi-tour vers la salle principale. James sent bien qu'il s'apprête à prendre congé. Certes, la conversation sans langue de bois de Parker ne le met pas à l'aise, mais c'est toujours moins angoissant que de se retrouver seul face aux visages curieux.

— À présent, vicomte, je vais vous laisser aux bons soins de... Ah, Prince ! Merveilleux. Laissez-moi vous présenter...

— Demeroven ! s'exclame Jeremiah Prince qui vient de passer la porte, un large sourire sur son visage séduisant. Ça fait longtemps ! Comment allez-vous ?

— Fort bien, répond James, soulagé de retrouver son ancien camarade d'aviron.

— Vous vous connaissez, parfait ! s'écrie Parker. Je vous laisse rattraper le temps perdu. Venez me dire au revoir avant de partir, tous les deux.

Sur ce, il s'éloigne, aussitôt accueilli par les acclamations bruyantes d'autres membres.

— Un sacré personnage, n'est-ce pas ? lance Prince.

— Tout à fait, confirme James avec un mouvement de tête vers le bar.

Prince l'accompagne aussitôt. Il n'a pas encore ouvert la bouche que le barman dépose devant lui un liquide d'un vert vif.

— Jeremy, mon ami, toujours aussi prompt et efficace !

— Seulement pour vous, Mr Prince, répond aimablement l'autre, avant d'aller s'occuper d'un autre client.

— Beau parleur ! lui lance Prince avant de savourer une gorgée. Et talentueux, comme toujours.

— Alors, comment ça va depuis tout ce temps ? demande-t-il avec hésitation.

Prince a toujours été un homme charmant et adorable, même s'il ne l'a jamais regardé avec un quelconque intérêt amoureux. Sa présence en ces lieux ne le surprend pas plus que cela. Néanmoins, il a appris voilà peu que Prince allait se marier. Cela dit, parmi les hommes présents ce soir, un certain nombre doivent être mariés.

James ne voit pas bien quelle autre possibilité qu'un mariage de façade s'offre aux hommes comme lui. Le mariage est un passage obligé pour tous les lords, même s'il ne peut être désiré avec ferveur dans leur cas.

— Je vais bien, répond Prince. Miss Langston et moi avons prévu une lune de miel magnifique à Paris et je suis impatient d'être enfin marié !

James hoche la tête avec un sourire forcé. Il imagine mal parvenir à être aussi jovial à l'idée de partager sa vie avec une femme, ce qui impliquerait d'enfouir une part importante de son identité.

Il repère deux hommes dans un coin. Ceux-là sont mariés sans l'ombre d'un doute : il les a vus au bal avec leurs épouses. Pourtant, il les aperçoit se diriger vers l'escalier, sûrement pour rejoindre les chambres du dernier étage.

— Je n'ai pas encore eu l'occasion de vous présenter toutes mes félicitations, lâche-t-il.

— Merci, merci !

— Miss Langston a l'air d'être une charmante jeune femme, dit-il en tentant de se rappeler ce que sa cousine lui a dit.

— Tout à fait. Elle est la meilleure partenaire de danse dont on puisse rêver et son esprit est tranchant comme un couteau. Je pense que vous l'apprécierez. Et vous vous souvenez de Brightley ? Vous rivalisiez tous les deux pour citer des vers de Shakespeare. Eh bien, elle serait capable de vous battre tous les deux sans effort !

— Vraiment ? Il va falloir s'en assurer très bientôt, alors.

— Elle en serait ravie ! s'exclame joyeusement Prince, dont les fossettes se creusent. Je dois dîner avec elle ce soir, peut-être pourriez-vous commencer à vous échauffer tous les deux après, autour de quelques verres.

— Ce serait merveilleux, lance James, presque sincère.

Seulement, il suppose qu'il y aura d'autres personnes présentes, or, il n'est pas très bon sous la pression des regards.

— En somme, vous êtes tout à fait content de vos noces ? insiste-t-il, en dépit de sa timidité.

— Tout à fait. Vraiment, ajoute-t-il face à la confusion visiblement mal dissimulée de James. C'est un mariage d'amour.

— C'est merveilleux, déclare-t-il cette fois avec honnêteté.

— D'ailleurs, il faudra que vous veniez à mon enterrement de vie de garçon.

— Bien sûr, vous n'aurez qu'à me donner la date et j'y serai !

— Excellent ! s'écrie Prince. Oh ! voilà Cunningham !

James voit s'approcher un ami des frères Mason qu'il a rencontré le soir du bal. L'homme déambule dans le second salon en bras de chemise et bretelles rouges, la cravate défaite, ses cheveux bruns en désordre.

James ne sait pas lui-même pourquoi il est aussi surpris de le voir là. Il aurait pourtant pu deviner, en entendant l'amertume avec laquelle Cunningham parlait de sa fiancée lors du bal. Décidément, son incapacité à lire les signes finira par lui jouer des tours.

— Demeroven nous a rejoints pour la Saison ! Voilà un autre invité à ajouter sur la liste, lance Prince.

— Fantastique ! s'exclame Cunningham, ses yeux bleus pétillants de joie.

Il se frotte les mains et détaille James des pieds à la tête.

— Je pense que vous serez juste assez grand pour passer à travers le toit de la voiture.

— Euh… pardon ? balbutie James.

Cunningham ne semble pas le moins surpris de le trouver dans ce club, et James a la sensation que les murs se resserrent sur lui. Est-ce que tout le monde *sait*, pour lui ?

— Il plaisante, intervient Prince. C'est Rupping qui se chargera de faire le guet. Il fait une tête de plus que Demeroven.

— À toi de voir, c'est ta fête… Qu'est-ce que tu bois, exactement ?

— Une préparation spéciale de Jeremy.

Cunningham lève la main à l'adresse du barman et tend le doigt vers le verre de Prince.

— Avec une larme du whisky de Gaddie, s'il en reste !

— On est presque à court, mais Mr Parker vient de lancer une nouvelle commande, pas d'inquiétude, explique l'autre en se lançant dans la préparation de la boisson.

— Pas de ça avec moi, Jeremy, plaisante Cunningham. C'est toi qui passes les commandes hebdomadaires, tu es responsable du retard !

Le barman se contente d'un large sourire avant de poser un regard interrogateur sur James qui secoue la tête : il n'a toujours pas terminé son verre, il est bien trop occupé à tâtonner en terrain inconnu.

— Vous allez vite apprendre à tenir le rythme, Lord Demeroven, déclare Jeremy en tendant son verre à Cunningham.

— Bien sûr qu'il va s'y mettre ! Lord Demeroven va devenir un fidèle client.

James n'est pas aussi sûr qu'eux de pouvoir « tenir le rythme », mais il s'accoude au comptoir en faisant de son mieux pour paraître détendu. Il est à D'Vere et ses secrets ne quitteront pas les lieux. Inutile de paniquer.

Cunningham a de toute évidence une participation active dans le club, ce n'est pas lui qui ira crier sur les toits que James y est passé, pas plus que Prince. Il est au milieu de gens comme lui, il n'a aucune raison d'avoir peur…

Cunningham hèle un type grand et large d'épaules qui arbore une moustache courte. Avec enthousiasme, l'homme se joint à leur petit cercle.

— Demeroven, voici Lord Wristead, annonce Prince. Wristead était un peu plus âgé que nous à Oxford, alors que c'est la première Saison de Demeroven.

— Ravi de faire votre connaissance, dit James en priant pour que le nouveau venu ne remarque pas ses paumes moites quand il serre sa main.

— De même, répond l'autre.

— Demeroven sera avec nous pour fêter l'enterrement de vie de garçon de Prince, indique Cunningham.

— Oh ! excellent, excellent. Entre vous et Rupping, je pense qu'on pourra tranquillement reconduire Prince dans sa chambre sans que son père n'en sache rien.

James ouvre la bouche, prêt à protester. Il n'a aucune intention de participer à quoi que ce soit qui pourrait mettre en colère le père de Prince...

— N'importe quoi ! C'est mon père qui finance toute l'expédition, s'amuse Prince dans un éclat de rire. Inutile de chercher des subterfuges, il est tellement ravi de me voir me marier que je peux presque tout me permettre !

— Dans ce cas, on pourrait essayer autre chose que les meilleures liqueurs de Londres, suggère Cunningham. On était justement en train de compiler une liste des endroits les plus tentants pour...

— Aucun établissement de ce type, coupe aussitôt Prince avec fermeté. Je suis plus qu'heureux d'épouser Catherine et je n'ai aucun besoin de ce type de divertissement.

— Parle pour toi, marmonne Cunningham en avalant une gorgée.

— Au fait, j'y pense. Mary Ann aimerait voir Abigail. Pourrait-on organiser une visite quand nous serons de retour à la campagne ? demande Wristead.

— Bien sûr. Abi sera ravie d'avoir de la compagnie, répond Cunningham.

— J'imagine. Quel dommage qu'elle n'ait pu venir avec toi à Londres pour le début de la Saison.

— Que veux-tu... Sa mère ne voulait pas entendre parler de sa venue à Londres sans un mariage, seulement, j'ai besoin d'un peu de temps pour gérer... d'autres affaires.

James peine à déterminer si c'est une excuse ou bien la vérité.

— Je vois, fais tout de même attention de ne pas la tenir éloignée trop longtemps, des fiançailles prolongées la rendraient vulnérable aux critiques, le met gentiment en garde Wristead.

— J'en suis bien conscient, soupire Cunningham. Simplement, vous comprenez bien que l'enterrement de vie de garçon de Prince sera aussi mon chant du cygne.

— Pourquoi nécessairement un chant du cygne ? interroge Wristead. Mary Ann et moi nous sommes mis d'accord.

— D'accord pour quoi ? questionne aussitôt James qui ne rate pas une miette de tout ce qui se dit, sans toutefois bien comprendre les choix de tous ces hommes.

Trois paires d'yeux se tournent vers lui et il se retient de s'enfuir en courant.

— Pardon, je ne voulais pas..., lâche-t-il d'une voix tendue.

— Non, non, pas du tout ! le rassure Wristead. La question est légitime. Je suis chanceux, en vérité : Mary Ann a su tout de suite que je n'étais pas intéressé que par les femmes et cela ne la gêne nullement.

— « Pas intéressé » ? Tu parles d'un euphémisme ! Wristead repère un bel homme à vingt mètres.

— Que dire pour ma défense ? J'ai bon goût, s'amuse Wristead, comme si ce genre de conversation n'avait rien d'inhabituel. Mary Ann m'a interrogé très vite sur cette question. Et je lui devais de me montrer honnête. Résultat, je suis libre de mener la vie qui me plaît ici, en ville. Naturellement, elle souhaite seulement que rien ne parvienne jamais jusque chez nous, à la campagne. C'est un accord parfait, à mon avis. D'autant qu'elle est une excellente joueuse de whist.

James hoche la tête, comme si un tel arrangement avait le moindre sens. Il n'arrive pas à imaginer demander à celle qui serait sa femme de le partager de cette façon, de lui demander d'accepter de n'être qu'une partie de sa vie, loin de son cœur.

— Et toi ? Est-ce que tu as pensé à lui en parler... ? demande Wristead à Cunningham dont le visage se ferme.

— Tout le monde n'a pas la chance d'être marié à une femme aussi ouverte d'esprit que Mary Ann.

Conscient que l'humeur de leur ami s'assombrit, Prince annonce :

— Regarde, Cunningham, Mason vient d'arriver, il va te redonner le sourire.

James sent tout son corps se tendre d'un seul coup. Il tourne la tête. Bobby Mason se tient dans l'entrée, en pleine conversation avec Thomas Parker.

Bobby Mason, son obsession de jeunesse, au beau milieu du club de Parker. Cela signifie qu'il est... Le choc est si violent qu'il ne parvient plus à respirer.

— Excusez-moi, s'entend-il balbutier. Je reviens.

Il repose son verre trop brusquement sur le comptoir et s'éloigne précipitamment du groupe... et de Bobby Mason. Le cœur tambourinant, il s'enferme dans le petit salon de toilette.

Bobby Mason aime les hommes. Bobby Mason connaît Thomas Parker. Bobby Mason est ici, il pourrait le voir et...

James pose les paumes à plat sur la porte fermée et s'oblige à prendre quelques profondes inspirations pour ne pas s'évanouir dans la minuscule pièce qui sent la lavande. Apparemment, Parker a pensé au moindre détail et a décoré chaque recoin de son club avec goût.

Cette pensée le ramène au propriétaire des lieux et à tous ses nobles amis. À quoi pensait-il, au nom du ciel ? Sa présence ici pourrait revenir aux oreilles de son beau-père, ou à celles de l'influent Lord Havenfort, et alors...

James serre les poings. Non ! Il ne laissera pas la peur l'écraser une fois de plus. Thomas Parker dirige un lieu sûr, Reginald le lui a promis et il a confiance en ce dernier.

En révélant la présence d'un homme dans ce club, le dénonciateur prendrait le risque de s'exposer lui-même. La discrétion est mutuellement assurée. Il est en sécurité entre ces murs. Bobby Mason est ici, et il devra garder son secret, exactement comme James gardera le sien.

Il prend une profonde inspiration, puis une autre, comme Reginald lui a appris à le faire il y a bien longtemps. Inspirer par le nez, expirer lentement par la bouche, jusqu'à ce que son pouls s'apaise et qu'il n'entende plus le sang battre à ses oreilles.

Resté caché ici indéfiniment ne lui servira à rien. Décidé à surmonter ses peurs irrationnelles, James pousse la porte avant d'avoir pu élaborer la moindre explication ou réfléchi à ce qu'il dira quand il sera face à Bobby Mason. Comment ne pas virer au rouge pivoine, maintenant qu'il sait que le garçon qu'il a idolâtré toutes ces années partage son inclination pour la gent masculine et pourrait peut-être même le trouver, *lui*, à son goût… Non, bien sûr que non, un type comme Bobby Mason ne pourra jamais lui trouver le moindre intérêt. C'est complètement ridicule…

— On est distrait, vicomte ?

James s'arrête juste avant de percuter Raverson, pétrifié. Celui-ci est aussi grand et aussi séduisant qu'il l'était à Oxford. Et, pour l'heure, il le fixe avec un sourire narquois qui le glace.

— Raverson, parvient-il à articuler.

Alors même que les années d'université sont derrière eux, James découvre avec désarroi qu'il ne se sent pas plus adulte qu'il ne l'était alors. Le sourire froid de Raverson lui noue le ventre et le projette inexorablement dans le passé, au cours de cette semaine d'horreur où Raverson l'a abandonné. Il aurait dû se sentir soulagé, alors, de ne plus être à sa merci, pourtant, il avait passé la semaine à pleurer dans sa chambre, aussi misérable que pathétique.

Qu'est-ce qui a véritablement changé depuis ? Griggs se charge de lui rappeler jour après jour qu'il est toujours aussi faible et minable.

— Le titre te va bien, dit Raverson d'une voix douce comme du velours. Et les années encore mieux ! On dirait que tu es parvenu à surpasser cette frêle constitution adorable…

— Merci, le coupe brusquement James en tentant de ne pas montrer combien il se sent pris au piège dans cet étroit couloir.

S'il ne veut pas créer d'esclandre, il ne peut passer que si Raverson s'écarte.

— Et moi, alors ? fanfaronne Raverson. Aussi en forme qu'avant, pas vrai ?

— Pardon, je dois…

— Siéger à la Chambre des lords est d'un ennui mortel, n'est-ce pas ? le coupe Raverson en appuyant nonchalamment un bras contre le mur, bloquant entièrement l'accès. Ça me rappelle ce professeur – comment s'appelait-il, déjà… Archer ?

James s'oblige à tenir son malaise à distance. Raverson le tenait en son pouvoir à l'école, mais ses anciennes ruses ne prennent plus. Du moins, il l'espère…

— Le chancelier parle effectivement un peu comme Archer, confirme-t-il platement.

— Je pensais y trouver de l'intérêt, mais jusque-là, c'est bien ce qu'il y a de moins attrayant dans la Saison. Vous avez vu Wristead et Prince, vicomte ? Je ne pensais pas qu'aucun d'eux oserait se montrer ouvertement ici, étant donné leurs situations…

James n'a aucune envie de contribuer au penchant malsain de Raverson pour les rumeurs, encore moins si la rumeur en question le prend un jour pour cible. Il tente donc de faire diversion.

— J'ai été désolé d'apprendre le décès de votre père.

À présent que Raverson détient le titre, il ne devrait plus avoir besoin d'échanger des faveurs ou des secrets pour obtenir de l'argent ou du pouvoir, puisque c'est lui qui tient désormais les cordons de la bourse.

— Ah oui ? Pas moi.

Sa voix de miel prend brusquement une note métallique. James retient une grimace. Il n'aurait pas dû aller sur ce terrain-là…

— Je me souviens que vous n'étiez pas en très bons termes, mais je vous présente tout de même mes sincères condoléances. Je sais combien il est difficile de prendre sur ses épaules la charge d'un titre.

— Oui, c'est vrai. Si je me souviens bien, tu étais dans mon lit quand j'ai reçu la lettre à propos de mon frère...

La nausée lui serre brusquement le ventre. James se rappelle parfaitement ce matin-là. Il avait ouvert les yeux et découvert Raverson assis dans un fauteuil, sa robe de chambre ouverte, une lettre se balançant au bout de ses doigts. La missive lui apprenait que son aîné était mort dans un accident et qu'il était désormais l'unique héritier de leur père.

James n'avait pas su quoi dire ou faire pour le réconforter quand Raverson lui avait tendu la courte lettre : « Votre frère est mort. Vous êtes désormais mon seul héritier. Je vous attends pour Noël. »

Il avait laissé Raverson le ramener au lit pour lui faire oublier un instant son chagrin. Il avait cru l'aider, le soutenir, pourtant cela avait marqué le début de la fin. Raverson avait le titre et plus besoin de James.

Il ne trouve pas ses mots. Il a la sensation qu'une partie de lui est toujours coincée dans ce lit, le regard rivé sur le plafond pendant que Raverson bouge au-dessus de lui.

— Alors ? As-tu trouvé quelqu'un à ton goût pour cette Saison ?

James se raidit quand Raverson passe soudain un bras autour de ses épaules et l'incite à regarder la salle bondée du club.

Entre la sensation pesante de ce bras et la vision de la vingtaine d'hommes installés dans la salle, il a la sensation que son cœur, pris dans un étau, est sur le point d'éclater.

Il y a des membres du Parlement qui jouent aux échecs près d'une fenêtre, d'illustres héritiers qui discutent joyeusement au bar. Mason n'est nulle part en vue, mais Prince, Cunningham et Wristead se sont mêlés à un groupe bruyant et turbulent.

James se sent très loin de cette bonhomie. Si Raverson est entre ces murs, l'endroit n'est pas aussi sûr qu'il a voulu s'en convaincre. Il n'y a pas de discrétion mutuelle avec Raverson. Ses mensonges parvenaient même à leurrer son père, pourtant terriblement suspicieux, à l'université. Il sait se montrer tellement persuasif qu'il est parvenu à faire payer James en échange de son silence, sans même qu'il le questionne pour savoir comment il avait obtenu les informations accumulées sur lui.

À l'époque, les secrets de James n'avaient pas assez de valeur pour les révéler à son beau-père, ou à quiconque d'ailleurs ; il n'était alors que le beau-fils d'un gentleman de peu d'envergure, sans titre personnel. Mais maintenant qu'il est devenu vicomte Demeroven...

James sent le vertige le saisir et le whisky tourne à l'aigre dans son estomac. Il a besoin de quitter les lieux. Immédiatement.

— Mon Dieu, il est déjà tard, lâche-t-il en baissant les yeux vers sa poche comme s'il y avait une montre à gousset.

Il doit bien y avoir une montre héritée de ses ancêtres quelque part... il serait temps de commencer à la porter.

— Neuf heures et demie ? s'amuse Raverson en resserrant son emprise autour de ses épaules. Tu as encore ces brusques bouffées d'angoisse ? N'as-tu pas encore surmonté cette faiblesse ?

— Je vais parfaitement bien, répond-il abruptement. J'ai simplement à faire.

— Ou alors, je pourrais m'occuper de te détendre... Je me souviens exactement de ce qui te fouettait le sang. Il ne faudrait pas bien longtemps et on est juste à...

— Pardon, le coupe James en le bousculant.

Il traverse la salle en feignant d'avoir un but précis à atteindre. Il devrait chercher Parker pour prendre congé, mais il n'est pas certain de pouvoir maîtriser son estomac révolté jusque-là.

Il contourne vivement le bar, rejoint la porte qui mène à

l'escalier de l'entrée... et se retrouve face à Bobby Mason qui fume une cigarette.

— Demeroven ? J'ai cru entendre que vous étiez là ce soir, lui lance-t-il comme si c'était parfaitement normal, comme s'il n'y avait rien d'étrange à ce qu'ils se retrouvent tous les deux dans ce club...

— Je dois y aller, marmonne James, les mâchoires serrées.

Il avance si vite qu'il trébuche. Sans l'aide de Mason, il serait passé par-dessus la balustrade. Son bras le maintient fermement, pourtant sa poigne n'a rien de comparable avec celle de Raverson.

— Doucement... Sortons un moment, respirer un peu d'air frais, d'accord ?

James ne peut qu'esquisser un hochement de tête, aveuglé par la panique. Il a l'impression que sa poitrine va exploser. Tous ses membres tremblent et le fourmillement est de retour dans ses doigts. Il n'arrivera pas à le combattre cette fois. Ses nerfs vont prendre le dessus. Il doit sortir.

Mason fait signe au portier qui leur ouvre avec une recommandation inquiète :

— Faites attention.

Ils se retrouvent dans la nuit froide. James aspire l'air glacé de la nuit comme un noyé reprend son souffle. Il s'écarte du bras ferme de Mason pour descendre les deux marches qui le conduisent dans l'allée. Il parvient de justesse à s'agripper des deux mains au mur avant de vomir.

Le corps tremblant, il rend whisky et bile, les doigts crispés sur la pierre humide. Il voudrait pouvoir vomir aussi son histoire passée avec Raverson et sa peur d'être vu ici. Si seulement cette satanée terreur voulait bien se déverser sur les pavés de la rue, au lieu de l'enfermer dans cette enveloppe étouffante.

— Ça va mieux ? demande Mason en posant une paume solide et chaude sur son dos, tandis qu'il reprend son souffle.

James se raidit. Le contact de cette main a beau être réconfortant, il est également mortifiant. Non seulement Bobby Mason a désormais la preuve que James aime les hommes, mais il l'a aussi vu dans un état de panique incontrôlable, courir hors d'un club réputé pour sa discrétion. Il l'a vu faible, et cela lui est insupportable.

— Tenez.

Mason lui tend son mouchoir. Le carré blanc brodé de petites marguerites est une pièce de tissu étonnamment délicate pour un type solide comme lui.

— Il y a un pub un peu plus loin. On pourrait y aller pour boire un peu d'eau, et avaler un peu de pain aussi, peut-être ?

La gentillesse de Mason se glisse en lui et se tapit contre ce qu'il y a de plus sombre en lui, cette part de lui-même qui se hérisse au contact de l'autre.

— Je vais bien, halète-t-il en se redressant trop vite.

Il recule, les yeux rivés sur Mason, qui se tient là, un mouchoir tendu, l'air trop inquiet, trop beau, trop… tout.

Il ne peut pas.

Quel rêve idiot ! Imaginer qu'il allait venir à Londres, rencontrer un homme gentil qui le comprendrait, qui pourrait le connaître et l'aimer tel qu'il est. Il n'y a aucun conte de fées pour lui ici, seulement les yeux fureteurs de la haute société, et son passé qui se rappelle immanquablement à lui à chaque fois qu'il tente de le laisser en arrière.

— Je dois y aller, lâche-t-il en contournant Mason.

— Vous pouvez à peine marcher dans votre ét…

James pose son regard quelque part sur le front de Mason : c'est plus simple de mentir quand on ne regarde pas l'autre dans les yeux, tout en lui faisant croire que c'est le cas.

— Je vais très bien. J'ai simplement mieux à faire que de perdre mon temps ici. Si vous voulez bien m'excuser.

Sur ce, il tourne les talons et s'éloigne, choqué par son ton dur et arrogant.

Quand il retrouve sa voiture qui l'attend à bonne distance, un poids douloureux lui oppresse toujours la poitrine.

Comment la vie pleine d'amour dont il a tant rêvé quand il était à Epworth pourrait-elle exister, alors que Londres n'est qu'une répétition plus violente, plus vaste, plus douloureuse de son passé ?

# 5

*Bobby*

Bobby salue de la tête le portier des Steton et contourne la façade de briques blanches couverte de lierre et de fleurs. Il devrait peut-être se mettre au jardinage, transformer le jardin de leur maison somme toute modeste en un spectacle aussi resplendissant que celui des Steton qui croule sous les buissons et les arbres en fleur.

Des tables ont été disposées sur la pelouse d'un vert soutenu et, à l'arrière, des courts de badminton ont été aménagés.

Bobby soupire intérieurement. Que va-t-il s'imaginer ? Il n'y a sûrement pas d'argent pour le jardin, alors qu'ils doivent déjà redonner une jeunesse à la voiture. Sans compter qu'ils devront aussi accueillir une soirée mondaine chez eux, si Meredith se sent assez bien pour les rejoindre à Londres. Cela dit, ce serait plus agréable pour elle d'être accueillie au sein d'un joli jardin et il pourrait même convaincre Albie d'abandonner ses liasses de papiers pour profiter des rayons du soleil.

Bobby écarte cette rêverie de son esprit. Il ne peut pas passer tout l'après-midi à bouder dans son coin, sans quoi Lady Steton, qui va et vient dans sa large robe à fleurs, ne manquera pas de lui présenter toutes les jeunes femmes de sa connaissance. Il a besoin de trouver une occupation. Et vite.

Il repère Beth et Gwen à l'ombre d'un arbre, près des courts de badminton, et se dirige immédiatement vers elles. Il a cependant un bref instant d'hésitation en repérant Demeroven qui se tient légèrement en retrait, comme s'il essayait de disparaître contre le tronc de l'arbre.

L'image de ce pauvre Demeroven, malade et fébrile, penché sur le pavé, lui revient en mémoire. Il se rappelle fort bien l'état de nerfs dans lequel il était lors de sa première visite chez D'Vere. Si Cunningham ne l'avait pas accompagné ce jour-là, Bobby n'est pas certain qu'il aurait eu le courage de toquer à la porte. Et même ainsi escorté, il avait passé toute la soirée à suer dans son habit acheté pour l'occasion.

Alors, il mesure combien s'y rendre seul a dû être une épreuve. Comment pourrait-il blâmer Demeroven d'avoir succombé à l'anxiété ?

Il semble aussi déplacé dans cette garden-party que l'autre soir chez D'Vere. Bobby affermit sa détermination. L'homme a beau être d'un caractère compliqué, il a promis son aide à Beth et à oncle Dashiell. Certes, ils ne pensaient sans doute pas à ce type de soutien, mais aider Demeroven à s'intégrer dans les milieux interlopes de la capitale lui paraît une fort bonne cause à laquelle consacrer son temps.

Si Demeroven trouve sa place dans ce milieu-là, il sera sans doute plus à même de se concentrer sur ses devoirs au Parlement. Qui sait, une fois plus à son aise, il pourrait même faire amende honorable envers Beth et Cordelia. Non qu'il soit directement responsable du fait que sa tante et sa cousine se soient retrouvées à la porte lorsqu'il a atteint la majorité – si c'était le cas, jamais oncle Dashiell n'aurait accepté de travailler avec lui. Cependant, il faudra bien que quelqu'un s'excuse, au nom des Demeroven, pour leur expulsion abrupte, et plus grave encore, pour le mariage forcé que Beth a failli subir avec Montson.

C'est décidé, aider Demeroven à se faire une place dans le club de Parker sera son second objectif !

Bobby plaque un sourire sur ses lèvres.

— Tu te montres mesquine, tu ne crois pas ? demande Beth à Gwen avant qu'il ait pu les saluer.

— Moi, mesquine ? répète sèchement Gwen. C'est édifiant, alors que de ton côté tu agis comme si tout cela n'avait aucune importance.

— Parce que ça n'en a pas ! s'exclame Beth, les mains sur les hanches. Ce n'est tout de même pas sa faute si j'ai rejeté son fils. Lady Ashmond a de l'argent et envie de consacrer son temps à des œuvres utiles, exactement comme nous.

Ses doigts crispés froissent le tissu vert de sa robe. Bobby croit se rappeler que c'est une robe de Gwen.

— Et cela ne t'ennuie pas de passer du temps avec elle ? Qu'est-ce que tu cherches ? Des informations sur Montson ?

Bobby essaierait bien d'apaiser la dispute, comme Albie parvient toujours à le faire, mais il n'a aucune envie qu'elles retournent leur fureur contre lui. Alors, il les contourne discrètement, pour s'appuyer contre le tronc de l'arbre, à côté de Demeroven, assez près pour ne rien manquer de la suite.

— Est-ce que ça fait longtemps qu'elles ont commencé ? souffle-t-il à son voisin.

— Tu es sérieusement en train de me demander si je m'intéresse à Lord Montson ? s'emporte Beth.

— À peu près un quart d'heure, répond Demeroven à mi-voix sans tourner les yeux vers lui.

Bobby suit son regard vers les branches de l'arbre et repère un écureuil installé juste au-dessus d'eux. S'intéresse-t-il lui aussi à la dispute des filles à propos de Lady Ashmond ? De ce qu'il croit comprendre, Lady Ashmond, la mère de l'ancien fiancé de Beth, a dû proposer son financement pour les travaux de rénovation du Foundling Hospital, dans lequel Beth et Gwen ont commencé leurs bonnes œuvres.

— Je crois que tu t'intéresses un peu trop à Lady Ashmond, aboie Gwen.

— C'est le cas !

Gwen a un mouvement de recul et s'apprête à faire demi-tour quand Beth lui saisit le bras. Elles échangent un regard fiévreux et intime.

— Elle aussi a traversé des moments difficiles. Son divorce est tout récent. Je veux seulement m'assurer qu'elle va bien. Est-ce si mal ?

Gwen pousse un lourd soupir et entraîne Beth de l'autre côté de l'arbre, à l'abri des yeux et des oreilles indiscrètes. Pourvu qu'elles se réconcilient vite… Autant il s'amuse de leurs querelles ridicules, autant il sait que Montson et cette histoire de fiançailles restent un sujet douloureux entre elles.

Et, en attendant, il se retrouve seul avec Demeroven, tous deux parfaitement conscients du malaise qui persiste après leur échange dans l'allée.

Il pose les yeux sur lui et le découvre prêt à se tordre le cou vers l'écureuil pour éviter de croiser son regard. Pourtant, l'animal a disparu.

— J'espère qu'il s'amuse plus que nous, marmonne Bobby.

— Pardon ?

Bobby grimace, gêné.

— Je, euh… Je parlais de l'écureuil. J'espère qu'il s'amuse plus que nous.

— C'est certain, affirme Demeroven en guettant le feuillage. Rien d'autre à faire que manger des noix et dormir… La vie de rêve !

Bobby rit, stupéfait. Son interlocuteur semble tout aussi surpris de sa repartie sincère et ses épaules ne sont pas crispées. C'est définitivement un progrès.

— Vous croyez qu'il a un type de noix de prédilection ou qu'il préfère la diversité ? poursuit Bobby.

— Si c'est tout ce qu'il peut manger, j'espère au moins qu'il peut varier.

Enfin, il baisse la tête pour croiser le regard de Bobby. Ses joues rosissent brusquement et il détourne déjà les yeux. Bobby se surprend à trouver sa timidité adorable...

Il attend un peu, dans l'espoir que Demeroven hasarde une autre plaisanterie, mais le silence s'étire, de nouveau gênant.

— Avez-vous déjà entrepris quelques visites matinales cette Saison ? s'enquiert-il.

Un sujet banal, mais il n'a rien de mieux sous la main.

— Non, répond Demeroven avec un haussement d'épaules. Ma mère en a fait quelques-unes, je crois.

— Oui, oui, c'est souvent une prérogative des mères, car les séances au Parlement commencent parfois tôt.

En vérité, il ne sait pas si les visites du matin sont une prérogative maternelle, car lui n'a jamais eu la chance de voir la sienne participer à une Saison. Il ignore le pincement douloureux dans sa poitrine et se concentre sur son interlocuteur.

— C'est vrai, bien trop tôt à mon goût. J'en arrive à regretter les levers tardifs à Oxford.

— Comment pouviez-vous vous lever tard avec l'équipe d'aviron ?

Demeroven lui jette un regard en coin, illuminé d'une brève lueur espiègle.

— Tard est un bien grand mot, mais... j'avais mes méthodes.

— Vraiment ? Quoi, par exemple ? Soudoyer l'entraîneur ?

— Avec son vin préféré, à l'occasion, confirme Demeroven, l'air fier de lui. Pouvoir dormir de temps en temps le samedi matin était un luxe incomparable que je regrette.

Bobby le regarde, interdit.

— Parce que vous considérez que dormir le samedi matin est un luxe ?

— Eh bien... oui. Pourquoi ? Combien de grasses matinées vous accordez-vous ?

— Quand nous ne sommes pas à Londres ? Tous les jours !

— Mais... n'avez-vous pas d'affaires à régler ?

— Si, parfois, répond Bobby en luttant pour ne pas paraître sur la défensive. Voulez-vous dire que vous êtes debout avant 9 heures tous les matins sur votre domaine ?

— Avant 8 heures, la plupart du temps, en effet, confirme Demeroven avec un petit air de supériorité qui semble exagéré à Bobby.

— Et quand il vous arrive de veiller tard un soir ?

— Dans ce cas, je suis fatigué au réveil, réplique-t-il, le sourcil levé.

— Mmh... je comprends mieux..., dit-il avec un petit sourire en coin.

Il est prêt à tout pour faire sortir l'homme de sa coquille, pour voir à nouveau cette adorable lueur espiègle dans son regard.

— Quoi donc ?

— Vous devez vous coucher trop souvent tard depuis votre arrivée à Londres, voilà pourquoi vous rêvez de vos anciennes grasses matinées. Il y a d'autres clubs un peu plus tranquilles, vous savez. Bien sûr, les horaires d'ouverture sont moins larges et l'ambiance n'y est pas aussi agréable, mais cela peut être une façon plus reposante de vous insérer dans la communauté.

Ils sont à l'abri des oreilles indiscrètes ici, et Bobby s'attend à ce que sa suggestion fasse naître une sorte de camaraderie complice entre eux. Au lieu de quoi, le visage de Demeroven se vide brutalement de toute expression. Il tourne brusquement la tête de tous côtés, comme s'il craignait d'être écouté.

— Je ne sais pas de quoi vous parlez.

— Eh bien, le club de Parker n'est pas le seul endroit où..., explique Bobby à voix basse.

— Parker ? Je ne connais aucun Parker, réplique Demeroven dans un murmure abrupt.

Bobby le regarde, stupéfait.

— Vous n'êtes pas sérieux...

— De toute évidence, vous faites erreur et avez dû être mal informé dans les nombreux clubs que vous fréquentez, le coupe froidement Demeroven.

Bobby fait un pas à l'écart du tronc d'arbre pour pouvoir le regarder en face.

— Vous n'êtes pas sérieusement en train de prétendre que vous n'étiez pas en compagnie de Cunningham et Prince à...

— Taisez-vous ! Nous sommes en public. Nos cousines sont à deux pas. Comment diable pouvez-vous faire preuve d'une telle imprudence ?

Bobby sent ses yeux s'écarquiller de stupeur face au regard traqué de Demeroven. Personne ne peut les entendre !

— Je ne fais preuve d'aucune imprudence, nous sommes à l'abri...

Demeroven s'écarte à son tour du tronc et s'approche de lui, presque à le toucher.

— Vous ne savez pas qui peut écouter, aussi feriez-vous bien de garder vos goûts et vos habitudes pour vous, afin de protéger votre cousine et la mienne, sans quoi votre langue trop bien pendue risque de blesser quelqu'un.

— Je suis loin de..., commence Bobby, à l'instant où Beth et Gwen émergent de derrière l'arbre, bras dessus, bras dessous.

— Nous allons jouer au badminton, annonce Beth.

Déjà, Demeroven s'écarte d'un pas, comme si Bobby risquait de le contaminer. L'indignation lui brûle la gorge et fait trembler ses mains. Comment ce type ose-t-il suggérer qu'il ferait quoi que ce soit qui puisse mettre les filles en danger ? Comment ose-t-il insinuer que tous les efforts qu'il fait pour communiquer avec lui sont inappropriés ? Et comment peut-il le juger avec hauteur, alors qu'il a fait exactement la même chose que lui : fréquenter l'un des rares endroits sûrs pour les hommes qui partagent leur inclination. À l'entendre, on dirait que leurs goûts sont honteux !

— Est-ce qu'on a interrompu quelque chose ? lance Gwen, dont les yeux paraissent brillants, comme si des larmes en avaient récemment coulé.

— Non, répond Bobby en enfouissant sa colère au plus profond de lui, à côté des émotions violentes que lui inspirent son père ou ses inquiétudes pour sa belle-sœur.

Peut-être qu'un jour, s'il les enterre assez profondément, toutes ces émotions disparaîtront d'elles-mêmes.

— Non, non, nous échangions simplement sur les différents clubs que Demeroven pourrait fréquenter.

— Exactement, renchérit ce dernier avec un sourire horriblement contraint. Badminton, alors ?

— Oui, répond Beth en prenant son bras. James, vous serez avec moi, Gwen jouera avec Bobby.

— Très bien.

Il laisse Beth le conduire, tandis que Bobby s'efforce de se concentrer sur Gwen plutôt que d'essayer de comprendre ce qui vient de se passer.

— Est-ce que gagner aidera à remettre un sourire sur ton visage ? demande-t-il à sa cousine.

— Je vais parfaitement bien, réplique Gwen en glissant son bras sous le sien. Est-ce que tu n'essaierais pas de me distraire de cet échange intense que notre retour a interrompu ?

— Oh ! n'importe quoi ! Demeroven est seulement un peu... difficile.

— On dirait bien, oui, confirme pensivement Gwen, tandis qu'ils atteignent le court.

Bobby attrape deux raquettes et ils s'éloignent de quelques pas pour faire face à leurs adversaires.

— Peut-être qu'il grandira à ton contact, achève Gwen qui adopte déjà une posture de combat.

— Comme un champignon ?

— Exactement, s'exclame Gwen dans un rire.

— Prête à perdre ? lui lance Beth depuis l'autre côté du filet.

— C'est ça ! Comme si vous pouviez lutter contre nos années d'expérience ! rétorque Bobby, bien décidé à faire mordre la poussière à Demeroven.

— L'un contre l'autre, oui, pas en tant que partenaires, rappelle Beth en lançant le volant. James et moi, nous avons l'élément de surprise de notre côté, pas vrai, James ?

— Absolument. Nous sommes imprévisibles et... euh, discrets, dit Demeroven.

— Oui, bien sûr, la discrétion du volant, se moque Bobby. Cela faisait partie des matières étudiées à Oxford, il me semble ?

Entendre encore Demeroven s'ériger en chantre de la discrétion l'exaspère, même si, cette fois, ça ne lui était pas adressé. Ses mots sonnent clairement comme un défi et le vicomte ne s'y trompe pas.

— Que voulez-vous ? Certains d'entre nous ne peuvent pas jouer sans se préoccuper du reste du monde...

Bobby serre les dents. Le toupet de ce type est impayable !

— Y avait-il vraiment des leçons de badminton à Oxford ? s'enquiert innocemment Beth, alors qu'elle et Gwen échangent quelques passes.

— Non, mais certaines fraternités pouvaient être plus hospitalières à l'égard des... joueurs, explique Bobby. Ils se réunissaient en clubs privés.

À voir le visage empourpré de Demeroven, il est parfaitement clair pour lui aussi qu'ils ne parlent plus du tout de badminton.

— Vous en avez fréquenté quelques-uns ? questionne Beth.

Bobby frappe le volant un peu trop fort, hors des limites du court, et c'est Demeroven qui répond le premier :

— Moi, pas autant que Mason. Je suis apparemment plus regardant sur la compagnie dans laquelle je m'exerce au badminton.

— Est-ce qu'on a manqué quelque chose ? interroge Gwen après un service parfait.

— Apparemment, confirme Beth. Albie n'a jamais mentionné ces clubs de badminton.

— Bien sûr que non ! s'exclament Demeroven et Bobby d'une même voix.

Le vicomte lui lance un regard noir et manque presque le tir de Gwen. Mais au dernier moment il renvoie le volant par-dessus le filet, et Bobby doit se jeter en avant pour le rattraper de justesse. Beth s'élance et atteint le volant, mais sans pouvoir retenir sa chute.

— Bon sang, Mason ! Faut-il que vous soyez toujours tellement imprudent ? s'exclame Demeroven en se pécipitant au secours de Beth.

Bobby reste figé, stupéfié par cette accusation. Ce n'est pas comme s'il avait cherché à la faire tomber.

En face de lui, Gwen profite de leur distraction à tous les deux pour écraser le volant de l'autre côté du filet avec un cri de victoire.

— C'est un coup bas, proteste Beth qui se relève en lui tirant la langue.

— Je suppose que Bobby et moi sommes nous aussi imprévisibles, lance Gwen triomphalement.

— Oh ! crois-moi, tu es parfaitement prévisible, répond Beth sur un ton d'adoration exaspérée, avant de pointer Bobby de sa raquette. Lui l'est un peu moins.

— Je fais de mon mieux pour rester désarmant, parvient à articuler Bobby d'un ton qui masque sa colère. Tu vas bien, Beth ?

— Il faudra plus que quelques taches d'herbe sur ma robe pour m'abattre ! déclare-t-elle joyeusement en prenant le volant des mains de Demeroven pour rejoindre la ligne de service.

— *Ma* robe, marmonne Gwen. Et c'est ma peau à moi que Mrs Stelm aura si elle voit la moindre tache dessus.

— Oh ! arrête, elle sera ravie d'avoir une bonne excuse pour échapper aux mots croisés de Mrs Gilpe et Miss Wilson, lui rappelle Bobby.

La gouvernante de Gwen, Mrs Gilpe, et sa femme de chambre, Mrs Stelm, menaient déjà le foyer Havenfort d'une main de fer, mais depuis qu'elles ont été rejointes par la femme de chambre de Beth et Cordelia, Miss Wilson, elles forment un véritable trio de l'enfer.

— Avoue que tu serais terrifié à ma place, rétorque Gwen. Et vous, Demeroven ? Appréciez-vous le personnel londonien ?

— Oh ! euh... je suppose. Je ne les connais pas encore tous très bien.

Il renvoie le volant vers Gwen.

— Sauf votre cuisinier qui vous a suivi depuis la campagne, n'est-ce pas ? l'interroge Beth. Un certain Reginald ? Miss Wilson m'a dit qu'il est au service de votre mère depuis que vous étiez enfant. Il aurait également un frère quelque part en ville ?

Demeroven pâlit légèrement.

— Ah, oui, oui, en effet.

Bobby ne peut s'empêcher de tirer mesquinement profit de l'occasion pour s'offrir une petite vengeance :

— Son frère dirige un club, il me semble...

Un sentiment de triomphe l'envahit quand il voit Demeroven blêmir tout à fait.

— Oh ! vous devriez y aller, alors ! s'écrie Beth avec enthousiasme.

— Peut-être, marmonne Demeroven avant de lancer le volant dans un tir si parfait que Bobby n'a aucune chance de le rattraper. Point !

— Un partout ! s'exclame Beth rayonnante.

— Et vous, Mason ? Quel est votre club de prédilection ? demande le vicomte avec un regard entendu.

— Je ne suis pas encore décidé, répond-il honnêtement. J'en ai essayé quelques-uns.

— Je suppose qu'on perd vite le compte…

Bobby frappe le volant en imaginant que c'est l'arrogant visage de Demeroven.

— Je ne voudrais pas prendre une décision sans avoir fait de recherches, n'est-ce pas ?

— Tout à fait, être indécis n'est pas un si grand défaut, à mon sens, rétorque Demeroven.

Le plus exaspérant chez ce type, c'est qu'il parvient à être encore plus beau ainsi : haletant, énervé, les joues rougies. Bobby sent monter en lui une brusque flambée de désir. Il se jette en avant pour récupérer le volant, en vain, et lutte de toutes ses forces contre la chaleur au creux de ses reins. Il refuse d'être attiré par l'insupportable James Demeroven. C'est tout simplement hors de question.

En rage, il s'aligne pour servir.

— À mon avis, prendre la peine d'effectuer mes recherches fait de moi quelqu'un d'informé, pas d'indécis.

Il sert avec violence, mais Demeroven est prêt et renvoie le volant avec tellement de force que Bobby doit se jeter sur le côté pour le récupérer devant Gwen.

— Bien sûr, parier, boire et cabotiner devrait être un exemple à suivre pour tout le *Ton*[1], grince Demeroven.

— Au moins, j'arrive à faire une impression décente, plutôt que de prendre la fuite à la sortie des clubs, réplique Bobby, au comble de la fureur.

Les mots ont à peine passé ses lèvres qu'il les regrette. Gwen lance le volant vers Demeroven qui reste immobile. Le volant passe au-dessus de sa tête, tandis qu'il garde ses yeux écarquillés rivés sur Bobby.

La honte l'envahit. Peu importe à quel point le vicomte est insupportable, il ne méritait pas cette attaque.

1. Le *Ton* désigne, à partir de la Régence, la haute société britannique, celle qui donnait justement le « ton » en matière de mode et de comportement.

— Demeroven, je…

Son expression se durcit d'un seul coup et une détermination nouvelle apparaît sur les traits de Demeroven.

— Non, inutile. J'ignorais que vous aviez le même mépris des conventions sociales que votre père. Vous êtes en bonne voie pour connaître une disgrâce plus grande encore que la sienne, félicitations.

C'est à son tour de rester pétrifié sous le choc. Beth et Gwen échangent des regards stupéfaits, leurs raquettes encore levées désormais inutiles. Pendant de longues secondes, personne ne fait le moindre mouvement.

Demeroven passe une main dans ses boucles désordonnées, haletant. Il croise le regard de Bobby qui y lit un choc similaire au sien. Il sait qu'il devrait trouver quelque chose à répondre – une repartie piquante, ou bien des excuses… n'importe quoi… Au lieu de quoi, sa gorge est tellement serrée qu'elle ne laisse pas passer un son.

Ses paroles étaient cruelles, il le sait. Mais il ne pensait pas que celles de Demeroven provoqueraient une telle douleur dans sa poitrine.

— Je ne voulais pas… Ce n'était…, balbutie Demeroven, ses yeux soudain horrifiés plantés dans les siens.

Rien ne suit. Ni Bobby ni lui ne s'excusent. Après un lourd silence, Demeroven rompt le contact visuel et recule de quelques pas. Il récupère le volant et lance d'une voix rauque :

— Point.

Puis il fait son service. Ni Bobby ni Gwen n'esquissent le moindre mouvement et le volant s'écrase derrière eux.

Demeroven joue nerveusement avec les boutons de sa veste, le regard dans le vague.

— Je, euh… à plus tard, mesdames. S'il vous plaît, transmettez mes excuses à Lady Steton, j'ai… à faire.

Il s'éloigne à pas rapides, dépose sa raquette et traverse le jardin comme s'il avait une bête à ses trousses.

— Bobby, est-ce que... ? s'inquiète Beth.

— Ça va, la coupe-t-il en leur offrant un sourire forcé. Je vais aller chercher à boire.

— Très bien, répond Gwen. Ramène-nous aussi quelque chose, tu veux bien ?

Il hoche la tête et s'éloigne, les poings serrés. Il est venu à ce thé dans l'espoir que Demeroven serait plus à son aise en petit comité. Et voilà qu'il a l'impression d'avoir reçu un violent coup de poing en pleine poitrine. Il voulait simplement l'aider, leur trouver quelque chose en commun, afin qu'ils ne soient plus seulement de vagues connaissances... À quoi bon ? Rien de tout cela n'est possible si Demeroven a une si piètre opinion de lui et de sa famille.

Et comment a-t-il pu le laisser dire une chose pareille sans défendre la mémoire de son père ? Mais non ! Il a laissé Demeroven partir, une fois de plus.

Bobby se sent tout à coup terriblement fatigué. Même le peu qu'on lui confie, il n'est pas capable de le mener à bien. Non seulement il ne pourra pas tenir sa promesse à Beth et son oncle, mais il manque aussi à ses devoirs envers Albie et envers la mémoire de leur père, même si elle ne vaut pas grand-chose.

# 6

## *James*

— Elle n'est pas aussi mauvaise que tu le dis, insiste Beth en lançant un regard noir à Lady Gwen.

Les deux jeunes femmes sont assises en face l'une de l'autre sur les banquettes de la calèche, vêtues de robes toutes simples et de tabliers pour passer l'après-midi à l'hôpital.

James ne comprend toujours pas très bien comment il s'est retrouvé à leur servir d'escorte pour la journée, et à devoir discuter avec le médecin en chef, le Dr Holting, au nom du comité pour le projet de loi porté par Lord Havenfort. Toujours est-il que le voilà pris au piège avec les deux jeunes femmes, dont il essaie de suivre les échanges houleux.

Personne n'a fait le moindre commentaire à propos de son départ précipité de chez les Steton en début de semaine. Cela dit, il n'y a pas eu un seul moment de pause dans leur dispute pour aborder un autre sujet. James en a plus qu'assez de ne jamais comprendre les échanges qui se jouent sous ses yeux, alors, brusquement, il ose demander :

— Excusez-moi… Pardon de vous interrompre, auriez-vous l'amabilité de me rappeler la situation avec Lady Ashmond ?

Mais, quand il se retrouve face à deux paires d'yeux furieux, il s'en mord aussitôt les doigts.

— Enfin… si ça ne vous ennuie pas de m'expliquer…

— Lady Ashmond est l'ancienne épouse de Lord Ashmond, lui explique sa cousine avant que Lady Gwen ait le temps d'ouvrir la bouche. Ils ont divorcé voilà six mois.

— Et c'est elle qui doit vous superviser à l'hôpital ?

Son regard passe de l'une à l'autre. La tension est si dense dans le petit habitacle qu'il pourrait presque la couper au couteau.

— Oui, elle est responsable de tous les volontaires.

— Et elle en profite pour s'enquérir de Beth à chaque fois, intervient Lady Gwen d'un ton pincé.

— Ce qui est très gentil de sa part, étant donné que je suis la cause de son divorce ! proteste Beth.

— Pardon ?

James ne peut retenir cette nouvelle question. Comment sa cousine, si douce, si adorable, pourrait-elle avoir brisé un autre mariage que le sien ?

— Le fils de Lady Ashmond est Lord Montson, déclare lentement Gwen comme s'il était lent à comprendre.

— Oui, je le sais, mais je ne vois pas…

Beth pousse un soupir.

— Lorsque j'ai mis fin à mes fiançailles avec Lord Montson, cela a précipité la demande de divorce de Lady Ashmond.

— Ah, commente-t-il sans pour autant comprendre. Eh bien, euh… c'est aimable à elle de prendre des nouvelles dans ce cas, j'imagine ? Est-elle une bonne responsable ?

Lady Gwen ouvre la bouche, la referme, tandis que Beth répond avec fougue :

— Absolument, oui. Elle est très dévouée à sa tâche. Avec le temps, nous apprendrons sans doute à la connaître davantage.

— Je ne vois pas pourquoi on prendrait cette peine…

— Tu veux bien te taire, à la fin ! s'emporte Beth.

Lady Gwen se renfonce contre la banquette, l'air boudeur, et le trajet se poursuit dans un silence gêné.

James a entendu des rumeurs circuler sur le refus abrupt de sa cousine d'épouser Lord Montson, la veille de la cérémonie. Cependant, tout ce qui s'est passé lors de la Saison précédente demeure très confus, car personne ne semble vouloir en discuter ouvertement. Il n'a donc que des bribes d'informations floues à propos des fiançailles de Beth, ou de la façon dont son beau-père, et par conséquent lui, ont acquis la maison londonienne des Demeroven.

— Beth, je me demandais si je pouvais avoir avec vous une discussion concernant..., commence-t-il au moment précis où la calèche ralentit devant l'arche en brique rouge qui marque l'entrée de l'hôpital.

Beth lui lance un regard interrogateur, l'invitant à poursuivre, mais il secoue la tête avec un sourire forcé. Il ne saurait même pas quelle question lui poser, de toute façon.

La voiture traverse la cour, puis tourne sur la gauche, devant le bâtiment de trois étages réservé à la maternité. Devant, un petit groupe d'enfants court et joue au ballon.

Les deux jeunes femmes descendent lestement de voiture avant qu'il ait pu songer à leur offrir son aide. Elles semblent décidées à s'ignorer mutuellement. Lady Gwen rejoint les enfants qui l'accueillent avec enthousiasme et l'invitent aussitôt à partager leurs jeux.

— Elle peut parfois se comporter comme une gamine, mais il faut reconnaître qu'elle est douée avec les petits, commente Beth, alors qu'ils passent la double porte d'entrée de la maternité. Je crois que vous trouverez le Dr Holting au deuxième étage.

Elle désigne un large escalier.

— Nous vous verrons demain pour la sortie en bateau avec Bobby, n'est-ce pas ?

James force un sourire et lui serre la main, alors que l'idée de revoir Bobby Mason a pour seul effet de figer son sang dans ses veines. Il regarde sa cousine passer une autre double porte.

Aussitôt, une grande femme élancée vêtue d'une large robe blanche et d'un tablier vert apparaît et vient immédiatement la prendre par le bras.

— Miss Bertram, quel plaisir ! La petite Martha a beaucoup demandé après vous. Venez par ici.

James voit les portes se refermer sur elle et reste immobile au bas des marches. Il n'est pas sûr de savoir comment réagir à tout ce qui se passe : la dispute entre les deux jeunes femmes, le rôle que son beau-père a joué dans le passif de Beth avec la famille Ashmond… Il devrait en apprendre davantage sur les événements de la Saison passée que tout le monde semble éluder volontairement.

En vérité, il aurait déjà dû interroger son beau-père à propos de sa cousine et de sa tante. Était-il tellement concentré sur son propre malheur qu'il n'a même pas pris la peine de vérifier comment allait la seule famille qui lui restait ?

Même Bobby Mason, qui n'a pourtant aucun lien de parenté direct avec Beth, semble plus proche d'elle que lui, qui est son cousin. Allons, assez pensé à Mason aujourd'hui ! Il refuse de s'attarder plus longtemps sur la façon dont son regard brisé lui a violemment serré le cœur, ou sur l'atroce sensation qu'il a alors ressentie d'être aussi cruel et méchant que son beau-père.

Il a du travail pour le Parlement, une mission importante à accomplir, quand bien même il ne s'est pas porté volontaire. Avec détermination, il monte les marches en tentant de ne plus penser à Mason, à Lord Havenfort ou à sa cousine. Malgré leur proximité constante qui met ses nerfs à rude épreuve, il se sent irrémédiablement à l'écart d'eux, comme différent, inaccessible.

— T'es-tu amusé à cette sortie en bateau avec ta cousine, mon chéri ?

La question de sa mère le force à lever les yeux de son assiette. Il croise son regard à travers la trop vaste table en acajou.

— Euh, oui, dit-il avec un sourire contraint.

Sa mère semble fatiguée. Elle nage dans sa robe d'intérieur grise.

James aurait préféré prendre son dîner à la cuisine, mais il a eu la malchance de rentrer, alors que son beau-père et sa mère étaient encore attablés dans une atmosphère sinistre.

Son beau-père est à sa place habituelle, en bout de table. La bouche pleine, il lâche :

— Quitte à perdre du temps en futilités, tu pourrais au moins trouver une femme à épouser.

— Ma cousine et Lady Gwen m'ont présenté à leurs amies, répond-il aussitôt, dans l'espoir d'éviter toute discussion sur les plans de sa mère pour inviter à dîner de charmantes jeunes femmes.

— Les Havenfort ne te feront pas de faveur. Tu ferais bien de courtiser plutôt les filles des conservateurs. Nous aurons besoin d'une bonne dot pour acquérir une autre maison de ville.

James serre les mâchoires. Après avoir mis la main sur celle-ci, Griggs veut une seconde maison à Londres… Apparemment, ce séjour dans la capitale ne fait qu'aiguiser ses ambitions. James sent l'étau se resserrer dans sa poitrine.

— Comment va Lady Havenfort ? s'enquiert sa mère.

— Elle…

— Lord Constance m'a appris aujourd'hui qu'il dégageait d'excellents revenus grâce aux compagnies de chemin de fer, les coupe Griggs. Tu pourrais t'associer à lui pour améliorer la législation en ce qui concerne l'acquisition de terres. Cela nous mettrait en bonne position pour obtenir des parts dans ses investissements.

Son beau-père poursuit sa tirade sur les bénéfices colossaux dans le chemin de fer et son expansion en Amérique.

Le regard de sa mère perd rapidement le peu de lumière qu'il abritait encore à son arrivée et elle baisse les yeux sur son assiette, tandis que James acquiesce à intervalles réguliers au monologue de son beau-père.

Finalement, cela ne change pas grand-chose au reste de sa journée. Il a passé des heures au milieu de conversations qui s'animaient autour de lui sans qu'il y prenne part. Pourquoi cela serait-il différent à la maison ?

Pourquoi, alors, ressent-il ce déplaisir tout nouveau à l'idée d'être ainsi ignoré ? Quand il était à la campagne, cela lui convenait parfaitement de vivre dans son coin en évitant ses parents autant que possible. Seulement, aujourd'hui, la façon dont sa cousine et Lady Gwen ont parlé sans le mêler à la conversation l'a piqué au vif.

D'ailleurs, il n'y a pas qu'elles qui manifestent une telle indifférence à sa présence. Il s'est déjà passé la même chose lors de sa première session parlementaire, lorsque Mason et Havenfort ont discuté en sa présence après son moment d'inattention. Tout cela en dit long.

Mason est finalement le seul qui ait réellement tenté d'engager un véritable échange avec lui depuis le début de la Saison, et James n'a rien fait d'autre que le rabrouer. Bobby ne s'est pas montré pour leur sortie en bateau et James ne peut guère le blâmer. Il n'a rien fait d'autre qu'insulter le pauvre homme. Pour une raison qu'il ignore, il semble incapable de réagir avec politesse et mesure en sa présence.

Il est pourtant conscient que Mason essaie de leur trouver des choses en commun. Seulement, la façon dont il a percé ses secrets, dont il a voulu ensuite lui faire admettre certaines choses en plein jour, alors que James les avait à peine murmurées dans le silence de la nuit à d'autres hommes, si tant est qu'il leur parlait… Il trouve insupportable de se sentir exposé de la sorte à chaque fois qu'ils discutent. Avec Raverson qui rôde dans les parages, il ne peut pas prendre le risque d'être vulnérable, ni même simplement honnête.

Son seul espoir, c'est que Mason finisse par le laisser tomber, comme tous les autres.

— C'est incroyable ce que font certains lords qui soutiennent Havenfort ! Emmener ainsi leurs maîtresses partout...

James cligne des yeux, brutalement ramené au présent par la voix nasillarde de son beau-père. Comment est-il passé du chemin de fer à l'adultère ? Si, à ses yeux, entretenir publiquement une maîtresse est déjà inconvenant, que penserait-il de sa visite à D'Vere ?

Non, décidément, James n'a d'autre choix que de fuir toute tentative amicale de la part de Mason. Son attitude décontractée, son penchant pour la discussion ouverte en public, sa tendance à privilégier l'honnêteté au milieu d'une haute société qui le rejetterait sans hésiter pour bien moins que pratique sodomite... tout cela est bien trop dangereux.

Mieux vaut lui laisser croire qu'il n'est qu'un rustre, plutôt que de prendre le moindre risque. De toute façon, après leur affrontement, Mason ne voudra plus rien avoir à faire avec lui. Son cœur se serre douloureusement. Dire qu'il a rêvé pendant des années, dans le secret de son cœur, que Mason et lui pourraient être plus que des amis... Quelle folie ! C'était un coup de cœur de jeunesse, rien de plus. Quelle que soit la beauté de ses souvenirs, la vérité est à l'opposé : ils sont incapables d'avoir un échange cordial.

— Et la fille de Havenfort ? Je parie qu'elle a essayé de te convaincre de donner de l'argent à ce fichu hôpital ?

James se tend et secoue la tête.

— Non, je ne suis allé là-bas que pour un projet de loi pour le Parlement.

Son beau-père se contente de grommeler avant de poursuivre sur les courses de chevaux. Seigneur... James ne peut pas vivre ainsi. Au moins, à Epworth, il pouvait s'échapper dans la campagne, s'apaiser dans la solitude et un silence serein, doux, réparateur.

Ici, il a pour unique perspective plus de dîners sinistres en famille, plus de réunions parlementaires, plus de réceptions mondaines sociales à écouter les autres parler sans jamais lui adresser la parole...

Mason n'est peut-être pas l'ami qui lui convient, mais il lui faut absolument trouver quelqu'un à qui parler s'il ne veut pas devenir fou...

# 7

*Bobby*

— Tu es ennuyeux à mourir, tu sais, dit Prince en posant un verre devant lui.

Bobby s'est rencogné dans un fauteuil près de la fenêtre.

— Ou alors, c'est ta réception qui est mortellement ennuyeuse...

La douce brûlure du whisky lui fait immédiatement du bien. Il observe la pièce et les anciens camarades que Prince a réunis pour la soirée : une fête de fiançailles bâclée que, pour une raison qu'il ignore, Prince a tenu à installer à l'arrière de sa maison de ville plutôt que... n'importe où ailleurs en fait.

Résultat, il n'y a nulle part où se réfugier dans l'immense bureau de son père, rempli de fauteuils et de tables de jeux. Dans un autre contexte, Bobby aurait sans doute pris un livre parmi les milliers d'ouvrages à la couverture de cuir qui s'alignent sur les étagères, mais il y a bien trop de bruit pour cela.

Tous ceux qui sont réunis dans la pièce étaient une année au-dessus de lui à Oxford et il n'y a pas les habitués de D'Vere. Bien entendu, Albie n'est pas présent non plus. Il va travailler toute la nuit au côté d'oncle Dashiell pour consolider leur dossier sur le projet de loi. Alors, il a insisté auprès de Bobby : l'un d'entre eux se devait d'être présent à la soirée.

— Souris, lui demande Pince cajoleur. On est entre amis.

— *Tes* amis, rétorque Bobby d'un ton qu'il espère enjoué.

Mais, à voir le froncement de sourcils de Prince, c'est un échec.

— Tu n'aurais pas besoin de passer un peu de bon temps, toi ?

Surpris, Bobby parvient de justesse à ne pas recracher par le nez la gorgée de whisky qu'il vient d'avaler.

— Pas avec qui que ce soit ici, en tout cas.

Prince suit son regard.

— Ce n'est pas faux... Alors, plus tard dans la semaine. On va appeler Parker. Sauf si tu préfères que Catherine s'en occupe ?

Bobby repose son verre sur le guéridon.

— Tu penses sérieusement que ta fiancée est la personne toute désignée pour régler mon problème de compagnie ?

— Elle connaît plein de charmantes jeunes ladies.

— Si le but est de me faire passer du bon temps, comme tu dis, ça ne va pas beaucoup aider.

— Oui, c'est vrai, il faut songer à préserver leur vertu. Eh bien, je suis sûr qu'elle doit connaître des jeunes femmes hors du *Ton* qui ne seraient pas aussi contraintes par les règles strictes...

Bobby fixe son ami. Les jeunes femmes de la haute société, comme celles du peuple n'ont aucun souci à se faire concernant leur vertu en sa compagnie...

— Prince...

— Je sais qu'elle connaît une chanteuse d'opéra, ou une danseuse, peut-être ? Je n'arrive pas à suivre avec toutes ces activités sociales...

— Je ne suis pas intéressé par une chanteuse d'opéra...

Il attend que son ami croise enfin son regard pour achever :

— Je ne suis pas... comme toi.

Prince le regarde.

— Ouvert en matière d'amour ?

— Eh bien, pas pour ce type d'amour, non. Je ne crois pas. D'ailleurs, je suis surpris que toi, tu le sois.

Il parle à voix basse, au cas où, mais ils sont seuls dans un coin de la pièce et personne ne fait attention à eux. Il aimerait comprendre comment Prince est passé d'habitué du club de Parker à fiancé comblé.

— Moi aussi, en toute honnêteté, répond Prince avec un haussement d'épaules. Simplement, j'ai rencontré Catherine et j'ai su que c'était elle.

— Cela ne t'a pas ennuyé qu'elle soit différente de tes autres… conquêtes ?

— Pas du tout. Aucune différence. Ou plutôt, si. Tout est mieux avec elle, je n'ai jamais aimé personne comme je l'aime, elle.

— Je vois, répond Bobby avec un sourire forcé.

— Ça n'a *vraiment* aucune importance, répète Prince comme s'il avait deviné les interrogations de Bobby. Je croyais que ça en aurait, moi aussi, mais Catherine est simplement l'exception. Ou alors, je n'avais tout simplement pas rencontré les bonnes filles avant elle, je ne sais pas. Je suis aussi passionné avec elle que j'ai pu l'être avec… les autres.

Bobby garde les yeux baissés sur son verre. Est-ce que tout peut s'expliquer si simplement ? Est-ce qu'il suffit de rencontrer la bonne ? Non, il n'y croit pas. Si c'était le cas, il aurait au moins senti l'effleurement du désir en voyant les plus jolies fleurs de la Saison. Danser avec une jolie femme aurait dû provoquer un émoi, aussi léger soit-il.

Il ne sait pas comment formuler ses doutes le concernant. Il se sent embarrassé, comme s'il risquait d'exposer directement son cœur sur la petite table qui le sépare de Prince. En fait, c'est d'autant plus gênant que Prince a vu tout ce qu'il avait à offrir, mis à part son cœur, et que cela ne lui a visiblement pas à moitié autant plu que Miss Langston. Pas sûr, dans ces conditions, que sa curiosité paraisse légitime.

— Mais ce n'est que mon cas particulier, commente Prince.

Surpris, Bobby cligne des yeux et relève le regard.

— Pardon ?

— Beaucoup d'amis m'ont dit qu'ils seraient incapables d'être dans ma situation. Ou qu'ils ne pouvaient envisager d'épouser une femme que si elle acceptait que le mariage ne soit que de nom.

Bobby hoche la tête, la poitrine un peu moins comprimée. Peut-être qu'il n'y a pas que lui, alors…

— C'est aussi ce qu'a dit Demeroven l'autre jour. Au fait, je t'ai dit qu'il venait à l'enterrement de vie de garçon ?

Un coup de couteau en plein cœur ne lui aurait pas fait plus d'effet. Prince a demandé à Demeroven de venir, avant de le lui proposer ? Sa douloureuse stupéfaction doit se lire sur son visage, car Prince s'excuse aussitôt :

— Mince ! Je suis désolé, Bobby. J'ai simplement pris pour acquis que tu serais là. Ce sera dans un mois, le 12 juin, la veille du mariage. En fait, Cunningham est supposé gérer l'organisation avec toi. Encore désolé pour ma bourde.

Bobby écarte ses excuses de la main, apaisé par l'expression sincèrement navrée de Prince.

— Excellent. Cunningham s'y entend en fête ! Où est-il, d'ailleurs ?

— Les voilà justement ! s'exclame Prince avec un signe de tête vers la porte.

Il se lève et va vers les nouveaux venus. Bobby reste assis, pris de court. Il le regarde saluer Cunningham, puis Demeroven. Ils semblent tous joyeux et rayonnants.

Bobby avale le reste de son whisky. Non seulement la présence de Demeroven va lui gâcher la soirée, mais on dirait bien qu'il est en passe de lui voler ses amis les plus proches.

Il joue avec sa chevalière. Il refuse de laisser ce type l'atteindre à chaque fois. Il ne lui doit rien, pas plus que Demeroven ne lui doit quoi que ce soit. Et s'il faut en croire leurs dernières paroles échangées, ils n'ont pas besoin de s'apprécier, ni de passer du temps ensemble.

Il se lève avec détermination pour rejoindre un autre groupe et paraître occupé, hélas, il n'a pas fait deux pas que Cunningham lui saisit le bras.

— Mason, parfait ! On a besoin d'un quatrième joueur pour le whist.

Bobby grimace, mais ne s'écarte pas. Certes, Demeroven et lui peuvent se comporter en hommes des cavernes devant Gwen et Beth, cependant, il ne peut pas se montrer grossier devant Prince qui les a invités tous les deux.

Voilà comment il se retrouve assis à côté de Demeroven autour d'une petite table de jeu. Ce dernier mélange les cartes avec des gestes experts. Il a l'air à l'aise, le col ouvert, en bretelles. Rien à voir avec le crétin collet monté à qui il a eu affaire la semaine passée.

Et ce changement n'est pas une bonne nouvelle, parce qu'il est incroyablement séduisant comme ça. Si c'était un supplice de le regarder, Bobby pourrait au moins ne pas être aussi troublé par le spectacle. Seulement, sous ce regard bleu intense, il sent le souffle lui manquer.

— Êtes-vous meilleur au whist qu'au badminton ? lui lance Demeroven avec un sourire au coin des lèvres.

Bel homme ou pas, Bobby n'est pas prêt pour autant à jouer les gentils.

— Sans triche ? Absolument.

— Oh ! il y aurait donc eu une partie de badminton truquée chez les Steton ? C'est vrai que je vous ai aperçus sur les courts, s'amuse Cunningham. Ta cousine était de la partie, n'est-ce pas, Mason ?

— Lady Gwen ? Elle joue comme un véritable démon, commente Prince avec un frisson. Elle épuise tout le monde.

— En fait, Miss Bertram et moi avons remporté la partie sur Lady Gwen et Mason, déclare Demeroven en distribuant les cartes.

— Vraiment ? s'étonne Prince. Personne ne parvient jamais à la battre !

— En toute sincérité, c'est Miss Bertram qui mérite tous les honneurs. Demeroven a passé sous silence ses prouesses.

— Loin de moi cette idée, réplique Demeroven en retournant la dernière carte. Pique à l'atout, messieurs. Je formulerais les choses autrement, en disant que ma cousine et moi sommes une équipe bien assortie.

Bobby pose son deux de carreaux et tente de ne pas se laisser fasciner par les doigts de Demeroven qui pianotent sur la table.

— C'est joliment dit, approuve Cunningham.

— Il a le verbe charmeur, confirme Prince.

— Je ne l'aurais pas deviné, marmonne Bobby entre ses dents.

Il perçoit dans sa propre voix le sarcasme, tandis que Prince pose un cinq de carreaux sur son deux. Il est profondément agacé que Prince semble avoir accès à la personnalité charmante de Demeroven, contrairement à lui.

— Vous semblez être friand de suppositions infondées, Mason, je me trompe ? Qu'en pensez-vous, Cunningham ?

— Je suppose, dit ce dernier en regardant sa main, les sourcils froncés.

— Oh ! allez ! Joue ! lance Prince. Il fait tout le temps ça, ajoute-t-il à l'adresse de Demeroven.

C'est pour ça que Bobby apprécie tout particulièrement de jouer au whist avec Cunningham. Grâce à sa léthargie, il devient très facile de suivre les cartes passées. Malheureusement, Demeroven semble en tirer le même avantage, à voir la vitesse à laquelle il pose un dix de carreaux sur le six de trèfle de Cunningham.

— Pour ta dernière soirée de célibataire, j'ai pensé qu'on pourrait faire la tournée des pubs... avec des chapeaux.

— Des chapeaux ? répète Bobby.

— Des chapeaux très voyants. Je ne sais pas encore où les trouver, mais nous pourrions les faire broder en l'honneur de Prince.

— Mieux vaut ne rien porter de reconnaissable sur nous si

on fait une tournée des pubs, tempère celui-ci, tandis que Bobby réfléchit à son prochain coup.

Il a un valet, mais il pressent que Demeroven a un roi.

— Ma mère a dégotté une modiste aux goûts criards. Je devrais pouvoir la persuader de fabriquer quelque chose pour nous si j'y vais hors des horaires d'affluence, intervient Demeroven.

— Parfait !

— Quand donc auriez-vous le temps de vous rendre chez une modiste pour commander des chapeaux personnalisés ? interroge Bobby.

Prince n'a toujours pas posé sa carte. Il sent que Demeroven commence à s'exaspérer de leur lenteur.

— J'irai pendant une session parlementaire, à l'heure du thé, lâche Demeroven en mettant immédiatement son as sur le roi que Cunningham vient de poser d'un air triomphal.

Bon sang !

— Vous comptez manquer une session du Parlement pour des chapeaux ? s'indigne Bobby.

Demeroven hausse les épaules en rassemblant le pli.

— Il y en aura d'autres.

— Oui, d'autres, répète Cunningham qui a l'habitude de faire ça quand il n'écoute pas vraiment ce qui se dit.

Il attrape son verre vide et lance :

— Prince, tu viens m'aider à apporter la prochaine tournée ?

Prince le suit vers la cuisine, tandis que Demeroven pousse un soupir de dégoût de voir le jeu ainsi interrompu.

— Pourquoi êtes-vous là ? demande Bobby.

Le whisky et son humeur morose ne lui laissent plus beaucoup de contrôle sur sa langue, ni sur ses émotions.

— Pardon ?

— Vous deviez être chez mon oncle Dashiell avec Albie en train de travailler ce soir. Au lieu de quoi, je vous trouve ici à planifier des inepties.

Ils sont assis tout près l'un de l'autre, coincés entre la table et le mur. D'aussi près, Bobby peut voir que ses yeux sont légèrement rouges et qu'il n'est pas rasé du matin.

— Vous semblez penser que toute ma vie devrait tourner autour de sessions parlementaires, comme si la majorité des lords ne passaient pas la Saison entière à boire et à tirer sur leurs cigares.

— Et cela vous convient ? Les vieux gentlemen se contrefichent du Parlement, donc pourquoi faudrait-il vous en soucier ? Tout ce pouvoir, tout cet argent, tout ce capital social... vous êtes heureux de le laisser couler entre vos doigts parce que c'est trop de travail ?

— Vous ne savez pas de quoi vous parlez, lâche Demeroven d'un ton glacial.

— Je sais en tout cas que vous gaspillez une opportunité incroyable – une position pour laquelle la plupart des hommes seraient prêts à tuer. Une position à cause de laquelle votre cousine et sa mère ont failli se retrouver à la rue. Et vous, vous la gâchez, comme si le titre qui vous a été donné ne méritait pas que vous en fassiez quelque chose !

Demeroven le fixe, le visage curieusement inexpressif, ce qui fait encore grandir sa fureur.

— Ne faites pas semblant de ne pas comprendre, vous êtes plus intelligent que ça.

— C'est vous qui ne comprenez pas, rétorque Demeroven, le regard noir.

Brusquement, ses yeux se posent quelque part derrière Bobby. Il tourne la tête mais n'aperçoit personne et, le temps qu'il revienne face à Demeroven, le masque impénétrable est revenu sur ses traits.

— Vous n'aurez jamais les responsabilités qui me sont échues, aussi, je vous suggère de cesser de me dire comment je dois gérer ma vie, avant de vous embarrasser davantage, vous, ou votre famille. Si vous voulez bien m'excuser.

Bobby reste assis, interdit, tandis que Demeroven se lève avec raideur et quitte la pièce. Bobby le suit du regard, les veines bouillonnant de rage. Ce type prend la fuite à chaque fois, et pourtant, c'est toujours lui qui a le dernier mot et qui garde la tête haute.

Dans un mouvement d'humeur, Bobby jette ses cartes au milieu de la table. Il se sent à bout. Il a besoin de noyer son inconfort jusqu'à ce qu'il ne le sente plus, jusqu'à ce que l'image des yeux de Demeroven disparaisse de son esprit.

Au diable la requête de son oncle et de sa cousine ! Il ne perdra pas plus de temps avec ce nouveau vicomte trop impatient de dilapider son pouvoir, parce que la charge lui semble vaguement désagréable.

Il prend la direction de la cuisine d'un pas déterminé. Prince y a fait installer un bar, c'est là qu'il doit aller. Dans sa hâte, il manque bousculer Lord Raverson dans le couloir.

— Pressé, Lord Mason ? s'enquiert ce dernier.

Bobby reprend son équilibre. Bon… Ce troisième verre n'est peut-être pas une si bonne idée, tout compte fait.

— Mes excuses, Lord Raverson. J'allais simplement au bar. Comment allez-vous ?

Il fait de son mieux pour adopter un ton composé et manifester le désintérêt poli qu'un homme de la position de Raverson est supposé susciter. Encore que, depuis la Saison dernière, s'il faut en croire les rumeurs qui sont parvenues jusqu'à lui, Raverson est en train de se faire un nom dans leur petite communauté, il aurait couché avec bon nombre des clients de Parker.

Loin de lui l'idée de les blâmer, d'ailleurs. Raverson a un regard sombre saisissant et une mâchoire ciselée qui serait tentante, même sans son titre de vicomte. De ce qu'il sait, le domaine de Raverson ne dégage pas une rente très importante, pourtant, il parle toujours d'investissements et de dividendes quand Bobby le croise au club et il a toujours de l'argent sur lui.

Pour l'heure, il ne parle pas affaires, et regarde Bobby avec un intérêt manifeste.

Tout à coup, Bobby songe à un regard plus doux, plus profond et plus mystérieux que le désir sans fard qui anime celui de Raverson. Non ! Il n'accordera plus une seule pensée à Demeroven ce soir !

— Je vais bien, très bien même... J'ai vu que vous parliez avec Lord Demeroven. Un sacré personnage, pas vrai ?

— Je suppose..., balbutie-t-il, pris au dépourvu.

Au temps pour sa force mentale...

— Si je puis me permettre, ça n'en vaut pas vraiment la peine, si vous cherchiez à vous attaquer à cette cible-là.

— Je, euh...

Bobby ne sait pas comment réagir à des remarques aussi ouvertes sur ses penchants, encore moins à propos de Demeroven.

— Je le trouve... insignifiant, au mieux, reprend Raverson.

— Vraiment ? demande Bobby, la gorge sèche.

Il ne sait pas exactement ce qui provoque en lui une telle réaction. Le regard brûlant de Raverson, ou bien le choc de l'entendre mentionner son... enfin, Demeroven... quoi qu'il représente pour lui.

Raverson s'approche un peu plus.

— Mais c'était il y a déjà quelques années. Il a pu s'améliorer, gagner en expérience.

Il pose la main tout près du visage de Bobby contre le mur sur lequel il vient de s'adosser, étourdi. Raverson lui sourit, séduisant avec ses mèches sombres sur le front, ses yeux brillants, ses dents d'une blancheur éclatante.

Quelque chose de dangereux, de sauvage monte en lui. Il sait qu'il devrait s'éloigner. Raverson lui a déjà montré plusieurs signaux de danger, par exemple en discutant si ouvertement dans le couloir ; pis encore, en partageant des détails intimes sur un autre homme. Seulement, comment ignorer cette pointe brûlante au creux de ses reins ? Il a tellement besoin de ce soulagement passager. Et puis, son sourire dévastateur et la grande liberté qui émane de lui sont irrésistiblement attirants. Puisqu'il a besoin de distraction, Raverson semble être exactement ce qu'il lui faut.

— Et vous ? Avez-vous gagné en expérience depuis ?

Le son rauque de sa voix sonne étrangement à ses propres oreilles.

Un lent sourire apparaît sur le visage de Raverson, révélant des fossettes séductrices. Il se penche un peu plus, assez près pour que Bobby sente la chaleur de son souffle sur ses lèvres.

— J'en ai suffisamment pour remarquer la bosse entre vos jambes.

Bobby s'appuie contre le mur, les jambes tremblantes. Il perd complètement le contrôle.

— Il y a un petit cabinet par là, si vous cherchez un endroit qui ferait l'affaire, souffle Raverson.

— Je cherche plutôt une personne qui ferait l'affaire..., murmure Bobby, haletant.

Le sourire de Raverson se fait plus carnassier.

— Je vous aime bien, Mason.

Bobby laisse échapper un petit rire étranglé et se surprend à suivre Raverson dans les quartiers réservés aux domestiques. Il a beau savoir quel risque il prend, il se laisse entraîner dans le réduit caché et s'abandonne à la passion d'une rencontre clandestine.

Il n'a qu'une pensée fugace pour Demeroven, en songeant qu'il est bien ironique qu'un homme qui trouve le vicomte si décevant puisse prendre tellement à cœur son plaisir à lui.

# 8

*James*

— Ils se donnent en spectacle.

James parcourt du regard l'océan de capelines et de couvre-chefs au milieu desquels il a repéré Lady Gwen, sa cousine Beth et Mason. Les deux jeunes femmes attirent effectivement l'attention sur elles en chahutant Albert Mason qui a la malchance d'être sur le terrain.

Son beau-père a insisté pour qu'ils assistent au tournoi de rugby des anciens élèves d'Oxford contre ceux de Cambridge. James n'a malheureusement pas réussi à trouver d'excuse valable. Il ne prend personnellement aucun plaisir à voir ses anciens camarades sur le terrain, même si Lady Gwen et Mason semblent pour leur part apprécier grandement ces moments.

Plutôt que de regarder, il reste assis et rumine. Il cherche les mots pour demander à son beau-père de confirmer ou de contredire l'accusation que Mason a portée chez Prince. Ici, au moins, Griggs ne pourra pas partir sans autre forme de procès. Le moment est idéal, mais y penser lui a retourné l'estomac toute la semaine.

James ne voit aucune raison pour laquelle Mason aurait menti. D'autant qu'il a pu lui-même constater la tension toujours existante entre Lady Gwen et Beth à propos de ses fiançailles ratées avec Lord Montson.

Au cours des deux années passées, son beau-père lui a dit que sa tante, devenue Lady Havenfort depuis son mariage avec Dashiell, ne voulait rien de son défunt mari et refusait toutes les offres qu'il avait faites de lui fournir une rente sur l'héritage de James, dont il était alors exécuteur testamentaire. Avec le recul, James ne comprend même pas comment il a pu croire à cette histoire.

Il doit affronter Griggs, lui dire combien c'était méprisable de laisser des membres de leur famille dans le besoin, de les avoir contraintes au mariage pour ne pas tomber dans la déchéance.

Il sait désormais qu'ils doivent des excuses sincères à Lady Havenfort et à Beth, ainsi que des réparations. James a beau n'avoir pas su ce qu'elles subissaient, il se sent horriblement coupable. Il aurait dû demander, il aurait dû s'imposer, plutôt que de rester inerte.

Près de lui, son beau-père s'enthousiasme quand l'une des équipes marque. James ne se rappelle même plus qui il est censé soutenir.

Les mots lui échappent avant qu'il ait pu trouver une formulation adéquate. De toute façon, trop y réfléchir ne l'amènerait qu'à se dégonfler.

— Sir, nous devons discuter…

— Ah, Lord Demeroven.

James sent aussitôt son dos se raidir. Raverson se laisse nonchalamment tomber dans le siège vide à côté du sien. À la lumière du jour, sa beauté est ravageuse et sa présence lui semble infiniment plus détestable.

— Lord Raverson, lâche-t-il, les dents serrées.

— Oh ! et vous devez être le beau-père – Mr Griggs, c'est bien ça ? Je suis Lord Raverson.

Il se penche par-dessus James pour tendre sa main à son beau-père.

— Raverson, vous dites ?

Il prend la main tendue, obligeant James à se renfoncer davantage dans son fauteuil.

— Tout à fait. Vous connaissiez mon père, il me semble ?

Raverson est tout sourire et plein de charme devant son beau-père qui est évidemment enchanté d'avoir été reconnu, puisque c'est là son rêve absolu.

— Absolument, absolument. Un homme solide qui se battait pour ses idéaux. Il était un grand allié de l'oncle de Demeroven.

— Oh ! je sais, répond Raverson qui retire lentement sa main, caressant au passage le torse de James. Mon père parlait régulièrement de leurs efforts pour trouver un moment où se voir dans leurs agendas chargés et j'entends bien faire de même.

— Excellent ! Vous pourrez aider Demeroven à avoir une opinion. Il a toujours manqué de conviction. Vous vous êtes rencontrés à l'université ?

Raverson pose les yeux sur James, l'air parfaitement innocent.

— En effet, lâche le vicomte, tendu.

— Merveilleux. C'est un réel soulagement de savoir que le pauvre garçon bénéficiera au moins d'une bonne influence. Sans vous offenser, Demeroven.

James hausse les épaules comme s'il n'y avait aucun souci, alors que l'insulte était complètement volontaire. Il devrait être davantage agacé que son beau-père se permette de le rabaisser en public, seulement, il est bien trop occupé à lutter contre la panique qui lui écrase la poitrine. Voir Raverson et son beau-père si proches est simplement terrifiant.

— Peut-être pourrais-je vous inviter à déjeuner un jour prochain, monsieur. Je vous laisse choisir une date. J'apprécierais grandement de bénéficier de vos conseils, car je sais combien le précédent Lord Demeroven vous tenait en haute estime.

Quelle saleté d'hypocrite !

— Avec grand plaisir, vicomte ! Ce serait merveilleux de

discuter affaires avec quelqu'un qui s'y entend. Je vais demander à mon valet d'arranger cela.

— J'ai hâte, dit Raverson avec un coup de coude à James.

Rayonnant de joie, son beau-père revient aussitôt à ce qui se passe sur le terrain, tandis que James tente de contrôler la panique qui l'étreint, ainsi pris au piège entre les deux hommes pour lesquels il éprouve le plus d'aversion.

D'abord, son beau-père lui a assené des instructions à propos de l'agenda parlementaire, sans le laisser placer un seul mot, comme s'il était incapable d'avoir une opinion. Et maintenant, il compte en discuter avec Raverson autour d'un déjeuner !

Il comprend parfaitement ce que son beau-père retire de la situation. De toute évidence, puisque James est à ses yeux une perte de temps, il compte profiter de son séjour à Londres pour se trouver un fils de substitution. Cela doit lui apparaître comme une merveilleuse aubaine d'obtenir ce qu'il veut tout en humiliant James.

Mais Raverson ? Qu'espère-t-il obtenir ?

— Qu'est-ce que vous fabriquez ? souffle-t-il à son voisin dans un murmure étranglé.

— Je regarde un match de rugby, réplique Raverson avec un clin d'œil.

James serre les poings et envoie son coude dans les côtes de Raverson qui est forcé de s'écarter à quelque distance. Il le fait sans un commentaire, avant de se moucher élégamment.

— Pourquoi inviter mon beau-père à déjeuner ? grince James en le regardant replier méticuleusement le tissu en petits triangles nets.

— Il faut entretenir ses contacts, Demeroven. C'est la première règle au Parlement.

James plisse les yeux tandis que quelque chose se passe sur le terrain. Un essai, une mêlée, une pause... ? L'acclamation de la foule est immédiate et Raverson crie d'enthousiasme avec elle.

Mais les plus bruyants sont sans surprise Mason et Lady Gwen qui continuent de hurler bien après tout le monde, avant d'éclater de rire sous le regard tendre de Beth.

Les yeux rivés sur le trio, James sent sa gorge se serrer d'envie. Ils sont heureux, insouciants. Quelle injustice que Bobby Mason ait une famille aimante autour de lui, alors que lui a... ça ?

— Quelle vulgarité, soupire Raverson.

Son intervention oblige James à revenir à son beau visage plein d'arrogance. Malgré lui, il ressent un besoin frustrant de défendre sa cousine, ce qui implique qu'il le fasse pour les trois.

— Ils s'amusent simplement.

— Effectivement, ils s'amusent... bruyamment, répond Raverson avant d'éternuer à nouveau.

— Vous avez toujours le rhume des foins ? demande James, tandis que Raverson déplie ostensiblement le mouchoir.

James sent son sang se glacer dans ses veines. Il reconnaît ce tissu, c'est celui que Mason a sorti pour le lui tendre l'autre soir devant le club de Parker. Impossible de confondre le lin blanc brodé de petites marguerites jaunes qu'il avait trouvé délicat et charmant... et qu'il voit à présent entre les doigts de Raverson.

Du calme. Ce n'est sans doute rien. Mason le lui a proposé pour essuyer son vomi, ce n'est pas comme s'il y tenait comme à la prunelle de ses yeux...

Pourtant, James songe à son propre mouchoir, celui que Raverson a gardé et qu'il persistait à utiliser ostensiblement à chaque fois qu'ils partageaient un cours ou qu'ils se retrouvaient dans une sortie commune. Il l'utilisait comme une sorte de trophée, l'air de dire : « N'oublie pas ce que je sais sur toi. Rappelle-toi comme nous avons été intimes. Pense à ce que je pourrais leur dire à tous... »

Si Raverson a le mouchoir de Mason...

En contrebas, celui-ci pousse une nouvelle acclamation.

— Il est terriblement bruyant, n'est-ce pas ? reprend Raverson en tordant le mouchoir entre ses doigts.

— Je suppose, parvient-il à articuler, alors que des images des deux hommes ensemble l'assaillent.

Il sent son ventre se tordre jusqu'à la nausée.

— Il l'est aussi pour d'autres activités, poursuit Raverson de cet air tellement naturel qu'il sait être savamment calculé.

James l'a vu trop souvent agir ainsi : laisser échapper des bribes d'informations comme malgré lui, sans y penser.

— Et que comptez-vous faire de cette information ? lâche James, agacé par son propre manque de tact.

Seulement, la pression dans sa poitrine grossit à chaque instant. Si Raverson connaît leurs inclinations à tous les deux, les dommages qu'il pourrait causer à leurs familles...

— Oh ! rien du tout. Pour l'instant..., assure Raverson avec un haussement d'épaules. Mais il n'est jamais mauvais d'avoir quelques assurances pour soi, n'est-ce pas ? En prévision des temps difficiles.

Il étire son long corps séduisant et James serre les mâchoires.

— Il me semble que vous avez largement passé l'âge de jouer à ces petits jeux puérils.

— Oh ! mais c'est là que tu te trompes, Demeroven. Tu as toujours eu l'esprit étroit.

— Un titre et un domaine, cela ne vous suffit pas ? s'étonne James en affrontant le regard calculateur de Raverson.

— Le véritable pouvoir, l'influence requièrent bien plus que les maigres possessions léguées par mon père. Mais ce que tu as... les connexions familiales...

Un frisson glacé court le long de sa colonne vertébrale.

— Vous n'oseriez pas ! Laisse ma cousine en paix.

Raverson recule légèrement, un sourire suffisant aux lèvres.

— Je serais bien entendu ravi de devenir un membre officiel de ton illustre famille, mais puisque ni ta cousine, ni sa demi-sœur ne semblent impatientes de se marier... je suis bien obligé de tenter d'autres incursions.

James ouvre la bouche, mais son beau-père lui assène soudain une tape brutale dans le dos.

— Lord Raverson, je suis impatient de déjeuner avec vous.

Ce n'est qu'alors, que James prend conscience que le match vient de se terminer et que les tribunes se vident. Sa cousine, Lady Gwen et Bobby ont déjà rejoint le terrain pour féliciter Lord Mason.

— Moi de même, Mr Griggs, répond Raverson. Je vous reverrai tous deux bientôt.

Il reboutonne sa veste et, sur un salut, quitte la tribune. James reste figé, terrassé par la panique et l'angoisse.

— Eh bien, voilà un jeune homme impressionnant ! lance son beau-père. Tu devrais prendre exemple sur lui. Il pourrait te montrer une chose ou deux au cours de la Saison.

James garde le regard rivé sur le terrain et s'interdit la moindre réaction, sans quoi il risquerait d'étrangler son beau-père sur-le-champ. Au lieu de ça, il se concentre sur le trio qui continue de discuter joyeusement en attendant Lord Mason qui rassemble ses affaires boueuses.

Le rire de Bobby parvient jusqu'à lui et James sent sa colère et sa peur se reporter contre lui et son insupportable insouciance.

Ils ne seraient pas dans cette situation inextricable si Mason s'était montré plus prudent. Mais non, évidemment, il a fallu qu'il couche avec la plus dangereuse langue de vipère de toute la ville, qui détient désormais une preuve de leur rencontre intime. Mason les a tous mis en danger par son attitude irréfléchie. Il a littéralement peint une cible dans leur dos à tous. Désormais, Raverson ne les lâchera plus.

C'est la nonchalance de Mason qui est la cause de tout cela !

Et il a eu l'outrecuidance d'affirmer que James fuyait ses responsabilités ! Il l'a accusé d'abuser de son pouvoir, tout ça parce que les bavardages du Parlement ne l'intéressent pas !

Eh bien, c'est fini... Il n'a plus le choix : si Mason met en danger leurs familles, ce sera à James de les protéger du scandale en se faisant bien voir au sein du *Ton*, afin de contrecarrer toutes les rumeurs que Mason risque de provoquer par son attitude.

Sa main court sur le papier, tandis qu'il écoute Lord Roberts en tentant de prendre toutes les notes qu'il peut. Étonnamment, ce comité en faveur du projet de loi pour la réglementation de la médecine s'est révélé fort intéressant.

Leur proposition collective de travailler avec les quelques institutions médicales bien établies pour démarrer le registre avec des noms estimés est un excellent début. Ensuite, ils s'appuieront sur les étudiants de ces institutions pour s'intégrer dans d'autres communautés et juger les médecins compétents dans la sphère privée.

Quand Roberts termine son discours, Lord Havenfort et Lord Mason se lèvent pour remettre en ordre la salle de réunion. James inscrit une dernière institution médicale : l'université d'Édimbourg. Il ajoute une petite étoile juste à côté, pour se rappeler son importance, plus tard.

— Bonne pioche, ils ont effectivement un excellent programme, lance Lord Havenfort.

James lève les yeux pour le trouver souriant au-dessus de lui. Le père de Lady Gwen lui ressemble et il bénéficie comme sa fille d'un visage aux traits d'une grande beauté. Mais James remarque surtout les cernes noirs autour de ses yeux.

— Merci, répond-il en ravalant l'angoisse qui se forme dans sa gorge à chaque fois qu'il doit adresser la parole à une personnalité de la stature de Havenfort. J'ai d'anciens camarades qui y ont été formés. Je pense pouvoir joindre certains d'entre eux, afin de débuter des listes de praticiens sur leurs conseils.

— Ce serait parfait ! s'exclame Lord Havenfort.

James peine à croire l'expression qu'il lit sur son visage. Est-ce de la fierté ? Non, impossible…

— Vous parlez de Mr Yorks et Mr Findlay, Demeroven ? s'enquiert Lord Mason.

— Oui, ainsi que du jeune frère de Mr Yorks et de Mr Rilton. Il me semble que ce dernier et vous avez joué une année au rugby ensemble, non ?

— Absolument. Il était en défense. Si vous voulez, quand vous aurez préparé vos courriers à ces messieurs, envoyez-m'en une copie, je contacterai Rilton de mon côté pour qu'ils travaillent tous ensemble.

— Très bien, répond James en tentant de paraître détendu.

En vérité, ses efforts paient bien plus qu'il n'aurait pu l'espérer.

— Dans ce cas, je laisse ces messieurs de l'université d'Édimbourg entre vos mains très capables, s'exclame Lord Havenfort, tandis qu'ils quittent tous trois l'antichambre.

— Je crois que mon épouse doit également connaître quelques femmes de médecins pour obtenir d'autres références. Je vais lui écrire immédiatement, dit Lord Mason.

— Comment se porte Lady Mason ? s'inquiète Lord Havenfort.

James fait de son mieux pour tenir le rythme de leurs enjambées. Il se sent toujours un peu à part, mais au moins on parle avec lui, non plus à côté de lui. C'est un début… Encore quelques semaines comme celles-ci et il pourra prouver à Bobby combien il s'est trompé à son sujet. Oui, il compte bien se rendre irremplaçable !

— Elle… va mieux, répond Lord Mason en leur tenant la porte ouverte.

— Bien. Rappelle-toi que je peux envoyer le médecin de Cordelia à Meredith à mes frais. N'hésite surtout pas.

— Merci, mon oncle, répond Lord Mason avec un sourire reconnaissant.

— Et comment va ma tante ? demande Demeroven à Lord Havenfort, dans un effort pour paraître aussi impliqué que Lord Mason.

Le sourire de son interlocuteur vacille un instant avant de s'élargir.

— Fort bien. Je lui dirai que vous avez demandé de ses nouvelles. Elle a l'intention de vous inviter à dîner quand elle sera moins fatiguée.

— Avec plaisir. Ma mère est enthousiasmée par la naissance à venir, répond-il sans trop savoir quoi ajouter.

Il pense que c'est vrai. Difficile à dire, il ne sait jamais vraiment ce qui se passe dans la tête de sa mère quand il est question de son ancienne belle-sœur.

— Je communiquerai son enthousiasme à Lady Havenfort. En lieu et place de ce dîner à venir, j'ai pensé que vous pourriez tous les deux apprécier un spectacle à l'Opéra ce soir.

— Je ne suis pas disponible ce soir, mon oncle, navré. Je dois rencontrer Cunningham et son père.

— Bien sûr, je comprends. Gwen et Beth seront déçues mais elles comprendront.

— Je serai heureux de venir, pour ma part, ose répondre James, impatient de pouvoir faire une meilleure impression sur sa cousine et Lady Gwen. Je pourrais même les y escorter, si vous le souhaitez.

— Merveilleux ! 7 heures vous conviendrait ?

— J'y serai avec ma voiture, alors.

— Bobby pourra vous accompagner, lui aussi, intervient Lord Mason. Ainsi, vous serez pairs et cela l'occupera.

James se raidit, mal à l'aise à l'idée de se retrouver si près de Mason toute la soirée, mais Lord Havenfort leur tend déjà les billets pour sa loge.

— Splendide. Beth et Gwen seront enchantées. À présent, je dois vous quitter et rejoindre Cordelia. Bonne journée, les garçons.

James reste immobile en regardant son oncle par alliance s'éloigner.

— Bonne soirée à vous, Lord Demeroven.

James répond d'un sourire fugace, encore sous le choc. Comment diable s'est-il retrouvé invité à une soirée avec Bobby Mason ?

— Parr est le meilleur entraîneur de jockeys, et en suggérer d'autres montre simplement que tu n'as pas du tout prêté attention à la conversation, déclare Lady Gwen à Mason plus tard dans la soirée.

Ils sont installés dans la loge de Lord Havenfort, dans le nouvellement rénové Opéra royal, peu avant le lever du rideau.

Mason se penche devant James pour jeter un regard noir à la jeune femme. La nuance légère de son eau de Cologne atteint ses narines et James décrète intérieurement qu'il déteste l'odeur du bois de santal, alors que ça a toujours été l'une de ses favorites.

— George Abdale est un entraîneur tout aussi capable – meilleur, sans doute, puisque c'est son cheval qui a gagné l'an dernier, réplique Mason.

Cela fait une bonne heure qu'ils entretiennent leur dispute et il commence à fatiguer. Non seulement il n'a aucun intérêt pour les courses de chevaux, mais en outre ces deux-là contrecarrent tous ses efforts pour faire bonne impression sur sa cousine et, en même temps, ignorer ostensiblement Bobby Mason.

Il aimerait que cette soirée inconfortable ait au moins un sens, mais ils n'arrêtent pas de discuter des courses d'Ascot. D'ici à quelques minutes, la quatrième représentation des *Huguenots* débutera et ils seront contraints au silence pendant des heures. Il n'a pas le choix, il doit changer de tactique…

— Georges Abdale est très bon, intervient Miss Bertram qui est assise juste à sa droite.

— Ne commence pas à prendre son parti ! s'exclame Lady Gwen.

— Merci, mais je suis capable d'avoir une opinion indépendamment de vous deux, rétorque Beth. Cessez de vous disputer sous le nez de Lord Demeroven.

— Ce n'est rien, intervient-il, bien décidé à rester aimable avec les deux jeunes femmes et à s'intégrer, même si cela implique de commenter un sujet qui ne l'intéresse en rien. Mais je crains de vous décevoir, ma cousine : il semble bien que Parr soit favori cette Saison.

— Ah ! s'exclame victorieusement Lady Gwen.

— C'est vrai qu'il est nouveau, mais ses jockeys ont gagné de multiples courses ces derniers mois, et Wells est bien parti pour finir dans les trois premiers à Ascot.

— Exactement, renchérit Lady Gwen. Tout est question de conditionnement. Père dit que Parr fait courir ses jockeys à côté de leurs chevaux.

— Tout à fait, confirme James.

Mason les regarde l'un et l'autre, visiblement surpris, et James se redresse légèrement. Il n'est pas un si mauvais compagnon en société, après tout...

— Admettons. Et maintenant, pourrions-nous choisir un sujet de discussion qui n'implique pas de s'emporter ou de pousser des soupirs dramatiques ? suggère Beth.

— D'accord, convient Mason. De toute façon, nous verrons bien qui avait raison dans un mois. Vous voulez parier ?

— Je croyais que vous vous étiez vu suspendre votre droit de parier lors du tournoi « Repère-les-héritiers », je me trompe, Mason ? lance rapidement James.

Bobby se renfonce dans son fauteuil avec un soupir.

— Oh que si ! se moque Lady Gwen.

— Comment ça se passe au Parlement ? demande Beth en coupant court à la remarque acide que Lady Gwen avait sans nul doute sur le bout de la langue.

— Très bien, répond James avec autant de charme qu'il est capable d'en trouver en lui. Nous sommes en train d'organiser une enquête auprès de diverses institutions médicales à travers le pays et jusqu'en Écosse, pour former le squelette d'un registre officiel.

— Le squelette ? Quel joli choix de mot, s'amuse Lady Gwen dans un rire.

Beth lui adresse un sourire encourageant.

— Ce projet a l'air passionnant. Nous serions ravies de poursuivre ces recherches au Foundling Hospital, si cela peut aider.

— Absolument ! Ce serait merveilleux, déclare James qui se sent étrangement conforté face aux sourires des deux femmes et à l'intérêt qu'il lit dans le regard de Mason. Maintenant qu'un plan concret se dessine, je voulais justement rencontrer d'autres médecins pour discuter de leurs besoins et des progrès qu'ils pourraient tirer de ce registre officiel.

— Mon père sera ravi de se joindre à vous pour aider, affirme Lady Gwen. Il a hâte d'échanger avec les médecins qui supervisent les naissances de la maternité.

— D'accord, je vais voir comment arranger cela, répond James en ressentant une pointe de fierté à cette idée.

Finalement, peut-être que ce projet de loi sera le ciment qui lui permettra de sceller un lien avec sa tante, sa cousine et leur famille.

— Albie voudra sûrement en être aussi. Et tu pourrais te joindre à eux, Bobby, non ? suggère Lady Gwen.

James lève les yeux sur Mason qui les regarde tous, une drôle d'expression dans le regard. Est-ce de la jalousie ? de la surprise ? Peut-être même du calcul ? Quoi qu'il en soit, c'est une réaction, et cela lui paraît un peu plus encourageant encore.

— Oui, Mason, joignez-vous à nous. Je suis certain que votre frère apprécierait d'avoir un autre regard que le sien, pour que vous discutiez ensuite ensemble de la stratégie à adopter.

Les yeux de Mason s'écarquillent un peu plus de surprise, puis il hoche la tête, presque souriant.

— Peut-être.

— Lord Mason a une liste interminable de médecins et d'anciens camarades de classe à contacter, poursuit James à l'adresse des jeunes femmes. Nous sommes en train de préparer des courriers. On espère qu'ils reviendront rapidement vers nous avec des recommandations de médecins privés également.

— Merveilleux ! s'exclame Beth.

— Oui, vous avez l'air de beaucoup vous investir pour ce projet de loi, ajoute Mason.

James leur sourit à tous. Au même instant, les lumières se tamisent doucement.

— En vérité, je trouve très valorisant d'accomplir une tâche qui pourrait contribuer à un tel changement social. Si nous réussissons ce projet, Lord Mason et moi parviendrons peut-être à sauver la réputation de la famille, en accomplissant un acte d'importance. Je pense qu'à nous deux, nous avons déjà assisté à plus de sessions parlementaires que nos prédécesseurs, et nous faisons déjà de grands progrès.

James s'interrompt et prend une inspiration heurtée. Il craint de paraître un peu trop enthousiaste, voire complètement maniaque. Il n'a pas l'habitude de parler si longtemps, alors...

Tout à coup, sa cousine se lève et sort en courant. James cligne des paupières, interdit. Aussitôt, Mason se lève pour la suivre, laissant James et Lady Gwen seuls.

— Que s'est-il passé ? Ai-je... ?

Brusquement, James mesure la portée de ses mots, sous le regard incrédule de Lady Gwen.

— Mon Dieu, je ne voulais pas... Vous devez bien savoir que je n'avais aucune intention d'insulter... Je voulais seulement dire... Lord Mason et moi parvenons à faire du bon travail auprès de nos familles...

Lady Gwen détourne le regard vers les rideaux, puis se lève à son tour.

— Ce n'est pas à moi que vous devez présenter vos excuses, dit-elle sèchement.

James se mord l'intérieur des joues. Il a encore une fois tout gâché.

# 9

*Bobby*

— Tu ne devrais pas être ici, souffle Beth en le regardant par-dessus la serviette de toilette qu'elle a pressée sur son visage.

Bobby referme la porte des cabinets réservés aux femmes derrière lui et fouille dans sa poche en quête de son mouchoir, en vain...

— Je devrais te laisser pleurer seule, alors ?

Beth lève au ciel ses yeux humides de larmes et pousse un soupir tremblant pour apaiser ses sanglots. Bobby se laisse tomber dans l'un des poufs épais qui ont été disposés au milieu de la pièce. Les salons privés des dames sont bien mieux décorés que ceux des hommes. Les murs sont tendus d'un velours pourpre, les moulures du plafond sont peintes à la feuille d'or et devant les lavabos s'alignent une rangée de miroirs éclairés au gaz. L'atmosphère de la pièce est sombre et invite à la confidence.

— Tu as le droit d'être en colère, tu sais, reprend Bobby.

— Je ne veux pas lui donner cette satisfaction, proteste Beth.

Elle tapote rageusement ses yeux, avant de se moucher de toutes ses forces.

— Dans ce cas, donne-moi au moins la satisfaction d'écouter tes récriminations à son propos, puis nous sortirons d'ici, élégants et détachés.

Si elle persiste à vouloir garder toutes ses émotions en elle, Beth risque d'imploser et Bobby n'a aucune envie d'assister à cela. Surtout, il a besoin d'entendre que toute cette histoire l'a blessée, elle aussi, comme ça, il n'aurait pas l'impression de se montrer irrationnel ou trop sensible.

James Demeroven est un sale type pompeux, point final.

— Je serais davantage en colère s'il n'avait pas raison, soupire Beth.

Bobby lit dans son regard un tel épuisement qu'il se lève aussitôt pour la serrer dans ses bras. Elle presse le visage contre son épaule.

— Tu es en colère, toi ? demande-t-elle.

— Oui, répond-il aussitôt, les yeux rivés sur leur reflet, dans le miroir.

— Mais ?

Bobby pousse un soupir. Elle n'a pas tort. Le commentaire de Demeroven a fait mal, pas seulement parce que c'était déplacé et malvenu, mais parce que ses mots étaient désagréablement vrais. Son père et celui de Beth étaient réellement des hommes paresseux et égoïstes qui ont jeté leur argent par les fenêtres dans à peu près tout, ne se sont jamais préoccupés de soutenir leurs familles et ont suivi des politiques narcissiques et avides de pouvoir. Ils ont tous les deux traité leurs enfants comme des moins-que-rien.

Il n'empêche...

— Il n'aurait rien dû dire.

— Bobby...

— Encore moins à une lady.

— Je ne suis pas une lady, lui rappelle Beth en levant les yeux sur lui.

— Bien sûr que si. La meilleure que je connaisse, assure-t-il. Et même si ce crétin de Demeroven a entièrement raison, qu'Albie a fait plus pour ma famille depuis le décès de mon père que lui en deux décennies, alors que Meredith est coincée à la campagne… ton cousin n'avait pas à te traiter de cette façon.

Il la libère pour la laisser essuyer ses larmes.

— Il n'avait pas à *nous* traiter de cette façon, dit Beth en lui serrant tendrement la main.

Il l'observe s'approcher des miroirs pour rectifier son maquillage.

— Je suis désolé que tu doives supporter sa présence si souvent.

Beth se tourne vers lui en se mordillant la lèvre.

— Si seulement je pouvais n'être fâchée que contre lui… J'ai découvert que j'étais… plus en colère contre mon père que je ne le pensais.

Bobby se rassoit sur les poufs, surpris par cet aveu. Néanmoins, ce n'est pas si surprenant que Beth se confie à lui à ce propos. Elle est très heureuse auprès de Gwen et Dashiell, toutefois, cela doit être difficile d'aborder avec eux ses fiançailles affreuses avec Lord Montson, quand elle a été forcée de l'épouser pour leur assurer un toit, à Cordelia et elle.

— Moi aussi, admet Bobby.

— Voir James prendre son siège au Parlement… je… je ne pensais pas que ce serait si dur. Son attitude réfractaire…

— C'est sûr qu'il n'aide pas beaucoup.

— Mais je suis heureuse, tu sais, assure Beth avec un sourire fragile. Et ma mère et Dashiell sont tellement heureux, il va y avoir le bébé et…

Sa voix se brise sous le coup de l'émotion.

— Je me sens un peu impuissant et inutile, moi…, avoue Bobby avec un sourire triste, dans l'espoir que ses confidences la feront se sentir moins coupable pour ce débordement d'émotion parfaitement normal.

— Vraiment ?

— Albie accomplit tout le travail – tout ce qui a de l'importance –, pendant que j'assiste à des réceptions et que je cherche une épouse.

— Sans faire trop d'efforts sur ce point-là, n'est-ce pas ?

Bobby grimace et Beth rit : mission accomplie.

— J'aimerais pouvoir faire quelque chose qui compte... Et puis, il y a Demeroven et il est tellement...

Il s'interrompt pour ne pas employer des termes qui pourraient la choquer.

— En effet, confirme Beth, un sourcil ironiquement levé – un geste qu'elle a appris de Gwen.

Bobby pousse un soupir en jouant avec sa chevalière.

— Pourquoi laisses-tu Dashiell l'inviter ? demande-t-il.

— Je n'ai pas vraiment le choix. Mais je suis désolée qu'il se soit montré cruel avec toi.

— Tu n'as pas à t'excuser pour son comportement. Tu n'es absolument pas responsable de ses actes, déclare Bobby en se relevant pour bien appuyer son propos.

— Je le sais. Seulement, Gwen et moi avons sans doute eu tort d'insister auprès de toi pour que tu le prennes sous ton aile. Nous nous sommes sûrement trompées en pensant qu'il pouvait être différent de mon père, de son beau-père.

— Tu l'es bien, toi... différente, s'écrie Bobby joyeusement. Tu es la meilleure Demeroven – devenue Bertram – que je connaisse !

Beth rit.

— Merci, mais ce n'est pas moi qui ai l'héritage, c'est lui et c'est...

Elle semble chercher le mot juste un moment, puis abandonne.

— On se retrouve à la loge, dit-elle finalement en lui serrant le bras.

La porte se referme derrière elle et Bobby reste seul au milieu des cabinets des dames, complètement perdu.

Albie va sauver l'héritage familial, mais lui... ? Lui, il existe, voilà tout. Il ne laissera aucun héritage derrière lui, rien qui ait de la valeur. Sa seule contribution potentielle serait de faire des enfants, des petits cadets, fils de cadet, qui pourraient peut-être un jour hériter, s'il arrivait un malheur à Albie et sa famille.

Seulement, si un jour il a des enfants, Bobby veut les avoir pour eux-mêmes, pour leur donner l'amour et la vie auxquels Albie et lui n'ont jamais eu droit. Mais comment cela serait-il possible, alors qu'il ne pourra jamais être un bon mari ?

Et s'il n'a pas d'enfants, comment pourrait-il être autre chose que cet homme incapable de comprendre ce que sont de vraies responsabilités, comme l'en a accusé Demeroven ?

Bobby fixe son reflet dans le miroir. Mais errer dans les loges privées des dames ne le mènera nulle part, sinon éventuellement dans les locaux de la police.

Sur un dernier soupir, il redresse le dos et sort pour rejoindre le couloir faiblement éclairé qui mène à la loge. Il hésite un instant devant la porte. Ne devrait-il pas plutôt attendre la fin de la représentation ici, au calme ? Mais, s'il n'y retourne pas, l'opinion de Demeroven à son propos ne risque-t-elle pas d'être plus sévère encore ? Il pensera qu'il a gagné, une fois de plus, dans cette étrange bataille d'histoires familiales douloureuses.

— Le ténor n'est pas à la hauteur, tu ne trouves pas ?

Bobby sursaute, une main sur le cœur, quand Raverson émerge de l'obscurité. Son sourire a quelque chose de sournois et, quand son regard le parcourt de haut en bas, Bobby peine à reprendre contenance.

— C'est vrai, répond-il, alors qu'il n'en a aucune idée. Tu sortais fumer ?

Raverson hausse les épaules et s'avance vers lui. Il pose une main sur le mur tout près de sa tête, si bien qu'ils sont assez près pour n'avoir plus besoin de parler à haute voix. Le spectacle ne doit certes pas paraître indécent, mais ils doivent avoir l'air plus intimes que deux hommes ne devraient habituellement l'être. De fait, il a été intime avec cet homme comme il ne l'avait plus été avec quiconque depuis un long moment et son corps s'échauffe à cette pensée. Des images de la semaine précédente lui reviennent en mémoire et il se sent rougir sous le regard inquisiteur de Raverson.

— Est-ce que tu viens bien de sortir du salon privé de ces dames ? s'enquiert Raverson.

Bobby ravale un petit rire étranglé.

— La demi-sœur de ma cousine avait besoin de parler.

— Oh ! je vois, une tentative de séduction pour croiser les arbres généalogiques de vos deux familles ? Je ne savais pas que tu avais ce type d'inclination.

— Quoi ? Non, non, Miss Bertram est simplement une amie chère, il n'y avait rien de répréhensible.

Bobby ne sait pas ce qui le dérange le plus : l'idée que quiconque puisse imaginer qu'il a tenté de séduire Beth, ou bien que Raverson ait mal compris par qui Bobby aimait être séduit. Seulement, quand celui-ci se mord la lèvre de cette façon, il ne peut plus réfléchir clairement.

— Tu n'aimerais pas faire quelque chose d'un peu répréhensible, justement ? souffle Raverson dans un murmure rauque.

Bobby a beau savoir que c'est une folie étant donné le lieu où ils sont, il acquiesce. Quelques minutes à embrasser fiévreusement Raverson lui semblent infiniment plus agréables que retourner s'asseoir auprès de Demeroven, en faisant comme si Beth et lui n'étaient pas fâchés.

Alors il suit Raverson jusqu'à une alcôve cachée par des rideaux. Ils se retrouvent plongés dans l'obscurité totale. Une seconde plus tard, il n'y a plus rien d'autre que sa bouche, sa langue et ses larges mains fermes. Raverson le hisse contre le mur et Bobby ondule contre lui. Toute sa frustration resurgit brutalement dans une intense excitation qui embrase tout son corps. Il a l'impression d'avoir seize ans à nouveau. Les doigts de Raverson cherchent les boutons de son pantalon et Bobby ravale un juron d'impatience.

Soudain, Raverson perd l'équilibre, heurté par quelqu'un à travers les rideaux. Une seconde plus tard, le rideau s'ouvre d'un seul coup. Bobby cesse de respirer tant sa gorge se serre brutalement. La terreur envahit tout son corps. Il va être jeté en prison. Sa famille, assise à quelques pas, sera condamnée à la disgrâce. Albie ne relèvera jamais le nom des Mason…

Dans la pénombre, son oncle Dashiell les regarde en clignant des yeux, interdit. Éclairée par-derrière, sa silhouette n'en paraît que plus large et immense, si bien que Bobby se sent minuscule, de plus en plus petit, à mesure que l'embarras remplace l'horreur.

— Lord Havenfort, quel plaisir de vous voir, lance Raverson en le contournant pour rejoindre le couloir comme si de rien n'était.

— Lord Raverson.

Bobby sort à son tour de l'alcôve en rajustant sa veste.

— Je suis venu voir Demeroven, annonce son oncle après le silence le plus assourdissant que Bobby ait jamais connu.

Il sait que l'opéra se poursuit, mais apparemment ses oreilles sont incapables d'en percevoir le moindre son.

— Bien sûr, bien sûr, répond Raverson avec naturel.

— Bobby, je venais te demander si tu pouvais t'assurer de ramener les filles à la maison, ajoute Dashiell. Mais si tu es…

— Je serai heureux de les escorter moi-même, milord, propose Raverson.

Le regard de son oncle pétrifie Bobby. Il cherche à toute vitesse une solution à cette situation inextricable qui n'implique pas qu'il soit purement et simplement banni de sa famille.

— Je ne demande qu'une faible rétribution en échange, ajoute Raverson. Rien que de très respectable, bien sûr… pour garder les rumeurs à distance.

Bobby écarquille les yeux.

— Les…, balbutie-t-il, oppressé par un poids douloureux.

— Vous avez entendu les rumeurs à propos de Mason et Demeroven, n'est-ce pas, Sir ? demande Raverson en l'ignorant. Je ne voudrais pas que ces bruits salissent votre fille et votre belle-fille.

Bobby observe cet échange, interdit. Sous ses yeux, son oncle sort une bourse de sa poche, en tire quelques pièces et les tend à Raverson.

— Votre silence serait très apprécié, quoique nous n'ayons pas besoin de votre assistance pour les ramener. Bonne soirée.

Raverson empoche l'argent et s'incline.

— Bonne soirée, Lord Havenfort. Mason, ce fut un plaisir, ajoute-t-il avec un clin d'œil.

Bobby ne parvient pas à détourner son regard horrifié de sa silhouette qui s'éloigne. Est-ce qu'il avait ce plan en tête depuis le début ? Est-ce qu'il n'est venu que pour piéger Bobby et l'utiliser dans son ignoble chantage ? Est-il à ce point naïf, assoiffé de tendresse de n'avoir pas perçu l'escroc qu'il avait sous son nez ?

Il a laissé cet homme...

— Est-ce que tu as perdu tout sens commun ?

La voix de son oncle claque comme un fouet. Bobby sursaute. Il l'a rarement vu dans une telle colère.

— Je...

Il tente désespérément de trouver un semblant d'excuse à son impardonnable coup de folie.

— En public ! Que se serait-il passé si je n'étais pas tombé sur vous ? Si ç'avait été quelqu'un d'autre ? Un autre lord ? Ou pire, une dame ? Imagines-tu seulement combien d'argent, sans même parler d'influence politique, ton frère et moi aurions à débourser pour te sortir de prison ? Tu ne te remettrais jamais d'un scandale pareil. Nous ne nous en remettrions jamais.

— Je sais, admet Bobby, défait.

— Sais-tu seulement à quel point Albie travaille dur pour sauver votre nom de famille ? Pour que vos enfants aient de quoi être fiers de leur héritage ?

— Je sais, répète Bobby avec plus de fermeté.

Bien sûr qu'il sait tout le mal que son frère se donne : il a l'impression de l'avoir perdu, tant il est accaparé.

— Eh bien, tu as une drôle de façon de le montrer, lance Dashiell.

La froideur de sa voix fait vaciller Bobby.

— Je ne voulais pas…

— Quoi alors ? Tu es tombé sur sa bouche ?

— C'était juste…

— Stupide, achève son oncle.

Il a raison. C'était stupide, dangereux et irresponsable. Seulement, c'est aussi…

— Vous n'auriez pas réagi ainsi si vous aviez surpris Albie avec Meredith, souffle-t-il, la gorge serrée.

— Si j'avais surpris Albert avec Lady Mason avant leurs fiançailles, je lui aurais fait la morale jusqu'à ce que ses oreilles sifflent, tu peux me croire ! Après quoi, il l'aurait demandée en mariage sur-le-champ, rétorque Dashiell, les épaules tendues. Mais ça n'aurait pas été plus loin. Ton comportement ce soir pourrait nous coûter à tous notre confort de vie, sans même parler de nos réputations.

— Mais ce n'est pas le cas quand Gwen agit de même ? s'entend-il encore demander.

Seigneur ! Ne peut-il se taire ? Il doit cesser de creuser sa propre tombe toujours plus profondément, mais la douleur dans sa poitrine l'empêche de se taire.

— Ma fille et Beth sont protégées, et tu sais que la situation est entièrement différente. N'essaie pas de les calomnier pour t'en tirer.

— Je n'ai jamais dit que j'y voyais le moindre mal ! proteste-t-il. Mais si vous êtes prêt à l'accepter, pourquoi dois-je… ? Pourquoi ne pouvez-vous… ?

À sa grande horreur, sa gorge se serre et les larmes lui brûlent les paupières.

— Parce que je ne veux pas te voir jeté en prison, voilà pourquoi ! aboie son oncle. Je me moque bien de savoir avec qui tu trouves ton plaisir, quoique je te suggère, à l'avenir, de ne pas choisir des jeunes gens aussi impatients d'extorquer tes proches !

Bobby serre les poings. Il refuse de pleurer. Il ne versera pas une larme devant son oncle qu'il a déjà tellement déçu.

— Tu dois garder tes activités secrètes, Robert, pour ton bien ! Pour notre bien à tous !

Bobby parvient à acquiescer.

— Bien. Maintenant, puis-je compter sur toi pour raccompagner Gwen et Beth ?

— Oui, mon oncle.

Bobby regarde sans le voir le couloir vide. Il fait de son mieux pour ne pas trembler, le souffle court et rauque.

— Robert.

Bobby prend une brève inspiration heurtée en découvrant son oncle tout proche. Quand Dashiell pose les deux mains sur ses épaules, un sanglot muet lui déchire la gorge.

— C'est injuste, tu as raison. Et je suis sincèrement désolé que tu sois contraint de subir le monde qui est le nôtre. Quand nous serons plus calmes, nous pourrons en reparler.

— D'accord.

— Va te rafraîchir, dit son oncle en lui serrant brièvement les épaules avant de rejoindre sa loge.

Bobby se rue vers les cabinets réservés aux hommes, incapable d'affronter Demeroven dont son oncle a visiblement besoin pour accomplir quelque tâche importante, alors que lui vient de se déshonorer de la sorte.

Les yeux rivés sur l'eau qui coule dans le lavabo, il ne peut éloigner les questions qui l'assaillent.

Et si son ivrogne de père n'avait finalement été que le prélude à leur chute ? Si c'était Bobby qui allait réellement causer la perte des Mason, en entraînant Albie, Gwen et Beth dans sa déchéance ?

# 10

*James*

James rajuste son nœud de cravate en suivant le portier. Cela fait deux jours qu'il peine à reprendre son souffle, face à la lente prise de conscience qu'il mérite toutes les accusations qui ont un jour été portées contre lui.

Après sa malheureuse remarque, ni Lady Gwen, ni sa cousine ne lui ont jeté un seul regard de toute la représentation. Quant à Mason, il n'avait pas reparu quand Lord Havenfort est venu le chercher.

Il s'est ainsi retrouvé assis à une table avec Albert Mason et Lord Havenfort, dans la demeure londonienne de ce dernier, à les écouter présenter tout le travail qu'ils avaient accompli, pendant que lui se sentait un peu plus minable à chaque seconde.

Et le voilà à présent dans le club d'Oxford fréquenté par Lord Albert Mason. Comment pourra-t-il se tenir face à ce dernier après avoir traité son frère et les membres de sa famille de façon si cavalière ? Bobby Mason a déjà dû raconter à son frère son comportement inqualifiable. Et si lui ne l'a pas fait, Lady Gwen s'en sera chargée.

Beth a exprimé son reproche en silence, mais la réaction de Lady Gwen était pleine de défiance ouverte – elle n'a pas abandonné sa moue pincée et son regard noir de toute la soirée.

Il rejoint finalement le coin où s'est installé Lord Mason, devant une étroite fenêtre qui laisse passer la faible lumière du jour. La salle est enfumée par les cigares. Sur la table couverte de documents, il y a deux tasses de thé vides. Sur certaines pages, des taches d'encre apparaissent à côté de la petite écriture serrée du vicomte.

James remercie le portier qui fait la révérence et disparaît avec la promesse d'apporter du thé.

Devant lui, Lord Mason a l'air en aussi mauvais état que sa table de travail. Ses traits sont tirés et des cercles sombres marquent ses yeux injectés de sang. James le regarde passer une main nerveuse dans ses cheveux, avant de lui faire signe de s'asseoir en face de lui sans un mot.

James s'exécute, le dos droit. Après tout, il a une vaste expérience en matière de leçons de morale. Au moins, cette fois, il le mérite.

Il attend... mais rien ne vient. Lord Mason retourne à ses papiers en marmonnant.

— Il y a une page par là...

— Pardon ?

Sa propre voix, trop aiguë dans le silence, le fait frémir.

— C'est dans cette pile. Il y a une note de Lord Hirsmith à propos de la paralysie de sa fille. Trouvez-la et donnez-la-moi, voulez-vous ?

James se redresse pour passer en revue la pile en question, mais sa main cogne dans une autre pile instable, répandant les feuilles partout sur la table. Lord Mason laisse tomber le document qu'il tient entre ses mains pour se masser les tempes.

— Pardon, s'excuse faiblement James.

— Non, non. On peut difficilement prétendre qu'il y avait quoi que ce soit d'organisé dans ce chaos. Mes excuses, Demeroven. Comment allez-vous ?

James interrompt sa recherche pour croiser son regard.

— Je vais bien. Et vous ?

— Épuisé, avoue Lord Mason en étirant ses bras. Je suis resté debout une bonne partie de la nuit pour rassembler tout cela et puis une lettre de ma femme est arrivée et…

Il s'interrompt quand un serveur arrive avec leur thé. Sans un battement de cils, l'homme installe une théière fumante et un service en porcelaine de Chine en déplaçant méthodiquement les papiers étalés pour faire de la place et James se demande s'ils n'ont pas l'habitude d'accueillir les séances de travail de Lord Mason.

— Merci, Lars, dit ce dernier, tandis que l'homme salue et s'éloigne. Très bon thé, ajoute-t-il à l'adresse de James en les servant.

— Comment va votre femme ? s'inquiète James en gardant sa tasse sur la soucoupe, de crainte que sa nervosité ne renverse le liquide brûlant.

— Honnêtement, elle est à bout, soupire Lord Mason.

Il avale une gorgée de thé, les yeux clos, comme si le liquide pouvait agir à la manière d'un charme magique.

— Les médecins ont fait tout leur possible pour faire cesser ses vomissements, mais pour le moment, son estomac ne parvient pas à garder quoi que ce soit. Je crains que…

Il presse les lèvres et repose sa tasse.

— Justement, le message de Hirsmith parlait des propriétés antiémétiques d'une plante. J'essaie de remettre la main dessus, mais mon système est pour le moins… chaotique, comme dirait mon frère.

James se raidit à la mention de Bobby, certain que le moment est venu : Lord Mason va lui assener ses quatre vérités. Pourtant, celui-ci se contente de se passer une main sur le visage.

James observe la table et comprend, stupéfait, que chaque document est une missive à part entière. Il sait que le comité les a chargés d'écrire aux familles de leurs connaissances pour obtenir les références de leur médecin, mais cette charge de travail semble extrême.

— Combien de personnes avez-vous interrogées ?

— Une vingtaine ? répond Lord Mason avec un geste vague de la main. J'ai fait pas mal de recherches auxiliaires, à partir de chacune des conversations que j'ai eues.

— Je vois…

Peut-être que le vicomte a été trop accaparé par son travail et ses préoccupations concernant la santé de sa femme pour discuter avec son frère…

— Je n'ai moi-même que peu de contacts, mais je pourrais vous aider à organiser et approfondir la somme de vos recherches et vous rencontrer deux fois par semaine pour en discuter, si cela peut aider, suggère-t-il dans l'espoir que ses efforts apaiseront la culpabilité qui lui serre la gorge.

Depuis le début, il ne s'est préoccupé que de sa propre réputation, pendant que Lord Mason se tuait visiblement à la tâche pour accomplir ses obligations parlementaires tout en tentant de guérir sa femme. Le moins qu'il puisse faire est de l'aider pour le comité du projet de loi. Peut-être que, s'il parvient à mettre un semblant d'organisation dans tout cela, il ne paraîtra plus aussi inutile et gagnera enfin la prétendue bonne réputation avec laquelle il a nargué Mason.

Il comprend tout à coup mieux comment Mason a pu le trouver aussi nonchalant et peu impliqué, si sa référence est son frère qui se tue à la tâche.

— Cela pourrait…

— Donnez-moi cette pile, s'écrie aussitôt James en se redressant. Voulez-vous que je les classe par spécialités, régions ou noms de famille ?

Le coin de la bouche de Lord Mason se soulève à peine, mais c'est ce que James a vu de plus proche d'un sourire chez lui, et il se sent immensément fier tout à coup.

— Par régions, pour commencer.

— Puis, je ferai des sous-catégories par spécialités, bonne idée.

Les épaules de son interlocuteur se détendent sous l'effet du soulagement, et James se promet de venir sans faute trois fois par semaine pour l'aider, que Bobby Mason le voie ou non.

Appuyé contre le mur, James observe la nuée de danseurs. Il traîne aux abords de la salle de bal depuis plus d'une heure, mais personne ne s'est arrêté pour venir le saluer ou lui adresser un mot. C'est peut-être dû au fait qu'il est presque entièrement caché derrière un énorme bouquet.

Cela devrait l'ennuyer, mais en vérité passer inaperçu est un soulagement. Une échappatoire dans la ronde sans fin de notes et de réunions avec Lord Mason qu'il appelle désormais par son prénom, Albert. Le silence et la solitude de la campagne lui manquent terriblement au milieu des bals.

Seulement, à mesure que le temps passe sans qu'il ne trouve rien à faire pour occuper ses mains, l'angoisse l'envahit.

Il repère sa cousine et Lady Gwen au bord de la piste, parmi un groupe de débutantes en robe pastel. Beth porte une jolie tenue verte et Lady Gwen est en bleu profond. Elles sont clairement le centre de l'attention de leur petit groupe, pourtant, contrairement à d'habitude où il est toujours difficile de placer un mot dans leur flot verbal, elles semblent étrangement silencieuses ce soir.

Il regarde Lady Gwen se pencher pour murmurer à l'oreille de Beth en pointant un doigt discret vers la piste de danse. Beth pousse un soupir et prend le bras de Lady Gwen pour l'entraîner hors de la salle. James sent son inquiétude augmenter. Pourvu qu'elles ne se disputent pas à propos de ce qu'il a dit.

Non, il doit cesser de s'imaginer que le monde tourne autour de lui. Les deux jeunes femmes ont leur vie à elles et se moquent bien de son comportement exécrable.

En les voyant disparaître dans les salons des dames, James sent un regret douloureux lui serrer la poitrine. Il n'avait pourtant pas prévu de les approcher ce soir, car il cherche toujours le bon moyen de s'excuser, seulement, savoir qu'elles sont désormais hors de portée de ses excuses aiguise sa culpabilité.

L'angoisse ne fait que monter crescendo et James abandonne la lutte et s'aventure hors de sa cachette pour trouver un verre à boire.

Il voit Mason et Cunningham s'échapper vers le patio et envisage un instant de les suivre. Il doit aussi une excuse à Mason, car ils se sont évités toutes les fois qu'il est venu rendre visite à Albert. De ce qu'il en sait, Mason n'a pas mis les pieds chez lui de la semaine. Le chasser de chez lui n'était certes pas son idée quand il a proposé d'aider Albert.

Imaginer Mason hors de chez lui toutes les nuits de la semaine provoque en lui des émotions sombres et inavouables. Il atteint enfin la table des boissons et le serveur lui tend déjà un nouveau verre de whisky.

— Ces soirées sont d'un tel ennui. Ce serait tellement mieux de pouvoir les éviter, mais comment entretenir nos connexions, dans ce cas-là ?

James retient une grimace, c'est à croire que ses pensées inquiètes ont fait apparaître Raverson comme par magie. Sans répondre, il s'éloigne de la table, mais le lord lui emboîte le pas. Il envisage, un bref instant, de fuir purement et simplement la salle de bal. Seulement, ce serait bien trop visible, alors il cherche un endroit stratégique en hauteur, pour être moins visible.

Il tente d'effacer de son visage toute trace de peur et avale une gorgée de whisky.

— Ton beau-père n'avait que des choses aimables à dire à ton propos lors de notre déjeuner aujourd'hui, poursuit Raverson.

Il fixe son interlocuteur, interdit.

— Bon, pas tout à fait, corrige ce dernier. Il a dit que tu ne faisais pas un aussi mauvais travail qu'il l'avait craint. Ce sont ses termes exacts, il me semble.

« Médiocre » est sans doute l'un des plus aimables adjectifs que son beau-père lui ait adressés. Mais l'idée qu'il ait pu le dire à Raverson au cours d'une conversation privée lui hérisse littéralement la peau.

— Cette histoire avec les Ashmond est absolument choquante, non ?

À ce nom, James se raidit aussitôt.

— Pardon ?

— Eh bien, ta cousine, Miss Bertram, qui rompt ses fiançailles avec Lord Montson et le désastre qui en a suivi avec Lord et Lady Ashmond... Ton beau-père m'a dit que Lord Havenfort avait lui-même payé les frais de l'avocat de cette femme pour le divorce, qui n'a coûté qu'une bouchée de pain à Lord Ashmond.

James ne répond pas, profondément mal à l'aise devant le ton enjoué de Raverson. Le plus désagréable est de découvrir que ce dernier sait des choses que lui-même ignorait. Ce serait donc Lord Havenfort qui aurait payé l'avocat de Lady Ashmond ?

— Et ce mariage scandaleux entre ta tante et Lord Havenfort..., reprend Raverson.

James se hérisse.

— Il n'y a rien de scandaleux entre eux !

— À entendre ton beau-père, ta tante a tenté de lui extorquer de l'argent pendant un an, avant de mettre la main sur Havenfort. Le pauvre homme a clairement été pris au piège.

James parvient miraculeusement à conserver un visage neutre, alors qu'intérieurement il perd l'équilibre. Non seulement son beau-père en a dit bien plus à Raverson sur leur famille qu'il ne l'a jamais fait avec James, mais en outre il a tordu et déformé la vérité. Lady Havenfort n'a jamais tenté d'extorquer quoi que ce soit aux Demeroven, pour la bonne raison que son beau-père a refusé d'apporter la moindre aide à Beth et sa mère, après que leur père et mari les a toutes deux rayées de son testament, les laissant sans aucune ressource à sa mort.

— J'imagine que Lord Havenfort doit être désespéré de voir

enfin sa fille et sa belle-fille se marier, car les effluves d'un tel scandale ne doivent pas être faciles à combattre.

— Je crois qu'elles se portent très bien comme cela, répond James avec raideur.

Il déteste laisser à Raverson le pouvoir de le déstabiliser de la sorte. Il devrait tout de même savoir bluffer ! Rester solide face à ses mensonges pour défendre sa famille ! Il est vicomte, pour l'amour du ciel ! Seulement, l'idée que son beau-père le méprise au point de lui préférer cet homme vil lui est aussi douloureuse qu'un coup de poignard.

— Je devrais peut-être apprendre à les connaître. Laquelle serait la plus accessible, d'après toi ? Lady Gwen ou bien Miss Bertram ?

James ouvre la bouche, mais Raverson se penche vers lui pour murmurer :

— Mmh… Miss Bertram, de toute évidence. Lady Gwen a une telle réputation… je ne voudrais pas risquer de ternir mon nom. Et puis, ce ne serait guère prudent de ma part d'être surpris à nouveau par Lord Havenfort.

— Pardon ?

— Eh bien, oui, avec Mason. Ne t'a-t-il pas dit que Havenfort nous avait surpris, l'autre soir, à l'Opéra ?

James entend son propre sang battre à ses oreilles.

— De quoi parlez-vous ?

— Mason passait visiblement un mauvais moment, alors, je lui ai proposé de s'amuser un peu et Havenfort est tombé sur nous. Il a acheté sans discuter mon silence et je suis certain qu'il veillera à faire toujours le nécessaire pour garder tout cela à l'intérieur de la famille. Ainsi, si je prétends à la main de l'une des deux pour obtenir une part dans la fortune Havenfort, cela ne devrait pas être trop compliqué à obtenir.

Sous le regard épouvanté de James, Raverson avale le reste de son verre, un sourire sournois aux lèvres.

— Vous êtes vil et méprisable, crache James, trop horrifié

pour retenir ses mots. Aucune des deux n'accepterait jamais de vous épouser.

— Nous verrons...

— Et Lady Havenfort est enceinte, de toute façon.

— Oh ! mais il n'y a aucune certitude quant à la survie de cet enfant, rétorque Raverson en levant les yeux au ciel devant son air révolté. Oh ! ne sois pas aussi moralisateur ! À son âge, la mortalité des enfants est plus importante, je ne dis rien de tellement exceptionnel.

James serre les dents, au bord de la nausée.

— Vos machinations ne prendront pas. Je vais parler à Lord Havenfort...

— Pour quoi faire ? Lui apprendre que ses deux neveux ont des goûts contre nature ?

James se fige, mortifié et horriblement honteux à l'idée de décevoir ainsi sa tante et son oncle. Il ne peut imaginer leur expliquer et les obliger à vivre avec un tel secret.

— Et comment comptez-vous prouver ces accusations ? s'emporte-t-il dans la panique qui l'envahit. Que comptez-vous faire ? Dire à Lord Havenfort que vous avez couché avec ses deux neveux ? Vous vous détestez vraiment au point de mettre en jeu votre propre réputation ?

— Je ne sais pas de quoi tu parles, répond Raverson, une lueur calculatrice dans le regard. Vous m'avez l'un et l'autre fait des avances que j'ai dû repousser, voilà la vérité.

Il lève les mains en une mascarade d'innocence et le regard de James est attiré par un éclat à son doigt. La chevalière à son petit doigt – comme dans un cauchemar, James repère les initiales : RJM. La chevalière de Bobby Mason.

Une crampe douloureuse lui serre le ventre. Raverson sourit un peu plus.

— Je suis trop poli pour me battre avec l'un ou l'autre, mais vous avez tous deux compris que de tels agissements ne pouvaient se reproduire. En tant que gentleman, je n'ai bien sûr aucune intention de vous conduire aux autorités, je ne voudrais pas souiller la réputation de vos cousines avec de si tristes nouvelles.

James le fixe, partagé entre la fureur, le dégoût et l'incrédulité. Il ne peut pas laisser cet homme les mettre tous à terre pour satisfaire sa soif de pouvoir perverse. Que diable ! Il n'a plus seize ans ! Il ne laissera pas la peur le pétrifier, même si tout dans cet échange lui glace le sang.

— Partez et emmenez avec vous votre pathétique besoin de contrôle. Mieux encore, abandonnez ces sordides manipulations d'écolier et passez à autre chose.

— Tu es tellement naïf, Demeroven. Tu n'as donc toujours pas compris ? L'école… ce n'était qu'un début.

James redresse les épaules, bien décidé à ne pas se laisser écraser une fois de plus. Cette fois, il abandonne le vouvoiement pour que Raverson ne se méprenne pas sur sa détermination :

— Reste loin de ma famille ou tu le regretteras.

Raverson se contente de lui envoyer un clin d'œil.

— On verra bien…

Sur ce, il s'éloigne en glissant la chevalière de Mason dans sa poche, l'air assuré et imperturbable, tandis que James tremble malgré lui.

Il doit absolument mettre un terme à ces menaces ! Il doit trouver un moyen de battre Raverson à son propre jeu sans salir sa réputation, ni celle de Mason et en protégeant Beth, Lady Gwen et les Havenfort de toute cette histoire.

La dernière chose dont sa tante a besoin en ce moment, c'est de nouvelles sources d'inquiétude.

James avale le contenu de son verre d'un trait. S'il veut y arriver, il va avoir besoin d'aide, ce qui signifie qu'il doit s'associer avec Mason, alors même que c'est par lui que tout est arrivé.

Faire n'importe quoi avec Raverson à l'Opéra ! À quoi pensait-il, bon sang ! Se peut-il que ses paroles malheureuses aient provoqué…

? Non, Mason ne serait pas affecté par quoi que ce soit qui vienne de James. Il ne doit même pas penser à lui. D'ailleurs, James ne pense pas beaucoup à lui, non plus.

Pourtant, quand il le repère, accoudé seul à la rambarde du patio, une cigarette à la main dans cette attitude nonchalante qui ne le quitte jamais, James ne peut réprimer cette sensation familière qui vibre dans sa poitrine à chaque fois qu'il pose les yeux sur lui.

Peu importe à quel point Bobby Mason est séduisant, peu importe à quel point James lui envie ses amitiés, peu importe à quel point il aimerait lui ressembler, il n'en demeure pas moins que Mason les a tous mis en danger. Alors, maintenant, il doit l'aider à lutter contre les intentions néfastes de Raverson.

À l'instant où il entre dans le patio en se demandant comment entamer cette conversation qu'il devine compliquée, Mason le repère. Immédiatement, son visage avenant se ferme.

— Ah, le voilà, l'homme du jour !

James se hérisse immédiatement.

— Excusez-moi ?

— Vous avez été occupé à entretenir votre réseau ? À jouer les gentils avec tous ces lords que vous détestez tellement ? La leçon a été apprise ?

James regarde Mason se redresser et l'indignation monte d'un seul coup en lui.

— C'est toujours mieux que de rester dans l'ombre à avaler des whiskys en dilettante, non ? réplique-t-il.

Ce n'est pas franchement ce qu'il avait prévu comme entrée en matière.

— Charmant, dit Mason en tirant une longue bouffée de tabac. J'espère que vous avez, vous aussi, pu noyer votre fierté dans l'alcool. Comme vous devez vous sentir rabaissé de devoir faire la paperasse d'Albie !

— Au moins, je me plie à mes obligations plutôt que de me

cacher dans les coins sombres de l'Opéra, lance-t-il en s'avançant vers lui, jusqu'à ce qu'il n'y ait plus qu'un seul pas entre eux.

Le rictus de Mason disparaît instantanément et il fixe James.

— Quoi ?

— À quoi pensiez-vous, au nom du ciel ? continue James, toute idée de conversation rationnelle oubliée. Si vous aviez été surpris par quelqu'un d'autre ? Quelqu'un qui aurait eu le pouvoir de nous détruire tous ? C'est déjà suffisamment grave que Raverson se croie légitime à extorquer de l'argent à Lord Havenfort, fallait-il en plus que vous lui donniez votre chevalière ?

Mason baisse le regard sur sa main, les yeux écarquillés.

— Je n'ai pas...

— Votre besoin de faire ce que vous voulez, avec qui vous voulez, quand vous voulez, peut ruiner cette famille !

Mason lève sur lui des yeux brûlants de colère.

— Ah oui, parce que nier qui je suis et prétendre être quelqu'un d'autre pour le restant de mes jours serait bien mieux. Ainsi, je pourrais finir aussi amer et aigri que vous, à mentir à moi-même et à tous ceux qui m'entourent !

— Eh bien, au moins, je me préoccupe davantage de ma famille que de ma queue ! crache James, piqué et blessé par ses accusations.

— Comment osez-vous ?

La voix de Mason est un grondement sourd, menaçant. Il s'avance et James recule d'instinct.

— Vous ne savez rien de moi et de ma famille !

De si près, Mason lui apparaît dans toute sa large constitution et James sent un frisson de malaise remonter le long de sa colonne vertébrale. L'envie de se faire tout petit, de disparaître, resurgit, comme lorsqu'il était pris au piège dans l'étable avec son beau-père, attendant avec angoisse les coups de fouet.

Mason avance encore et James recule précipitamment. Ses mains se lèvent d'elles-mêmes en un geste de défense appris depuis si longtemps. C'est alors qu'il trébuche sur le coin de la rambarde. Il se sent tomber en arrière et son corps tente de se retourner, puis il atterrit brutalement sur le sol en pierre du patio.

La douleur explose dans sa joue, son coude et sa hanche. Il parvient à reprendre son souffle et prend le temps de vérifier qu'il n'a rien de cassé. Non, ses os ne sont pas touchés, seulement sa fierté.

Avant qu'il ait le temps de se relever ou même de réfléchir à comment sauver le peu de dignité qui lui reste, la main de Mason se pose sur son épaule, tandis que l'autre écarte une mèche de cheveux tombée devant ses yeux.

— Je suis navré, Demeroven. Je n'ai jamais eu l'intention de vous faire tomber, balbutie-t-il, les yeux emplis de remords et d'inquiétude.

Sa main descend plus bas pour prendre son visage en coupe. James cesse de respirer. À la lumière des lampes à gaz, le visage de Mason est éclairé d'une lueur éthérée. Dans sa poitrine, son cœur se serre étrangement et sa peau se couvre de frissons. Il sent crépiter en lui un mélange d'excitation, d'hésitation et d'impatience.

Seulement, il gît sur le sol après une chute dans l'escalier, tout ça parce que Mason a élevé la voix contre lui. La honte balaie tout sur son passage et il s'écarte précipitamment avant de se relever sans un grondement, malgré la douleur qui lui fait serrer les mâchoires.

— Ne me touchez pas, gronde-t-il à voix basse.

Mason se redresse lentement, les paumes levées.

— Bien sûr. Je suis désolée.

James cherche quelque chose à dire, n'importe quoi pour tenter d'effacer ce qui vient de se passer. Annuler tout cela : leur dispute, le chantage, sa chute… Mais il ne trouve rien, et tout cela se mêle en lui en une bile dangereuse. Non ! Il refuse de vomir de nouveau devant Mason, comme un petit garçon faible qui ne maîtrise pas ses émotions.

Alors, il tourne les talons et s'éloigne à pas raides.

— Demeroven.

James continue sans un regard en arrière, la tête haute, jusqu'à ce qu'il atteigne enfin le coin de l'immense maison. Il se laisse tomber contre le mur de granit et reprend son souffle. Les larmes coulent sur ses joues et il a mal partout, comme il n'a plus eu mal depuis très longtemps. Le plus douloureux étant sa fierté piétinée.

Comment a-t-il pu laisser la panique s'emparer de lui à ce point ? Mason n'est pas son beau-père. Encore que… en vérité, il ne sait pas quel genre d'homme est réellement Mason.

Sa mémoire lui rappelle soudain la sensation de cette paume rassurante sur son épaule devant le club D'Vere, ou la caresse de ses doigts sur sa joue il y a seulement un instant. Il repense malgré lui à toutes ces fois où Mason a tenté d'engager la conversation avec lui, à la façon qu'il a de sourire et de rire avec Beth et Lady Gwen, à l'amour solide qu'il leur porte. Non, James ne pense pas que Mason l'aurait intentionnellement mis en danger, blessé ou humilié.

Si seulement il avait pu le mettre en garde contre les mauvaises intentions de Raverson envers les filles après le match de rugby… Mais qui lui dit qu'il aurait été entendu ? Et puis, inutile de se perdre en conjectures sur ce qui n'est pas.

Lentement, il se relève. Il ne faut pas qu'on le trouve ici. Il sort en boitillant de la propriété et s'en éloigne suffisamment pour ne plus attirer l'attention de quiconque. Alors seulement, il hèle une voiture, paie le chauffeur le double du tarif habituel et se laisse tomber sur le cuir fatigué de la banquette dans un grondement douloureux.

Comment diable va-t-il pouvoir trouver un moyen de sauver la réputation de sa famille – protéger sa cousine et sa tante qui ont tant souffert des Demeroven, sauvegarder le nom de Lord Havenfort qui est le seul à lui avoir montré un tant soit peu de gentillesse par le passé – alors qu'il n'arrive même pas à faire face à Bobby Mason sans perdre le contrôle de ses nerfs ?

# 11

*Bobby*

Bobby fait craquer son cou. Le soleil tape fort sur la foule enjouée qui s'agglutine dans les tribunes d'Ascot. C'est une véritable marée de crinolines et de hauts-de-forme.

Il est pressé contre les barrières blanches et, pour sa part, il se sent davantage oppressé qu'enthousiaste. Il plisse les yeux en direction de la tribune royale et repère aussitôt Raverson. Difficile de le manquer, il fait quelques bons centimètres de plus que tout le monde. Un frisson glacé le parcourt. Penser qu'il a sa chevalière lui fait serrer les poings.

Dire qu'il n'avait pas remarqué sa disparition jusqu'à ce que Demeroven la lui apprenne. Maintenant, il ressent douloureusement son absence. Et la vague attraction qu'il a pu éprouver envers Raverson a été remplacée par une haine alimentée par la honte qui le ronge. Bobby est bien conscient qu'il est le seul à blâmer : il s'est compromis avec la mauvaise personne, et maintenant toute sa famille risque d'en payer le prix.

Il a enfin trouvé son véritable objectif de la Saison et il ne peut que le regretter. Comment est-il supposé protéger Gwen et Beth ? Comment peut-il rester droit et digne en sachant que Raverson a retourné la vulnérabilité qu'il lui a montrée contre lui ?

— Miss Wilson gagne à chaque fois au whist. Comment

Mrs Stelm pourrait-elle feindre de perdre depuis un an ? s'exclame Beth avec indignation.

Demeroven soupire près de lui et Bobby fait rouler ses épaules tendues. Il adore sa cousine et Beth, de tout son cœur, mais avec tout ce qu'il a en tête cela fait beaucoup.

— Stelmie a une stratégie sur le long terme : elle les endort avec un faux sentiment de sécurité.

— Et Mrs Gilpe ? questionne Albie.

— … n'a jamais réussi à battre Mrs Stelm au whist depuis que je la connais ! insiste Gwen.

Bobby n'a pas encore trouvé quoi dire à Demeroven, malgré le lent trajet jusqu'à Ascot. Ils ne sont venus que tous les cinq, sans son oncle Dashiell et sa tante Cordelia qui sont restés en ville. La seconde est bien trop avancée dans sa grossesse et Dashiell bien trop inquiet à son sujet pour la quitter.

Bobby n'a pas davantage parlé avec son oncle depuis… Mais Dashiell l'a envoyé à Ascot et c'est déjà quelque chose. L'humiliation et la honte lui serrent douloureusement la gorge, alors, il s'oblige à se concentrer sur la conversation.

— Et si c'était en fait Mrs Gilpe qui a une stratégie de longue haleine ? Peut-être qu'elle attend le bon moment pour vous prendre toutes vos mises et s'enfuir avec Mrs Stelm ? se moque Albie.

— Quoi ? Feindre de perdre toute mon existence ? s'écrie Gwen. Et toi, je t'interdis de prendre son parti ! lance-t-elle à Beth qui éclate de rire, avant de chercher le regard de Bobby. Et toi ? Qu'en penses-tu ?

— J'en pense que tu laisses Gwen distraire Albie du fait qu'il n'a toujours pas placé son pari, résultat, personne ne gagnera rien du tout.

Devant le regard atterré qu'Albie pose sur Gwen, il en rajoute :

— Tu n'avais toujours pas compris leur objectif ?

— Je mise tout sur Gildermire, déclare Albie en rajustant son haut-de-forme. Et personne ne me fera changer d'avis.

— Tu en es sûr ? insiste évidemment Gwen avec cette petite pointe de triomphe dans la voix qui annonce toujours des discussions interminables. Parce que je pense pouvoir te convaincre de miser plutôt sur Fisherman.

— Fisherman a perdu ses deux dernières courses.

Ils se tournent tous quatre en même temps vers Demeroven qui vient de parler. Sa joue est violette, là où il a heurté le sol du patio il y a seulement quelques jours, et Bobby a bien remarqué qu'il n'avait pas cessé de boitiller. Il sent régulièrement le regard d'Albie passer de lui à Demeroven, comme s'il se demandait si Bobby avait finalement perdu le contrôle et frappé le pauvre homme.

Bobby n'a pas arrêté de rejouer le moment fatidique dans sa tête. Le regard terrifié de Demeroven, juste avant qu'il ne tombe en arrière, s'est imprimé sur sa rétine. Et puis, il y a le son brutal de sa chute sur le sol. Bobby frémit.

— Je pense qu'Albert a raison : Gildermire va l'emporter.

Albie rayonne et tire la langue à Gwen, qui lui répond d'un regard noir qu'elle dirige ensuite contre Demeroven.

— Très bien. Mais il reste à ajouter les paris secondaires.

— Cela ne faisait pas partie du marché, lui rappelle aussitôt Albie. J'ai gagné le tournoi, je fixe la mise pour les paris d'Ascot. Ce sont tes propres règles.

— Eh bien, elles sont ennuyeuses, s'exclame Gwen.

— Je pourrais vous suivre sur un petit pari sur Fisherman, si vous voulez, Lady Gwen, propose Demeroven.

Bobby lève d'un seul coup la tête.

— Pardon ? Vous ne pariez pas.

Demeroven hausse les épaules.

— Si cela peut faire plaisir à Lady Gwen, je ne vois pas de raison de ne pas parier.

— Merveilleux ! s'écrie cette dernière, si fort que plusieurs têtes se tournent dans leur direction. Alors, Demeroven, de combien parlons-nous ?

— Eh bien, étant donné les quatre dernières courses…

— Ne pariez pas, intervient Beth en se plaçant entre Gwen et Demeroven, l'air pincé.

— Pourquoi donc ? questionne Gwen en la poussant dans un geste involontaire qui a pour effet d'envoyer Beth contre Demeroven et celui-ci contre Bobby.

Demeroven laisse échapper un faible grondement de douleur et Bobby l'aide à retrouver l'équilibre d'un geste hésitant. Gwen ne se préoccupe pas d'eux, entièrement concentrée sur Beth qui secoue fermement la tête.

— Je ne crois pas qu'aucun de nous devrait prendre le risque de ternir nos réputations par des paris bruyants. Albert peut simplement déposer nos paris sur la course principale, pendant que nous attendrons misérablement sous ce soleil de plomb, d'accord ?

Leur petit groupe reste un instant silencieux face au petit menton levé de Beth, puis Albie approuve :

— Bonne idée. Gwen, tu pourrais simplement parier contre toi-même.

— En quoi est-ce amusant ? grommelle celle-ci en s'appuyant contre la barrière d'un air boudeur.

— Mais ça a au moins le mérite de ne pas pouvoir être mal interprété par la rumeur, lui rappelle Beth.

— Je suis désolé.

Le ton solennel de Demeroven les prend de court et Bobby tourne la tête vers lui en même temps que Beth.

— Pardon ? répond-elle, surprise.

— Si c'est à cause de moi que vous refusez de participer à de petits paris sans enjeu, je vous assure que ce n'est pas nécessaire. Mes remarques à l'Opéra étaient pour le moins… indélicates, et les paroles d'un imbécile pour dire l'entière vérité. Alors, je vous en prie, ne vous privez pas d'un amusement par ma faute. Lady Gwen, je comptais vous dire combien j'étais impressionné par les efforts déployés par votre cousin pour améliorer la situation de nos familles et combien j'espérais moi-même pouvoir y participer. Je n'ai jamais eu l'intention de manquer de respect à nos prédécesseurs, ni de dire du mal des défunts.

Le choc est si brutal qu'on pourrait entendre une mouche voler dans leur petit groupe.

— Merci, James, souffle finalement Beth, un petit sourire aux lèvres. J'apprécie votre geste.

Demeroven fouille dans sa veste, avant d'en sortir quelques billets.

— Je vous en prie, placez un pari pour moi, voulez-vous ?

Gwen attrape les billets tendus avec un clin d'œil à Demeroven, avant que Beth ait pu refuser, et elle attire son amie près d'elle. Le regard de Beth s'attarde un instant sur son cousin, puis son sourire reparaît tout à fait et elle se laisse entraîner dans une discussion moins emportée mais toujours fervente par Gwen.

Demeroven fixe le regard sur la piste, l'expression un peu moins tendue, et Bobby comprend brutalement qu'il n'a pas le choix. Il ne peut pas faire tomber Raverson seul.

Or, la seule autre personne qui connaisse ses plans d'extorsion se tient à côté de lui. Qu'il le veuille ou non, il n'a d'autre choix que d'accepter les excuses de Demeroven, afin qu'ils déjouent ensemble les manigances de leur ennemi commun.

Cela ne devrait pas être bien compliqué, d'autant que rien de ce qu'a dit Demeroven n'était faux. Simplement, sa fierté blessée renâcle. Malheureusement, il ne peut plus se permettre le luxe de privilégier son orgueil bafoué, alors que Raverson plaisante et use de son charme au sein même de la tribune royale à quelques mètres d'eux, pas alors que ce sale type a le culot de saluer leur groupe d'une main à son chapeau, avant de retourner discuter avec un haut dignitaire que Bobby ne connaît même pas.

Demeroven tente de s'étirer discrètement, mal à l'aise au milieu de cette cohue. Bobby prend une inspiration... Demeroven s'est excusé, c'est à lui de faire le second pas. À contrecœur, il s'incline vers son voisin pour murmurer :

— Nous devons l'arrêter.

Demeroven se fige, tourne brièvement les yeux vers lui.

— D'accord.

Soulagé, Bobby se laisse aller contre la barrière. Devant la joue abîmée de Demeroven, il sent une partie de son ressentiment s'évanouir.

— Je suis désolé de vous avoir effrayé l'autre soir.

Il devine au raidissement de Demeroven qu'il a envie de corriger cette façon de présenter les faits, mais ses épaules retombent et il lâche dans un murmure :

— Et je suis désolé de m'être emporté si brutalement au lieu d'avoir une conversation calme à propos de Raverson. Mon tempérament était déjà échauffé, je n'aurais pas dû vous accoster dans cet état.

Bobby s'oblige à hocher la tête. Il doit faire une moitié du chemin, lui aussi. Ils regardent ensemble les chevaux se mettre en place sur la ligne de départ. Tout près, Albie, Gwen et Beth ont une discussion enflammée dont le contenu est étouffé par les acclamations de la foule.

— Alors ? Quel est votre plan ?

Bobby se raidit en sentant le regard attentif de Demeroven sur lui.

— Pourquoi serait-ce à moi d'avoir un plan ?

— Parce que c'est votre faute, lâche Demeroven, le visage de nouveau fermé.

— Si vous m'aviez prévenu que Raverson avait pour habitude de faire chanter ses... connaissances..., réplique Bobby, dont l'indignation flambe à nouveau.

— Comment étais-je supposé savoir que vous alliez recommencer vos badineries ?

— Je n'ai pas… ce n'était pas ça…, proteste Bobby en regardant autour d'eux.

Le coup de départ retentit : les chevaux s'élancent. Bobby regarde la course, son pouls battant sans rapport avec Gildermire qui mène immédiatement la danse.

De toute évidence, la moindre de leurs discussions se transforme immanquablement en dispute. Et pourtant, il y a cette sensation étrange au creux de son ventre, à chaque fois qu'ils sont en présence l'un de l'autre. Il rejoue à chaque fois leurs échanges dans sa tête, encore et encore, et il aimerait comprendre pourquoi.

Pourquoi l'opinion que cet homme a de lui est-elle si importante à ses yeux ?

Gildermire emporte la course, Fisherman sur ses talons. Gwen et Albie hurlent de joie, tandis que Beth sautille d'excitation. Demeroven reste immobile, le visage sombre, le regard fixe. Bobby suit la direction de ce regard et découvre Raverson au milieu d'un groupe de ducs et de comtes, occupé à serrer des mains et à arborer son sourire insupportablement séduisant.

— Bobby, peux-tu m'accompagner au salon des dames avant la prochaine course ? demande Beth.

— Demeroven, vous m'escorterez, lance Gwen en attrapant son bras et en l'entraînant vers l'arrière du pavillon au pas de charge.

— Une vraie tornade, soupire Bobby en prenant le bras de Beth qui pouffe.

Par chance, Gwen ralentit quand il devient évident que Demeroven boite. Aussitôt, Bobby sent sa gorge se serrer.

— Absolument, confirme Beth. Est-ce que James et toi vous entendez un peu mieux ?

— Maintenant qu'il a offert une excuse belle à te tirer les lames ?

Sous son bonnet, Beth fronce les sourcils et il soupire :

— On cherche des moyens…

— … de vous lier ?

— N'espère pas trop, déclare-t-il en détournant volontairement le regard des fesses de Demeroven parfaitement moulées dans son pantalon.

— En tout cas, je suis heureuse que ça s'arrange entre vous, dit-elle, alors qu'ils parviennent sous le pavillon ombragé sous lequel les spectateurs se pressent pour acheter des rafraîchissements avant la prochaine course.

— Pourquoi ?

— Eh bien, parce que Dashiell insiste pour que nous nous entendions tous bien et que nous travaillions tous ensemble. Il est très impressionné par la nouvelle éthique de travail de James.

— Et bien sûr, aucune de vous deux n'a pris la peine de lui apprendre qu'il s'était fort mal comporté avec nous tous…, conclut Bobby.

Il fait de son mieux pour ignorer le coup dans sa poitrine à l'idée que son oncle lui préfère désormais Demeroven, ne serait-ce que parce qu'il n'a pas récemment été l'objet de chantage, lui…

— Travailler avec James et Albie le rend tellement heureux. Il tient beaucoup à toute notre famille et maintenant que ma mère est sur le point de… Enfin, je ne supporterais pas de lui enlever ça.

Il sent la main de Beth se crisper dans le creux de son bras.

— Tu as raison, bien sûr. Il ne faut pas ternir son bonheur. Je peux… m'entendre avec Demeroven.

— Vraiment ? demande-t-elle, avec tant d'espoir qu'il parvient seulement à acquiescer. Merci mille fois.

— Beth, appelle Gwen.

Bobby prend conscience, un peu surpris, qu'ils sont déjà devant la porte des toilettes. Beth lui tapote gentiment le bras, avant de s'éloigner avec Gwen.

Demeroven et Bobby se retrouvent seuls, dans ce qui n'est pas franchement un lieu des plus pittoresques, mais qui a au moins le mérite d'être au frais.

— Il fait effroyablement chaud, non ? lance Demeroven en grattant le sol de terre battue de son pied valide.

— Absolument, confirme Bobby en secouant sa torpeur pour poursuivre leur charmante conversation.

— Peut-être que vous pourriez organiser un thé avec nos cousines où vous vous assureriez que Raverson soit invité, dit-il avec calme.

Bobby lève les yeux d'un seul coup.

— Pardon ?

— Ce serait l'occasion de tenter d'en savoir plus sur son plan, pour en comprendre tous les aspects.

Il préfère encore dévaler les escaliers qu'avoir à subir Raverson pour un thé.

— Pourquoi moi ? Vous semblez suffisamment proches tous les deux... Pourquoi ne pas faire vous-même ces recherches ?

— Lord Havenfort a organisé mon emploi du temps à l'heure près, répond Demeroven. Vous avez plus de liberté, en revanche.

La vague de colère familière monte en lui.

— J'ai mieux à faire.

Demeroven le fixe et Bobby fait de son mieux pour garder le menton levé.

— Vraiment ?

Bon sang ! Il déteste ce talent qu'a Demeroven de poser des questions, porter des jugements, remarquer les faits pour ce qu'ils sont, sans artifice, ni les enjoliver.

La vérité, c'est qu'il n'a rien de mieux à faire, mais qu'il refuse de l'admettre devant Demeroven.

— Je suis assoiffée ! annonce Gwen quand elles reviennent bras dessus bras dessous. Les garçons, pourriez-vous aller nous chercher des rafraîchissements ?

Bobby est bien tenté de lui rappeler qu'ils ne sont pas des esclaves, mais la lueur inquiète dans le regard de Beth l'arrête. Quels que soient les efforts d'oncle Dashiell pour les occuper, rien ne peut les distraire de l'imminence de l'accouchement de Cordelia et du danger qu'elle courra à l'arrivée du bébé. Cette inquiétude ne quitte pas Beth un seul instant.

— Bien sûr, nous y allons, répond-il malgré le froncement de sourcils de Demeroven. Vous venez, James ?

Il lui prend le bras et l'entraîne de l'autre côté du pavillon, où se trouvent les stands de boissons et de nourriture.

Seulement, Demeroven a visiblement d'autres plans, car il passe devant sans s'arrêter et le conduit plus loin, dans un coin désert où ils se glissent entre l'arrière du pavillon et une tente toute proche. À l'abri des regards derrière un rabat de tente, ils peuvent enfin respirer un air moins chaud. Tout baigne dans la lueur blanche causée par le tissu de la tente au-dessus d'eux et, s'il n'était pas aussi mal à l'aise en présence de Demeroven, Bobby pourrait se sentir soulagé de ce répit.

— On doit établir un plan, murmure Demeroven en passant une main dans ses épais cheveux châtains.

— Bon… Si vous voulez que j'enquête sur ses intentions, pourquoi ne pas me dire tout ce que vous savez, puisque c'est votre réticence à le faire qui nous a conduits ici ? répond Bobby avant de se mordre la langue à l'instant où les mots passent ses lèvres.

Que lui arrive-t-il, bon sang ? Il a pourtant toujours été doué pour cacher ses émotions. Mais dernièrement il semble seulement capable de les cracher à la face de n'importe quel interlocuteur, que celui-ci le mérite ou non.

Demeroven se pince l'arête du nez et ferme un instant les yeux.

— Pourquoi faut-il que vous fassiez cela ?

— Faire quoi ? réplique Bobby, sur la défensive.

— Continuer à lancer des reproches quand j'essaie d'arrêter ?

Il se passe la main sur le visage avant de croiser le regard de Bobby qui sent un besoin instinctif de se défendre revenir malgré lui à la charge.

— Vous, arrêter ? C'est vous qui m'avez accusé de mettre

volontairement en danger nos familles, alors que vous ne m'avez jamais mis en garde contre Raverson ?

— Raverson n'a de pouvoir de nuisance que parce que vous semblez incapable de garder vos aventures sous contrôle.

Bobby recule quand Demeroven s'avance vers lui, afin de mettre le plus de distance possible entre eux, tandis que l'animosité et une tension qu'il ne parvient pas à nommer se déploient autour d'eux.

— Raverson n'est pas ce que j'appellerais une aventure. Par ailleurs, c'est lui qui m'a séduit.

— Et alors ? Vous n'aviez aucun pouvoir sur vous-même ? Vous ne pouviez pas vous renseigner sur l'homme avant de lui donner accès à ce qu'il y a dans votre pantalon ?

— Parce que vous menez une enquête sur chacun de vos... partenaires avant tout échange charnel ? Comment faites-vous exactement ? Vous arrêtez tout dans l'instant pour aller interroger des proches ? s'agace Bobby en jetant des regards furtifs à l'extérieur sans repérer la moindre présence. Vous attendez-vous qu'un homme patiente tranquillement pendant que vous fouillez dans sa vie ?

— S'il en vaut la peine, il patientera, en effet, rétorque Demeroven avec hauteur.

Bobby serre les poings, exaspéré par l'insupportable arrogance de son interlocuteur.

— Évidemment, parce que vous êtes un tel joyau ! N'importe quel homme serait trop heureux d'attendre que vous daigniez lui accorder votre attention.

— N'importe quel homme qui vaudrait la peine serait lui-même en train de faire ses recherches à mon propos, insiste-t-il.

Cette idée le blesse plus qu'il ne le voudrait : personne n'a jamais semblé prêt à l'attendre. Si ç'avait été le cas, peut-être effectivement ne se serait-il pas jeté dans les bras de Raverson derrière un simple rideau, en plein opéra. Peut-être que l'un de ses anciens amants serait resté en sa compagnie, plutôt que d'aller se marier avec passion. Mais non, personne ne l'a jamais suffisamment désiré et estimé pour se préoccuper des conséquences, puisqu'aucune de ses histoires n'a jamais duré plus de quelques nuits.

Demeroven l'observe, les yeux étrécis, comme s'il devinait les pensées pathétiques qui l'agitent. Non ! Il ne se laissera pas mépriser, simplement parce que Demeroven a rencontré des hommes meilleurs que lui.

— Si je comprends bien, vous êtes un modèle de prudence dans vos amours, en revanche, vous êtes incapable du moindre geste quand votre tante et votre cousine sont traitées comme des moins-que-rien !

Cette fois, les prunelles de Demeroven s'assombrissent dangereusement et Bobby recule encore d'un pas, surpris.

— Fermez-la. Je ne savais rien. Si j'avais su, j'aurais fait quelque chose pour les aider !

Bobby lit sur son visage la colère, l'angoisse et le dégoût de soi. Nul doute que Demeroven est sincère, pourtant, il ne parvient pas à retenir ses mots :

— Vraiment ? N'auriez-vous pas simplement laissé votre beau-père...

— Je vous interdis de parler de lui, aboie Demeroven, le faisant reculer contre la paroi rigide de la tente. Vous ne savez rien ! Vous ne savez pas ce que ça fait de porter soudain tant de responsabilités quand on ne vous a jamais rien dit. Rien ! Vous pensez que votre vie est difficile ? « Pauvre de moi. Je suis un cadet, je m'ennuie et je n'ai rien à faire... » Vous ne pouvez imaginer jusqu'où j'ai dû aller pour protéger ma famille, pour réhabiliter mon nom.

Bobby retient les réponses abruptes qui lui montent naturellement aux lèvres pour articuler lentement :

— Bon sang ! Nous avons le même but, ici !

Il déteste ressentir combien Demeroven a raison. Il déteste qu'il soit aussi perspicace quand lui-même a fait preuve d'une telle inconscience. Plus que tout, il déteste qu'il soit aussi séduisant avec cette mine sombre et inquiète.

Empli de colère, il poursuit :

— Vous m'accusez d'en faire une compétition, seulement, vous ne pouvez pas vous empêcher de me rappeler à chaque fois combien vous êtes plus important. Pourtant, vous voulez que je prenne seul la responsabilité de cette débâcle, alors que vous aussi, vous avez couché avec lui.

— Avant de savoir ce qu'il valait ! s'exclame furieusement Demeroven,

Face à son éclat de voix, ils tournent tous deux la tête vers le rabat de la tente qui s'agite lentement dans la brise. Mais il n'y a rien autour de leur petite alcôve, sinon de l'air chargé de tension et le lointain bruit de la foule.

— Moi aussi, rappelle Bobby à voix basse. Et je n'aurais pas commis d'erreur si vous m'aviez mis en garde.

— Parce que vous m'auriez écouté ?

Il a trop chaud, la tête lui tourne et il en a tellement assez de ces disputes incessantes...

— Si vous aviez un tant soit peu essayé de me connaître, nous aurions pu être amis.

— Je vous connais.

— Non, pas du tout, insiste Bobby. Vous auriez pu, si vous n'aviez pas nourri cette idée délirante qui fait de moi un déviant sexuel déterminé à vous avoir pour vous réduire à néant.

— Je ne vous aurais jamais laissé faire.

Bobby se sent rougir de honte.

— Bien sûr, excusez-moi. Je ne passerais jamais vos examens préliminaires, bien entendu. Ou alors, je n'aurais même pas le droit à ce test ? Trop médiocre pour vous.

Son torse se soulève au même rythme que celui de Demeroven, lourd, oppressé. Son visage aussi est rougi et ses yeux se parent d'un éclat sauvage, en même temps qu'il serre les poings.

— Cela n'a rien à voir avec votre statut ou votre valeur politique, rétorque Demeroven.

— Non, non, c'est ma personnalité qui est absolument repoussante, alors ?

— Avez-vous perdu l'esprit ? s'exclame Demeroven.

— Ah bon ? C'est pourtant vous qui m'avez traîné jusqu'ici ! Si c'est aussi insupportable d'être en ma présence, pourquoi vous ne...

En une seconde, Demeroven est sur lui, sa main se pose sur sa nuque pour l'attirer à lui en un baiser brutal et affamé.

Toute l'animosité, la fureur, les blessures s'enflamment d'un seul coup entre eux, alors que Demeroven le pousse contre le mur dans une étreinte passionnée.

Bobby lâche un grondement de surprise et de volupté. Sous ses mains, les muscles de Demeroven sont aussi fermes et dessinés qu'il le devine sous le lin de sa chemise. Et ce baiser... Bobby s'abandonne sans réserve à cette bouche exigeante et à ces mains fermes qui le saisissent.

Est-ce que tout ça était dû à cette affinité physique incroyable – toutes ces disputes, ces insultes ? Cette tension sensuelle était-elle tapie sous la surface, depuis le début ?

Demeroven mordille sa lèvre tout en empoignant ses fesses pour imprimer une délicieuse friction entre leurs deux corps échauffés. C'est tellement bon, tellement...

Brusquement, il s'écarte, les laissant haletant, les lèvres gonflées, les cheveux en désordre, le cœur battant la chamade.

# 12

## *James*

Par tous les saints ! Que vient-il de faire ?

Il a embrassé Bobby Mason ! L'insouciant, l'inconscient, le téméraire Bobby Mason. Son fantasme de jeunesse qui ne lui aurait pas jeté un seul regard à Oxford et qui se tient maintenant devant lui, échevelé, le regard brûlant de désir…

Oh ! bordel.

James est pétrifié, incapable de bouger, incapable de penser. Il ne peut que ressentir la brutale pulsation de son sang dans tout son corps, et la raideur de son sexe tendu et…

Mason lève la main, comme pour l'attirer à nouveau dans ses bras. James brûle de s'abandonner à ses lèvres, à la caresse subtile de sa barbe. Il suffirait qu'il le pousse à peine contre le mur pour sentir encore son…

Une brusque acclamation de la foule leur parvient.

— On ne peut pas, lâche-t-il d'une voix rauque en s'écartant des mains tendues.

— On peut, le contredit Mason.

— Je… j'ai entendu quelqu'un.

Mason se redresse, l'oreille tendue. Pendant ce temps, James tente de reprendre son souffle et de calmer son pouls. Il n'a rien entendu du tout, mais ç'aurait pu…

Mason écarte le rabat de la tente et jette un œil à l'extérieur. James reste là, l'esprit en déroute, tandis que le sang revient lentement à son cerveau. Mason laisse retomber le pan de tissu et lui adresse un sourire séducteur en avançant vers lui.

James est paralysé par l'indécision et le désir. La large paume de Mason caresse sa joue avant de saisir sa nuque et James frémit intensément. Son pouce s'attarde sur son oreille.

James se sent littéralement fondre. Il pourrait simplement se laisser aller...

— Étrange que nous ayons passé toutes ces semaines à nous quereller, alors que nous aurions pu faire cela à la place, souffle Mason.

Ses lèvres sont si proches, si tentantes, il faut à James toute la volonté du monde pour ne pas succomber.

— On ne devrait pas, murmure-t-il, alors que son corps se penche de lui-même vers Mason.

— On est en sécurité ici.

James a terriblement envie de le croire. Il n'a rien ressenti de similaire à la ferveur de leurs baisers depuis très longtemps. Sans doute même depuis toujours... C'est sûrement à cause de ce qu'a pointé Mason : leur animosité brutalement transformée en ardeur sensuelle.

Seulement, l'assurance de Mason ne fait pas le poids face à l'anxiété qui croît rapidement en lui. Mason a déjà été surpris... parce qu'il n'a jamais été prudent.

Il n'a jamais eu besoin de l'être, lui. Sa famille l'aime. Lord Havenfort l'a surpris, mais ça ne l'a pas empêché de l'envoyer à Ascot avec sa fille et sa belle-fille. Si son beau-père avait surpris James dans une telle situation, il n'est pas certain qu'il serait encore en vie. Il n'aurait certainement pas reçu de protection.

Donc, s'abandonner à son désir pour Mason n'est pas envisageable, même si ses baisers enfiévrés et l'ardeur qu'il lit dans son beau regard éveillent en lui une sensation brutale et nouvelle.

Mason n'est plus le garçon de ses rêves d'étudiant. Il est un risque qu'il ne peut pas se permettre. Pas maintenant. Pas alors que Raverson est tapi dans l'ombre. Pas alors que son nom et son titre sont en jeu. Pas avec son assurance si fragile et son anxiété.

— On ne peut pas, répète-t-il avec plus de fermeté.

La main de Mason quitte son visage sur une dernière caresse et James s'oblige à ne pas ressentir le manque. C'était une sorte de rêve. Cela ne se reproduira plus.

— On pourrait, répète calmement Mason. On a d'excellentes raisons de se voir et ce serait sans doute mieux que de s'éviter. Même si on passe la moitié du temps à se chamailler, ne serait-ce pas mieux de…

Mason se tait et James prend conscience qu'il a secoué la tête en un geste de défense. Il ne peut pas écouter, il ne peut pas entendre Mason lui détailler un plan rationnel pour ce… badinage. Ce serait le comble de la folie et de l'imprudence. James n'aurait même jamais imaginé vouloir une telle chose !

— Si tu y réfléchis, juste un instant, les implications sont…

— Non, coupe James d'une voix tendue. Je… nous discuterons plus tard de Raverson. Je dois y aller.

Mason referme la bouche, les sourcils froncés.

James se rue à l'extérieur, loin de Mason et de son offre bien trop tentante, loin des rêveries de sa jeunesse et de ses propres désirs. Mason est pompeux, inconscient et bien trop beau, sans parler de ses baisers délicieux. James doit s'éloigner le plus vite possible.

— Demeroven.

James continue d'avancer en boitant, aussi vite qu'il le peut vers les cabinets d'aisance. Leur petite cachette était finalement plus loin qu'il ne le pensait de la foule.

— Pourquoi passes-tu ton temps à fuir ? demande Mason, tout près derrière lui.

James accélère le pas, mais Mason lui saisit le bras juste avant qu'il ne tourne à l'angle du bâtiment.

— Pour l'amour du ciel, parle...

James percute violemment quelqu'un, et la prise de Mason sur son bras disparaît pour être remplacée par deux mains puissantes. Il reconnaîtrait cette poigne n'importe où... Sous le choc, il ferme les paupières.

— Bonjour, gentlemen, lance Raverson d'une voix enjouée.

James recule, manquant cette fois percuter Mason, qui se place rapidement à côté de lui, pour qu'ils fassent front ensemble.

James voit le regard de Raverson les détailler. Il sait qu'il remarque sa cravate de travers, les cheveux en désordre de Mason et leurs lèvres rougies.

— Comment c'est intéressant... On dirait bien que je vais devoir rendre une petite visite à Havenfort plus tôt que je ne l'envisageais, s'exclame Raverson.

James sent son cœur faire un soubresaut. Comment peuvent-ils arrêter ce chantage ? Inutile de nier, les apparences jouent clairement contre eux. À quoi pensait-il en s'éloignant de Mason sans avoir pris le temps de se calmer ?

— Lord Havenfort n'a rien à vous dire de plus, lâche Mason.

— Oh ! je crois que si...

— Vous avez une imagination débordante, Raverson, lance James.

Du calme... Il n'a qu'à se comporter comme Mason, garder son calme, ne pas paniquer...

— Je ne pense pas, mon petit Demeroven.

— Fermez-la ! réplique-t-il abruptement, en réaction à ce ton doucereux qui le rend malade.

C'était ce même ton que Raverson utilisait pour lui dire qu'il était ridicule, qu'il s'emportait pour rien, qu'il était immature.

— Oh ! je vois qu'un peu d'action te donne du courage, se moque Raverson.

— Vous racontez n'importe quoi, intervient Mason.

— Allons, allons, Mason. Vous oubliez que je sais parfaitement à quoi vous ressemblez, tous les deux, quand vous venez d'être débauchés… Et vous n'avez pas franchement cherché à le cacher.

James serre les dents et jette un regard anxieux à la ronde. Dieu merci, ils sont seuls. Pourtant, il doit lutter contre le besoin instinctif de s'enfuir pour se terrer quelque part. Mais Mason est près de lui, grand, solide, et James se souvient qu'il n'est plus obligé de se laisser humilier ainsi.

Les poings serrés, il lâche :

— Vous faites de dangereuses hypothèses.

Raverson croise son regard, sans quitter ce sourire languide et moqueur.

— Tu dois avoir développé quelques talents pour ensorceler Mason, depuis l'époque. Quoique… Mason apprécie peut-être juste de s'encanailler avec toi.

James ne comprend pas ce qui se déclenche d'un seul coup en lui. Il se voit, comme dans un rêve, se ruer sur Raverson et son poing s'écrase douloureusement sur sa mâchoire.

La surprise désarçonne Raverson qui perd l'équilibre et chute en arrière. Interdit, James le regarde, les fesses dans la terre battue, une main posée sur sa joue.

— Eh ben…

Mason émet un sifflement impressionné en faisant un pas vers lui, la main tendue au cas où James serait tenté de lancer un nouveau coup. Mais non. À vrai dire, il ne comprend pas lui-même son geste. Il n'avait jamais frappé personne avant.

Or, c'est… étrangement agréable. Oui, il aime assez voir Raverson par terre, indigné, sa chemise blanche couverte de poussière. Pour la première fois, il se sent… puissant.

— Tu es un homme mort, Demeroven, lance Raverson. Je vais raconter à toute la ville ce qui vient de se passer. Tout le monde saura vos petits secrets.

— Oh ! et avec votre crédibilité, nul doute que tout le monde vous croira, se moque Mason en se plaçant devant James pour le mettre à l'abri du coup de pied que Raverson s'apprête à lui envoyer dans le genou.

Il n'est peut-être pas aussi puissant qu'il se l'imagine, et plus vraisemblablement en état de choc, s'il n'a rien remarqué.

— Qui croyez-vous qu'on écoutera ? Vous ? Ou bien deux lords issus de hautes lignées aux réputations intactes ? Vous n'avez même pas encore fait votre place dans la bonne société, vous n'avez jamais reçu. Vous n'êtes qu'une plaisanterie pathétique, Raverson, déclare Mason, le menton haut, l'air impérial.

Raverson lui jette un coup d'œil en se redressant. Mason ne recule pas, il reste un pas devant James, comme prêt à le défendre. Curieusement, la question qui vient à l'esprit de James est de savoir si Mason pratique la boxe. Cela expliquerait en tout cas les muscles impressionnants qu'il a sentis.

— Pas besoin que tout le monde me croie. Je n'ai qu'à parler à ton beau-père…

Une vague de honte aveuglante le traverse et un étau se referme brutalement sur son cœur. Non ! Il ne doit pas laisser Raverson penser qu'il a trouvé son point faible. Il ne doit pas le laisser voir la confusion, la honte et la douleur que son rapprochement avec son beau-père a provoquées en lui. Il ne lui donnera pas cette satisfaction.

— Vous pensez avoir charmé mon beau-père, peut-être même est-ce vraiment le cas, répond-il en s'efforçant d'imiter la voix posée de Mason. Seulement, nous ne sommes plus à Oxford, Richard.

Ce qui n'était qu'un air bravache s'affermit devant l'expression choquée de Raverson.

— Aller pleurnicher auprès des parents de vos victimes, comme quand vous étiez un jeune garçon, ne vous apportera pas le pouvoir ou le statut que vous aviez alors. Il va vous falloir vous montrer plus intelligent que ça. Voler des mouchoirs ou d'autres menus trophées ne suffira pas. Vous n'avez aucune réputation dans ce monde. Vous n'êtes rien.

James sent sur lui le regard de Mason et une chaleur bienfaisante desserre l'étau dans sa poitrine.

Raverson se remet laborieusement debout, le regard noir, et James tend la main pour la poser sur le bras de Mason, l'incitant à s'écarter. Il croit lire une nuance de doute dans les yeux froids de Raverson.

— Vous le regretterez, tous les deux, annonce-t-il.

— Nous verrons cela. Allez plutôt chercher de la glace, lance Mason.

Raverson leur jette un long regard menaçant avant de faire demi-tour. James, qui a laissé son poing engourdi posé sur la manche de Mason, le suit des yeux pendant qu'il s'éloigne.

La foule gronde un peu plus loin et il secoue son poing meurtri. Il lâche Mason et passe une main tremblante dans ses cheveux.

— Tu aurais dû lui casser le nez, déclare Mason en se tournant face à lui.

— Je n'ai pas vraiment visé. Je ne réfléchissais pas.

— J'imagine. Comment va ta main ?

James hausse les épaules et bouge prudemment ses doigts. Reginald lui a appris à envoyer un coup de poing efficace quand il était plus jeune, mais personne ne l'avait prévenu que ça faisait aussi mal.

— Ça va aller, assure-t-il.

Mason continue de poser sur lui un regard impressionné.

*Les hommes… C'est tout de même quelque chose.* Comment lui, un homme rationnel, a-t-il pu ainsi perdre toute raison au point de frapper un pair ? Même si le pair en question a tenté de les faire chanter tous les deux…

— En tout cas, ton intervention a résolu notre problème, du moins temporairement, dit Mason en tendant la main vers celle de James.

Il enfonce précipitamment les poings dans ses poches. Il ne peut pas laisser Mason le toucher. Il ne sait pas comment il réagira à ce contact. En vérité, il ne se reconnaît pas lui-même aujourd'hui. Est-ce la faute de Mason ? De Raverson ? Ou bien de son beau-père ? À moins que cette violence n'ait été là depuis le début, masquée derrière la peur et l'anxiété qui l'étouffent depuis si longtemps ?

— Nous n'en avons pas fini avec lui, prévient-il. On va devoir mettre au point quelque chose de sérieux, et récupérer ta chevalière.

— Bien sûr. Puis-je te dire que cet aspect… imprévisible de ton caractère est tout à fait séduisant. Cette bravoure, cette témérité… j'aime beaucoup.

James déglutit, troublé par le regard tentateur de Mason.

— Demeroven, pourrais-tu considérer…

— Non, le coupe-t-il, toute bravoure envolée, maintenant qu'il se retrouve aussi proche de Mason, à la vue du premier venu.

Il ne ressent plus que la panique étouffante qui l'enserre à mesure qu'il prend conscience de tout ce qui aurait pu mal se passer.

— Non, on ne peut pas. Nous sommes associés, partenaires, pour nous défendre ensemble dans cette malheureuse affaire de chantage. Rien de plus. Maintenant, recule.

Mason s'immobilise.

— Allons, on a réglé le souci avec Raverson…

— Absolument pas ! Il y a bien trop en jeu pour se laisser aller à ce… cette…

— … folle attraction ? suggère Mason.

Seigneur ! Faut-il qu'il soit aussi espiègle, aussi beau, aussi tentateur ?

— Absurde. Je dois y aller.

James fait de son mieux pour ignorer le pincement de son cœur quand le sourire de Mason s'efface.

— Tu veux dire « fuir »…

James hausse les épaules sans chercher à nier. Il a besoin de fuir, effectivement. Avant que Mason ne l'entraîne plus loin, parce qu'il ne sait pas combien de temps il saura résister face à lui.

— Peux-tu m'excuser auprès de Lady Gwen et Beth ? Nous ne leur avons finalement pas apporté les boissons demandées.

Sa voix sonne formelle à ses propres oreilles.

— Tu le leur diras toi-même, réplique Mason, l'air soudain distant. C'est moi qui pars le premier.

Sur ce, il tourne les talons et s'éloigne vers le comptoir, laissant James seul. Il le suit du regard jusqu'à ce que Mason disparaisse au milieu de la foule. Ses pensées vont si vite qu'il ne parvient pas à en saisir une seule.

Il se passe une main fatiguée sur le visage et grimace de douleur : les jointures de sa main sont rouges et gonflées. Il devrait se sentir fier de s'être opposé à Raverson. Seulement, il a surtout l'impression d'être... vide, comme si toute cette journée n'avait été qu'un rêve étrange.

Bobby Mason l'a embrassé. Bobby Mason le désire.

Après des années à fantasmer, le rêve est à portée de main... et il l'a refusé.

Bobby Mason lui a proposé d'être son amant... et James a dit non.

# 13

## *Bobby*

Bobby engloutit son verre, à peine soulagé par la chaleur de l'alcool dans sa gorge.

La dernière soirée de célibataire de Prince ne fait que commencer : ils sont toujours dans le premier pub de la soirée. Coincé sur une banquette entre Cunningham et Prince, sous les chandelles dégoulinantes de cire, il tente de suivre leur conversation à propos d'un match de cricket à venir, mais il est constamment distrait.

Sur la banque d'en face, Demeroven est assis entre Rupping et Wristead. Bobby a parfaitement remarqué la rougeur qui montait à son cou quand il est entré. De même qu'il remarque que ses cheveux bouclent adorablement dans la chaleur humide de la salle bruyante. Ses yeux sont légèrement écarquillés, preuve qu'il peine à suivre les conversations croisées de leur groupe bigarré.

Bobby aimerait pouvoir remâcher sa colère contre lui, seulement, Demeroven a l'air tellement perdu que son cœur se crispe sous le coup d'une émotion inconnue, sauvage, enivrante.

Il lève son verre pour obtenir un autre scotch.

La soirée s'annonce prometteuse. Cependant, il risque de ne pas en voir grand-chose à ce rythme-là.

— Voilà pour vous, mon joli ! lance la serveuse en lui tendant un verre plein.

Elle a un visage rond charmant et un décolleté très profond qui n'a cependant aucun effet sur Bobby. En revanche, les statistiques de cricket s'étiolent soudain dans la bouche de Prince, dont les yeux glissent sur la silhouette avenante de la serveuse. Bobby croit entendre Demeroven émettre un raclement de gorge gêné.

— Et de l'eau avec, s'il vous plaît, demande Bobby. Ou si vous n'en avez pas, de la bière légère ?

La soirée ne fait que commencer, ils doivent y aller doucement...

— Et tout le pain que vous aurez, ajoute Demeroven.

La serveuse rit et leur adresse un clin d'œil avant de s'éloigner en roulant des hanches. Leurs regards se croisent un court instant avant qu'ils ne détournent tous deux la tête.

Bobby s'oblige à revenir à Prince qui suit la serveuse des yeux.

— Je vois que l'amour n'empêche pas tes yeux de se balader à leur guise.

Prince affiche une expression faussement innocente, une mèche de cheveux en travers de son front.

— Je ne fais qu'admirer les jolies dames, voyons !

— Et les jolis messieurs s'il en passe dans le coin, commente Cunningham en passant dans le dos de Bobby pour tirer gentiment l'oreille de Prince.

Face à eux, Demeroven jette des regards inquiets autour de lui, mais le vacarme environnant leur assure une discrétion suffisante, aussi compromettant que soit leur sujet de conversation. C'est précisément pour cette raison que Cunningham et lui ont choisi la taverne du Cochon Assoiffé comme premier arrêt.

— C'est mon enterrement de vie de jeune homme, j'ai le droit de laisser mes yeux se promener comme ils l'entendent, merci ! déclare Prince à voix haute, avant de roter bruyamment, ce qui fait rire toute la tablée.

— Et dis-moi, ta fiancée apprécie de te voir ivre mort ? questionne joyeusement Wristead, le visage lui aussi rougi par l'alcool.

— Absolument, confirme Prince. Elle est même plus ivre que moi parfois ! Et Mary Ann, qu'en dit-elle ?

— Oh ! elle est si légère, impossible de la faire boire en quantité, admet Wristead. En revanche, elle mixe d'excellents cocktails, Jeremy pourrait même en apprendre un ou deux d'elle !

— Dans ce cas, nous devrions les réunir, elle, ma cousine Gwen et Miss Bertram ! s'exclame Bobby. Gwen s'intéresse de près à l'art des cocktails depuis l'an dernier.

— Vraiment ? interroge Demeroven, consterné.

— Elle fait un punch à la cerise incroyable ! confirme Bobby, comme s'il n'y avait rien d'étrange à discuter de cela, alors qu'ils ne se sont pas encore adressé la parole de la soirée.

— Attention, c'est un terrain glissant, prévient Rupping d'une voix forte. Lady Gwen est d'un naturel compétitif.

— Je crois que Mary Ann l'emportera sur elle, cette fois, insiste Wristead.

— Si elle est meilleure joueuse que toi, Gwen sera ravie de l'affronter, affirme Bobby, une note de défi dans la voix.

— Mais oui ! s'exclame Cunningham. Ce n'est pas toi qui as cassé ton maillet de croquet en deux, il y a un ou deux ans, après un tournoi avec la cousine de Mason ?

Prince glousse dans sa bière.

— Je ne l'ai pas cassé, il s'est cassé tout seul, corrige Wristead. Et Lady Gwen a triché.

Bobby lève les yeux au ciel.

— Ma cousine n'a pas besoin de tricher pour vous botter les fesses en n'importe quel sport. Tu es juste mauvais joueur, mon vieux.

— Absolument, renchérit Prince.

— Le pire, ajoute Rupping.

— Arrêtez ou je rentre à la campagne avant la fin de la Saison. Et vous savez que je déteste la campagne, marmonne Wristead.

Prince rote à nouveau et Bobby cherche du regard la serveuse qui secoue la tête d'un air tourmenté. Elle n'a visiblement pas les breuvages plus légers qui leur permettraient de calmer un peu le jeu.

— Allons, messieurs ! lance-t-il à la ronde. Il est temps de rejoindre notre prochain arrêt, avant que notre futur marié ne roule sous la table, qu'en dites-vous ?

— Le Renard et le Crapaud ? propose Rupping.

Ils répètent le nom du pub tous en chœur, Demeroven y compris. Bobby le regarde glisser le long de la banquette et déplier sa silhouette mince et musclée en se redressant. Il tient sa veste sur son bras et sa chemise est retroussée sur ses avant-bras musclés. Son col ouvert révèle sa peau et... Les souvenirs de leur étreinte intense derrière le pan de tente l'assaillent brutalement.

Non ! Il doit se maîtriser. C'était un coup de folie, rien de plus. Il ne doit pas se laisser fasciner. Demeroven n'est pas intéressé et Bobby n'est pas homme à pourchasser quelqu'un qui ne veut pas de lui.

Prince le tire par le bras, un sourire un peu abruti par l'alcool sur les lèvres. Il a bien réussi à surmonter son coup de cœur pour Prince, après tout. Aujourd'hui, il est même heureux pour lui qui a trouvé le bonheur auprès d'une jeune femme adorable. Alors, d'une manière ou d'une autre, il surmontera aussi cette passade.

Tandis que Cunningham se lève de la banquette après lui, Bobby a la présence d'esprit de passer le bras de Prince autour de ses épaules. Il se tourne vers Cunningham avec un signe de tête en direction de la serveuse.

— Donne-lui un bon pourboire pour nous avoir supportés.

— C'est de bonne guerre, admet Cunningham en sortant quelques pièces de sa poche.

Bobby s'assure qu'ils croisent bien la jeune femme et qu'elle récupère son dû, puis, ensemble, ils traversent la foule compacte avant de débouler dans la rue.

Rupping et Wristead se balancent autour d'un lampadaire

et entonnent des chants de pirate, s'attirant évidemment des regards noirs de passants respectables. Il est encore tôt. Bien trop tôt pour des chants de pirates grossiers.

Prince trébuche contre lui, déjà incapable de marcher droit.

— Demeroven, appelle-t-il. Occupe-toi de Prince. Je vais gérer ces deux-là. Et Cunningham va...

— Par ici, jeunes gens ! s'écrie Cunningham qui saute et danse quelques pas devant eux.

Bobby et Demeroven échangent un regard... et éclatent de rire. Leurs yeux se croisent encore quand Bobby lui transfère le poids de Prince. Il sait, il en est certain, qu'il pourrait y avoir entre eux autre chose que de l'animosité. Seulement, Demeroven détourne le regard et guide Prince en avant, laissant Bobby seul avec Wristead et Rupping, ce qui est une distraction de choix, force est de le constater.

Quatre pubs plus tard, Bobby est sincèrement impressionné qu'ils soient encore tous debout. Lui a arrêté de boire au troisième arrêt, et l'ivresse s'étiole lentement. En revanche, le reste de la troupe n'a pas ralenti la cadence. Résultat, Rupping a disparu, Wristead commence à piquer du nez contre le mur de l'entrée de Pewter House où ils patientent le temps que Cunningham paye leur addition. Bobby se demande soudain quel montant le père de Prince a financé pour la soirée.

— Au Twildings ! s'exclame Cunningham en revenant.

Il guide Prince qui chancelle dangereusement au-dehors. Aussitôt, Demeroven se place derrière eux, prêt à le rattraper s'il devait tomber en arrière.

— Wristead, tu devrais commander une voiture et rentrer, conseille Bobby.

Celui-ci sursaute et penche sur le côté. Demeroven se précipite pour le rattraper, vacillant sous son poids. Prince se tourne et se détache de Cunningham, obligeant Bobby à se ruer vers lui pour l'empêcher de tomber.

Son regard croise celui de Demeroven. Qu'ils le veuillent ou non, ils sont partenaires pour garder leurs amis en vie, ce soir. C'est sans doute une amélioration par rapport à leur première alliance pour déjouer un plan d'extorsion...

— Je vais mettre Wristead dans une voiture. Cunningham, de l'aide ? demande Demeroven pendant que Bobby lutte pour maintenir Prince sur son épaule.

Les trois autres s'éloignent et Bobby entraîne Prince dans l'autre direction.

— Les yeux de mon amour sont comme l'océan. Elle marche vers moi, sur un tapis de nuages. Chaque matin auprès d'elle annonce un jour brillant. Ses cheveux brillent...

Prince hésite, l'air terriblement concentré.

— Qu'est-ce que tu fais ?

— Des poèmes, répond-il comme si c'était là un passe-temps banal. Qu'est-ce qui rime avec « nuages » ?

— Euh... « parages » ?

Bobby ne peut s'empêcher de rire devant le regard outragé de Prince.

— « Ses cheveux brillent dans les parages » ? Ça ne veut rien dire du tout !

— La poésie, ce n'est pas mon fort, Prince. Oh ! attention..., s'écrie-t-il quand son ami trébuche sur un pavé.

— Catherine est comme la poésie, balbutie-t-il rêveusement. Tu devrais te trouver une femme comme ça, toi aussi.

— Je ne saurais même pas où la chercher, répond Bobby en toute honnêteté, avant de guider Prince vers un muret de pierre contre lequel ils pourront s'appuyer le temps que Demeroven et Cunningham les rejoignent.

— Mais c'est tellement bien d'avoir une dame à ses côtés.

Elle est tellement intelligente, tellement jolie et charmante. Les dames sont merveilleuses, Mason.

— Je n'en doute pas.

Beth est merveilleuse, elle aussi, et Gwen… eh bien, elle est incroyable à tous égards.

— Tu as besoin d'une dame à aimer, insiste Prince.

Bobby pousse un soupir et tourne les yeux vers son ami, appuyé contre le mur dans un angle du corps absurde.

— Prince…

— Tu ne peux pas savoir qui peut éclairer ta vie, affirme Prince, soudain sérieux. Parfois, cette personne débarque dans ta vie pendant que tu regardes ailleurs.

— Si tu le dis…

Bobby a la tête et le cœur lourds. Impossible de savoir si c'est à cause d'une mélancolie passagère ou de l'alcool.

Prince sourit péniblement et ouvre la bouche, mais ils sont interrompus par le retour de Cunningham qui se penche brusquement au-dessus d'un buisson pour vomir tout ce qu'il peut. Demeroven prend soin de s'écarter et annonce :

— Wristead est rentré.

— Il ne reste que nous quatre, donc, conclut Bobby en faisant de son mieux pour ne pas trop regarder Demeroven qui est incroyablement beau à la lueur du lampadaire tout proche.

La fatigue et la contrariété lui réussissent diablement bien. Pas étonnant qu'il se soit amouraché de lui dans ces conditions ! Il fait enrager Demeroven à chaque fois qu'ils se parlent !

— Peut-être qu'on devrait songer à terminer la soirée avant que quelqu'un se retrouve à dormir dans le caniveau ? suggère Demeroven.

— Non, voyons ! proteste Cunningham en se redressant après avoir essuyé sa bouche sur sa manche. Il reste encore trois pubs à visiter avant l'aube.

Au même instant, Prince se laisse entièrement aller contre l'épaule de Bobby qui échange un regard avec Demeroven.

— Cunningham, si nous emmenons notre fiancé dans un autre pub, il ne pourra jamais assister à son propre mariage demain. Regarde dans quel état il est !

Cunningham jette un coup d'œil à Prince et pousse un soupir théâtral.

— Bon, bon, mettez-le dans une voiture, alors. On boira en son honneur tous les trois.

Prince est pris d'un violent hoquet et il s'accroche à Bobby en marmonnant :

— Bonne nuit.

— Je pense que je vais le ramener chez lui, annonce Bobby.

Demeroven lance aussitôt :

— Au cas où son valet serait parti, je devrais aider...

— Mais non, Demeroven ! Il nous reste plusieurs heures pour fêter ça dignement ! insiste Cunningham en lui prenant le bras.

— Haha ! Je vois que seuls les plus braves ont survécu ! s'exclame soudain une voix.

Bobby tourne la tête et découvre Thomas Parker en train de traverser la rue, accompagné de Jeremy qui tient le bar au D'Vere. Ils les rejoignent, tout sourire, les yeux brillants.

Cunningham les accueille d'un hourra festif.

— Le club était bien trop calme sans vous, les gars, annonce Parker. Cunningham vous a montré les endroits que je lui ai recommandés.

— Absolument. Je comptais justement emmener Demeroven au Sloughtams. Mason se charge de ramener Prince.

Demeroven croise son regard et Bobby y lit de la terreur pure. Bobby ne peut le laisser seul avec ces trois-là.

— J'aurais besoin de l'aide de Demeroven pour raccompagner celui-là, lance-t-il d'un ton neutre. Messieurs, je vous verrai demain... matin, n'oubliez pas !

Cunningham se penche en une révérence profonde, rote bruyamment, puis il passe joyeusement les bras autour des épaules des deux autres qui leur disent adieu avant de s'éloigner au milieu des rires.

— S'il arrive à l'heure et habillé au mariage, je serai choqué, admet Bobby.

Demeroven répond d'un murmure épuisé, puis il se place de l'autre côté de Prince et prend gentiment le bras qu'il a passé autour de la taille de Bobby pour le mettre sur son épaule. Bobby tente d'ignorer le sourire plein de douceur qu'il offre à Prince en réponse à ses remerciements d'ivrogne.

Il ne doit se concentrer sur rien d'autre que son unique objectif : ramener le futur marié en sécurité jusqu'à son lit.

— J'ai du mal à croire qu'ils seront tous en vie demain matin, commente Demeroven en vacillant sous le poids de Prince.

Leur différence de taille n'aide pas franchement dans ce contexte.

— En vie, si. Mais fonctionnels ? Cela reste à voir, répond Bobby. Cunningham a bu pour quatre.

— Et que faire d'un marin ivre ? s'exclame brusquement Prince.

Ils rient tous les deux et leurs regards se croisent par-dessus la tête penchée de Prince.

— Allez, Demeroven, on la chantait à chaque entraînement, celle-là, insiste Prince.

— Pour quoi faire ? s'étonne Bobby. Cet air n'aide pas du tout à garder le rythme.

— Non, non, c'était quand on descendait les bateaux jusqu'à la rivière, en hiver, pour garder des forces et de la motivation, explique Demeroven. Mais je ne peux vraiment pas…

— Chante, ou je m'allonge ici même, lui enjoint Prince en refusant de faire un pas de plus.

Évidemment, Demeroven et lui sont brusquement déstabilisés, et il s'en faut de peu qu'ils ne finissent tous par terre.

À contrecœur, Demeroven chante les paroles :

— Hissons la voile et glissons sur les flots.

Bobby fait de son mieux pour ne pas rire et Demeroven rougit.

— Hissons la voile et glissons sur les flots, entonne Prince à tue-tête.

— De bon matin, hisse et ho, continue Demeroven.

— Jetez le marin ivre dans la cale, jusqu'à ce qu'il dessoûle, chante Prince.

— Bonne idée, c'est peut-être ce qu'on devrait faire avec toi, suggère Bobby en levant la main à l'approche d'une voiture.

— Dans la cale de bon matin, hisse et ho ! s'exclame Prince, assez fort pour réveiller toute la rue.

Bobby fouille dans sa poche et en sort une pièce pour payer le chauffeur. Pourvu que cela suffise à couvrir d'éventuels dommages, si jamais Prince finissait comme Cunningham.

— Mes excuses d'avance, lance-t-il au chauffeur qui hoche simplement la tête en empochant la pièce.

— Où va-t-on ?

— Maddox et St Georges.

Demeroven grimpe en premier et hisse Prince à l'intérieur, avec l'aide de Bobby qui le pousse depuis le trottoir.

Enfin, il peut grimper à son tour. Tout lui semble nimbé de brouillard, sans doute à cause de l'heure tardive. Dans l'habitacle, il hésite un instant. Prince s'est étalé sur sa banquette, si bien que la seule place disponible est à côté de Demeroven, lequel se tient très droit le plus au bord possible.

*Merveilleux...*

Avec un soupir, Bobby s'assoit en prenant soin de rester à bonne distance, puis il claque la portière. Mais, quand la calèche descend du trottoir, il est aussitôt projeté contre Demeroven. Ils se redressent tous deux précipitamment et Bobby remercie le ciel que Prince soit trop ivre pour remarquer leur gêne.

— Catherine est tellement jolie, murmure-t-il, le regard vide.

Très bien, il est surtout bien trop préoccupé par sa propre vie pour s'occuper de celle des autres…

— Je suis impatient de faire sa connaissance demain, déclare Demeroven.

— Et elle a hâte de vous rencontrer tous les deux ! Je lui en ai tellement dit sur vous !

Demeroven et Bobby échangent un regard perplexe.

— Vraiment ?

— Oh oui ! Que vous étiez deux jeunes gens adorables qui ont grand besoin de se marier.

— Prince, par pitié, gémit Bobby.

Mais ce dernier lève les yeux au ciel et interroge Demeroven :

— Quand comptes-tu trouver une gentille fille, hmm ?

— Oh ! euh… je n'y pense pas encore…

— Pas besoin d'y penser, c'est pas quelque chose qui se fait avec la tête ! s'exclame joyeusement Prince.

— Je comprends mieux comment on en est arrivés là, alors, marmonne Bobby.

Demeroven étouffe un rire derrière une quinte de toux et Bobby ne peut retenir un sourire radieux, sous le regard interdit de Prince.

— Ça se fait avec le cœur, explique-t-il, visiblement navré de leur pathétique ignorance.

— Oui, oui, le cœur, dit Bobby en levant les paumes en l'air. Mes excuses. Et donc, Demeroven ? Que dit ton cœur ?

Demeroven émet un grognement.

— Qu'il a eu trop de sonnets et de *fish and chips* pour la soirée et qu'il brûle.

— Comme mon cœur brûle pour Catherine, s'enflamme Prince.

— C'est évident, renchérit Demeroven avec un sérieux qui force le rire. Comment penses-tu que sera le mariage pour toi ? Je sais que tu l'aimes, mais le mariage implique bien d'autres choses.

Malin… Sous les apparences mièvres de la question, il sait

comme Bobby que Prince adore s'étendre sur ses sentiments quand il a bu. De fait, toute son indignation disparaît et il retrouve son regard rêveur que Bobby trouve aussi attendrissant qu'agaçant.

— Je pense que ce sera merveilleux ! Que peut-on imaginer de mieux que de vivre auprès de sa meilleure amie pour toujours ?

Apparemment, Demeroven n'a, tout comme lui, pas de bonne réponse à cette question, ce qui laisse le champ libre à Prince pour chanter les louanges de Miss Langston pendant le reste du trajet.

Bobby n'ose pas tourner les yeux vers Demeroven. En vérité, il n'a pas du tout détesté cette soirée. Prendre soin de leur groupe avec l'aide de Demeroven s'est révélé… amusant, d'une certaine façon.

Aussi surprenant que ce soit, il est un excellent camarade. Cela signifie-t-il qu'ils sont amis ? Qu'ils pourraient peut-être même construire des bases suffisamment solides pour avoir plus que cela ?

Et quelle importance si Demeroven refuse même d'y réfléchir ?

# 14

*James*

Prince finit par tomber dans un sommeil léger. James tourne la tête vers Mason, amusé par les paroles incohérentes que Prince grommelle encore dans son sommeil, mais il découvre Mason les yeux fermés, assoupi lui aussi.

Ainsi, il se retrouve seul dans le silence assourdissant de l'habitacle, face à ses sentiments… pour le moins confus. Comment ne pas revenir sur sa décision, arrêtée après une soirée comme celle-ci ? Au lieu de se chamailler sans cesse, Mason et lui ont travaillé en bonne entente dans un même objectif, et c'était… effroyablement confortable.

L'attitude calme et facile de Mason l'a pris au dépourvu. Il n'a pas insisté, ni tenté quoi que ce soit auprès de James. Au lieu de ça, lui, d'ordinaire si imprudent, a passé la soirée à s'assurer que chacun ait de l'eau et de la nourriture pour contrebalancer l'abus d'alcool. Il a fait en sorte que Prince passe une excellente soirée, il a cajolé Cunningham à chaque fois que le futur marié s'amusait moins pour les faire changer de pub…

De toute évidence, il tient à ses amis. De même qu'il est dévoué à sa famille. Force est de reconnaître qu'il sait se montrer parfaitement responsable quand il le décide. En conséquence, le point de vue auquel James s'accrochait depuis le début vacille sérieusement. Lui qui voulait le voir immoral, dangereux et méprisant ne sait plus que penser, tant le personnage impétueux et orgueilleux qu'il a construit dans sa tête semble désormais éloigné de la réalité.

Se peut-il que Mason se sente en vérité aussi seul que lui, et que ce soit précisément la raison de ses aventures passagères ? Peut-être qu'il n'agit pas ainsi par égotisme, mais simplement parce qu'il a besoin de ces moments d'intimité avec un autre être humain ?

Or, c'est très exactement cette intimité qu'il a proposée à James lors de leur sortie à Ascot. Une liaison, une entente, qui serait bien entendu aussi charnelle, mais qui inclurait également des moments comme celui-là : travailler ensemble, échanger des plaisanteries, développer une camaraderie sincère et sûre.

Il comprend mieux, à présent qu'il a été témoin de son amitié avec Prince et Cunningham, comment Mason a pu lui proposer simplement et sans crainte un tel arrangement. Il est à l'aise avec ces hommes extravertis. Ils font tous leurs petits arrangements, prêts à se battre pour leur bonheur personnel.

Ils ont beau être divertissants et l'avoir intégré par tous les moyens dans leur fête, James sait qu'il n'est pas vraiment à sa place au milieu d'eux. Il ne peut pas, ne pourra jamais, être comme eux – comme Mason. Bon sang, il ne parvient même pas à se détendre complètement, alors qu'ils sont à l'abri dans la calèche. Il a passé la soirée à jeter des regards partout, dans les coins des tavernes, dans le fond des allées obscures. Il ne peut pas s'empêcher de s'inquiéter à l'idée d'être vu, écouté. Il était terrifié que quelqu'un révèle leur secret et ruine leurs existences. En vérité, il aurait été prêt à payer plus que le père de Prince pour se sentir aussi détendu que Mason ce soir.

— Tu penses que ce sera vraiment comme ça ?

James sursaute, stupéfié par la question de Mason.

— Comment ça ?

— Que ce sera comme d'être marié à une meilleure amie ?

James croise ses doigts, les coudes sur les genoux. Il aimerait savoir que faire de cette nouvelle perspective, lui aussi, au lieu de rester assis nerveusement, à regarder Mason dont les cheveux lui tombent si joliment dans les yeux.

Jusque-là, il n'a envisagé le mariage que comme un mensonge douloureux – finalement, comme une suite de sa vie actuelle, avec la contrainte constante de cacher des pans entiers de sa personnalité, mais à la personne avec laquelle il sera supposé partager un lit.

Et si l'on met de côté la question de l'intimité physique avec une femme, il n'est même pas sûr d'avoir déjà eu un meilleur ami. Reginald a plutôt été une sorte d'oncle bienveillant pour lui, mais ce n'est pas ce dont parle Prince, il ne pense pas. De toute façon, il est particulièrement mauvais dans tout ce qui a trait aux autres.

— Je ne pense pas pouvoir trouver quelqu'un prêt à me comprendre et à m'accepter, sans blesser cette personne au passage, avoue-t-il.

Devant le regard surpris de Mason, James comprend qu'il en a déjà trop dit. Il lutte contre la brusque envie de s'enfoncer contre le dossier pour y disparaître.

— Tu n'as pas une très haute opinion de toi, n'est-ce pas ?

James cligne des yeux, surpris et soudain exposé par cette question sans faux-semblant.

— C'est sûr que pour coucher avec Raverson tu dois avoir une estime de toi très élevée, peut-être ? réplique-t-il.

James a bien conscience que sa réaction est disproportionnée, mais Mason se contente de hausser les épaules, ce qui ne fait qu'augmenter sa colère.

— Mon estime de moi-même n'a rien à voir avec les gens avec qui je couche, dit-il avec calme.

James ne peut s'empêcher de lever un sourcil dubitatif. Il n'en croit pas un mot. Mason est intelligent, il sait fort bien que les choix amoureux reflètent la personnalité de celui qui les fait.

De fait, il évite son regard et lève les yeux vers le plafond.

— D'accord, très bien, admet-il. Aucun de nous deux ne vaut grand-chose, alors.

James s'agite sur son siège, mal à l'aise. Ce soir, rien, chez Mason, ne correspond à ce qu'il s'était imaginé de lui. Or, il n'aime pas se tromper de façon générale, encore moins avoir complètement tort à propos d'une personne.

— Et toi, alors ? Penses-tu te marier un jour ? demande-t-il sans hésiter.

— Je ne sais pas, admet-il lentement en baissant les yeux vers Prince. En tout cas, je n'imagine pas être aussi enthousiaste à l'idée que Prince l'est.

— On est deux, alors...

Mason repose la tête contre le dossier et ferme les yeux. James jette un œil dehors et reconnaît un coin de rue à la lueur des lampes à gaz. Ils sont presque arrivés.

Il accorde encore quarante secondes à Mason puis lui envoie un coup de coude dans les côtes.

— Oh ! proteste-t-il.

— Ce n'est pas le moment de s'endormir. Je ne vais pas tirer son corps jusqu'au seuil de son père tout seul.

Mason grommelle mais accepte d'un geste de la main, au moment où la calèche freine, puis s'arrête. Prince se redresse d'un seul coup, complètement désorienté.

— Où sommes-nous ?

— Chez toi. Il est temps que le futur marié aille se reposer, annonce Mason en lui passant le bras autour des épaules, pendant que James ouvre la porte et sort.

Ensemble, ils parviennent à tirer Prince hors de la voiture sans blesser personne, ni même écorner la dignité de leur ami.

Ils le hissent jusqu'aux marches de la vaste maison, qui pourrait facilement en contenir deux comme la sienne, se dit James.

Mason frappe doucement et ils attendent en maintenant Prince debout. Seigneur ! Ils seront tous dans un état lamentable demain…

Enfin, la porte s'ouvre et un grand majordome apparaît. Un coup d'œil à Prince lui fait pousser un juron écossais.

— Donnez-le-moi, dit-il avec un accent guttural.

James et Mason confient Prince à sa garde et il referme la porte sur eux, sans un mot de plus.

— Un type sympathique, commente Mason. Plein d'éloquence.

— Loquace, même, confirme James.

Ils reprennent tous deux l'allée vers la calèche qui les attend toujours. L'idée de se retrouver à l'intérieur de cet espace minuscule sans Prince le met terriblement mal à l'aise. Heureusement, Mason hausse les épaules en réponse à son regard interrogatif, et James fait signe au chauffeur de partir sans eux.

Les mains dans les poches, leurs bras se frôlant au rythme de leurs pas, ils se mettent en route. À chaque fois que le coude de Mason l'effleure, James a l'impression de recevoir une onde de choc le long de sa colonne vertébrale. C'est d'autant plus ridicule qu'ils sont séparés par une multitude de couches de vêtements.

Seulement, avec les révélations de la soirée concernant la gentillesse et l'honnêteté profondes de Mason, James est sans défense face à l'attraction qu'il exerce sur lui.

Le souvenir de leur baiser, de la façon dont ses mains l'ont serré, avec tendresse et passion… ces moments hantent chacun de ses rêves et même chaque heure du jour. Jamais encore il n'a ressenti si violemment, si instantanément de telles émotions. Or, il sent bien que ce désir brutal risque de lui faire oublier sa prudence habituelle.

Seulement, même si son corps n'a pas de conscience, il a toujours un cerveau !

Ils arrivent dans la rue de Mason et sa maison apparaît : une modeste bâtisse de trois étages recouverte de lierre bien entretenu qui se déploie sur les balcons et au-dessus du perron de pierre.

James est tellement tendu qu'il a l'impression que son cœur va sortir de sa poitrine.

Il déteste se sentir aussi confus, aussi incertain.

— Imagines-tu vivre avec quelqu'un qui connaîtrait tout de toi ? Même les parts les plus secrètes ? demande soudain Mason.

James sent ses jambes faiblir, mais il continue d'avancer, déterminé à ne pas tourner la tête vers lui. Il a les mains moites. Que veut-il dire, exactement ? Une personne qui le connaîtrait entièrement et l'aimerait ainsi ? Une telle personne ne peut exister. Mason ne peut pas vouloir dire cela.

Ils approchent du portail, quand, soudain, Mason tourne dans l'allée étroite qui sépare sa maison de celle voisine. James presse le pas derrière lui et le rattrape juste au moment où il trébuche.

Au diable sa conscience, James le suit dans l'allée pavée. Il ne peut pas laisser Mason seul, alors qu'il peine à marcher droit. En vérité, il n'en a guère envie.

Contrairement au bras de Prince tout à l'heure, le poids de celui de Mason sur ses épaules provoque en lui une réaction immédiate : sa peau se couvre de frissons.

James se répète qu'il n'aime pas ça, que la chaleur de sa taille sous sa paume ne lui paraît pas merveilleusement naturelle, tout comme la façon dont les doigts de Mason s'attardent sur son épaule, tandis qu'ils approchent de la porte de la cuisine, à l'arrière du bâtiment. D'ici, ils sont invisibles depuis la rue, tout comme des fenêtres des maisons alentour.

Sur l'unique marche devant la porte, ils s'arrêtent et se font face. Du calme… le soubresaut de son cœur sous le regard de Mason ne signifie rien.

Mason se penche lentement vers lui, et la main de James posée sur son épaule se retrouve bientôt sur sa nuque. Sans vraiment réfléchir, James met une main en travers de sa poitrine, juste à l'emplacement de son cœur qu'il sent battre à grands coups sourds. Arrêté par ce geste, Mason le regarde, incertain, déçu.

— J'ai cru..., murmure-t-il.

James secoue la tête.

Ressentir un désir magnétique pour lui est une chose, se languir de lui est une chose, mais il n'aura jamais le courage de Mason.

— Nous sommes simplement associés pour...

— ... lutter ensemble contre le chantage, rien de plus. Je me souviens, oui, lâche Mason.

Sa main abandonne la joue de James qui s'en veut de ressentir aussitôt le manque.

— Et pour garder des fiancés en vie jusqu'au mariage, ajoute James.

Il a l'impression de devoir lui donner quelque chose en échange de tout ce qu'il ne peut offrir.

— Nous pourrions être plus que cela, dit doucement Mason, le regard plus clair à présent. Nous avons la couverture parfaite, la situation idéale. Est-ce que... ?

Il s'interrompt et sa langue passe sur ses lèvres, provoquant un frisson d'envie qui se répercute violemment en lui.

— Est-ce que ce ne serait pas agréable d'avoir enfin quelqu'un qui comprenne, même un peu ?

Ses mots lui font l'effet d'un coup de poing brutal. Agréable ? Ce serait merveilleux, oui. Il comprend sincèrement le point de vue de Mason, mais ça ne rend pas ce choix aussi sûr qu'il l'affirme. Il ne peut pas comprendre, lui qui est entouré d'amis et d'une famille aimante, lui qui a une position de cadet, loin des regards inquisiteurs. Il ne comprend pas le risque que ce serait pour James de s'engager dans une telle relation sous les yeux du *Ton* réuni, ce serait vivre sous la menace constante d'un scandale aux proportions épiques.

James croise son regard et le refus brutal qu'il s'apprêtait à lui opposer meurt dans sa gorge. Il lit une telle sincérité dans son regard, une telle vulnérabilité, aussi…

— On ne peut pas être amants. Mais nous pourrions être amis, s'entend-il proposer.

Mason cligne des paupières, puis un lent sourire s'épanouit sur son visage.

— Vraiment ?

James lui sourit en retour, alors même qu'un poids tombe sur son estomac. Est-ce du regret ?

Mason hoche vigoureusement la tête et serre la main de James qui est toujours posée sur son cœur. Il l'enlève rapidement, sans se départir toutefois de son sourire. Comme Mason vacille de nouveau sous l'effet de la fatigue et de l'alcool, il toque à la porte.

— Essaie de dormir un peu et de manger avant le mariage, suggère-t-il.

Mason lève les yeux au ciel et ouvre la bouche pour répondre quand la porte s'ouvre. Albert apparaît en robe de chambre.

— Vous êtes entiers, je suis impressionné, déclare-t-il avec ironie.

— Demeroven craint que je ne tombe raide mort, néanmoins, lance Mason qui lui semble incroyablement calme étant donné l'intensité des quelques minutes précédentes.

— Je le laisse à vos bons soins, Albert, dit-il en reculant dans l'allée.

— Merci de l'avoir raccompagné.

Mason donne un coup d'épaule à son frère, puis se tourne vers James et lui lance un clin d'œil, avant de disparaître à l'intérieur.

— Nous vous verrons demain au mariage, alors, le salue Albert en refermant doucement la porte.

James reste devant la porte close, troublé par l'étrange émotion qui s'agite dans sa poitrine.

Amis…

# 15

*Bobby*

Seigneur, il a horriblement mal partout. Il sait pourtant qu'après trois verres il met un bon moment à se remettre, mais cette fois c'est pire que tout. Il peut littéralement entendre ses cheveux pousser à l'intérieur de son crâne.

Mais plutôt que de passer la matinée à se reposer dans son lit, ou à soulager son estomac au-dessus d'un pot de chambre, il n'a d'autre choix que de survivre au mariage de Prince. Pour commencer, donc, il doit descendre l'escalier sans se rompre le cou.

— Tu as une mine affreuse, le salue Albie, quand il parvient au bas des marches, en se tenant de toutes ses forces à la rambarde.

— Merci, réplique-t-il avec mauvaise humeur, avant de prendre avec reconnaissance le verre d'eau que lui tend leur valet, Mr Tilty.

Il glisse dans sa poche le scone qui l'accompagne pour plus tard, quand son estomac sera prêt à envisager un peu de nourriture solide. Dire qu'il a sincèrement cru qu'il avait cessé de boire à temps hier soir… alors que des marteaux font un concerto sous son crâne.

— Tu as réussi à dormir, au moins ? demande Albie en lui tendant son haut-de-forme.

— Je crois, marmonne-t-il.

Son frère est éblouissant dans son habit noir impeccable,

tandis que Bobby a l'impression d'être un rat d'égout comiquement déguisé.

— On dirait que tu as fermé l'œil cinq minutes au mieux…

Comment aurait-il pu dormir davantage quand ses rêves étaient emplis de visions ridiculement larmoyantes, comme Demeroven et lui juchés sur un cheval lancé au galop à travers son domaine.

Après avoir rajusté sa cravate, Albie recule d'un pas pour jauger sa mise. Bobby est à peu près certain qu'il ne pourra pas faire mieux, étant donné les circonstances. Il se passe une main fatiguée dans les cheveux en essayant d'effacer de son esprit l'image de Demeroven et lui étendus sur une couverture de pique-nique. Seulement, son mouvement brusque aggrave sa nausée et il suit Albie avec une grimace douloureuse.

Avant qu'ils aient atteint la porte d'entrée, celle-ci s'ouvre d'un seul coup, les envoyant presque au sol. Bobby s'agrippe à l'épaule de son frère pour ne pas vaciller, aveuglé par la brusque lumière du soleil.

Mrs Stelm se tient dans l'encadrement de la porte, agitée et hagarde, les yeux écarquillés.

— Le bébé arrive. Vous devez venir immédiatement, ordonne-t-elle.

Aussitôt, toute pensée de mariage déserte l'esprit de Bobby.

— Mr Tilty, s'écrie Albie, ce qui déclenche une douleur atroce sous son crâne. Envoyez un message chez Prince pour l'informer que nous devons gérer un souci familial sans délai. Faites savoir à tous nos visiteurs que nous sommes absents jusqu'à nouvel ordre. Mrs Stelm, conduisez-nous.

Albie le jette presque hors de la maison et Bobby suit aussi vite qu'il le peut. Chaque pas hâtif provoque l'équivalent d'un coup de cymbale sous son crâne, seulement, il ne peut faiblir : oncle Dashiell a besoin d'eux, tout comme Beth et Gwen.

Dieu a intérêt à veiller sur Cordelia pendant cette épreuve, sans quoi il aura deux mots à lui dire ! Il n'ose pas imaginer si un drame…

Le temps qu'ils parviennent à Havenfort, son estomac est remonté dans sa gorge, mais Bobby se force à respirer profondément pour calmer la nausée. Ils n'ont pas le temps pour sa gueule de bois.

La porte s'ouvre avant même qu'ils aient monté les marches et Gwen apparaît, encore en robe de chambre et ses cheveux se sont échappés de la tresse qu'elle avait pour dormir. Ses mains tremblent quand elle saisit leurs bras pour les entraîner à l'intérieur sans un bonjour.

— Tu as une mine à faire peur, lui lance-t-elle à la place.

— Merci, grommelle Bobby.

Mrs Stelm se rue dans l'escalier et ils la suivent tous trois. Devant la porte de la suite de son oncle et sa tante, Mrs Gilpe les attend. Grande, impériale, et ce matin elle semble apeurée. Mrs Gilpe en proie à la peur, ça ne peut pas être bon…

Mrs Gilpe tend à Mrs Stelm un bol d'eau chaude et prend gentiment le bras de Gwen.

— Lord Havenfort est dans son bureau. Mr Verton le… retient là-bas. Pouvez-vous veiller sur lui ? Il est encore tôt.

— Et… ?

La question de Bobby ne passe pas ses lèvres, mais son regard anxieux se pose sur la porte derrière laquelle on entend seulement les marmonnements inaudibles de Beth.

— Lady Havenfort est avec le Dr Brayton qui est très qualifié, comme vous et votre oncle l'aviez confirmé. Par ailleurs, milady est une femme forte qui fait au mieux. Et maintenant, allez tenir compagnie à votre oncle.

Cependant, malgré ces paroles rassurantes, Bobby remarque surtout la façon dont Mrs Gilpe serre Gwen près d'elle, et le regard voilé de peur de la jeune femme.

— Bien sûr, dit Albie en lui prenant le bras.

Mrs Gilpe entre avec Gwen dans la chambre et ferme la porte derrière elle. Bobby aperçoit un bref instant sa tante assise dans son lit, Beth occupée à lui masser le dos.

— Albie, et si…

— Tante Cordelia et le bébé iront très bien, assure fermement Albie.

Bobby ne peut pas s'empêcher de repenser à la mort de la première femme d'oncle Dashiell, aux fausses couches de Cordelia et à toutes les statistiques qu'Albie a rassemblées pour le comité sur la loi médicale… Alors comment peut-il se montrer aussi calme ?

— Mais…

— Non, Bobby. On va descendre et dire à notre oncle que tout ira bien pour sa femme et son enfant, c'est clair ? Nous sommes là pour le rassurer et le réconforter. Nous… nous pourrons vider une bouteille de whisky après, d'accord ? Ou plutôt, de l'eau et du pain pour toi. Mais pour l'heure, on doit soutenir oncle Dashiell.

— D'accord.

Ils prennent le chemin du bureau et passent devant des portraits de Gwen à tous les âges. Cette vision le rassure légèrement. Oncle Dashiell a eu une fille, tante Cordelia une autre, alors autant prétendre que la mère de Gwen n'est pas morte dans des conditions atroces.

Ils trouvent le valet des Havenfort, Mr Verton, arc-bouté en travers de la porte du bureau. S'il était de constitution moins frêle, cela aurait peut-être un quelconque effet, mais en l'occurrence les portes tremblent violemment derrière lui.

— On s'en occupe, Verton, annonce Albie.

Dès que le valet s'est écarté, les portes s'ouvrent brutalement et leur oncle manque tomber sur eux. Heureusement, Albie le retient de justesse.

— Je dois aller la voir, implore-t-il en les regardant l'un et l'autre.

— Mon oncle, ce n'est pas convenable…

— Je me fous de ce qui est convenable ! Je vais voir ma femme ! s'écrie-t-il en tentant d'écarter Albie de son chemin.

Bobby se met en travers du couloir, sans bien savoir quoi faire. Est-ce qu'ils vont vraiment physiquement bloquer leur oncle ?

— Vous devez rester ici, dit calmement Albie. Les filles, ainsi que Mrs Stelm et Gilpe et Miss Wilson s'occupent de ma tante. Elle va bien et fait tout ce qu'il faut.

Bobby ne comprend pas où il trouve une telle sérénité. Albie lui lance un regard et il humidifie ses lèvres, le temps de trouver quoi dire.

— Ma tante ne peut pas donner naissance et s'occuper de vous rassurer en même temps, mon oncle. Il faut la laisser faire.

Sa voix tremble légèrement, mais ses mots semblent porter. Finalement, leur oncle abandonne la lutte.

— Bon, très bien. Entrez.

Il retourne à l'intérieur en trombe, laissant Albie, Bobby et Verton dans un silence inconfortable.

— Verton, pourriez-vous nous apporter un repas léger, de l'eau et le meilleur scotch de milord ? demande Albie.

Le valet hoche la tête et quitte le couloir à pas rapides. Albie et Bobby échangent un regard. L'espace d'un instant, il lit dans les yeux de son frère une angoisse similaire à la sienne, puis soudain elle disparaît, et Albie les fait entrer dans la pièce.

Bobby jette un œil autour de lui, interdit. Le bureau d'ordinaire parfaitement ordonné de son oncle ressemble à une zone de combat. Des papiers s'étalent sur toutes les surfaces disponibles, l'un des fauteuils est… tombé ? Ou, plutôt, il a été percuté violemment, si on en croit les objets brisés à côté.

Oncle Dashiell va et vient comme un lion en cage entre les fauteuils et la table basse, les poings serrés.

— Asseyez-vous, mon oncle, ordonne gentiment Albie en le conduisant vers le sofa intact.

Il fait signe à Bobby de redresser le fauteuil et celui-ci s'exécute aussitôt, mal à l'aise. Leur oncle se frotte le visage, son regard vide posé sur les étagères couvertes de livres. Les deux frères échangent des coups d'œil inquiets, quand soudain Albie esquisse une grimace d'excuse, puis annonce :

— Bobby a une terrible gueule de bois.

— Hé ! proteste-t-il en rougissant jusqu'aux oreilles.

Leur oncle les fixe un instant sans comprendre, avant d'acquiescer.

— Ah oui, c'est vrai. La fête de Prince. Comment était-ce ?

Il est évident à ses traits tirés que son oncle se moque éperdument de l'enterrement de vie de garçon de Prince, mais c'est une occasion de le détourner quelques secondes de son angoisse, alors il explique :

— C'était une soirée turbulente. Cunningham a organisé la tournée des pubs et Prince a passé un très bon moment. Demeroven et moi l'avons ramené chez lui, j'espère simplement qu'il se sent un peu mieux que moi ce matin.

Verton revient avec un plateau chargé de scones, de crème et trois tasses de thé fumantes, sans oublier les verres pour la bouteille de whisky. Il installe tout sur la table basse et fait une révérence incertaine.

— Merci, Verton, ça va, assure Dashiell avec un sourire tout sauf convaincant.

— Très bien, milord, répond le domestique en quittant rapidement la pièce sans demander son reste.

— Qu'avez-vous fait subir à ce pauvre homme, mon oncle ? demande Albie.

— Moi, rien du tout. C'est plutôt Mrs Gilpe qui lui a promis les pires sévices s'il me laissait monter auprès de ma femme pendant qu'elle est en travail, souffle-t-il en saisissant immédiatement la bouteille de scotch. On soigne le mal par le mal ? suggère-t-il à Bobby une fois qu'il s'est servi un verre.

— Un doigt dans mon thé, avec plaisir.

— C'est un remède révoltant, dit Albie.

Bobby avale une gorgée qui se révèle effectivement écœurante, mais tout de même moins atroce qu'un verre de whisky pur à 10 heures du matin. Il émiette un morceau de scone et le plonge dans la crème.

— Bobby ! proteste Albie, au moment même où Dashiell avale d'un seul trait son verre. Seigneur ! Vous êtes aussi terribles l'un que l'autre.

Dashiell adresse à Bobby un sourire véritable et il lui répond d'un clin d'œil. Au moins, il a le sentiment d'aider un peu. Il mâche lentement sa bouchée de scone qu'il manque recracher en entendant des grondements sourds en provenance du plafond. Aussitôt, Albie se met à faire la liste de toutes les recherches en cours pour couvrir les sons terrifiants.

Bobby a beau savoir que tout cela est normal, il ne peut réprimer un frisson de peur. Comment une telle douleur pourrait-elle résulter en autre chose qu'une catastrophe ?

— Je peux faire chercher Demeroven, si vous le souhaitez, suggère Albie pour forcer son oncle à détourner lentement les yeux du plafond. Il a organisé et trié les correspondances que nous avons établies entre les différentes écoles de médecine.

Bobby retient une grimace. Il meurt d'envie de revoir Demeroven, c'est un fait. Il apprécierait également la diversion que cela procurerait à son oncle, seulement…

— Ne faut-il pas qu'au moins un membre de notre famille soit présent au mariage de Prince ?

— Le mariage de Prince, répète Dashiell, l'air surpris. Mon Dieu, je suis navré de vous tenir éloignés de vos amis un jour pareil. Vous devriez y aller. Tout ça… risque d'être long, achève-t-il une seconde avant que le premier cri retentisse dans toute la maison.

— Nous préférons être ici avec vous, mon oncle, assure Bobby en toute sincérité.

Le sourire de son oncle ressemble davantage à une grimace quand Albie se lance dans une nouvelle liste de statistiques.

Bobby repense à la proposition de Demeroven… amis. Est-ce ce qu'ils sont désormais ? Des parents par alliance entretenant une étrange amitié ? Des partenaires soucieux de protéger leur famille ? Est-ce qu'ils se fréquenteront aussi en société, comme le feraient de vrais amis ? Et est-ce que ce sera suffisant pour Bobby ?

La porte du bureau s'entrouvre doucement et tous trois tournent les yeux vers Gwen. Elle sourit, mais il émane d'elle une tension évidente.

— Père ? Cordelia m'envoie vous dire qu'elle va bien, que tout se déroule normalement, vous savez comme sa voix peut porter loin, et qu'elle vous aime.

Gwen vient passer les bras autour du cou de son père qui lui tapote affectueusement le bras.

— Très bien. Merci.

— Et enfin, qu'elle espère que ces deux-là ne vous enivrent pas trop, mais juste assez pour que vous soyez détendu et puissiez prendre dans vos bras très bientôt ma petite sœur.

— Ou frère, corrige Albie.

— Sœur, dit Dashiell en levant la tête vers sa fille. Tu es une fille merveilleuse, tu sais ?

— Absolument, répond-elle en l'embrassant sur le front. Je vais remonter, à présent, mais sachez que tout va bien, tout le monde est content et…

Le hurlement de Cordelia déchire le calme de la pièce.

— … et votre épouse a la voix qui porte, enchaîne Gwen avec une fermeté admirable.

— Oui, c'est tout à fait vrai, confirme piteusement Dashiell. Maintenant, retourne auprès de Cordelia et embrasse Beth pour moi. Elle doit être terrifiée.

— Beth nous donne des ordres à tous comme un petit coq autoritaire, répond Gwen avec adoration.

— Et Cordelia ?

— Elle maîtrise parfaitement la situation.

— Tant mieux.

Gwen adresse un sourire à Albie et Bobby. Comme elle s'écarte de l'étreinte de son père, il se tourne et lui saisit la main.

— Gwen. Je t'aime de tout mon cœur, dit-il d'un ton voilé.

Bobby ne peut pas observer son expression, mais il voit le sourire de Gwen se fissurer et son regard s'embuer.

— Je vous aime aussi, papa. Tout ira bien.

Il hoche la tête et se rassoit lentement, tandis que Gwen sort rapidement de la pièce en s'essuyant les yeux. Oncle Dashiell prend une profonde inspiration, se pince l'arête du nez et reporte son attention sur eux.

— J'espère que vous connaîtrez tous deux l'amour que j'éprouve pour ma femme, lâche-t-il avec un regard perçant.

— C'est déjà le cas pour moi, répond immédiatement Albie. J'aime Meredith de tout mon cœur, et quand l'heure sera venue pour elle de donner naissance, je sais déjà que j'aurai besoin de vous deux pour me retenir de la rejoindre.

Leur oncle lui tapote amicalement l'épaule.

— C'est une joie sans égale d'aimer quelqu'un si profondément... et une terreur de chaque instant. Sa santé, sa sécurité sont ce qu'il y a de plus important. En vérité, je ne savais pas que je pouvais ressentir des émotions aussi violentes, ni que je pouvais aimer ainsi avant qu'elle revienne dans ma vie. Un tel amour est un cadeau, un véritable don qui apporte avec lui un bonheur si immense que... que s'il devait lui arriver malheur, j'irais me jeter tout droit dans la Tamise.

— Je sais, répond simplement Albie.

Bobby a la gorge tellement serrée qu'il peine à déglutir. S'il devait perdre sa tante, son oncle et ce petit bébé à naître, il ne pourrait le supporter. Pas maintenant. Pas après tout ce qui est arrivé...

— Enfin, je ne me jetterais pas *vraiment* dans la Tamise, ajoute soudain son oncle.

Bobby cligne des paupières et les découvre tous deux en train de le fixer avec inquiétude.

— Oui, euh..., balbutie-t-il, horrifié de découvrir qu'une larme roule lentement sur sa joue. Pardon, je dois être encore un peu soûl ?

Dashiell se met à rire, surpris, et Albie lui administre une tape sur l'épaule. Bobby se force à leur sourire, malgré le nœud douloureux dans son estomac.

— Un jour ou l'autre, nous te trouverons la personne idéale, Bobby. Et tu pourras lui offrir ton grand cœur, dit gentiment son oncle.

Puis il se tourne vers Albie et entame une discussion qui promet d'être longue sur la procédure parlementaire. Bobby les écoute d'une oreille, pris dans une sorte de brouillard : non seulement son oncle lui souhaite un amour absolu, mais il a pris soin de ne pas parler de femme. Il a dit « personne », alors même que Bobby ne l'a jamais vu aussi agité et inquiet qu'aujourd'hui.

Si Bobby pouvait connaître un tel amour, il voudrait exactement celui que partagent son oncle et sa tante. Il ne veut pas se contenter de brèves aventures dans des coins secrets, encore moins d'un mariage traditionnel dans lequel il serait forcé de cacher sa véritable nature à une épouse. Non, il veut quelque chose de vrai, d'authentique, de sincère.

Au bout de trois interminables heures de cris de douleur et d'énumérations frénétiques de chiffres du choléra par Albie, Gwen surgit dans la pièce.

Dashiell se lève si brusquement qu'il envoie valser leurs verres vides au sol.

— Papa, venez rencontrer votre fils.

Sans une seconde d'hésitation, oncle Dashiell part en courant, saisit le poignet de Gwen au passage et l'entraîne à l'étage, tandis qu'elle pousse un cri de surprise et de joie.

Albie et Bobby les suivent à la même allure et, après l'effort d'avoir avalé les marches quatre à quatre, Bobby a paradoxalement la sensation de prendre sa première véritable respiration depuis qu'il est arrivé.

Dans la suite, il découvre sa tante adossée aux oreillers, Beth installée près d'elle. Leurs visages souriants sont penchés sur une petite boule de linge qui s'agite. Non seulement tout le monde est en vie et semble aller pour le mieux, mais tous rayonnent d'un bonheur absolu.

Gwen guide son père vers l'autre côté du lit, et Bobby regarde en pleurant d'émotion son oncle, le visage baigné de larmes, embrasser sa femme. Tante Cordelia sourit contre ses lèvres. Ses cheveux bruns sont en désordre, ses joues encore rougies par l'effort de l'accouchement. Doucement, elle prend la main de son mari et la pose sur la petite tête du bébé.

Près de lui, Albie souffle à mi-voix :

— Merci, docteur.

Stupéfait, Bobby le voit tendre une enveloppe gonflée de billets à un petit homme à lunettes qui hoche la tête et range calmement sa mallette, avant de quitter la pièce sans bruit. Quand est-ce qu'Albie a pris soin de… ? Comment a-t-il même pensé à s'organiser ?

Son aîné passe un bras autour de ses épaules et Bobby décide d'oublier les dernières heures éprouvantes et s'appuie contre lui, tout en contemplant avec tendresse le tableau formé par son oncle, sa tante, Gwen et Beth, penchés avec adoration au-dessus du petit miracle…

— Frederic Jonathan Bertram ? propose Cordelia en levant les yeux vers son mari. En mémoire de ton frère ?

— Parfait, approuve Dashiell.

Il y a une telle émotion dans sa voix que Bobby sent un sanglot muet étrangler sa gorge. Gwen tourne les yeux vers lui : elle appuie le menton sur l'épaule de Beth qui est blottie contre sa mère, laquelle a donné son doigt au petit Frederic qui le serre fort.

Gwen articule en silence : « Tu vois ? » et Bobby acquiesce. Il voit, oui, et c'est un amour comme celui-là qu'il veut. Une famille. Il ne sait pas comment l'avoir, mais il doit bien exister un moyen.

Même s'il ne fait que penser à Demeroven, cela ne signifie pas que cette vie qu'il veut se construire soit avec lui. À présent qu'il a vu Beth et Gwen s'émerveiller ensemble du nouveau-né, « amis » lui semble un substitut bien pâle à son rêve.

Si elles y sont parvenues, il trouvera comment faire. Peut-être même avec Demeroven, qui sait ?

# 16

## *James*

James s'affaisse dans son fauteuil et son épaule effleure celle d'Albert. Même lui, toujours si attentif, ne peut retenir un bâillement. Le discours du lord inconnu qui s'enflamme à propos d'il ne sait quelle perspective gouvernementale a réussi l'exploit de surpasser le penchant d'Albert pour la bienséance.

Hélas, son esprit engourdi par l'ennui de la session parlementaire revient encore et toujours aux souvenirs de la soirée de Prince. Il sent encore le cœur de Mason battre sous sa paume, et son propre cœur qui s'emballe lorsqu'ils se promettent d'être amis. Il ne peut pas non plus oublier le vide étrange qu'il a ressenti quand les Mason ne sont pas parus au mariage.

Cela lui a fait mal quand il a ensuite appris la raison de leur absence : sa tante a donné naissance à son bébé, sans que personne ne se soucie de l'en informer. Quand exactement a-t-il commencé à se préoccuper de ce que sa famille, étrange recomposition d'êtres disparates, pense de lui ? Plus important encore : depuis quand ressent-il une telle anxiété après n'avoir pas vu Mason depuis quelques jours ? Après tout, c'est lui qui a décidé de le garder à distance. Ils sont amis, rien d'autre.

Malheureusement, son esprit traître ne cesse de rejouer en boucle leurs baisers et la camaraderie agréable qu'ils ont partagée.

Il n'arrive plus à penser à rien d'autre en vérité. Il mange à peine, il ne dort plus… Mason a littéralement ruiné sa vie et James ne l'a même pas laissé aller jusqu'au bout.

Tout à coup, Albert lui lance un léger coup de coude et il se redresse aussitôt, suivant son exemple.

L'orateur trop bavard en a enfin terminé et reprend son siège. C'est au tour de Lord Havenfort de rejoindre l'estrade. Il se tient bien droit devant les sièges du premier rang et son regard balaie l'assemblée.

— L'autocertification a de grands mérites en ce qui concerne la plupart des métiers : les fermiers, les charpentiers, les boulangers, les gouvernantes… voilà autant de professions qui peuvent s'apprendre en dehors des rangs de l'école, sans que cela ait jamais la moindre conséquence fatale. Mais ce n'est pas toujours le cas… Aussi, je vous pose la question, messieurs, voulez-vous que l'homme qui supervise la naissance de vos héritiers ait appris son métier par son père, qui l'a appris de son père, et son père avant lui ? Ou préférerez-vous un médecin qui aura reçu une formation complète dans une école de médecine contrôlée ? Quelle garantie avez-vous que le premier ne laissera pas votre épouse ou votre nouveau-né pour morts, en affirmant qu'il a fait de son mieux ?

Une vague d'agitation traverse la salle. Cette fois, James est penché en avant, toute son attention concentrée sur le discours de son oncle par alliance.

— Ceux qui proposent cette loi et ces nouvelles réglementations n'ont aucun désir de limiter les libertés des Anglais, assure-t-il, provoquant un soupir écœuré du lord qui a endormi tout le monde un instant plus tôt avec son discours interminable. Ce que nous voulons, c'est assurer la sécurité de tous au sein de notre grande nation, afin que chacun puisse recevoir des soins médicaux sûrs, afin que chacun ait la liberté de s'en remettre aux soins d'un véritable médecin.

Il s'interrompt un court instant, puis assène devant une assemblée sous le choc :

— Ma première épouse est morte en couches. On m'avait pourtant assuré, après la délivrance de ma fille, que ma femme allait bien. Je tenais donc mon enfant dans mes bras, infiniment heureux, quand j'ai entendu les hurlements…

Lord Havenfort est pris dans son récit, le regard dans le vague. James déglutit avec peine. *Du calme, ce malheur s'est passé voilà vingt-deux ans, à la naissance de Lady Gwen.* Aujourd'hui, sa tante va bien et a mis au monde un petit garçon en parfaite santé.

— Plus tard, le médecin qui l'a examinée a dit qu'elle avait succombé à une rupture utérine et s'était vidée de son sang en quelques minutes. Je n'ai même pas réussi à la rejoindre avant qu'elle ne pousse son dernier souffle. Et qu'a dit son noble médecin, lui ? Que la mort tragique de ma femme était due à la fatalité, qu'il n'aurait rien pu faire. Ma fille a grandi sans mère, parce que le médecin que j'avais engagé pour l'assister n'avait pas suffisamment de connaissances médicales pour la sauver, alors que je pensais engager le meilleur qui soit, un médecin qui m'avait été chaudement recommandé.

Lord Havenfort observe son auditoire et croise le plus de regards possibles au milieu d'un silence impressionnant.

— Vingt-deux ans plus tard, Dieu m'a offert un fils et, cette fois, mon épouse bien-aimée est en bonne santé et heureuse.

Près de James, Albert se redresse et applaudit vigoureusement, avant d'être suivi par le reste de l'assemblée. James frappe dans ses mains malgré ses doigts engourdis d'avoir trop serré les accoudoirs.

Lord Havenfort offre à son public un léger sourire.

— Leur survie n'est pas le fruit de la fatalité, mais a beaucoup à voir avec le talent et les connaissances d'un médecin qualifié, le Dr Brayton, qui a été accrédité par le collège de médecine d'Édimbourg. Et c'est grâce aux recherches méticuleuses de notre comité que j'ai pu engager ce médecin d'exception. Seulement, si notre loi ne passe pas, qu'adviendra-t-il pour tous ceux qui n'ont pas les moyens d'engager des médecins diplômés ? N'avons-nous pas, en tant que chrétiens, le devoir de soutenir les pauvres et de nous assurer qu'ils obtiennent les meilleurs soins ? N'avons-nous pas le devoir de fournir à tous un accès équitable aux soins, afin que nos enfants survivent ? Afin que des milliers d'entre eux ne soient pas décimés chaque année par des maladies et des blessures parfaitement curables ?

Des murmures d'assentiment s'élèvent dans la salle et James se surprend à s'enthousiasmer avec eux. Autour de lui, les visages sont passés de la compassion choquée à une expression d'approbation.

— S'il existait un moyen de mettre en place un tel registre, sans la main sûre du Parlement, je n'aurais sans doute pas ressenti le besoin de m'adresser à vous ainsi. Seulement, la lourde tâche de prendre soin de nos concitoyens, nos épouses, nos enfants, nous est échue, alors je fais appel à vous pour prendre la bonne décision. Joignez votre vote à ceux de la Chambre des communes, afin que tous les Anglais aient accès à des soins médicaux corrects et soient assurés que le médecin auquel ils feront appel ne saurait être un charlatan. À présent, je dois retourner auprès de ma femme et de mon fils, heureusement bien portants. Merci à vous pour votre attention.

À la fin de son discours, la salle tout entière se lève et applaudit vigoureusement. Même ceux installés dans l'aile politique adverse, qui le haïssent, ne peuvent lui refuser cette ovation.

— Je n'avais jamais entendu un tel discours de toute ma vie, lâche James, l'épaule contre celle d'Albert qui a les paumes rougies d'applaudir à toute force.

Ce dernier hoche la tête, les mâchoires serrées, les yeux brillants, et James prend brusquement conscience que sa femme n'a toujours pas donné naissance à leur enfant. Bien sûr, Lord Havenfort s'assurera que Lady Meredith soit entourée des meilleurs soignants, néanmoins, cela doit être terriblement difficile pour lui de savoir l'épreuve qui l'attend et de ne pouvoir être auprès d'elle.

James n'a certes aucune envie d'avoir une épouse à titre personnel, mais il espère de tout son cœur que tout se passera bien pour celle d'Albert.

Il suit celui-ci hors de la salle. Il voudrait pouvoir féliciter brièvement Lord Havenfort pour son discours. Il devrait également rendre visite à sa tante pour la féliciter. Qui sait ? S'il présente des excuses officielles à Lady Cordelia, ainsi qu'à Beth, peut-être serat-il un jour considéré comme suffisamment digne de confiance pour être prévenu en cas d'événements importants.

Tandis qu'il descend les marches, James aperçoit Raverson. Leurs regards se croisent et il sent son cœur se crisper douloureusement. Sa famille vient de surmonter une tempête, mais il y en a déjà une autre en préparation. Le rictus de Raverson le fait vaciller, et il attrape le bras d'Albert pour ne pas flancher.

— Tenez-vous à moi, lui dit gentiment celui-ci en l'aidant à descendre les quelques marches restantes.

James lui adresse un sourire forcé, puis ses yeux reviennent malgré eux vers Raverson. Celui-ci a disparu. Rapidement, il le repère, en train de quitter la salle. Il a beau savoir que, pour le moment, ils ont calmé Raverson, il ne peut se débarrasser de la peur qui lui serre la poitrine.

Il voudrait pouvoir ressentir la présence rassurante et distrayante de Mason à ses côtés, pouvoir… Non, ce n'est ni le lieu ni le moment de repenser à leur rencontre clandestine.

Étonnamment, ignorer Ascot, ou Raverson, ne suffit pas à détourner ses pensées de Mason. En fait, il a simplement envie de lui parler. Il veut lui raconter le spectacle comique que Cunningham, Wristead et Rupping formaient lors de la cérémonie de mariage, luttant pour garder les yeux ouverts.

Quand il y pense, James ne se souvient pas avoir jamais eu un « ami » avec lequel il avait tellement envie d'échanger.

Au côté d'Albert, il traverse l'antichambre, toujours soutenu par ce dernier. La sensation de cette main ferme autour de son avant-bras a quelque chose d'étrangement rassurant, comme si lui et Albert étaient effectivement amis. S'il pouvait trouver un moyen d'apporter son aide aux membres de sa famille, il pourrait sans doute développer des relations amicales avec les autres aussi. Il ne s'agit plus de faire bonne impression pour se prouver à lui-même qu'il vaut quelque chose, non, en vérité, il est le premier surpris, mais il a sincèrement envie de faire partie de leur univers. Il veut aider à protéger Beth et Gwen des mauvaises langues, si elles décidaient de ne plus participer à d'autres Saisons. Il veut participer à ces soirées jeux auxquelles Albert et Mason ont fait allusion.

Il veut une famille, c'est aussi simple que cela. Non pas celle dans laquelle il est né, les liens du sang lui importent peu, même si, de temps à autre, il songe au bonheur que ce serait d'avoir un enfant à lui, un fils peut-être, qu'il pourrait aimer et soutenir, au lieu de le rabaisser. Peut-être même que cette perspective pourrait lui faire envisager un véritable mariage…

Mais, alors, les papillons dans son ventre s'agitent plus fort. Tout ce désir pour Mason, tout ce…

— Mon oncle !

James percute Albert qui se fige d'un seul coup à leur sortie sur la rue. Lord Havenfort se trouve à quelques pas sur leur gauche, ses cheveux blonds distinctement visibles au-dessus de la marée de hauts-de-forme. Il s'arrête près de la grille pour les attendre et Albert entraîne James à sa suite.

— C'était… incroyable, félicite-t-il aussitôt Lord Havenfort.

Ce dernier lui répond d'un sourire aussi sincère qu'épuisé. De près, James discerne ses pupilles injectées de sang et il croit deviner un peu de fard sur ses joues, comme si Gwen ou Beth avait tenté de cacher sa fatigue sous un peu de rose.

— Je joins mes félicitations aux siennes, ajoute promptement

James. Pour votre discours, et pour votre fils, sir. S'il vous plaît, transmettez mes pensées les plus sincères à Lady Havenfort.

— Je n'y manquerai pas, assure Lord Havenfort en lui tapotant amicalement l'épaule. Merci à vous deux pour le travail que vous avez accompli. Je crois que nous allons enfin pouvoir faire passer notre loi.

— S'il reste une seule voix contre après un tel discours, je m'engage à manger un des chapeaux de Meredith, plaisante Albert.

Lord Havenfort rit, mais le met en garde :

— Ne soyez pas si sûr de vous, Albert. Mais merci, vraiment. À présent, je dois rentrer à la maison. Prenez soin de vous, tous les deux.

Sur ce, il part presque en courant, visiblement pressé de rejoindre sa magnifique famille. James remarque le regard mélancolique qu'Albert pose sur leur oncle.

— Comment va votre épouse, Albert ? Je ne vous ai pas demandé de ses nouvelles depuis longtemps.

Albert cligne des paupières et reporte son attention sur lui.

— Elle va mieux, en vérité, dit-il avec un pauvre sourire. Pas encore suffisamment bien pour voyager, mais j'espère que ce sera très bientôt le cas. J'envisage d'emmener Beth et Gwen lui rendre visite à la campagne pendant une semaine. Ce serait aussi bien pour Meredith que pour Dashiell et Cordelia qui ont besoin de se retrouver un peu seuls avec le petit Frederic. Voudriez-vous vous joindre à nous ?

James ne réfléchit même pas, il répond sans hésiter :

— Avec plaisir !

— Splendide ! Je vous enverrai tous les détails bientôt. Meredith sera ravie de faire votre connaissance, je lui ai parlé de vous dans mes lettres.

Ils prennent congé et Albert s'éloigne à pas rapides. James, lui, reste là, pétrifié par la vague de panique qui monte en lui. Il vient juste d'accepter… de passer une semaine entière avec Mason, alors que ce sera la première fois qu'ils se revoient depuis leur nouveau statut d'amis.

Impossible de savoir si les battements frénétiques et irréguliers de son cœur sont causés par l'impatience ou la terreur.

# 17

*Bobby*

— Tu l'as eu pendant dix minutes ! C'est mon tour.

— En fait, c'est Miss Wilson la prochaine, intervient Mrs Gilpe en tendant le petit Frederic à une Miss Wilson déjà prête.

— Tu es une horrible personne, réplique Mrs Stelm, en s'installant sur l'accoudoir du fauteuil occupé par Mrs Gilpe.

Les deux femmes observent avec attendrissement Miss Wilson babiller avec le tout-petit.

Quand la cloche de l'entrée sonne, tous les regards se tournent en même temps vers le hall. Mais ni Gwen, ni Beth, ni Dashiell ou Cordelia, ni même Albie, tous installés autour de la table basse, ne bougent. Bobby pas plus qu'eux.

— L'un d'entre vous devra aller voir qui est là, lance Miss Wilson. Nous sommes déjà occupées avec le membre le plus important de la famille. Bébé Frederic nous interdit formellement de nous éloigner.

— J'y vais, annonce Bobby au milieu des rires de Beth et Gwen.

Assises de part et d'autre de Cordelia, elles ont l'air toutes les trois aussi épuisées les unes que les autres, bien que leurs femmes de chambre monopolisent le bébé. Il n'a jamais vécu personnellement ce genre de situation, mais il comprend désormais à quel point l'arrivée d'un nourrisson peut perturber le quotidien d'une maisonnée. Bien sûr, elles pourraient laisser le petit Frederic entièrement aux soins des domestiques, mais ce n'est pas le genre de la maison… De ce qu'il a pu voir, Beth et Gwen se disputent avec Mrs Gilpe et Smith et Miss Wilson pour savoir laquelle amènera le bébé à sa mère pour ses repas.

La sonnette retentit une seconde fois et Bobby presse le pas vers la porte. Toute cette joie le rend vaguement mélancolique. Il aurait voulu qu'il y ait un autre petit Mason auprès d'Albie et lui avant que sa mère ne meure. Malgré leur odeur parfois désagréable et le chaos qui les accompagne, Bobby a décidé qu'il appréciait les bébés. Le simple fait de rester assis pour observer les grimaces du petit Frederic, ou la façon dont il tète son minuscule poing, est une occupation fascinante.

Il ouvre la porte à l'instant où la sonnette résonne une troisième fois. James Demeroven se tient sur le seuil, le chapeau à la main et des mèches couleur sable devant les yeux. Il porte un costume de voyage gris, élégamment coupé, et il pose sur Bobby un regard aussi déboussolé qu'il l'est lui-même.

Bobby ne comprend pas bien pourquoi sa poitrine se serre de la sorte en le trouvant sur le pas de la porte, sinon qu'ils ne se sont pas vus depuis deux semaines.

— Est-ce que… je devrais repasser un peu plus tard ? demande finalement James.

Bobby expire le souffle qu'il retenait sans s'en rendre compte, trop occupé qu'il était à fixer le visiteur.

— Pardon, pardon, je t'en prie, entre.

Bobby s'écarte pour le laisser passer, puis il referme la porte et en profite pour reprendre le contrôle de ses nerfs. Il a la sensation vertigineuse que des centaines de papillons sont en train de se battre à la lame de rasoir dans son ventre. S'il réagit aussi violemment simplement à la vue de James, comment va-t-il survivre à un voyage d'une journée entière en calèche en sa compagnie ?

— La famille est installée au salon, annonce-t-il avec un calme feint. Tu as déjà fait la connaissance du bébé ?

— Euh... non, répond James en lui faisant signe de passer devant pour le conduire.

Bobby écoute les pas discrets de Demeroven dans son dos. Il retient les questions qui se pressent dans sa tête. Ils s'arrêtent devant la porte du salon dans un silence gêné. Il doit absolument trouver quelque chose à dire, n'importe quoi.

Avant qu'il puisse prononcer un seul mot, oncle Dashiell les remarque et se lève pour les presser d'entrer.

— James, venez donc faire la connaissance de mon fils.

Avec tendresse, il enlève le petit des bras de Mrs Stelm qui ne peut retenir une moue de dépit, que Dashiell apaise aussitôt :

— Allons, vous l'aurez très bientôt pour vous quand nous serons partis.

Mrs Gilpe sourit et caresse le dos de Mrs Stelm, puis elles se mettent à planifier leur prochain tournoi de cartes avec Dashiell et Cordelia. Avant qu'il n'entende les détails, Bobby est distrait par James qui s'approche de leur oncle pour poser un regard curieux sur le nouveau-né. Les traits de celui-ci sont encore indéterminés, même si Bobby pressent qu'il aura le nez de sa mère, alors que ses quelques cheveux sont clairs comme ceux de son père.

— C'est un très beau bébé, sir, assure James.

Avec un sourire, leur oncle lui tend le petit, mais Demeroven a un mouvement de recul et jette un regard alentour, en quête d'une bonne raison de ne pas le prendre dans ses bras. Est-ce de la peur, de la panique ? Quoi qu'il en soit, Bobby ne peut pas le laisser ainsi.

— Oh ! c'est enfin mon tour ? lance-t-il en passant devant James pour prendre le petit garçon contre lui. Oh oui, tu voulais être dans les bras de ton cousin préféré, n'est-ce pas ? s'exclame-t-il.

— Il est encore bien trop tôt pour déterminer qui sont ses

préférés, rétorque Albie qui est perché sur l'accoudoir du fauteuil où est installée Beth. C'est moi qui lui apprendrai à monter à cheval.

— Mais c'est moi qui lui apprendrai le saut d'obstacles et il préférera ça, s'empresse de dire Gwen.

— En fait, je parie qu'il sera un excellent archer, comme moi, intervient Beth.

— Eh bien, je suppose que je n'aurais plus qu'à lui apprendre toutes les meilleures cachettes de la maison, conclut Bobby d'un air supérieur. Et nous partagerons des secrets à propos de chacun d'entre vous.

— Eh bien, ce petit aura la meilleure enfance qui soit, dit Demeroven.

Tout le monde se tourne vers lui et Dashiell lui tapote gentiment l'épaule.

— Peut-être pourrez-vous lui enseigner les bonnes manières qui semblent faire défaut à tous les autres ? suggère-t-il avec un sourire.

— Nos manières sont parfaites en toutes circonstances, réplique Gwen avec hauteur, ce qui a pour effet de faire lever les yeux au ciel à Cordelia et pouffer Beth.

— Sur ce, nous ferions bien d'y aller, déclare Gwen en se levant avec son assurance coutumière.

Beth embrasse sa mère sur la joue avant de la rejoindre.

Bobby contemple le bébé blotti dans ses bras, pendant qu'Albie et Demeroven discutent avec leur oncle. Il préférerait que les filles restent, que tout le monde demeure ici, à l'abri sous le toit d'oncle Dashiell.

Le bébé lève son regard d'un bleu perçant vers lui, comme s'il avait deviné la soudaine vulnérabilité de Bobby et cherchait à le rassurer.

— Tu seras un bon garçon pour tes parents, n'est-ce pas ? murmure-t-il en caressant du pouce le petit lobe d'oreille parfait. Ne pleure pas trop, fais de ton mieux et souris le plus possible. Ta maman adore quand tu fais ces petits sons, tout comme Beth et Gwen, alors entraîne-toi quand nous serons repartis, d'accord ?

Frederic babille et Bobby sourit, ému. Quand il lève les yeux, il croise le regard de James, intense. Il hausse une épaule, légèrement embarrassé mais Demeroven rougit et détourne la tête.

— Je te promets que ta mère ira bien, Beth. Je prends fort bien soin d'elle. Quant au bébé, Mrs Gilpe, Mrs Stelm et Miss Wilson ne permettront jamais qu'il lui arrive quoi que ce soit, assure Dashiell à sa belle-fille.

Bobby retourne près du sofa et observe les deux filles face à leurs parents. Elles se serrent la main si fort que leurs jointures ont blanchi.

Même s'il adorerait rester plus longtemps à Hartford Manor, un peu de calme fera du bien à tout le monde après la tempête d'émotions des derniers jours. Et il se promet de faire de son mieux pour que Beth et Gwen s'amusent autant que possible durant leur séjour à Mason Manor.

— À mon tour, enfin ! s'exclame gentiment Mrs Stelm en lui prenant le bébé.

Bobby ressent immédiatement le vide laissé par son petit corps chaud. Il ne savait pas qu'il apprécierait autant de tenir un tout-petit. À présent, il a hâte de voir son neveu pointer à son tour le bout de son nez, non seulement pour être enfin rassuré sur la santé de Meredith, mais aussi pour le seul plaisir de rencontrer ce petit être.

— Nous devrions vraiment y aller si nous voulons arriver avant minuit, déclare Albie en entraînant doucement Beth et Gwen à l'écart de leurs parents. Je vous enverrai un message dès notre arrivée.

— Merci, dit Cordelia en serrant les filles contre elle.

Bobby entoure Beth de son bras, pendant qu'Albie fait de même avec Gwen. Ensemble, ils guident les jeunes femmes anxieuses vers l'entrée, tandis que Demeroven ferme la marche.

Bobby se concentre tellement sur Beth pour éviter qu'elle ne pleure qu'il ne songe pas vraiment à ce qui les attend – tous les cinq serrés dans la voiture – jusqu'à ce que Demeroven se glisse à côté de lui sur le banc des garçons. L'espace n'est pas bien large et sa cuisse se presse contre la sienne, leurs épaules se touchent sans cesse, et il peut l'entendre et le sentir respirer avec autant de contrôle que lui-même.

Lentement, la voiture se met en route. Face à eux, Gwen et Beth sont tournées vers la fenêtre, les mâchoires crispées et les poings serrés, l'air déterminé. Bobby lance un coup d'œil interrogateur à Albie qui hausse une épaule, visiblement aussi impuissant que lui.

— Comment ça se passe au Foundling Hospital ?

Beth et Gwen tournent leurs regards, légèrement plus détendus, vers Demeroven, et Bobby voudrait l'embrasser, juste pour ça.

— Très bien, répond Beth, la voix encore un peu fragile. La médecine est tellement intéressante à étudier, et c'est un bonheur de voir autant de bébés naître.

— Le Pr Martin tient en haute estime le Dr Holting, qui m'a paru fort impressionnant quand je l'ai rencontré, dit Demeroven. Devez-vous parfois travailler avec lui ?

— Parfois, répond Gwen en échangeant un regard avec Beth. Nous ne sommes pas autorisées à assister aux chirurgies, mais le Dr Holting passe de temps à autre à la maternité.

— Et Lady Ashmond prend régulièrement le thé avec lui pour discuter des améliorations souhaitables, donc nous sommes informées de l'essentiel, ajoute Beth.

— Et comment ça se passe avec Lady Ashmond ? s'enquiert Albie.

Gwen s'agite légèrement sur la banquette et elle ramène la main de Beth sur ses genoux. Cette dernière tourne les yeux vers elle et Gwen finit par admettre en soupirant :

— Elle tient le meilleur salon de la ville.

— Vraiment ? s'étonne Bobby, stupéfait d'apprendre que Beth et Gwen fréquentent les salons mondains.

— Vraiment, assure Gwen en oubliant sa mauvaise humeur à mesure que son enthousiasme revient. Elle expose chez elle des artisans, des artistes dont nous pouvons acheter les œuvres, et certains d'entre eux restent pour jouer aux cartes. Les histoires qu'ils racontent...

— Elle a un incroyable réseau autour d'elle, des gens issus de toutes les classes sociales, c'est vraiment extraordinaire, s'exclame Beth à son tour.

— Elle aimerait associer des entrepreneurs avec des investisseurs, plus particulièrement des femmes et des cadets, afin de leur permettre de se créer une fortune indépendante, qui n'aurait rien à voir avec celle héritée par les pairs du royaume, explique Gwen.

Bobby jette un œil vers Albie, sidéré.

— C'est... merveilleux comme idée.

Demeroven s'est également penché en avant, visiblement intéressé.

— Dès que maman sera remise de la naissance, nous avons l'intention de la conduire là-bas. Je pense qu'elle s'entendrait très bien avec Lady Ashmond, déclare Beth.

— En tout cas, elle a véritablement utilisé la liberté octroyée par son divorce pour faire quelque chose de sa vie, poursuit Gwen. Cordelia ne peut qu'approuver. Nous devrions aussi inviter Miss Wilson... je crois qu'elle apprécierait de rencontrer de nouvelles personnes.

— Excellente idée !

Elles poursuivent ainsi, détaillant la dernière réunion de salon, où elles ont pu librement discuter du projet de loi sur la médecine. Bobby n'écoute plus vraiment, encore trop choqué de découvrir que Gwen a ainsi accepté Lady Ashmond. Il n'aurait jamais cru cela possible, alors que Gwen serait toute prête à jeter Lord Montson dans un précipice si elle en avait l'occasion.

Il ne croit pas qu'il serait capable de sourire et de discuter aimablement avec une personne qui tenterait d'éloigner Demeroven de leur famille. Non que la situation soit la même, bien sûr. Non, en fait, il n'y a rien de comparable avec l'histoire de Beth. Non seulement elle était fiancée à Lord Montson, mais en outre Beth et Gwen sont amoureuses l'une de l'autre et engagées dans une relation sérieuse, tandis que Demeroven et lui…

— Peut-être devrais-je emmener Mason, dans ce cas. Je ne crois pas pouvoir tenir seul face à un tel examen, dit Demeroven, ce qui le ramène au présent.

Bobby se redresse en sentant tous les regards posés sur lui. Il n'a aucune idée de ce qu'il a manqué, sinon que cela implique que Demeroven veuille l'emmener avec lui.

— Oui, euh… je suis un excellent bouclier contre euh… qui ferait l'examen ?

— Lady Ashmond, dit Gwen. Comme je l'ai dit, elle apprécie plus que tout de jouer les marieuses.

— Et tu veux que je te sauve d'une telle entreprise ? s'entend dire Bobby, réalisant un peu tard qu'il vient de tutoyer Demeroven devant les autres.

Allons, cela ne traduit rien d'étrange, du calme. Après tout, ils se connaissent désormais, et sont cousins par alliance.

— Je voudrais au moins pouvoir t'utiliser comme bouclier, répond Demeroven avec un véritable sourire.

Bobby s'oblige à sourire à son tour, malgré son état de nervosité, et regarde Demeroven poursuivre tranquillement la conversation.

La seule idée d'une sortie commune avec James provoque une tempête dans son estomac et une sensation de fourmillement jusque dans le bout de ses doigts. Bon sang ! Inutile de se mentir plus longtemps… Il a beau se répéter que tout ce qu'il attend d'une relation amoureuse, c'est la sécurité et non Demeroven en personne, ce ne sont que belles paroles. Amis, franchement ! Quelle plaisanterie !

Les paroles de Prince tournent et retournent dans son esprit : tomber amoureux de son meilleur ami, se sentir en sécurité avec son partenaire… Est-ce qu'il serait tombé amoureux de James au milieu de toutes leurs disputes ? L'évidence lui fait l'effet d'une douche glacée.

Il se sent comme pris au piège à l'intérieur de son manteau. Et ce sera pire encore quand ils seront sortis de la voiture. Que faire de lui-même une fois arrivé à la maison ? Tout lui paraît tellement compliqué, tellement… énorme.

Face à lui, Gwen et Beth prennent appui l'une contre l'autre. Les yeux de Beth se ferment et Gwen pose un regard apaisé vers la fenêtre. Elles ont visiblement retrouvé leur joie de vivre habituelle. Beth s'installe plus confortablement et passe un bras autour de la taille de Gwen qui pose un baiser sur son front.

C'est la brusque inspiration saccadée de Demeroven qui le sort de sa contemplation émue.

— Juste un petit rappel, intervient gentiment Albie. Il faudra être discrets à la maison : la mère de Meredith est là et elle n'est pas informée de… la dynamique de notre groupe.

Bobby hoche la tête, mais Demeroven semble perdu.

— Discrets ?

— Demeroven est la discrétion incarnée, assure Bobby avec un regard amusé vers le pauvre Demeroven dont l'expression passe de la consternation à l'inquiétude. Eh bien quoi ? Tu l'es !

— Je ne… je ne comprends pas, dit James, une pointe de panique dans la voix.

Un peu étonné par la violence de sa réaction, Albie tente d'expliquer posément :

— Nous travaillons tous ensemble à faire en sorte que Beth et Gwen puissent passer du temps seules, loin des regards curieux.

Bobby voit les yeux de Demeroven s'écarquiller et passer à une vitesse alarmante de Beth et Gwen, à Albie, puis lui. Il a sur le visage la même physionomie qu'après leur coup de folie à Ascot et, soudain, Bobby comprend. Demeroven ne sait pas.

Pas étonnant qu'il se soit révolté quand Bobby lui a proposé ce type d'alliance, il n'avait même pas remarqué celle qu'il avait sous le nez ! Dans ces conditions, il n'avait aucun moyen de savoir à quel point Dashiell et Cordelia pouvaient être compréhensifs, puisqu'il ne savait pas pour Gwen et Beth.

— Tu n'avais pas compris…, souffle-t-il doucement.

Le regard confus de James croise le sien.

— Compris quoi ?

Bobby jette un œil vers les filles, puis Albie. Ce n'est pas à lui de révéler leur secret, seulement Demeroven doit savoir. En vérité, il ne s'explique pas qu'avec tout le temps qu'ils ont passé tous les quatre ensemble il n'ait toujours pas compris… C'est encore plus mystérieux quand on connaît l'inclination de Demeroven pour les hommes. N'a-t-il donc aucun instinct sur le sujet ? Ne devine-t-il rien quand il se trouve au milieu d'une compagnie tolérante ?

Mais en vérité il est tellement effrayé, tellement inquiet des apparences. Peut-être est-ce véritablement la première fois qu'il se retrouve entouré de personnes sûres, aimantes, prêtes à accepter sa différence. Peut-être n'a-t-il réellement jamais imaginé qu'il puisse recevoir un tel soutien.

Il faut que James sache qu'un tel cadre est possible. Néanmoins, ce n'est pas à Bobby de décider d'exposer ainsi sa cousine et Beth, encore moins sans leur permission.

— Quelqu'un peut-il m'expliquer ce dont on parle ? s'enquiert Demeroven.

Bobby lève les yeux et croise le regard de Gwen qui continue d'appuyer la joue sur la tête de Beth. Avec un petit sourire et un léger hochement de tête, elle lui fait signe, avant de refermer les paupières.

Bobby tourne les yeux vers Albie qui pousse un soupir, avant de lancer d'un ton parfaitement factuel :

— Beth et Gwen sont amoureuses.

Devant le regard vide de Demeroven, il précise :

— L'une de l'autre. Elles sont amoureuses l'une de l'autre.

Il ajoute gentiment :

— Tu as bien dû remarquer...

Demeroven tourne brusquement la tête vers lui, parce que, de toute évidence, non, il n'avait rien remarqué.

— Tu ne t'es jamais demandé pourquoi aucune d'elles n'était mariée, alors qu'elles sont des débutantes en vue ?

— Je n'ai aucune envie de me marier, pourquoi le voudraient-elles ? répond Demeroven avec brusquerie.

Albie rit et Gwen émet un claquement de langue moqueur, derrière ses yeux clos.

— Vous ne savez pas ce que vous ratez, déclare Albie avec un grand sourire.

— Oui, enfin, c'est beaucoup plus simple si tu es né avec l'envie irrépressible de te marier un jour, rétorque Bobby, acerbe.

— Je n'ai aucun pouvoir sur mes goûts, pas plus qu'elles, assure Albie. C'est pourquoi je demande simplement que tout le monde fasse preuve de prudence à la maison. Meredith est au courant, bien sûr, précise-t-il à l'adresse de Demeroven. Gwen et Beth partageront une chambre comme deux amies, mais il faut simplement ne pas discuter de tout cela devant la mère de Meredith, d'accord ?

— Bien sûr, répond Bobby.

Demeroven se contente d'acquiescer, les yeux toujours rivés sur Beth et Gwen qui continuent leur petite sieste.

Le reste du voyage se déroule paisiblement, même si, à chaque cahot, il sent chaque mouvement, chaque minuscule déplacement du corps de Demeroven. Maintenant que James sait, maintenant qu'il comprend que leur famille aime Beth et Gwen telles qu'elles sont…, la tension entre eux lui paraît décuplée. Il sait à présent qu'ils ont tous ensemble construit autour d'elles un cercle de protection qui les autorise à être heureuses et amoureuses sans conséquence néfaste, sans pression, sans jugement.

Bien sûr, ils pourraient, tous les quatre, faire un mariage traditionnel et trouver leur bonheur à côté, dans la clandestinité de relations secrètes ; ils pourraient vivre des existences parallèles, en cachant toujours une partie de ce qu'ils sont, seulement, ce n'est pas ce que veulent les filles. Et ce n'est pas ce qu'il souhaite pour lui-même. Pas plus que Demeroven.

Ce qu'il veut, lui, c'est construire une véritable relation, comme Gwen et Beth, à l'abri grâce à la protection et au soutien de leur famille. Mais cela suffira-t-il à convaincre Demeroven qu'un tel asile est possible ?

Même s'il comprend désormais la profondeur de ses sentiments, Bobby n'est pas certain de pouvoir supporter un troisième refus de la part de l'homme assis à côté de lui, peu importe à quel point il le désire.

Jusqu'à présent, il n'avait pas compris combien il voulait un amour semblable à celui des filles, ou à celui qui unit Dashiell à Cordelia, ou Albie à Meredith.

Mais James veut-il la même chose ? Et avec lui ?

Le temps qu'ils parviennent à destination, la nuit tombe, et Bobby a l'impression que sa peau le brûle tant il se sent sur les nerfs. Il jette un regard en coin à Demeroven quand la voiture entame le chemin de gravier, et le découvre pensif.

Dès qu'ils s'arrêtent, la porte d'entrée du manoir familial s'ouvre sur Meredith en robe d'intérieur, joliment éclairée par le halo lumineux en provenance de l'entrée. Elle a les mains sur les hanches et ses boucles rousses volent librement sur ses épaules. Albie se jette littéralement hors de la voiture pour courir vers elle, et ils entendent distinctement Meredith lancer :

— Qu'est-ce qui vous a retenus si longtemps ?

En quelques enjambées, Albie la rejoint et la prend dans ses bras.

Beth, Gwen et Demeroven suivent plus lentement, et Bobby s'attarde dans l'encadrement de la porte, tandis que son frère soulève sa femme dans ses bras pour la faire tournoyer, lui arrachant des éclats de rire.

Dans la pénombre, on ne distingue pas bien la bâtisse, mais il retrouve immédiatement l'odeur de chèvrefeuille et le bruissement des feuillages. L'ambiance de ces lieux a toujours été paisible, et il s'efforce de laisser cette paix remplacer l'anxiété en lui. Durant son enfance, quand son père s'absentait pour affaires, il a connu des moments de bonheur ici. Désormais, son père est définitivement absent, en conséquence, il devrait être un pleinement heureux dans cette maison.

La santé de Meredith a l'air excellente et ils devraient tous être joyeux ces prochaines semaines.

— Seigneur, ils vont être dégoulinants d'amour, n'est-ce pas ? marmonne Gwen.

— Absolument, confirme Beth en même temps que lui.

En vérité, Beth semble bien plus sous le charme du tableau formé par son frère et sa femme que lui...

— Ils sont mignons, commente Demeroven.

Gwen éclate de rire et prend la main de Beth pour la tirer à sa suite. Bobby reste immobile près de la porte de la calèche. Il se réjouit sincèrement de constater que Meredith est debout. Et le bonheur des deux amoureux fait plaisir à voir : à présent, ils s'embrassent sans se soucier un instant des autres.

Ils sont à la maison. Tout va pour le mieux... Alors, du calme.

Des doigts s'emparent des siens et Bobby se fige. Demeroven lève les yeux vers lui. Sa grande main gentiment posée sur la sienne, il lui fait signe de descendre de la voiture. Bobby obtempère, malgré sa poitrine étrangement serrée. Ils restent là un moment, les yeux dans les yeux, un courant étrange passe entre eux.

Soudain, le rire de Beth traverse les airs et Demeroven lâche sa main. Il adresse à Bobby un sourire timide, puis rejoint le groupe. Sur le chemin de la maison, Bobby peut encore sentir la brûlure de sa main sur la sienne.

À l'intérieur, ils ont beau n'être que sept, le joyeux vacarme est assourdissant. Tandis que Beth, Gwen et Demeroven découvrent avec admiration la maison, Lady Harrington, la mère de Meredith, serre Albie dans ses bras à l'en faire suffoquer, avec une chaleur toute maternelle, malgré sa silhouette mince et sa sévère robe grise.

— Eh bien quoi ? Ta belle-sœur n'a pas droit à une embrassade ?

Bobby se retourne et découvre le sourire rayonnant de Meredith. Son visage a repris un peu de rondeur, mais elle paraît toujours terriblement mince pour une femme enceinte de cinq mois. Aussitôt, il referme les bras autour d'elle, heureux de retrouver son parfum de lilas. Le mois dernier, elle leur écrivait qu'elle n'en supportait plus l'odeur, alors c'est un signe de plus qu'elle se porte mieux.

— Laisse-moi te regarder, dit-elle en s'écartant légèrement.

— Ce n'est pas plutôt moi qui devrais le faire ? répond-il en riant.

— Je vois que Londres n'a pas policé tes manières.

— Tu peux définitivement oublier cette idée, rétorque-t-il en sentant une partie de sa tension s'évanouir devant son rire joyeux.

— Ça me fait tellement plaisir de te voir.

— Tu n'imagines pas à quel point j'en suis heureux, Meredith, avoue-t-il honnêtement. Comment vas-tu ? Réellement ?

— Je vais vraiment bien, assure-t-elle.

Albie la rejoint et passe un bras autour de ses épaules. Meredith ne lâche cependant pas les mains de Bobby.

— Le Dr Morris le confirme, dit-il.

— Parfait, souffle-t-il en lui serrant les mains. C'est une merveilleuse nouvelle. Je suis tellement heureux que nous puissions rester toute la semaine.

— Moi aussi ! s'exclame-t-elle, rayonnante. Maintenant, il est temps d'aller dîner. Mère attend de le faire servir depuis une bonne heure, nous ne devrions pas la faire attendre plus longtemps… Oh Seigneur, elle ne va en faire qu'une bouchée… Elle était tellement impatiente de votre visite et vous lui amenez de la chair fraîche…

Bobby suit la direction de son regard et découvre Lady Harrington occupée à épousseter les épaulettes d'un Demeroven rouge comme une pivoine, tout en pérorant sur le fait qu'il est un parti idéal. Non loin, Beth et Gwen étouffent leurs rires derrière leurs mains.

Bobby transforme son rire en quinte de toux et Albie cache le sien dans les cheveux de Meredith.

— Je suppose qu'il est temps d'aller le sauver, dit-il.

— Sans quoi elle l'adoptera, ajoute Bobby.

Cependant, ils ne font pas un geste et Meredith soupire devant leur inaction. Ce n'est pas que Bobby aime voir Demeroven souffrir. Simplement, Lady Harrington peut parfois être épuisante, et c'est agréable de profiter d'un répit tandis qu'elle est occupée par une nouvelle victime. Sans compter que le rougissement de Demeroven est adorable.

Hélas, Lady Harrington remarque rapidement le regard implorant que Demeroven lui adresse et le répit prend fin.

— Venez donc là, Bobby ! Laissez-moi vous regarder ! s'écrie-t-elle d'une voix qui résonne dans la vaste entrée.

Bobby perçoit nettement le gloussement d'Albie, alors qu'il se redresse pour se soumettre à l'examen de la mère de Meredith. Elle prend ses mains et le regarde de haut en bas, avant de déclarer avec satisfaction :

— Vous avez grandi. Peut-être pas en taille, mais en maturité.

— Je… je suppose, admet-il avec un sourire. Et comment vous portez-vous, Lady Harrington ?

Il a toujours eu la sensation que ses yeux gris perçants voyaient tout, alors il n'est pas question de discuter la moindre de ses remarques.

— Eh bien, je me porte à merveille. Je suis enchantée d'avoir tous ces jeunes gens auprès de moi pour la semaine, mais pour l'heure, je suis affamée. Venez vite vous installer à table, à présent !

Elle prend le bras de Bobby qui se laisse guider le long de l'entrée décorée avec les goûts marins de leur défunt père, jusqu'à la vaste salle à manger. La longue table de chêne laquée est dressée pour un service complet, avec de hautes chandelles et de magnifiques arrangements floraux. L'atmosphère est infiniment plus festive et agréable que ce qu'ils ont connu du temps où son père était encore en vie.

Allons, il pense beaucoup trop à son père, au lieu de se concentrer sur le plan de table qu'annonce Lady Harrington. Elle le laisse à mi-chemin de la table, pour en rejoindre le bout d'une démarche impériale. C'est parfait ainsi, car il sait qu'Albie préfère manger en cuisine plutôt que présider un dîner. Bien entendu, Lady Harrington demande à avoir Beth et Gwen auprès d'elle pour entendre les derniers potins. Pendant qu'Albie lui tient galamment sa chaise, Meredith s'installe près de Gwen, contraignant Bobby et Demeroven à s'asseoir l'un en face de l'autre, sans obstacle pour empêcher leurs regards de se croiser.

Bobby s'approche pour aider Meredith à s'installer, mais elle écarte sa main d'une tape avec un regard d'avertissement.

— Je suis parfaitement capable de me débrouiller seule sur les tâches du quotidien.

Bobby retient un sourire, alors qu'en face Demeroven se précipite vers Beth pour lui tirer sa chaise.

— Tu vois ? Il ne s'agit que de politesse, pas d'une insulte à tes capacités, dit gentiment Bobby.

— Peut-être, seulement Demeroven doit faire bonne impression. Toi, on te connaît et on t'adore déjà, répond Meredith à mi-voix tout en souriant à James.

Demeroven n'arrive pas à temps et Gwen lâche un petit rire

moqueur à côté de Meredith, quand il se laisse tomber sur sa chaise, l'air frustré.

— Soyez gentilles, souffle Bobby.

Demeroven écoute attentivement les récits dont Gwen et Beth abreuvent Lady Harrington à propos de leurs activités au Foundling Hospital. En fait, il semble étrangement… à sa place dans leur petite compagnie, et en prendre conscience provoque chez Bobby une drôle de sensation dans son ventre.

En conséquence, même si la soupe de poireaux pommes de terre concoctée par les cuisiniers est sa préférée et qu'elle est servie avec un pain merveilleusement grillé, il ne parvient à en avaler que quelques cuillerées. Il n'avait pas anticipé que voir Demeroven à la table familiale lui ferait un tel effet : comme si la dernière pièce du puzzle se mettait enfin en place. C'est ridicule…

— J'ai entendu dire que Prous et Eloise avaient été surpris dans les buissons à la réception des Yokely.

La voix de Meredith tire Bobby de de ses pensées.

— Comment as-tu appris ça ? Tu n'es même pas à Londres.

— Moi, non, mais Annabeth, oui, rétorque-t-elle avec un sourire espiègle.

— La mère d'Eloise était à deux doigts de la tuer, confirme Gwen, non sans délice. Mais le résultat est là : le père de Prous a enfin accepté leur union.

— C'était donc prémédité ? s'étonne Lady Harrington.

— Apparemment, répond Beth.

Bobby rit pour de bon et peut finalement savourer sa soupe, alors que Demeroven ouvre des yeux ronds. Quelle surprise ! Sous ses dehors parfaitement stricts, Lady Harrington est aussi libre d'esprit que Gwen et Beth.

— Et vous, mesdemoiselles ? N'avez-vous donc personne en ligne de mire ?

Bobby note le regard faussement innocent qu'échangent Gwen et Beth.

— Hélas, non, prétend Gwen avec une mélancolie fort bien jouée.

— Mais avec l'arrivée du bébé, j'avoue que cela ne m'ennuie pas tant, tempère Beth.

— C'est vrai qu'il est adorable.

— Comment se porte-t-il, ce petit ? Et Lady Havenfort ? demande Meredith avec anxiété. C'est ce que j'aurais dû vous demander en premier.

— Ils vont tous les deux très bien, la rassure Beth. Et bébé Frederic s'épanouit chaque jour un peu plus. L'autre jour, je suis certaine qu'il m'a souri, c'était un moment tellement intense.

— Il m'a souri, à moi aussi, assure Gwen.

— J'ai tellement hâte de rencontrer ton petit, Meredith !

Gwen et Beth ont toutes deux un air vaguement mélancolique qui lui serre le cœur.

— Raison de plus pour deux jolies jeunes filles comme vous de vous trouver des maris ! s'écrie Lady Harrington. Je connais un grand nombre de jeunes gens encore célibataires. Lord Highmore, par exemple.

— Qui voue une haine acharnée à Gwen, marmonne Meredith à voix basse.

— Je crois que Lord Highmore s'est rapproché de Lady Liesel, ces derniers temps, intervient Demeroven.

En réponse au regard impressionné que lui lance Bobby, Demeroven fait un petit clin d'œil. Bobby en est tellement choqué qu'il se redresse tout droit sur sa chaise.

— Oh ! quel dommage… Bien que Lady Liesel soit une charmante personne. Il y a toujours Lord Ruming…

— Albie, ce n'est pas toi qui me disais que Lord Ruming était sur le point de faire sa demande ? la coupe presque Meredith.

— Absolument, confirme Albie. Une gentille jeune fille de la campagne, sans titre il me semble.

— Donc une véritable histoire d'amour, lance Lady Harrington enthousiaste. Tant mieux pour lui ! Je vais réfléchir à d'autres candidats à vous suggérer. Une fois de retour à Londres, je suis certaine que Lady Havenfort et moi pourrons dresser une liste. Ton père n'a jamais été tellement doué pour ces choses-là, n'est-ce pas, ma chérie ? demande-t-elle à Gwen qui retient un rire.

— Je suis certaine qu'il appréciera votre aide. Néanmoins, je crois qu'il se concentre surtout sur Bobby et Demeroven pour l'heure, puisque leurs mariages seront bien plus importants pour la famille, n'est-ce pas, Albie ?

Bobby a envie de se cacher sous la table et Albie pose sur lui un regard d'excuse.

— Je suppose que oui, politiquement parlant. Mais l'essentiel reste que chacun soit heureux. Personne dans cette famille ne doit être traité comme un pion sur l'échiquier.

— Excellente nouvelle, entend-il Demeroven marmonner.

— Eh bien, jeunes gens, dites-moi... N'y a-t-il donc aucune jeune lady qui aurait attiré votre regard ?

— Aucune, pour le moment, murmure lentement Bobby en prenant soin de garder les yeux baissés sur la table pour ne pas croiser le regard de Demeroven. J'ai passé une fois un moment en compagnie de Lady Annabeth...

— Et quel effet cela a dû avoir sur elle quand on voit la cour que lui fait Johnson depuis un an ! plaisante Meredith.

Bobby se retient de lui envoyer son coude dans les côtes, tandis que Gwen rayonne.

— Seulement Lady Annabeth ? Honnêtement, Robert, tu pourrais faire un peu plus d'efforts, tu es un jeune homme plus que charmant.

— Euh, merci, dit-il en rougissant. Je crois néanmoins que Demeroven a fait pire que moi : à ma connaissance, il n'a jamais escorté personne.

— À *ta* connaissance, rétorque Demeroven, d'un ton plaisant. En vérité, je pense avoir trouvé quelqu'un de... spécial cette Saison.

Bobby sent sa bonne humeur se transformer d'un seul coup

en acide dans son estomac, au moment même où Brile et Canton reviennent servir les assiettes de cailles rôties et de purée.

— Vraiment ? Vous n'avez pourtant mentionné aucune sortie de ce type, lâche Gwen, avec une pointe accusatrice dans la voix, en découpant un peu trop énergiquement une bouchée de sa volaille.

Les doigts fébriles, Bobby prend ses couverts. A-t-il manqué un signe évident ? Un signe suceptible de le plonger dans un embarras tellement énorme qu'il n'est pas certain de s'en remettre ?

— C'est que j'aime parfois conserver une part de mystère, répond Demeroven sans se troubler.

Bobby s'oblige à respirer calmement et se concentre sur sa viande pour ne pas révéler l'ampleur du choc qu'il ressent. Quand le couteau tranche la chair de l'oiseau, il a l'impression de comprendre très exactement la sensation que ce doit être.

— Ah ? Et quelle autre information nous avez-vous encore cachée, alors que vous savez combien nous aimons nous repaître de potins ?

— Vous devez comprendre que je n'ai aucune envie de ternir l'honneur de quiconque, explique Demeroven en mordant tranquillement dans un bout de carotte.

— Oh ! non, non, cette excuse ne suffira pas. Si Gwen et Beth adorent les potins, vous pouvez imaginer dans quel état nous nous trouvons, Meredith et moi, après des mois loin de la société ! Dites-nous, Lord Demeroven ! Qui avez-vous rencontré ? insiste Lady Harrington.

— Eh bien, cette personne n'est pas titrée, mais elle me divertit énormément, commence Demeroven, alors que Bobby a la sensation que son cœur tombe comme une masse au fond de son ventre et qu'il n'arrivera jamais à monter sa fourchette jusqu'à sa bouche.

Est-ce qu'il était à ce point obnubilé par ses propres sentiments pour ne pas voir ce qui se passait juste sous ses yeux ? Demeroven n'a jamais éprouvé le moindre désir pour lui, il le lui a clairement dit. Il a parlé d'être amis, rien de plus. Tout ce temps perdu à rêver tout éveillé, à se morfondre ? Tout ça pour quoi ? Voir son propre cœur se briser irrémédiablement.

— Et j'insiste, notre relation n'est pas officielle, aussi, je dois respecter son honneur.

Le cœur au bord des lèvres, Bobby envisage un instant de quitter la pièce en courant. Il est tellement mortifié qu'il a l'impression d'étouffer, quand tout à coup il sent quelque chose effleurer sa cheville. Instinctivement, il étouffe une quinte de toux dans sa serviette et lève les yeux pour croiser le regard de Demeroven, tandis que les autres convives lancent des paris sur l'identité de ce mystérieux amour.

Plus de doute, c'est bien un pied qui remonte très lentement le long de sa cheville. Bobby serait incapable de détourner le regard s'il le voulait. Le pied de Demeroven caresse le sien. Ça n'a aucun sens… à moins que… ? Se peut-il que James soit en train de parler de lui ? Une histoire secrète avec une personne sans titre avec laquelle il s'est amusé ces derniers temps ? Impossible…

Et pourtant, il y a bien un pied qui le fait durcir sous la table. Demeroven esquisse un sourire timide, avant de se tourner vers Lady Harrington qui s'amuse à jeter au hasard tous les noms de jeunes femmes qu'elle connaît. Quant à Albie, il reste silencieux et mange, un sourire au coin des lèvres.

Et ce pied qui poursuit son exploration… Bon sang ! Comment un homme peut-il être à la fois aussi anxieux, entêté… et tellement audacieux et irrésistible ?

Surtout, qu'est-il supposé faire de ce pied qui atteint l'intérieur de son genou ? Comment peut-il continuer à manger comme si de rien n'était ? Qu'est-il supposé ressentir ?

De la souffrance, apparemment… Une souffrance merveilleuse qui le met à l'agonie, parce que Demeroven continue sa délicieuse torture tout le long du dîner, bien après que Lady Harrington et les filles ont abandonné le sujet de ses amours pour revenir à d'autres potins.

Ce n'est qu'au dessert que James cesse de le torturer, visiblement trop subjugué par le soufflé de Mr Whiley pour poursuivre ses avances. De fait, le dessert est savoureux et Bobby fait de son mieux pour se concentrer entièrement sur le chocolat (qui est apparemment l'un des seuls aliments que la pauvre Meredith a été en mesure d'avaler ces derniers temps et qui doit coûter une fortune à Albie).

Seulement, chaque coup d'œil vers Demeroven envoie une décharge de désir dans ses veines. Il peut sentir des frissons brûlants hérisser sa peau. Chacun de ses nerfs est tendu à l'extrême, au point qu'il a l'impression qu'il pourrait prendre feu brutalement.

Il est tard, ils ont voyagé toute la journée et Meredith attend un enfant, tout cela signifie que sa torture finira bientôt, quand tout le monde prendra congé pour la nuit. Ainsi, il pourra… pousser Demeroven contre un mur, n'importe lequel, et le mettre dans le même état de désir et de frustration que celui qu'il endure depuis de longues minutes. Il mérite une rétribution pour ce qu'il vient de subir. Plus encore, il veut lui parler, puisque apparemment ils entretiennent une relation amoureuse…

Hélas, personne ne semble se soucier de ses terminaisons nerveuses au bord de la combustion. Quand, enfin, Lady Harrington se lève de table, signal de la fin du dîner, tout le monde monte à l'étage, escorté par le personnel de la maison. Bobby tente de garder un œil sur Demeroven, et le voit tourner au bout du couloir du premier étage, au moment où leur gouvernante, Mrs Tilty, le prend par le bras.

— Vous et le vicomte nous avez terriblement manqué, dit-elle d'un ton sérieux. Et je vois que vous avez encore grandi quand vous étiez au loin.

Devant ses sourcils froncés, Bobby ne peut qu'éclater de rire.

Il note les petites rides au coin des yeux et les quelques mèches argentées qui sont apparues sous sa coiffe.

— C'est seulement la distance qui vous illusionne, Mrs Tilty, je suis exactement le même.

— Non, non, je sais ce que je dis, quelque chose a changé en vous, assure-t-elle. Vous semblez… plus vieux.

— Alors, c'est simplement la fatigue du voyage, dit-il, même si ses paroles lui font redresser un peu plus la colonne vertébrale.

Il se sent effectivement plus vieux. Ce pourrait être simplement dû à son absence – il est toujours étonné, à son retour, de constater que rien n'a changé dans la maison. Néanmoins, cette fois, ce n'est pas tout à fait le cas : la tenture du couloir qui mène à sa chambre a été remplacée par un tissu vieux rose fleuri, rehaussé à la feuille d'or.

— Lady Mason a fait faire beaucoup d'aménagements dernièrement, explique Mrs Tilty en suivant son regard, une pointe d'amusement dans la voix. Elle s'ennuyait à mourir…

Bobby se force à observer la nouvelle décoration, plutôt que regarder Demeroven qui reparaît dans le couloir et reste là, sans bouger.

— Et vous, Mrs Tilty ? Comment allez-vous ?

Il ne veut pas être accaparé par ses soucis au point d'en oublier de demander des nouvelles à la brave femme qui l'a élevé.

Mrs Tilty l'arrête juste devant sa porte. Son regard passe de Demeroven à Bobby et elle lui sourit avec tendresse. Ses doigts âgés tracent les contours des lettres qu'il a gravées dans le bois de la porte quand il avait seulement quatre ans. Son père l'avait battu en le découvrant, mais Mrs Tilty avait été impressionnée qu'il sache déjà écrire son prénom.

— Je vais bien, Mr Robert, assure-t-elle. Je suis heureuse de vous avoir de nouveau ici, et en bonne compagnie.

Ils tournent tous deux leurs regards vers Demeroven qui rougit, puis se glisse dans la chambre d'ami et en tire le verrou.

Apparemment, il n'y aura donc pas de conversation décisive ce soir…

Bobby repose son attention sur sa gouvernante.

— Vous m'avez manqué, vous aussi. Si cela vous intéresse, il y a un poste et une chambre pour vous à Londres.

Mais, bien entendu, la réponse fuse, sans une seconde d'hésitation :

— Non, non, ma place est ici. Mr Tilty gère fort bien tout seul la résidence londonienne. Qu'aurions-nous comme sujet de conversation quand il rentre à la maison si j'étais constamment avec lui ?

— Je déteste l'idée que nous vous enlevions votre époux quatre mois dans l'année, avoue Bobby.

— Au contraire ! Si nous n'avions pas ce répit annuel, nous risquerions de nous entretuer ! glousse-t-elle. Mais revenons à l'essentiel : j'ai lavé vos draps avec le savon à la lavande que vous aimez et il y a de l'eau et du pain au romarin sur la table de votre chambre, si jamais vous avez faim.

Sur une impulsion, Bobby la serre tendrement dans ses bras. Elle pousse un petit cri de protestation, puis lui rend son étreinte en frottant son dos dans un geste tout maternel. C'est tellement bon de retrouver ainsi tout le bonheur de son enfance. Comment a-t-il pu survivre si longtemps loin d'elle ?

— Allons, allons. Il est l'heure d'aller au lit, maintenant. Lady Harrington et Lady Mason ont prévu toutes sortes d'activités pour vous divertir ces prochains jours. Nous avons fait de notre mieux pour les occuper en votre absence, mais il n'y a rien de mieux que la jeunesse.

— Je suis certain que vous avez merveilleusement réussi, assure Bobby en serrant ses mains dans les siennes. Et je vous en remercie du fond du cœur. Je sais que c'est un grand réconfort pour Albie de savoir que vous étiez là pour Meredith.

— C'est un honneur, Lord Robert. Si vous saviez comme je suis impatiente de voir un nouveau petit lord courir dans les couloirs !

Bobby la laisse partir avec un dernier sourire ému. Il a l'impression d'être en même temps un petit garçon et enfin un homme, d'être réconforté tout en se sentant un peu perdu. Il s'appuie contre la porte de bois et son regard revient se poser sur la chambre de Demeroven.

Toutes les émotions de la soirée resurgissent en lui avec une force décuplée. Comme pour en fuir la violence, il se précipite à l'intérieur de sa chambre d'enfant. Il se jette sur son lit, rassuré de sentir le matelas rebondir, comme quand il était petit. Il reste là, les yeux clos, la respiration inégale.

Il connaît la pièce par cœur, il n'a pas besoin d'ouvrir les yeux pour voir les murs bleus et les meubles de bois clair, ou la dentelle abîmée du lit à baldaquin. Il sait où se trouvent les figurines de chevaux et de chevaliers sur le rebord de sa fenêtre, il connaît l'odeur de lavande de ses draps, chaque creux et bosse de son vieux matelas si confortable.

L'endroit parfait pour se laisser aller telle une boule de nerfs, de malaise et de frustration sexuelle. Les yeux fermés, Bobby roule sur le dos et s'étale comme une étoile de mer, les jambes ballant de chaque côté du lit.

Et, brusquement, le matelas se met à bouger.

# 18

*James*

Il ne sait pas précisément comment il se retrouve ici, dans la chambre d'enfance de Mason, un genou sur son lit, Bobby étendu sur le lit en question. Tout ce qu'il sait, c'est qu'il a été porté vers lui par une force inconnue qui ne l'a pas quitté tout au long du voyage, puis du dîner – quelque chose d'incroyablement puissant qui rayonne dans sa poitrine. C'est comme si venait de s'allumer en lui une lumière dont il ignorait même l'existence.

Pendant si longtemps il a cru que Mason se montrait imprudent, qu'il proposait l'impossible. Comment imaginer une alliance sûre ? Comment imaginer l'acceptation, la protection et le soutien de la famille pour une relation comme la leur ?

Pourtant, ils sont là, dans une maison qui abrite trois familles qui, toutes, acceptent sa cousine et son amante telles qu'elles sont. Mason ne parlait pas comme un imbécile soumis à ses désirs, non, il savait qu'il existait un moyen de vivre sans se renier.

Bien sûr, à Londres, tout sera différent.

Mais James a conscience désormais du courage tapi en lui qui lui a permis de caresser Bobby du pied sous la table, il sait maintenant comme il s'est senti bien et heureux au cours des douze dernières heures. Il ne peut ignorer cette nouvelle flamme intérieure… même si elle luit seulement ici, à l'abri de ces murs et protégés par leur étrange famille élargie, même s'il leur faut toujours se cacher aux yeux de Lady Havenfort.

James veut savoir, au moins une fois dans sa vie, ce que cela fait de s'abandonner, d'être aussi à l'aise avec ses sentiments que Gwen et Beth, de savourer enfin ce qu'il veut – *celui* qu'il veut.

Mason ouvre les yeux, les lèvres entrouvertes, le torse soulevé par une respiration rapide. Il devine son esprit en ébullition derrière ses yeux noisette. Il peut y lire toutes ses questions, ses hésitations… et la frustration aussi.

James revoit encore le regard que Bobby a posé sur lui à table, un regard brillant de promesses et d'avenir. Il ne s'explique pas lui-même ce qui a changé, comment il est passé de l'idolâtrie à la détestation, à la jalousie, puis à ce désir incendiaire. C'est tellement incroyable de songer que Mason le désire, lui, en retour.

Les mots ne se forment pas dans son esprit, alors, il laisse parler son corps. Il se penche et Bobby n'a qu'à relever à peine le visage pour que leurs lèvres se touchent.

C'est doux et brûlant, tendre et passionné à la fois. James se place au-dessus de Bobby, un genou de chaque côté de ses hanches pour savourer leur baiser sans entrave. Les mains de Bobby prennent son visage en coupe, tandis qu'il mordille sensuellement sa lèvre.

James gronde tout bas, submergé par une vague de désir brûlant. Bobby recule et leurs yeux se rencontrent le temps d'une respiration enfiévrée.

— Ta chambre est jolie, souffle James, avant de fermer les paupières, mortifié par les mots ridicules qui viennent de sortir de sa bouche.

Bobby rit tout bas et caresse sa joue du pouce.

— Merci, dit-il sans aucune dérision. Toi, tu es beau.

James rouvre les yeux et découvre le regard brillant de Bobby. Est-ce de l'amusement, de l'attraction, de l'affection qu'il y lit ?

— C'est toi qui es absurdement beau, lâche-t-il dans un souffle.

Seigneur... Tout ce qu'il dit n'a aucun sens, il est fou.

— Si tu penses que ce sentiment n'est pas mutuel, tu te trompes, assure Bobby, et James sent quelque chose se dénouer dans sa poitrine.

Mason est bien là, contre lui, à le tenir, à onduler légèrement sous lui. Il émet un nouveau grondement sourd et le sourire de Bobby se fait prédateur.

Il se redresse et reprend ses lèvres un instant avant de rouler sur lui sans effort. Le dos de James touche le matelas et sa respiration se bloque une fraction de seconde sous l'effet de surprise. Avec la montée du désir, son sentiment de malaise s'efface tout à fait.

Bobby se tient au-dessus de lui, son grand corps aligné sur le sien.

— J'ai tellement pensé à toi, murmure-t-il en glissant une jambe entre les siennes.

James ravale un nouveau grondement et se force à plonger dans son regard.

— Pas autant que moi, avoue-t-il en luttant pour ne pas rougir.

S'ils vont jusqu'au bout de leur attraction, il veut qu'ils soient sur un pied d'égalité. James a toujours été timide au lit par le passé, seulement, aujourd'hui, il n'est plus un tout jeune homme. Il sait ce qu'il veut, ce qu'il aime, et il ne laissera pas sa réserve et ses hésitations se mettre en travers de son chemin, alors qu'il peut enfin coucher avec Bobby Mason.

— Ah oui ? souffle ce dernier, alors que James bouge les hanches sous lui. Demeroven...

— James, le corrige-t-il, haletant, avant de reprendre sa bouche. Bobby gémit contre sa bouche et entrouvre les lèvres pour laisser la langue de James le caresser.

— Il y a trop de vêtements entre nous, gronde le vicomte, alors que la main de Mason parcourt son côté et enflamme chaque parcelle de peau sous sa chemise.

— Absolument.

Aussitôt, Bobby se redresse pour s'attaquer aux boutons de sa chemise. James rit tout bas et s'assoit à son tour pour s'occuper de celle de Bobby tout en reprenant sa bouche.

Bobby arrive au bout de sa tâche le premier, parce que le mouvement qu'il imprime à ses hanches rend James fou et fait trembler ses doigts. Aussitôt, les mains de Bobby glissent sur son torse, douces et fermes, provoquant des brûlures délicieuses sur sa peau. Bobby lui fait lever les bras et le débarrasse entièrement du vêtement.

À deux doigts de la jouissance sous l'effet de la friction, James peine à se contrôler, mais il parvient enfin au dernier bouton et arrache presque les vêtements pour les jeter triomphalement hors du lit.

Bobby feint un regard de protestation, auquel James répond pour un nouveau baiser.

— Ne fais pas comme si tu n'en avais pas une vingtaine d'autres, rien que dans cette pièce, dit-il en se laissant retomber contre le matelas.

Bobby suit le mouvement et gémit contre sa bouche, tandis qu'ils se frottent délicieusement l'un contre l'autre, à demi nus. James songe que l'étudiant amoureux qu'il était a l'impression d'être mort et au paradis.

Mais ils ne sont plus étudiants, et il n'est donc pas nécessaire de poursuivre ce qu'ils ont commencé dans la frénésie ou l'urgence, aussi tentante que soit l'idée. Alors, James s'oblige à se redresser pour plonger son regard dans celui de son amant, fasciné par la façon dont ses pupilles sombres se sont élargies, par son visage tendu de désir et son souffle haletant, pas ses lèves gonflées et son torse musclé. Il lui fait penser à un guerrier spartiate, à la merci de son plaisir.

— Pantalon, ordonne James.

— Absolument, répond Bobby en gigotant pour le faire glisser.

James rit en voyant l'intense concentration sur le visage de

Bobby qui tente de se débarrasser de son vêtement sans changer de position.

— Un peu d'aide ? propose-t-il.

— Avec plaisir.

Dans un sourire, James roule sur le côté pour l'aider à retirer d'abord ses bottes, puis le reste. La manœuvre n'est pas simple et James découvre à cette occasion que Bobby est chatouilleux à la pliure du genou. Mais très vite il n'est plus question de rire.

Bobby est étendu, entièrement nu et parfaitement à l'aise. Il laisse James l'admirer tout son soûl et le spectacle est magnifique. Tout son corps est tendu de muscles fermes, depuis son large torse jusqu'à ses cuisses épaisses. Quant à ce qu'il a entre les jambes, c'est à l'avenant, visiblement, la nature n'a rien prévu de modeste pour Bobby Mason. Pas étonnant qu'avec un tel atout il lui arrive d'être arrogant de temps à autre.

— Tu es superbe, lâche-t-il dans un souffle.

Il laisse son doigt tracer un chemin de sa gorge à son nombril et savoure la respiration heurtée de Bobby. Il patiente là, jusqu'à ce qu'un petit hochement de tête l'incite à descendre encore plus bas. Sa main se referme autour de son membre et il lève les yeux pour voir Bobby laisser retomber sa tête dans un soupir d'extase, les lèvres entrouvertes.

James est tellement proche de la jouissance qu'il doit se concentrer pour maîtriser son corps. Avant, il veut voir Bobby s'abandonner entièrement. Il veut observer comment les mouvements de sa main le font gémir et soupirer. Il veut savoir quel rythme le fera s'arquer sur le lit et il veut voir les yeux de Bobby s'écarquiller de plaisir quand il cessera soudain ses va-et-vient pour serrer plus fort sa hampe. Alors, c'est exactement ce qu'il fait. Encore et encore… ajoutant bientôt une légère rotation.

— James… Si tu continues…, halète Bobby, le visage transcendé par le plaisir.

— Tu veux que j'arrête ? On a toute la nuit devant nous.

Bobby hésite et James étale du pouce une petite goutte de plaisir qui perle au sommet de son sexe. Il sait qu'il est tout proche du point de non-retour. À ce geste, Bobby gronde plus fort et se laisse retomber en arrière. Alors, James accélère encore le mouvement de sa main et se penche pour poser les lèvres sur sa gorge, là où son pouls bat follement.

Bobby tourne la tête pour prendre ses lèvres avec voracité. Soudain, il se raidit et gémit contre sa bouche. Triomphal, James sent l'orgasme qui le submerge à travers ses doigts crispés autour de son membre. Il ralentit doucement son rythme et le corps de Bobby se détend d'un seul coup. Il reste étendu sur le matelas, les yeux clos, la bouche entrouverte, magnifique et comblé.

James roule doucement au bord du lit pour essuyer sa main sur une chemise jetée là. Quand il revient auprès de lui, Bobby a rouvert les paupières et le regarde, son souffle soulevant rapidement sa poitrine.

— C'était le meilleur orgasme de ma vie, avoue-t-il.

James sent le rouge lui monter aux joues.

— Merci.

— Non, merci à toi, corrige Bobby en l'attirant à lui pour l'embrasser avec un grondement appréciateur.

James s'abandonne à ce baiser, se sentant à la fois fier et terriblement excité. Seulement, il sait qu'il n'apprécie guère d'être sollicité juste après l'orgasme, alors il ne veut pas que Bobby...

Soudain, il se retrouve sur le dos, Bobby debout au pied du lit. Ses mains se referment sur ses chevilles et James garde les yeux rivés sur le plafond du baldaquin, tandis que Bobby lui retire ses bottes. Il a l'impression d'être dans un rêve, alors il se soulève sur ses coudes quand la seconde botte tombe à terre dans un bruit sourd. Son pouls battant à ses oreilles, il regarde Bobby s'atteler aux boutons de son pantalon. Il soulève les hanches pour aider et se retrouve nu, à son tour.

Il devrait sans nul doute se sentir exposé et honteux, seulement, le regard affamé que Bobby pose sur lui, la façon dont sa langue passe sur ses lèvres lui fait oublier toute timidité. Il ne peut que déglutir et sentir son sexe réagir de sa propre volonté.

— Je peux ? souffle Bobby qui s'est agenouillé au bord du lit.

Son souffle passe sur sa cuisse et James peine à articuler un « oui » impatient. Puis, il n'est plus que brasier et plaisir infernal. Son sang s'est transformé en lave et ses doigts se crispent sur les draps. Il a beau essayer de rester en appui sur ses bras pour ne rien rater du spectacle, c'est trop, alors il se laisse retomber, les yeux clos sous l'afflux d'un plaisir inconnu et tellement puissant qu'il ne respire plus. Alors que la bouche de Bobby s'active, des étoiles explosent sur sa rétine.

Il songe un instant à lui demander d'arrêter, mais l'idée de jouir dans la bouche de Mason est si merveilleusement excitante qu'il est emporté avant même d'avoir pu finir sa pensée. Une lumière puissante éclate derrière ses paupières, le plaisir est si intense, si éblouissant qu'il rejette la tête en arrière dans un long gémissement d'extase, alors que ses hanches se hissent d'elles-mêmes vers la source de son plaisir. Jamais il n'a rien ressenti d'aussi extraordinaire et il lui faut une longue minute pour revenir sur la terre ferme et sortir de sa transe brûlante.

Même ainsi, tout son corps crépite et la pulsation du plaisir se poursuit dans ses veines. Il cligne des paupières et redresse légèrement le menton pour découvrir Bobby, la joue appuyée contre sa cuisse, les lèvres près de son membre encore dressé. Bon sang, cette vision est incroyablement excitante.

— Viens, souffle-t-il.

Dans un sourire, Bobby remonte le long de son corps et s'abaisse sur son torse pour un baiser, mais il s'arrête juste avant de toucher sa bouche. James est vidé de ses forces, mais il trouve quand même assez d'énergie pour lever un bras et prendre sa nuque afin de le guider jusqu'à lui pour lui donner le baiser le plus reconnaissant de toute son existence.

Sur sa langue s'attarde encore un léger goût de sel et c'est merveilleux de sentir son parfum dans la bouche de Bobby Mason.

— Spectaculaire ne décrirait même pas le commencement de ce que tu m'as fait, dit-il quand Bobby s'écarte.

— Tant mieux.

James rougit à la tendresse qu'il perçoit dans sa voix. Bobby s'étire contre lui, alangui.

— J'ai besoin d'un peu de temps pour me remettre après ça, admet James.

— On a toute la nuit…

Bobby pose la joue sur son torse, le nez contre son cou. James enfouit ses doigts dans ses boucles châtaines.

— Je n'ai jamais eu toute une nuit, avoue-t-il soudain. Toi, si ?

Bobby trace du doigt des chemins imaginaires sur sa peau qui se hérisse.

— C'est arrivé. Mais ce n'était pas aussi…

James le sent froncer les sourcils.

— En sécurité ? suggère-t-il.

Ne pas avoir à se soucier que quelqu'un pousse la porte de la chambre. Ni que son amant l'extorque. Nul besoin de se presser pour obtenir le plus rapidement possible une jouissance urgente et factice.

— Voilà, souffle Bobby contre son cou. Et aussi… réel. C'est bon de savoir que tu es dans ma vie, que tu ne vas pas disparaître après une unique rencontre.

James ferme les yeux sous l'effet du tendre réconfort qui l'envahit.

— C'est vrai.

— D'ailleurs, tu es encore plus beau dans les tourments de la passion, tu sais ?

James rouvre brusquement les yeux et découvre Bobby qui le contemple.

— Toi aussi, avoue-t-il.

C'est plus facile de lui retourner le compliment que de songer véritablement au fait que Bobby Mason le trouve beau quand il s'abîme dans l'extase. Bon sang ! Bobby Mason vient de le faire jouir comme jamais.

Et, à présent, ce même Bobby Mason se pelotonne contre lui, une cuisse en travers de ses hanches, et se penche pour l'embrasser. James est prêt à s'embraser à nouveau.

Tandis qu'il s'abandonne au brouillard fiévreux du désir, il sait qu'il pourrait ne plus quitter cette chambre une semaine entière, parce qu'être ainsi tous les deux c'est meilleur que tout ce qu'il a connu. Même lorsque, jeune homme, il a découvert les plaisirs de la chair, il n'a jamais rien ressenti d'aussi intense.

Après des secondes, des minutes ou des heures de félicité, Bobby s'écarte enfin. Haletants, les joues rougies, les corps tendus de désir, ils se regardent l'un l'autre un long moment.

Puis Bobby lui lance un clin d'œil et roule sur le côté pour se remettre à la bonne hauteur dans le lit. James en profite pour admirer son corps délié et le suit sur les oreillers.

Un peu surpris, il regarde Bobby fouiller le tiroir de sa table de nuit et en extirper, tout sourire, un petit flacon d'huile.

— Aucune pression, c'est seulement si tu veux, dit-il en haussant une épaule.

— Donne-moi ça, répond James, la main déjà tendue, parce qu'évidemment il veut.

Rayonnant, Bobby lui remet l'huile avant de se laisser tomber sur le dos. James ne peut s'empêcher d'admirer à nouveau ses jambes bien dessinées, son sexe qui durcit à vue d'œil et ce sourire gourmand. Il a envie de tout savoir de Bobby – de connaître avec précision la sensation de son sexe dans sa main, ce que ça fait d'être en lui, et de voir son visage quand il dort.

Bobby le laisse prendre tout le temps qu'il veut, alors il se glisse entre ses jambes et soulève légèrement ses hanches. Puis il fait couler un peu d'huile dans le creux de sa main et sur ses doigts, avant de savourer chaque gémissement de Bobby. Ses mouvements sont lents et son plaisir s'accroît un peu plus à chaque grondement frustré de son amant.

Il est tellement beau, tellement excitant, que James est de nouveau au bord de l'orgasme, simplement en le caressant.

— Tu veux rester sur le dos ? demande-t-il.

Bobby ouvre les yeux qu'il avait fermés.

— Oh.

James attend pendant que son amant prend le temps de réfléchir. Il n'a jamais rien fait par le passé qu'il n'avait pas envie de faire, néanmoins, souvent, le temps ou l'affection manquait pour que chacun prenne des décisions fondées sur le désir. Certes, il sait ce qu'il apprécie et ce qu'il n'aime pas, en revanche, un cabinet secret dans l'urgence permet difficilement de prendre des choix éclairés.

— Je te veux derrière moi, dit enfin Bobby.

James comprend à sa voix qu'il dit la vérité, mais que cela lui coûte de l'admettre. Il lui répond d'un doux sourire et s'écarte pour laisser Bobby se tourner et se placer à genoux. Le souffle court, James reste un instant au-dessus de lui, il laisse son corps l'enserrer entièrement et savoure un instant la sensation enivrante de pouvoir ainsi l'encercler totalement, alors que Bobby est bien plus grand que lui.

— S'il te plaît, gémit son amant en ondulant des hanches d'une façon qui lui fait presque abandonner toute retenue.

James pose les lèvres sur son épaule et s'oblige à reprendre le contrôle pour enfin, lentement, entrer en lui. Il leur laisse à tous deux le temps de s'habituer à la pression nouvelle. Les mâchoires serrées, James suit avec attention les mouvements des muscles du dos de Bobby et les halètements qui lui échappent, jusqu'à le voir se détendre tout à fait.

La sensation du corps de Bobby autour de son membre est tellement enivrante qu'il doit fermer un instant les yeux. C'est la respiration heurtée de Bobby, sa peau chaude, qui l'aident à garder le contrôle. Alors seulement, il se met à bouger en lui. Le feulement du jeune homme, rauque, sourd, merveilleux, l'enveloppe entièrement.

James laisse sa main courir le long de son dos tout en orientant ses hanches pour retrouver le point sensible qu'il a découvert tout à l'heure sous ses doigts. Bobby ravale un cri et James gronde de volupté en accélérant la cadence. Il se penche légèrement pour pouvoir saisir le membre dur comme un roc de Bobby, mais le mouvement change l'angle de ses hanches et son amant se raidit.

Soudain, il se recule pour que leurs deux corps s'emboîtent parfaitement. Son torse pressé contre le dos de Bobby, James va et vient en lui au même rythme que sa main accélère autour de son sexe. Il utilise tout son contrôle pour s'assurer que Bobby prenne autant de plaisir que possible, parce qu'il sait qu'à la minute où il abandonnera cette maîtrise ce sera fini.

Bobby gémit de plus en plus fort en arquant le dos contre lui. James pose les lèvres dans son cou et souffle :

— C'est trop bon... être en toi, c'est incroyable.

— Je... vais jouir, je ne peux plus..., halète Bobby, tremblant et ondulant sous ses reins et sous ses doigts.

James rassemble ses dernières forces pour le faire basculer dans l'extase en gardant le même rythme, et Bobby pousse un long gémissement de volupté, rauque et puissant, en même temps que son corps se raidit. James n'arrête pas pour autant, tirant de Bobby jusqu'à la dernière goutte de plaisir, jusqu'à ce qu'il le sente s'alanguir et trembler.

James pose un baiser sur son épaule, puis il le guide jusqu'au lit pour qu'il puisse s'étendre, le visage enfoui dans les oreillers. James patiente, malgré la torture du feu qui le dévore. Après ce qui lui paraît une éternité merveilleuse et infernale tout à la fois, Bobby ouvre un œil et cherche son regard. Ce n'est que lorsque James accroche celui-ci et qu'il peut admirer le sourire étourdi de Bobby qu'il se laisse enfin aller à sa propre extase. Le plaisir monte instantanément en lui, brûlant, aveuglant, le ravageant avec une férocité qu'il n'a jamais connue.

Enfin, il s'effondre sur Bobby, après l'orgasme le plus long et le plus spectaculaire de toute sa vie. Il reste là, inerte, le souffle haletant, la joue pressée sur son épaule. Plus rien n'existe, sinon Bobby et ce sentiment d'euphorie aveuglant qui le transcende.

— C'était bon ? marmonne Bobby en tournant la tête pour l'observer à travers un œil mi-clos.

— À couper le souffle, lâche James sans hésitation, la voix rauque. Et toi ?

— À couper le souffle, répète Bobby avec un sourire en coin.

James pose un baiser sur sa pommette, puis il se retire doucement, mais Bobby pose une main sur sa hanche.

— Reste.

— Je reviens tout de suite, promet James en se levant à regret.

Debout au milieu de la chambre et nu comme au jour de sa naissance, il se sent étrangement à l'aise, sans embarras. C'est un sentiment nouveau qu'il savoure quelques secondes, tout en prenant le temps d'observer la pièce dont il n'a rien vu en entrant : c'est une jolie chambre dans les tons bleus qui a déjà l'air en désordre. James ressent un bref éclair de fierté en songeant qu'il en est responsable.

Puis il repère une cuvette et un broc d'eau sur une coiffeuse et il se lave rapidement, avant de mouiller un linge propre pour rejoindre Bobby. Celui-ci est toujours étendu sur le ventre, mais il redresse la tête pour contempler James.

Sous son regard, James découvre avec stupeur qu'il ressent encore la morsure du désir dans son membre épuisé à la vue de son amant. Bobby est un très bel homme et, maintenant qu'il connaît intimement les courbes de ses muscles, la douceur de sa bouche et les ondulations de son cœur, il ne sait vraiment pas comment il va faire pour conserver une attitude convenable le reste de la semaine.

Oui, ils ont le reste de la semaine pour eux…

Il s'assoit près de Bobby et le lave doucement, heureux d'entendre ses soupirs de bien-être.

— Tu es tellement tendre. Tendre et incroyablement excitant à la fois. Je n'avais jamais connu ce mélange, marmonne-t-il contre l'oreiller.

James rit et étend le linge mouillé devant le feu, dans l'espoir qu'il sera sec au matin. Dans le lit, Bobby roule sous les draps et ils se regardent un long moment à la lueur des flammes faiblissantes.

— Reviens au lit, dit Bobby en lui tendant une main.

Il va devoir se lever tôt et retourner discrètement dans sa chambre, s'il ne veut pas que le personnel les trouve enlacés au lit. Mais comment ignorer l'attraction que Bobby exerce sur lui ? Il meurt d'envie de se blottir dans ses bras.

Bobby se décale pour lui faire de la place, puis se serre immédiatement contre son dos. Son grand bras solide passe autour de sa taille pour l'attirer plus près et sa jambe exerce une pression bienvenue sur ses hanches épuisées par l'effort. James a l'impression de se liquéfier de bonheur.

— C'est agréable, souffle Bobby tout contre sa nuque.

James acquiesce. C'est tellement agréable qu'il pourrait rester ainsi pour toujours, dans la chaleur et le confort de ce grand corps, transporté par des émotions qu'il ne sait pas toutes nommer. Quelque chose de puissant enfle dans sa poitrine, sous la caresse de cette main posée sur son ventre, sous la pression de cette jambe emmêlée à la sienne, sous le mouvement régulier de ce torse qui se soulève au rythme de sa respiration paresseuse dans son dos.

James n'a jamais ressenti ça avec quiconque, et voilà qu'il le vit avec Bobby Mason, avec lequel il a tellement partagé en si peu de temps. C'est effrayant, terrifiant, même. Pourtant, il y a aussi cette plénitude dans sa poitrine qu'il ne peut ignorer – une sensation de sécurité qui l'enveloppe merveilleusement.

Quelque chose lui dit qu'il ne ressentira plus jamais cela avec personne d'autre que lui. En temps normal, cette idée l'aurait fait paniquer et fuir en courant, mais ce soir il ferme simplement les paupières et laisse la chaleur de Bobby l'entraîner dans un sommeil paisible.

# 19

## *Bobby*

Bobby se redresse et jette un œil au magnifique ciel bleu. La couverture de pique-nique est rugueuse sous ses paumes et tout son corps est à la fois languide et délicieusement douloureux.

C'est une matinée parfaite après une nuit parfaite… Il jette un regard de côté à James. Les jambes croisées, le vicomte noue ensemble des fleurs pour Beth d'un air concentré. Fleurs qu'elle tisse ensuite entre elles pour en faire une couronne. Gwen et Meredith sont installées de part et d'autre de Beth et lui tendent les feuilles quand elle les demande, sans cesser de papoter avec entrain.

James croise son regard et une légère rougeur colore sa gorge avant qu'il ne revienne à ses fleurs. Bobby pourrait rester ici pour toujours, à se rejouer ce petit regard qui en dit tellement dans sa tête… N'importe quoi pour éviter de revivre les moments de la nuit précédente, car alors son corps réagirait aussitôt de façon tout à fait inconvenante.

Penser à ce qui s'est passé après qu'ils se sont réveillés pour boire au milieu de la nuit l'oblige à s'agiter sur la couverture et à regarder avec détermination l'unique nuage qui traverse l'immensité bleue du ciel. Non ! Il ne pensera pas à James, nu, sous lui…

Bobby serre fort les paupières pour conjurer ces images

envoûtantes et les rouvre, désespéré de trouver quelque chose pour l'occuper, ou du moins une meilleure position pour cacher ce qui risque de devenir très vite un problème. Il est là, au supplice, alors que James est tranquillement assis à portée de main, légèrement ébouriffé et absolument irrésistible avec son bouquet de fleurs entre ses doigts terriblement habiles...

Seigneur ! Comment va-t-il bien pouvoir survivre en l'ayant constamment sous les yeux sans pouvoir le toucher ? Comment pourra-t-il se retrouver face à lui lors d'une réception ou dans un club sans se jeter aussitôt sur lui ?

Plus important encore : comment pourront-ils continuer ce qu'ils viennent de commencer une fois de retour à Londres, quand ils auront quitté le refuge de sa maison d'enfance, où la simplicité, l'alcool ou la simple bonne humeur peuvent excuser une amitié un peu trop familière ? Comment pourront-ils se cacher de tout le *Ton* ?

Bobby n'a pas envie d'y penser, seulement, son esprit n'est pas plus docile quand il s'agit de ne pas réfléchir aux tenants et aux aboutissants de leur avenir ensemble, puisqu'il semble apparemment qu'ils en aient un, aussi surprenant que ce soit.

— Je suis persuadée que les femmes devraient être autorisées dans les compétitions d'escrime, y compris contre les hommes.

— Gwen les vaincrait toutes sans le moindre doute, affirme Beth en prenant une nouvelle rangée de fleurs nouées des mains de James avec un sourire reconnaissant. Je crois même qu'elle pourrait te battre aussi, James.

Ce dernier hausse les épaules.

— Eh bien, si elle l'emporte, j'admettrai avec joie ma défaite, assure-t-il.

— Dès notre retour, nous devrions organiser un affrontement. Je pense que l'habit de mon père t'ira si on le roule aux chevilles.

Avec un petit claquement de langue, James prend une nouvelle brassée de fleurs. Aussi étrange que ce soit, même imaginer le jeune homme dans une tenue d'escrime trop grande a le pouvoir de faire réagir son corps. C'est certain : il ne survivra jamais à une sortie en public en sa compagnie. Son seul espoir est que quelques nuits passionnées de plus finissent par apaiser son désir furieux de jeune adolescent. Alors, peut-être pourra-t-il se montrer raisonnable. Dans tous les cas, il ne veut pas renoncer au bonheur d'avoir James dans son lit chaque nuit.

Le vicomte tourne à nouveau les yeux vers lui, un sourcil levé, comme s'il avait pu lire dans ses pensées. Bobby s'efforce d'arborer un sourire facile. Il ne veut pas partager ses préoccupations sur l'avenir et prendre le risque de gâcher ce qu'ils vivent. James a l'air heureux, épanoui, presque... lumineux. Pourquoi s'inquiéter de l'avenir, alors qu'il peut s'immerger entièrement dans un présent absolument merveilleux ?

— Demeroven, tu n'as pas encore vu le lac, je me trompe ?

Quatre paires d'yeux se tournent vers lui et Bobby comprend, un peu tard, qu'il vient d'interrompre une conversation qu'il n'a absolument pas suivie. Gwen lève les yeux au ciel, Meredith se contente de sourire et Bobby n'ose même pas regarder Beth, certain qu'elle l'aura démasqué.

— Ah... non, en effet, répond James, un peu confus, mais visiblement intéressé.

— Parfait. Dans ce cas, laissons ces dames à leurs commérages et je te montrerai le chemin emprunté par les chasseurs, ainsi tu seras prêt pour la chasse de fin de saison.

— Est-ce que vous ne chasserez pas sur le domaine Havenfort ? s'inquiète Gwen. Mon père a fait remplir le lac et les terres en prévision de votre venue.

— Mais si, bien sûr, nous viendrons ici après. Ne ruine pas tous mes projets de chasse, proteste-t-il en se levant, parfaitement conscient que ce qu'il raconte n'a rien de rationnel.

De toute évidence, il va devoir réfléchir à améliorer ses

subterfuges. James est déjà debout et l'attend avec entrain, les mains sur les hanches.

— À tout à l'heure, mesdames, lance Bobby.

Puis il prend le chemin ombragé qui les conduira au bord du lac.

— Beth, j'aimerais que nous reparlions de ce nouveau traitement contre le choléra que tu mentionnais tout à l'heure, dit James avant de le suivre.

— Amusez-vous bien ! répond Meredith, alors que Gwen les scrute sans aucune discrétion.

— Certainement ! affirme joyeusement Bobby qui s'éloigne à un rythme soutenu.

En vérité, il lui faut une maîtrise énorme pour ne pas se mettre à courir en avant. Au lieu de quoi, il se place même derrière James pour admirer la vue. Celui-ci porte une veste verte toute simple sur sa chemise blanche, et la taille haute de son pantalon marron fait ressortir la perfection de son fessier musclé.

Il leur faut deux interminables minutes pour disparaître enfin derrière la ligne des arbres. Bobby n'attend pas une seconde de plus pour laisser libre cours à sa frustration. Amusé par sa mine contrariée, James s'adosse au tronc d'un chêne.

— Tu n'aurais pas pu être un tout petit peu plus… délicat ?

— Sans doute, admet Bobby en le rejoignant pour poser ses paumes de chaque côté de son visage souriant. Mais pour quoi faire ?

— Pour éviter que nos cousines ne découvrent tout… immédiatement ? suggère James en inclinant légèrement la tête vers lui, ce qui lui donne un accès parfait à sa gorge.

Bobby saisit immédiatement l'opportunité et pose les lèvres juste là où bat son pouls, ce qui provoque un petit gémissement irrésistible.

— Mon unique objectif était de te faire bouger de cette satanée couverture, quant à la façon, peu m'importe, grommelle-t-il tandis que ses lèvres parcourent son cou.

James glisse une main dans ses cheveux et ce geste provoque une nuée de frissons le long de sa colonne vertébrale. Enfin, sa bouche se pose juste au coin de celle de James.

— Eh bien, c'est réussi, dans ce cas…

— Mmh mmh, murmure Bobby.

James lui mordille la lèvre, exactement de la façon qu'il aime. Nul doute qu'il est un élève appliqué… Tout à coup, il les fait tourner, si bien que c'est Bobby qui se retrouve adossé contre le tronc, tandis que James se presse contre lui. Il laisse échapper un petit cri de surprise, aussi étouffé par le baiser de James.

Ses hanches pressent exactement là où il faut et ils se laissent emporter par leur désir fiévreux. Mais, quand ils commencent à tirer sur leurs chemises et à chercher les boucles de leurs ceintures, Bobby rappelle à regret :

— On devrait aller un peu plus loin.

James s'écarte, magnifique avec ses cheveux ébouriffés et son air hagard.

— Tu as raison.

Il lui prend la main et ils se lancent dans une course folle à travers la forêt, leurs chemises à moitié ouvertes, leurs lèvres gonflées de baisers. Ils ne s'arrêtent qu'une fois parvenus au plus profond des bois, très loin du sentier qui mène au lac.

Bobby n'est même pas certain qu'il saura retrouver la route. Mais là, dans la douce lumière verte des sous-bois et le calme presque surnaturel de la forêt, il se moque éperdument de ce qui se passera dans vingt minutes.

Tout ce qui l'intéresse, c'est le spectacle du torse parfait de James qui se soulève au rythme haletant de sa respiration. Alors, il le pousse contre un autre arbre et s'attaque sans attendre aux boutons de son pantalon.

Tout ce qui importe, ce sont leurs corps pressés l'un contre l'autre, leurs bouches qui se mêlent et leurs grondements de plaisir. Tout ce qui compte, c'est la morsure délicieuse des dents de James sur ses lèvres, l'ondulation de leurs hanches sous les caresses presque brutales de leurs mains fiévreuses. Bobby s'abandonne entièrement à cette pure extase.

Quand ils se retrouvent à bout de souffle et comblés l'un et l'autre, James appuyé contre son torse, Bobby ne peut retenir un petit rire.

— Quoi ? murmure James en posant un baiser dans son cou.

— Rien, je n'imaginais pas que cette semaine se terminerait par...

— ... nous deux en plein orgasme au milieu des bois ? suggère James quand il n'achève pas sa phrase.

— Oh ! je comptais être bien plus obscène dans mes propos, tu m'as gâché le plaisir, s'amuse Bobby devant ses mots très crus.

James rit à son tour, tandis que Bobby remet tendrement en place sa chemise et reboutonne son pantalon. James fait de même pour lui. Déjà, Bobby réfléchit à une multitude d'autres scénarios plus obscènes qu'ils pourraient mettre à exécution. Mais rien ne presse, il aura tout le temps de faire jouir James dans sa bouche, debout contre un arbre, plus tard cette semaine...

Pour l'heure, il a simplement envie de lui montrer le lac. Il veut passer du temps seul avec James, encore baigné dans la félicité de leur passion, plutôt que de rentrer tout de suite auprès du groupe.

— Viens, dit-il en lui prenant la main pour rebrousser chemin jusqu'au sentier.

Étrangement, alors qu'ils ont partagé des moments autrement plus intimes, la sensation de cette main dans la sienne, en plein jour, provoque en lui une émotion presque violente. Le bruit de leurs pas sur les feuilles mortes, la sensation de leurs paumes l'une contre l'autre... c'est presque magique.

Ils se promènent tranquillement à travers bois, jusqu'à ce qu'ils parviennent enfin au lac. Les rayons du soleil se reflètent sur la surface tranquille de l'eau, au milieu de la verdure des arbres.

Bobby repère la famille de canards qui apprécie de prendre ses quartiers d'été sur le domaine.

Le paysage n'a rien de spectaculaire, mais il émane une atmosphère incroyablement paisible des lieux. La rive sud est l'endroit parfait pour s'étendre dans l'herbe douce, précisément ce qu'il rêve de faire avec James. À contrecœur, il relâche sa main et se laisse tomber précisément à l'endroit qu'il préfère, juste après le rocher le plus large, celui qui a un peu la forme d'un champignon. Un regard lui confirme que l'un de ses côtés est toujours recouvert d'une épaisse couche de mousse. Ce sont ces petits détails qui le rassurent toujours quand il rentre au domaine.

Et aujourd'hui son cœur s'allège un peu plus encore en voyant James s'asseoir avec précaution pour ne pas abîmer son costume de lin, les joues encore rosies de leurs exploits. Il est incroyablement beau à la lumière du soleil et Bobby ne peut s'empêcher de jeter des regards vers son bel… ami ? amant ? Il ne sait plus exactement définir ce qu'ils sont l'un pour l'autre désormais…

— Ton manoir est vraiment joli, dit James.

— Merci, répond-il, même si le manoir n'a finalement jamais été le sien. C'est agréable de s'éloigner de la ville, parfois.

— C'est vrai, acquiesce James, le regard perdu sur l'étendue du lac.

— La campagne te manque ?

— Tout le temps, avoue-t-il en croisant son regard un instant, avant de détourner les yeux. J'aimais beaucoup le domaine de mon beau-père.

— Où se trouve-t-il ?

— Près du district de Peak, à Epworth. Il y avait une dizaine d'hectares, et il… ou plutôt je m'étais beaucoup impliqué dans la vie du village, pour gérer les rentes, ce genre de choses.

— Ah ? Tu étais bien jeune pour cela, non ? Que faisait ton beau-père dans ce cas ?

— Eh bien, il aidait à contrecœur quand il n'avait pas le

choix et il buvait... principalement. Cela dit, je n'en faisais pas énormément non plus. J'aidais certains commerçants en ville, je veillais sur les ouvrages de notre bibliothèque publique – ce genre de choses simples. J'aimais beaucoup ça. Je me sentais...

Il finit sur un haussement d'épaules et joue avec ses boutons de manchettes.

— Et tu as passé beaucoup de temps sur le domaine Demeroven ? lui demande-t-il.

James hoche la tête.

— C'est immense. Charmant, mais très grand. La plupart du temps, là-bas, j'arpentais le vaste terrain, ou bien je m'enfermais dans la bibliothèque, à l'écart de ma mère. Elle a refait la moitié du manoir. Personnellement, j'aime beaucoup les goûts de Lady Havenfort, ceux de ma mère en revanche... Enfin. Quant à mon beau-père, il adorait le bureau du défunt vicomte, presque autant que celui de Londres.

— Tu trouveras sans doute plus d'occupations là-bas une fois que la Saison sera terminée.

James hausse les épaules.

— Je ne suis pas certain d'y passer beaucoup de temps. Je ne sais même pas si je vais le garder, en vérité. Mon beau-père parle constamment de rester à plein temps à Londres.

Bobby note la crispation nouvelle de ses épaules.

— Et c'est ce que tu voudrais ?

— Seigneur, non ! s'exclame-t-il sans hésiter, ce qui rassure immédiatement Bobby.

Même s'il n'est bien sûr pas question de discuter de telles perspectives cette semaine... Non, il ne doit pas s'aventurer sur ce terrain dangereux. D'instinct, il saisit la main de James.

— Dans ce cas, ne le fais pas, dit-il simplement.

James a un petit rire sans joie et serre un instant ses doigts.

— Ce devrait être aussi simple que ça, n'est-ce pas ? Mon beau-père veut acheter une autre maison de ville, plus grande, mieux placée. Mais la seule façon de réunir les fonds pour cela serait de vendre le domaine Demeroven.

Bobby sait que cela briserait le cœur de Beth, et quelque chose lui dit que l'effet serait le même sur James…

— Et toi ? C'est quelque chose que tu voudrais faire ?

James secoue la tête.

— Non, non, le domaine est magnifique. Je serais heureux d'y vivre.

— Alors pourquoi ne le fais-tu pas ? demande Bobby.

Il ne veut pas insister, seulement il en vient à se demander si quelqu'un a un jour dit à James qu'il avait le choix. C'est lui qui contrôle le domaine, pas son beau-père. Mais à voir dans quel état il est – tendu, voûté, mal à l'aise… peut-être n'a-t-il jamais eu le moindre choix par le passé.

James baisse les yeux sur leurs mains jointes et Bobby serre doucement ses doigts, provoquant un petit sourire qui creuse une fossette sur sa joue.

— Si j'étais aussi courageux que toi, je pourrais…, souffle-t-il à voix basse.

— Moi, courageux ? répète-t-il, sincèrement surpris.

— Tu es tellement sûr de qui tu es. Depuis toujours. Et tu vois clair… Regarde, tu m'as à peine soutiré cinq phrases et tu as cerné mon problème avec ma famille… et trouvé la solution, parce qu'elle est si simple. Seulement, à chaque fois que je me retrouve face à mon beau-père, je…

— Tu redeviens un petit garçon, complète Bobby. Crois-moi, je connais.

— Oui, soupire James, l'air si fragile que Bobby sent son cœur se serrer.

— J'ai peut-être l'air courageux, mais tu ne m'as jamais vu face à mon père.

Les doigts de James se crispent légèrement autour des siens.

— Mais tu avais l'air tellement sûr de toi quand nous étions à Oxford…

Bobby cligne des paupières.

— Comment… ? Nous ne nous sommes jamais rencontrés. Je me suis creusé la tête, mais j'en suis certain, je me serais souvenu de toi.

— Nous ne nous sommes effectivement jamais rencontrés, confirme James en rougissant. Seulement, je t'ai remarqué.

— Tu m'as remarqué ?

— Oui, euh… en fait, tu me plaisais, avoue James, tandis que la rougeur s'étend de son visage à son cou. J'avais un an de moins que toi et tu n'avais vraiment aucune raison de me voir. J'étais franchement maigrelet jusqu'à l'année dernière.

— Je t'aurais tout de même remarqué ! assure Bobby, mais James lui répond d'un regard dubitatif. Si ! Et nous étions tous maigres à l'école. Moi non plus, je n'avais pas la même carrure qu'aujourd'hui.

— Tu étais beau à l'époque, et aujourd'hui, tu es beau et musclé, dit simplement James.

— Bon, si tu veux, feint-il de se rengorger pour le seul plaisir de faire rire James. Il n'empêche, je t'aurais remarqué si on avait été présenté, et apprécié, et tu m'aurais sans doute plu.

James lève les yeux au ciel.

— Tu avais de bien meilleures options.

Bobby fronce les sourcils. Il ne sait pas bien comment faire pour apaiser la blessure qu'il a infligée malgré lui et qui semble encore profonde. Comment lui dire que, même s'il le trouve merveilleusement séduisant, ce n'est pas son apparence qui l'a d'abord attiré. C'est autre chose…

— Nous sommes des âmes sœurs, déclare-t-il.

— Pardon ?

— Peu importe que tu aies été maigre, boutonneux ou quoi que ce soit d'autre qui te fasse penser que je n'aurais pas posé les yeux sur toi, c'est qui tu es vraiment qui m'a attiré, pas ce à quoi tu ressembles. Tu es… ferme.

Il émet un grondement de protestation quand James lève un sourcil amusé.

— Je veux dire « solide ». Enfin, non, c'est… Écoute, ce n'est pas ton apparence, ni le fait qu'avoir une liaison avec toi soit pratique, d'accord ? Je te trouve brillant, drôle et diablement intelligent, et je me suis toujours beaucoup plus amusé quand tu étais dans les parages, même quand on se disputait sans arrêt. Donc, cesse de te sous-estimer, d'accord ?

Bon, on est loin des mots romantiques que James mérite, surtout après que celui-ci lui a avoué son attirance d'autrefois – information qui a encore un peu plus accentué la chaleur qui semble ne plus vouloir quitter sa poitrine. Il se sent sincèrement honoré que le jeune James ait jeté son dévolu sur lui et que, en dépit de leur début de Saison enlaidie par ce qui s'est passé avec Raverson, il l'apprécie toujours assez pour…

Les lèvres de James caressent les siennes et sa main se pose sur sa joue. Bobby pousse un soupir d'aise et se laisse aller à la volupté langoureuse de son baiser. Quand James s'écarte, Bobby cligne des yeux, pris de vertige.

— Moi aussi, je te trouve intelligent, drôle et beau comme un dieu, dit doucement James. Et je persiste à admirer ton courage.

Bobby secoue la tête.

— C'est nettement plus facile d'être soi-même quand aucune attente ne pèse sur tes épaules. Toi, tu as une lourde responsabilité et tu aurais pu te comporter comme mon père : profiter de tes privilèges sans jamais faire le moindre effort. Au lieu de ça, tu essaies de changer les choses. C'est ça qui est courageux.

James le regarde, le souffle un peu court, les lèvres entrouvertes. Bobby tire gentiment sur leurs mains jointes pour l'inciter à s'allonger dans l'herbe près de lui. Les yeux tournés vers lui, il tente de reprendre son souffle. Tout ce qu'ils viennent de se dire, toute cette honnêteté, c'est à la fois intense et douloureux. Il n'a jamais fait preuve d'une telle sincérité avec aucun de ses amants par le passé.

— J'aimerais pouvoir l'envoyer au diable, vraiment, lâche James d'une voix rauque.

Bobby le regarde se mordre la lèvre.

— Tu n'es pas obligé de tout faire d'un seul coup. Un pas à la fois...

James se tourne à son tour vers lui.

— Vraiment ? Tu penses que je ne peux pas en même temps changer le monde, avoir une liaison secrète et m'opposer à mon beau-père ?

L'ironie de son ton le fait rire.

— Non, deux sur trois, ça me semble déjà très bien, assure-t-il d'un ton faussement sérieux.

— Merci pour les encouragements, répond James.

Son pouce caresse la paume de sa main et la sensation est merveilleuse.

Bobby s'oblige à détourner le regard, sans quoi il risque de se retrouver à califourchon sur lui dans quelques secondes. Malheureusement, l'endroit est un peu trop exposé pour ça. Un jour, peut-être...

S'ils ont plus que cette semaine...

— Que veux-tu ?

La question de James le tire de sa rêverie.

— Comment ça, « que veux-tu » ?

*Toi*, murmure son esprit avant qu'il ait pu contrôler sa pensée. Mais c'est une réponse bien trop abrupte. Ce qu'il y a entre eux, aussi beau et intense que ce soit, est encore fragile.

Néanmoins, il lui faut bien répondre quelque chose.

— Une famille, souffle-t-il.

James se raidit instinctivement, alors Bobby serre gentiment ses doigts.

— Avec quelqu'un que j'aime, ajoute-t-il. Un véritable partenaire.

James lui rend son étreinte.

— Le genre d'amour dont parlait Prince ?

Bobby déglutit, la gorge sèche.

— Oui.

— C'est une jolie idée, dit James.

Bobby sent sa vue s'embuer légèrement et les contours des nuages se flouter, tandis qu'il garde les yeux rivés vers le ciel, les doigts entremêlés aux siens.

— Oui, c'est une belle idée.

# 20

*James*

James resserre la ceinture de sa robe de chambre. Puis il entrouvre la porte de la chambre et jette un œil dans le couloir. Personne…

Il lance un regard par-dessus son épaule. Bobby est endormi, complètement nu. Les draps à la taille, il s'enroule déjà autour de l'oreiller qu'il vient d'abandonner. L'espace d'un instant, James imagine qu'il pourrait simplement retourner au lit près de lui et ne plus se soucier qu'on découvre sa chambre vide au matin.

Mais la peur ne le quitte pas et il sort dans le couloir à regret, referme la porte sans bruit et rejoint sa chambre. Sur le seuil, il s'immobilise et observe la pièce qui est parfaitement en ordre, en comparaison du bazar qu'ils ne cessent de mettre chaque nuit dans celle de Bobby. Ses draps sont à peine froissés, son coffre bien rangé : le personnel doit se féliciter d'accueillir un invité aussi bien élevé. Avec un peu de chance, ils ne sauront jamais que c'est parce qu'il a fait plaisir à leur cher Mr Mason toute la nuit…

Son membre épuisé réagit immédiatement à ce souvenir et James lève les yeux au ciel. Il ne peut pas vivre que pour Bobby et le sexe avec lui.

Son estomac crie famine et James pousse un soupir. Ils sont restés debout toute la nuit et, malgré la faim, il aimerait par-dessus tout retourner se coucher auprès de Bobby. Mais la pendule sonne 9 heures et le ramène à la raison. Bobby peut bien dormir jusqu'au milieu de l'après-midi sans éveiller le moindre soupçon, mais son absence à lui sera suspecte s'il ne descend pas bientôt.

Il va devoir affronter la journée et reprendre sa place dans le monde réel. Le lit de Bobby attendra ce soir.

Après s'être rafraîchi, James arpente les couloirs déserts en s'étirant. Sa nuque est raide, son dos craque et certaines parties de son corps délicieusement tendues après les plaisirs de la nuit.

Mis à part le moment où il doit quitter la chambre de Bobby, son séjour ici est très agréable, et il se découvre étrangement débarrassé de son anxiété habituelle. C'est sans doute à mettre au crédit des nuits fantastiques qui le détendent. Cependant, il n'est pas habitué à se sentir aussi... à sa place.

Au lieu de se poser mille questions sur cette étrangeté, il ferait aussi bien de profiter au mieux de la semaine, d'en tirer tous les plaisirs possibles, avant de revenir à la réalité morne de son existence.

Avec un bâillement, il entre dans la salle à manger, dans laquelle il a la surprise de découvrir Beth encore attablée, une tasse de thé dans une main, un livre dans l'autre.

— Pardon, dit-il quand elle tourne les yeux vers lui.

— De quoi donc ? demande-t-elle en souriant, avant de revenir à son livre.

James fait quelques pas incertains dans la pièce, gêné alors qu'il n'a rien fait de mal. En vérité, il ne s'est jamais senti très à l'aise dans les maisons d'autrui. En fait, il ne l'a même jamais été sous son propre toit.

Il se sert du porridge et une tasse de thé avant de s'asseoir en face de Beth. Soudain privé d'appétit, il regarde son petit déjeuner, indécis. Puis, tout à coup, Beth tourne une page et il comprend la cause de son malaise. Il a des excuses à présenter. Et il tient sans doute la seule occasion qu'il aura de le faire sans public.

James se mord la lèvre. Allons, il doit juste se lancer, être courageux. Il est en train d'apprendre à se battre pour ce qu'il veut, c'est le moment de se mettre à l'épreuve.

— Je suis désolé, commence-t-il.

Il grimace légèrement en entendant sa voix crispée. Beth relève la tête. Cette fois, elle pose son livre sur la table.

— Pardon ?

James serre sa serviette sur ses paumes soudain moites.

— Je dois te présenter mes excuses pour le comportement déplorable de ma famille à ton égard et à celui de ta mère. Je suis sincèrement navré pour la cruauté avec laquelle mon oncle et mon beau-père vous ont traitées.

— Oh...

Beth paraît aussi choquée qu'il l'a été en comprenant de quelle manière son silence et son inaction d'alors ont causé de lourdes peines à Beth et à Lady Havenfort.

— Je veux également présenter mes excuses pour ma propre inaction. Si j'avais posé des questions, pris certaines initiatives... j'aurais pu vous épargner à toutes deux bien des peines et l'humiliation d'être chassées de votre propre maison... même si vous avez fini par trouver un bien meilleur foyer.

Beth le regarde. James espère de toutes ses forces que ses excuses suffiront. Il sait fort bien que son beau-père ne leur versera jamais l'argent qu'il leur doit. Il sent brusquement son corps se raidir. En vérité, ce n'est pas le rôle de son beau-père. C'est lui qui est vicomte désormais, c'est à lui de réparer cette injustice !

— Si je peux faire quoi que ce soit pour réparer ces erreurs, à présent que je détiens le titre et la fortune, je le ferai. En fait, j'aurais dû le faire aussitôt, seulement j'étais lâche, et j'ai cru les paroles de mon beau-père au lieu de venir vous voir, toi et ma tante. J'ai eu tort et je veux me racheter.

— James..., souffle Beth d'une voix douce légèrement rauque.

— J'y tiens vraiment, insiste-t-il, submergé par un sentiment d'urgence et de soulagement tout à la fois.

Il a dit ce qui devait être dit et, à présent, il peut faire ce qui doit être fait.

Face à lui, Beth se lève et il la regarde contourner la table, le cœur battant. Il fait de son mieux pour rester assis bien droit sur sa chaise. Beth lui saisit gentiment le bras et l'incite à se lever, avant de le prendre dans ses bras. James hésite un instant, décontenancé, puis il la serre contre lui, et brusquement il a la sensation qu'un insupportable fardeau disparaît de ses épaules comme par magie.

Beth s'écarte sans lui lâcher les bras. Elle lui sourit, les yeux brillants de larmes.

— Tu ne peux pas savoir ce que cela me fait d'entendre ce qui nous est arrivé reconnu à voix haute, murmure-t-elle.

— Ce n'est rien, je veux faire bien plus, assure-t-il en lui prenant les mains. S'il te plaît, laisse-moi réparer les fautes de ma famille.

Beth secoue la tête.

— Je ne te blâme pas pour ce que ton beau-père, et avant lui, mon père, nous ont fait. Ce n'est pas à toi de porter le poids de cette responsabilité.

— Peut-être, mais c'est à moi de le réparer. Et cela m'a déjà pris bien trop de temps.

— Cette bataille était celle de nos parents et nous ne sommes pas responsables de leurs erreurs. Tout ce que je te demande, c'est que nous fassions mieux qu'eux, répond Beth avec fermeté.

Le calme et l'assurance avec lesquels elle le regarde ont raison de lui.

— Très bien, dit-il.

Beth lui sourit et le serre brièvement dans ses bras, avant de retourner à sa place. Lui reste debout, émerveillé de la voir se rasseoir et boire tranquillement une gorgée de thé. Une intense bouffée de joie, de soulagement et de fierté monte en lui, seulement, ce n'est pas encore assez.

— Tu as tort, tu sais, ajoute-t-il en se rasseyant lentement. Je ne suis peut-être pas responsable, mais je dois tout de même réparer les erreurs de mes prédécesseurs pour redorer le nom des Demeroven. Enfin, je ne veux pas dire que...

Seigneur, une fois de plus, il vient de retomber dans ses vieux schémas et d'insulter de nouveau l'un des prédécesseurs en question, qui se trouve être son père...

— Mon père était un homme mauvais et idiot. Et, soyons parfaitement honnêtes, ton beau-père ne vaut guère mieux, tranche Beth.

James a un petit rire de surprise.

— Je ne vais pas argumenter sur ce point.

— Et je suis d'accord avec toi : ce serait merveilleux que quelque chose de bien vienne de ce titre. Quelque chose...

Elle ne termine pas, ses yeux pensifs rivés sur le plafond.

— Tu as raison. De toute évidence, je partage les idées politiques de Lord Havenfort. Les combattre me semble inconcevable, donc pour commencer, je resterai de ce côté-là de la Chambre.

— Ce sera déjà un grand progrès par rapport à mon père.

James avale une gorgée de thé. Il aimerait ressentir davantage que cette décision est un accomplissement.

— Pour le reste, je sais que je veux mettre le titre au service d'une cause juste, mais je ne sais pas encore laquelle, admet-il.

Beth penche la tête de côté, toujours pensive.

— Quoi que tu décides, je te soutiendrai dans ton choix, et ma mère aussi.

— Je ferai de mon mieux pour rendre notre famille fière, quoi que *nous* décidions de faire. Toi et ma tante ne portez peut-être plus le nom des Demeroven, mais vous ferez toujours partie de cette famille, et ce titre vous revient, à vous aussi.

Beth prend une inspiration heurtée, les yeux brillants de larmes.

— Alors, nous tracerons notre propre chemin ?

— Ensemble, déclare James, et il sent un profond contentement s'installer au fond de lui.

— Nous rêverons plus loin que nos parents l'ont fait, conclut Beth.

— Trinquons à ça ! dit James en levant sa tasse de thé.

Tout sourire, ils trinquent et avalent chacun une gorgée, puis Beth, sans se départir de son sourire, retourne à sa lecture. Satisfait, James sent de nouveau la faim lui tirailler le ventre et il profite enfin de son petit déjeuner.

# 21

*Bobby*

— Tout le lustre est tombé, déclare Lady Harrington.

Ils la regardent tous, réunis autour de la petite table du salon. Beth, Gwen et Meredith forment une équipe, Albie et Lady Harrington une autre, et enfin Bobby et James la troisième. Ils s'affrontent dans une partie de whist qui est devenue très compétitive tout en discutant avec animation.

— Quelqu'un a été blessé ? s'alarme Beth, tandis que Lady Harrington s'empare du trick.

— Non, mais le père de Mr Pinches a dû payer pour le lustre et pour les robes d'au moins sept dames, parce qu'il a atterri au milieu d'une table et que du vin a éclaboussé tout autour. Ton père n'a plus été reçu pendant deux semaines après ça, dit-elle à Meredith.

— Si je me souviens bien, il a obtenu sa revanche en convainquant cinq camarades d'école de se faufiler dans la maison, d'enlever Mr Pinches dans son sommeil pour l'installer sur une barque qu'ils ont abandonnée au milieu du lac dans le parc, explique Meredith en jouant un as pour emporter le pli.

— Et Mr Pinches est resté endormi tout le temps ? questionne Bobby.

— Eh bien, il est possible que Lord Harrington ait soudoyé

un valet pour le faire boire, déclare Lady Harrington avec un haussement d'épaules innocent. Honnêtement, je me demande encore comment nous avons réussi à nous marier.

— Il a fallu encore toute une Saison à père pour prouver à grand-père qu'il était digne de sa fille, après cela.

— Heureusement qu'ils étaient tous un peu plus âgés que mon père, sans quoi ç'aurait été le chaos absolu, déclare Gwen qui se débarrasse intentionnellement de ses petits cœurs.

— Absolument, renchérit Beth.

— Et on sait que ta mère aurait participé, en plus !

— Lady Havenfort n'irait jamais aussi loin, intervient James, s'attirant six regards incrédules. N'est-ce pas ?

— Demeroven, il faut comprendre que ta tante a le talent stratège de Gwen, l'esprit calculateur de Beth et l'impulsion folle d'oncle Dashiell.

— Oh ! Seigneur, souffle James avant de poser un dix de cœur tout en jetant un coup d'œil vers lui.

Bobby y répond en effleurant discrètement sa jambe sous la table. Puis il pose un roi, mais évidemment Albie a l'as et remporte le trick. Quelle honte de continuer à perdre alors qu'ils trichent… Bobby se laisse aller contre son dossier, admettant la défaite.

— Lady Harrington, y a-t-il une seule frasque que vous et votre mari n'ayez pas commise durant votre première Saison ?

— Des frasques, très cher ?

Devant son sourire sardonique, il se trouble et rougit malgré lui.

— Je veux dire, des tours…

— Oh ! mais je n'ai jamais joué le moindre tour de ma vie, proteste-t-elle.

— Non bien sûr. C'est toi qui donnais toutes les idées à père.

Gwen et Beth gloussent et Lady Harrington prend une gorgée de vin, impériale.

— Peut-être…

Bobby se redresse d'un seul coup en sentant le pied de James remonter le long de sa cheville.

— Dernier jeu, annonce Albie en distribuant les cartes. Bobby et James, vous allez devoir emporter tous les tricks si vous espérez nous rattraper. Et vous trois, vous ne jouez que pour la beauté du geste, annonce-t-il aux trois filles.

— Ou bien pour vous assurer que ton équipe ne remporte aucun trick, réplique Meredith.

Albie feint d'adresser un regard de défi à sa femme et échoue lamentablement. Il est tout simplement bien trop amoureux d'elle et Bobby devine autre chose encore dans son regard. Mais il ne parvient pas à saisir l'émotion exacte, sans doute à cause du pied de James qui atteint la peau sensible à l'intérieur de sa cheville.

Il a besoin de se concentrer. D'un petit coup de pied, il écarte la jambe de James avec un haussement de sourcils appuyé. James se redresse aussitôt et Albie les regarde tour à tour, mais Bobby lui adresse un sourire innocent.

Avec un petit mouvement de tête, son frère retourne une carte et annonce l'atout.

— Carreaux, mesdames, messieurs.

James tapote de sa main gauche sur la table et Bobby se mordille la joue. Cette partie s'annonce mieux. Ils ont même une bonne chance de gagner cette main.

Hélas, malgré leur tricherie discrète et les efforts de Gwen, Beth et Meredith pour intervenir en leur faveur, Albie et Lady Harrington l'emportent finalement d'une bonne trentaine de points.

— Eh bien ! C'était... humiliant, résume Bobby en jetant ses dernières cartes vers James qui les réunit.

— Mesdames et demoiselles, escortez-moi à l'étage, je vous prie, déclare Lady Harrington en laissant Gwen l'aider à rejoindre le hall. Messieurs, ne veillez pas trop tard.

Les trois jeunes femmes la suivent, et Meredith quitte la

pièce avec un sourire vers Albie qui le lui rend avant de marcher jusqu'au manteau de la cheminée. Il prend dans une boîte un cigare auquel Bobby sait qu'il ne touchera pas.

James les regarde l'un et l'autre en terminant de ranger le paquet de cartes.

— Je suis vraiment fatigué, annonce-t-il dans un bâillement un peu théâtral. Je vous souhaite une bonne nuit.

Il se lève et donne une tape sur l'épaule de Bobby avec un petit geste de la tête vers Albie. Celui-ci garde les yeux rivés sur le cigare, les sourcils froncés. Bobby serre brièvement la main de James et le laisse partir. Son frère d'abord… le reste ensuite.

Il s'assoit dans un fauteuil et patiente. Habituellement, Albie est efficace quand on le laisse un peu réfléchir. Il a seulement besoin d'une minute, ensuite, il parlera.

Seulement, après cinq minutes, Bobby commence à s'inquiéter. Albie reste là, debout, à tourner le cigare entre ses doigts sans un mot. Il se lève pour s'approcher doucement.

— Tu veux qu'on aille sur la terrasse ? propose-t-il.

— Oh ! pardon, j'étais… dans mes pensées. Tu peux aller au lit, j'ai du travail.

Bobby lui retire le cigare des doigts et pose une main sur son bras.

— Accompagne-moi plutôt dehors pendant que je le fume, tu veux ? Mets un peu d'air frais dans tes poumons, ensuite, tu pourras te tuer à la tâche.

Albie s'apprête à protester, mais Bobby l'entraîne avec fermeté. La force est à peu près l'unique avantage de sa nouvelle stature. Son frère vient de passer tout l'hiver dans son bureau, tandis que lui était constamment dehors, à courir, chevaucher ou escrimer. Ils se cachaient sans doute autant l'un que l'autre.

Mais le résultat de ces mois d'exercices, c'est qu'il peut à présent traîner son frère n'importe où. Il referme doucement la porte du patio derrière eux et guide Albie jusqu'à la rambarde de pierre d'où ils peuvent admirer les jardins et le lac en contrebas. Autrefois, ils venaient souvent s'asseoir ici pour fumer en cachette un cigare dérobé à leur père qui les faisait tousser et cracher. C'était beaucoup moins amusant quand ils se faisaient prendre, mais au moins ils recevaient une correction ensemble, tous les deux contre le reste du monde.

Cela fait bien longtemps qu'il n'a plus ressenti cette communion entre eux. Albie toujours enfermé, lui errant sans but au-dehors… ils n'ont plus été ensemble depuis des mois, mis à part quelques trajets en calèche.

— Assieds-toi, dit-il à Albie en l'entraînant dos à la rambarde, comme quand ils étaient enfants.

La tête appuyée contre le muret, les jambes étendues devant lui, Albie semble complètement épuisé :

— Tu ne comptes pas vraiment l'allumer, n'est-ce pas ?

— Non, admet Bobby en rangeant le cigare dans sa poche. J'ai simplement pensé qu'on pourrait prendre un peu l'air.

— Oui, ça fait du bien. Le grand air a fait du bien à Meredith aussi, ajoute Albie en tournant les yeux vers le salon.

— Oui, elle semble aller bien et être très heureuse de te voir.

Un bref sourire éclaire le visage de son frère, avant que le froncement de sourcils désormais familier ne reparaisse. Il se contente d'un hochement de tête.

— Ce serait bien de l'avoir avec nous à Londres, sa présence illuminerait vraiment la maison.

Albie acquiesce, mais son expression s'assombrit un peu plus et son poing se serre contre sa cuisse.

— Albie, elle va bien. Les médecins l'ont confirmé. Tu peux arrêter de t'inquiéter.

Albie tourne brusquement la tête vers lui et son regard assassin pourrait rivaliser avec celui de leur défunt père. Allons, il s'agit de son frère, pas de son père. Pour autant, Bobby sent ses cheveux se dresser sur sa nuque.

— Arrêter de m'inquiéter ? Et si elle attrape le choléra ? Ou une mauvaise toux ? Ou si un voyage trop mouvementé la mettait en travail trop tôt ? Et si on la bouscule dans la rue ? Je pourrais peut-être arrêter de m'inquiéter si le monde n'était pas... si elle n'était pas...

Il s'interrompt brusquement, à bout de souffle. Bobby s'approche aussitôt de lui, toute peur oubliée. Il ne ressent plus qu'une immense tristesse quand Albie se met à pleurer en silence, la tête enfouie dans les mains. Bobby ne peut rien faire sinon passer un bras autour des épaules de son grand frère pour tenter de contenir sa terreur et son chagrin. C'est comme quand ils étaient enfants, mais leurs rôles sont inversés.

— Meredith est forte, Albie, murmure-t-il. Et nous prendrons soin d'elle. Lady Harrington sera tout près, elle aussi, ainsi que Cordelia, et Beth, Gwen... Même Lady Ashmond pourrait venir l'aider et amener avec elle les meilleurs médecins. Elle serait entre les meilleures mains qui soient.

— Certaines meurent quand même, dit Albie en relevant son visage trempé de larmes pour croiser le regard de Bobby.

Il a l'air tellement jeune et vulnérable ! Soudain, Bobby comprend son erreur : il s'est répété qu'Albie avait tout sous contrôle : le titre, le domaine, le Parlement, son mariage... Alors qu'en vérité peut-être s'enfonçait-il un peu plus chaque jour sous la pression, tandis que Bobby s'écroulait de son côté. Ils n'ont juste pas pris la peine d'en discuter ensemble.

— Tu as lu trop d'études. Meredith ira bien. Comme Cordelia. Tu vas avoir un petit bébé tout à toi, plus mignon encore que Frederic, et la barre est haute, répond Bobby alors qu'Albie étouffe un petit rire. Tu verras, tout ira bien.

Son frère pousse un lourd soupir, mais ses sanglots s'apaisent. En vérité, il ne sait pas si tout ira bien, seulement il ne peut imaginer l'inverse pendant encore les quatre mois de grossesse qui restent à Meredith. L'angoisse aurait raison de lui.

— J'ai l'impression de marcher dans les chaussures de père, souffle Albie en essuyant son visage à l'aide de son mouchoir. Tu te rappelles, quand on les enfilait pour courir avec, alors qu'elles étaient deux fois trop grandes ?

Bobby sourit à ce souvenir.

— Oui, je me souviens. C'était toujours toi qui gagnais.

— J'avais de plus grands pieds.

— Et maintenant ?

— Le Parlement, les finances du domaine, Meredith... De nouveau, j'ai l'impression que les chaussures sont bien trop grandes pour moi. Tout ce dont j'ai envie, c'est de taper fort dans quelque chose, Bobby, constamment.

— Moi ? Si ça peut aider...

Albie a un rire bref.

— Oncle Dashiell était terrifié pendant que Cordelia attendait le petit, néanmoins, il parvenait à tout gérer et avec une telle facilité... Alors que moi, je veux tout jeter par la fenêtre dès que je me retrouve seul, au calme.

— S'il faut choisir entre frapper le mur et jeter l'une des estampes hideuses de père par la fenêtre, le choix est vite fait, commente Bobby, ce qui lui vaut un regard exaspéré. Les deux sont toujours mieux que de frapper des gens.

— Je suppose, marmonne Albie. C'est seulement... je ne sais pas si je peux réussir à tout faire et être... bon à ce que je fais.

Avancer séparément n'a fait qu'accroître leur colère et leur ressentiment. Albie seul avec les charges du titre, Bobby dans le monde, chargé de la réputation de la famille... Cette répartition ne leur a nullement réussi.

— Laisse-moi t'aider, alors, suggère Bobby.

— Je ne peux pas me décharger de mes responsabilités sur toi, rétorque Albie en évitant son regard.

— Tu ne le fais pas, puisque c'est moi qui te le propose, assure-t-il avec un petit coup d'épaule. Je ne suis pas bien préparé pour ce genre de choses, mais je suis certain que je peux être plus utile qu'en me rendant à tous les thés mondains. Je peux faire des recherches, me rendre à des réunions et continuer à assister aux événements de la Saison. Inutile de t'ériger en martyr, simplement parce que le titre est tombé sur toi.

— Bobby, gronde Albie.

— Je vais demander à oncle Dashiell de me donner des leçons de lord. James en aurait bien besoin, lui aussi. Et tant qu'on y est, Beth et Gwen ne seraient pas de trop. Je suis certain qu'il approuvera.

— Tu comptes me prendre le titre, en fait ? C'est un coup d'État, s'amuse Albie.

— Seigneur, non !

— Il n'est pas utile que nous souffrions tous les deux…, proteste encore Albie.

— Nous souffrirons moins si nous affrontons tout cela ensemble, plutôt que séparément. Peut-être qu'ainsi la montagne qu'il faut gravir ne sera même plus si haute, ce sera peut-être même amusant, qui sait ? Et puis, Meredith et toi pourriez vous accorder un peu de temps ensemble. En fait, si Meredith est avec nous, la partie sociale de la tâche sera simplifiée. Nous pourrons recevoir à la maison. Rappelle-toi ce que tu as dit quand père est mort : nous trois, nous sommes une équipe.

— C'est vrai que je l'ai dit, admet Albie.

Ses yeux sont encore rouges, mais son regard hanté s'est apaisé, ce qui est déjà une petite victoire.

— Donc, on est une équipe de… six, en fait. Gwen et Beth peuvent aider Meredith, et James peut travailler avec nous.

— Donc, c'est James, maintenant ? demande Albie.

Bobby hausse les épaules et ils se relèvent tous deux. L'endroit n'est pas aussi confortable à vingt ans qu'à sept, mais le patio a bien servi, une fois de plus. Il y a toujours cette magie fraternelle tapie quelque part dans cette rambarde.

— Il n'est pas si mal, dit Bobby d'un ton détaché, avant de faire signe à son frère de le précéder au salon.

La maison est plongée dans le silence et cette tranquillité s'étend jusqu'à lui. Il se sent apaisé à l'idée qu'ils ont établi un véritable plan pour avancer, avec toute leur étrange famille pour les accompagner.

— À propos, vous devriez peut-être essayer d'être un peu plus calmes cette nuit, suggère Albie quand ils parviennent à l'étage.

— Quoi ? Je n'ai... je ne sais pas de quoi tu parles ! s'exclame Bobby sous le regard moqueur de son frère.

— Eh bien, hier soir, je suis descendu parce que je n'arrivais pas à dormir et j'ai entendu certains bruits. Tu ne voudrais pas que tout le personnel soit au courant, j'imagine ? Donc, un peu moins de bruit, mais je suis content pour vous.

Bobby reste pétrifié sur place, les yeux écarquillés.

— Comment as-tu... ? Depuis quand... ?

Un sourire amusé aux lèvres, Albie lui lance un clin d'œil avant de rejoindre sa chambre. Bobby reste immobile, estomaqué. Bien sûr, Albie a vite compris pour Beth et Gwen, mais il n'en a jamais parlé avec lui ! Pas de questions, pas de discussions, c'est ainsi qu'ils ont grandi avec leur père, et ils n'ont jamais abordé le sujet depuis...

Est-ce que James et lui ont vraiment fait preuve d'indiscrétion, ou bien est-ce simplement qu'Albie a une sorte d'instinct pour reconnaître les relations qui... s'éloignent de la norme ?

— Au fait, lance son frère depuis le palier du dessus, c'est à moi que tu as fait du pied, tout à l'heure.

Bobby sursaute et émet un grognement horrifié en se prenant la tête dans les mains quand la porte d'Albie se referme. Il vacille jusqu'à sa chambre, puis change d'avis et rejoint celle de James sans même frapper. Celui-ci lève la tête de son livre, surpris. Il porte les lunettes de lecture les plus adorables que Bobby ait jamais vues. Seulement, il n'a plus de mots pour le lui dire.

Après un regard égaré, il repart vers sa chambre et se jette sur son lit, absolument mortifié. Comme il n'entend pas James le suivre, il se redresse et observe par la porte qu'il a laissée entrouverte la prudente incursion de James dans le couloir. Il regarde à gauche, à droite, puis rejoint sa chambre à pas vifs et ferme sa porte sans bruit.

Si Bobby ne se sentait pas aussi horrifié, il ferait sans doute une plaisanterie moqueuse sur l'extrême prudence de James. En l'occurrence, il est simplement soulagé qu'ils soient enfin réunis dans cette situation désastreuse. Avec un soupir, il se laisse tomber en arrière sur le lit, un bras sur les yeux. Il sent James s'asseoir près de lui et tente de rassembler ses esprits pour s'expliquer.

— Que s'est-il passé ?

— J'ai fait du pied à mon frère, avoue Bobby en baissant son bras pour le regarder.

James pâlit brusquement.

— Seigneur... Est-ce qu'il... ?

— ... sait pour nous ? Il nous a entendus la nuit dernière, gémit Bobby.

Cette fois, James est livide, tendu à l'extrême, et Bobby grimace. Il voulait prendre les choses à la plaisanterie, pas le faire complètement paniquer.

— Hé, dit-il doucement en se redressant pour caresser sa joue. Albie est heureux pour nous.

L'émotion qu'il perçoit dans sa propre voix le prend de court. James croise son regard, affolé.

— Vraiment heureux, répète-t-il. Il ne dira rien. Tu sais qu'il garde les secrets. Regarde, tu ne savais pas pour Gwen et Beth jusqu'à notre arrivée ici, alors que tu aurais pu le deviner plus facilement que beaucoup d'autres...

James a un petit rire et son corps se détend légèrement.

— Je suppose...

— Ne t'inquiète pas, Albie est de notre côté, insiste Bobby en posant un baiser sur ses lèvres.

D'abord, James reste tendu, puis, peu à peu, il se laisse aller sous son baiser. Bobby l'allonge doucement sur le lit. Il a déjà enfilé une tenue de nuit, ainsi que sa robe de chambre de soie bleue diablement tentante.

— Si tu en es certain..., souffle-t-il.

Bobby lui sourit. Une chaleur douce se répand dans toute sa poitrine. Il est certain...

— Il va juste falloir que tu sois moins bruyant ce soir, murmure-t-il avant de prendre sa bouche tout en glissant une main sous la robe de chambre.

James réplique d'un claquement de langue.

— Ce n'est pas moi le problème, Bobby.

— Qui ? moi ? s'exclame-t-il. Je suis bruyant ?

— Terriblement, confirme James, dont le regard se fait soudain prédateur.

Déjà, il se débarrasse des boutons de sa chemise sans douceur.

— Eh bien, c'est ta faute, affirme Bobby, le souffle court, tandis qu'il ondule contre les cuisses de James.

Celui-ci s'attaque à présent à son pantalon.

— Ma faute ?

— Ce que tu fais avec ta langue est absolument incompréhensible, insiste Bobby en riant devant le sourire de satisfaction de James.

— Donc, tu veux que je ne le fasse plus pour que tu sois plus discret, c'est bien ça ? demande-t-il en lui passant sa chemise par-dessus la tête.

Bobby pousse un soupir de volupté quand les lèvres de James se posent sur la peau exposée de sa gorge.

— Certainement pas, gronde-t-il. Je t'interdis d'arrêter.

Le rire de James roule comme une vague dans tout son corps. Sa main se pose sur son ventre, glisse doucement et, cette fois,

Bobby décide de tout oublier. Rien n'a d'importance, sinon cette bouche, ces mains, ce corps merveilleux…

Peu importent les grossesses dangereuses, les finances fragiles, le Parlement et les charges trop lourdes qu'ils doivent tous endosser si jeunes. Ce soir, il se contente de gémir sous la caresse de la langue de James, sous ses doigts qui le font se tendre de plaisir, et il oublie tout le reste.

# 22

*James*

— Tu as l'impression qu'elles en ont après nous ? murmure Bobby vers James.

Depuis leur partie du court de badminton, James regarde Beth et Gwen installées sur une couverture dans l'herbe, occupées à glousser en sirotant leurs boissons. Elles prennent un petit moment de repos avant de revenir les décimer pour la troisième fois. Pourtant, Bobby et lui forment une équipe correcte, seulement, comme il fait très chaud, ils ont roulé leurs manches et la vue des muscles de Bobby est pour le moins distrayante.

— Comment tu le sais ? chuchote-t-il en retour.

Il essuie la sueur sur son front, puis tourne les yeux vers Bobby qui le regarde avec un désir non masqué. Toute pensée de Beth et Gwen s'efface sous l'afflux d'une brusque chaleur. Seigneur, ils sont pathétiques...

— Elles changent de place avec nous à chaque nouveau jeu, elles nous forcent presque à nous agenouiller pour rattraper leur volant...

La façon dont il insiste sur le « agenouiller » fait immédiatement durcir James.

— Oh ! tu prétends les blâmer pour ça ? Ce n'est pas parce que tu as laissé passer le service de Gwen que tu dois à toute force agiter ton charmant petit cul devant moi à chaque fois que tu te penches pour récupérer le volant.

Bobby s'approche, le regard plein de défi. Mais, même s'il brûle de l'étendre immédiatement dans l'herbe, James ne peut oublier la présence des filles non loin. D'ailleurs, elles reviennent déjà, alors il toussote et s'écarte.

Peut-être qu'ils ont précisément besoin d'un peu de distance pour reprendre le contrôle, d'autant que Beth et Gwen semblent très tactiles elles aussi. Et puis, Lady Harrington ne doit pas être bien loin, alors ils feraient mieux de rester tous discrets.

— Et si on changeait les équipes ? suggère James. Pour nous donner à l'un et l'autre au moins une opportunité de gagner…

Bobby pousse un grognement, alors que les filles réfléchissent à la proposition.

— On sait déjà que je vais encore perdre, soupire Bobby. Je suis clairement le point faible.

— Dans ce cas, je peux au moins remporter une partie, déclare James sans aucune pitié. Alors, mesdemoiselles ? Laquelle d'entre vous se sacrifiera pour perdre au côté de ce pauvre Bobby ?

Gwen ricane et Beth la réprimande d'un petit coup de coude, puis elle sourit à Bobby.

— Nous allons les battre, lui promet-elle. Toi, va dans l'équipe des méchants avec James, dit-elle à Gwen.

— Quels méchants ? se défend le vicomte, heureux de s'être débarrassé de toute susceptibilité en leur compagnie. Nous sommes seulement pragmatiques.

Beth et Gwen l'ont accueilli avec leur simplicité et leur joie de vivre naturelles ces derniers jours et il s'est laissé porter. Embrasser Bobby, jouer aux cartes avec les filles, se prélasser au soleil, flirter entre une partie de croquet et une de bowling… Voilà le programme de ses journées, sans parler de celui de ses nuits – la vie à Mason Manor est un enchantement et il aimerait que ce bonheur dure éternellement.

— Prêt à les écraser ? lance Gwen en tapant sa raquette sur sa main d'un air combatif.

— Absolument, confirme-t-il.

En vérité, il ne s'attendait pas à apprécier autant la personnalité de la jeune femme. Mais Gwen est une jeune femme à la volonté de fer, à l'esprit brillant et incroyablement rapide, et elle est d'une drôlerie décapante. Nul besoin de faire semblant de l'apprécier, il s'amuse beaucoup en sa compagnie.

Leur victoire écrasante 15-2 est même un moment délectable.

— Prenez ça ! hurle Gwen en sautant triomphalement sur place, tandis que Beth et Bobby s'appuient l'un sur l'autre, à bout de souffle.

— Nous sommes vainqueurs ! annonce James.

— Quelle tragédie qu'ils soient aussi mauvais gagnants l'un que l'autre, entend-il Beth marmonner.

Le rire sonore de Bobby le fait aussitôt sourire, victoire mesquine ou pas…

— On mérite quelques douceurs pour célébrer notre triomphe, déclare Gwen en lui prenant sa raquette des mains pour jeter les leurs près du filet.

À sa façon brusque, elle lui prend le bras et l'entraîne vers le patio où Mr Tilty vient juste de servir une superbe table pour le déjeuner.

— Tu es une excellente partenaire, lui dit James.

Sans aucune modestie, elle lui tapote la main.

— Je sais, oui.

James rit et tourne les yeux vers elle. Gwen regarde en arrière vers Beth et Bobby.

— Je suis heureuse que tu sois là, dit-elle en revenant à lui.

— Moi aussi. C'est gentil à vous tous de m'inviter, vraiment.

— Et j'apprécie également que tu aies pris le temps de présenter des excuses à Beth, dit-elle à sa manière directe.

James réprime son malaise pour admettre sincèrement :

— Il fallait que quelqu'un le fasse. Elle méritait au moins cela. J'aurais voulu faire plus, si elle m'avait laissé faire…

Devant le sourire de Gwen, James sent un nouveau poids se retirer de ses épaules.

— J'étais là pour elle, mais merci.

— J'aurais voulu que cela se passe autrement, néanmoins je suis heureux pour elle et ma tante que toi et ton père aient été leur lueur d'espoir après l'année d'horreur qu'elles ont dû traverser. Vous les rendez très heureuses, toutes les deux.

— On fait de notre mieux, admet Gwen presque timidement, ce qui est surprenant venant d'elle, d'ordinaire pleine de fierté. Bobby et toi formez aussi une bonne équipe, même s'il est très mauvais au badminton.

Elle relâche son bras pour s'installer à la longue table parée d'une nappe blanche, tandis que James reste figé sur place. Est-ce qu'elles savent pour Bobby et lui ? Ou bien est-ce que tout le monde est simplement heureux qu'ils ne se sautent plus à la gorge à tout moment ? Plus important encore : est-ce qu'il a à ce point changé que la perspective d'être découvert ne le remplit plus de terreur ? Ou bien se sent-il tellement à l'aise ici qu'il ne craint plus rien ? Après tout, tout le monde, mis à part Lady Harrington, sait pour Beth et Gwen… Pourquoi se soucieraient-ils plus de lui et Bobby ?

Jamais il n'aurait pu imaginer qu'être découvert ne provoque pas en lui une panique insoutenable, pourtant, il est à peine anxieux quand il prend un siège en face de Gwen. Albert et Meredith les rejoignent depuis le solarium et, bientôt, Bobby et Beth sont là aussi. Bobby se laisse théâtralement tomber sur sa chaise, faignant l'épuisement après le cuisant échec que sa fierté vient d'essuyer.

— Vous allez devoir vous rattraper d'une manière ou d'une autre, tous les deux, lance-t-il à l'adresse de Gwen, tandis que son pied cherche celui de James sous la table.

— Tu vas survivre, assure Gwen avec un regard complice à James.

— Tiens, prends le plus gros sandwich, suggère James en lui tendant le plateau. Quoi ? Je suis trop influençable ? demande-t-il quand Gwen lève les yeux au ciel.

Elle lui répond d'un claquement de langue et Meredith rit.

— Penses-tu qu'on pourra te laisser la garde de celui-ci quand il aura trois ans et sera intenable ? demande-t-elle en caressant son ventre rond.

James lève les yeux, surpris. Il voit Beth et Gwen échanger un discret baiser plein de confiture, il regarde Albert caresser le ventre de sa femme, il observe Bobby rire à une plaisanterie de son frère…

— Euh, eh bien, avec un véritable enfant, j'essaierai pour de bon de faire preuve de cohérence, répond-il en rougissant.

Il se sent bien parmi eux, protégé, apprécié, et cette sensation est merveilleuse.

Lady Harrington sort à son tour du solarium et les salue théâtralement, alors qu'ils s'excusent en chœur d'avoir commencé sans elle. Elle s'installe avec une grâce impériale et entraîne aussitôt Beth et Gwen dans une discussion animée sur les robes les plus marquantes de la Saison.

— Quelle personnalité, souffle Bobby en se penchant légèrement pour prendre un biscuit, si bien que leurs épaules se touchent un instant.

— Elle est merveilleuse, répond James.

— Oh ! absolument ! Mais c'est moi que tu accuses d'être trop théâtral ?

James croise son regard.

— Je te décris de plein d'autres façons… Théâtral est simplement l'un de tes traits les plus remarquables.

— J'aurais besoin d'une liste des autres termes, alors, dit Bobby d'une voix basse, envoûtante.

James s'oblige à prendre calmement une gorgée de thé. Quand il relève les yeux, il découvre Lady Harrington en train de lui sourire. Il lui rend son sourire, mais son estomac se noue légèrement. Allons, du calme, rien n'a changé. Lady Harrington est une compagnie adorable et il apprécie leurs parties de cartes. Pourquoi son arrivée devrait-elle le tirer de la joie confortable dans laquelle il a baigné toute la journée ?

— Nous allons devoir envoyer une seconde voiture pour transporter toutes tes affaires, entend-il Albert affirmer.

— Mère pourra les prendre avec elle. Je crois qu'elle aimerait rester un ou deux jours de plus ici, répond Meredith.

Il se détourne pour se concentrer sur la conversation à laquelle Bobby se joint. Cependant, son malaise s'agrippe un peu plus à son ventre.

— Tu pourrais rester avec elle, dans ce cas, suggère Albert d'un ton hésitant.

— Il est hors de question que je sacrifie un trajet avec Beth et Gwen, proteste Meredith avec indignation. Tu n'as qu'à le faire, toi.

— James et moi devons être au Parlement lundi, sans quoi je l'aurais fait, répond Albert d'une voix apaisante. Je veux que le voyage soit aussi confortable que possible pour toi, donc si tu veux être serrée entre Gwen et Beth, c'est ton droit.

— Tout à fait ! D'autant que nous n'aurons pas besoin de porter de crinoline pour le voyage, donc ce sera plus confortable, intervient Beth, avant de revenir à son échange avec Gwen et Lady Harrington.

James repose le sandwich qu'il entamait avec appétit encore une minute plus tôt. La sensation dans son ventre se répand tel un poison dans tout son corps. Il a l'impression que sa poitrine est prise dans un étau. Il sait bien, pourtant, qu'ils doivent repartir pour Londres dans deux jours. Mais, jusqu'à cet instant, il a merveilleusement réussi à se distraire de cette pensée.

Ce problème ne le concernait pas lui, mais celui qu'il était avant, le pauvre type terrifié par son beau-père, qui ne ressentait jamais ni bonheur ni apaisement. Et il a tenté de se convaincre qu'il n'était plus le même. Seulement, la panique qui lui serre le cœur, l'agitation qui tend ses jambes et la peur qui lui noue la gorge sont autant de preuves que sa métamorphose est très loin d'être achevée.

La terreur qui l'envahit à l'idée que son beau-père découvre son introversion est toujours la même. Il a toujours peur du *Ton*, peur de ce qui se passera s'ils continuent ce qu'ils ont commencé – le sexe, le bonheur et tous ces sentiments qu'il n'est pas prêt à nommer. De toute façon, ils devront tous se séparer à la fin de la Saison.

Le pire qui pourrait lui arriver serait de tomber désespérément amoureux de Bobby et de devoir, dans quelques années, leur briser à tous les deux le cœur, lorsqu'il devra accomplir son devoir en tant que Demeroven.

Le rire de Lady Harrington lui parvient de très loin. Il ne réussit plus à bouger, à réagir. Il a envie de secouer brutalement cette gangue de malheur, il veut conserver la joie qu'il a découverte parmi ces gens merveilleux un jour de plus ! Hélas, l'anxiété trop familière gronde dans son ventre. Il se lève brusquement et lance sans s'adresser à personne en particulier :

— Je vais me promener. Je vous verrai au dîner.

Il ne croise aucun regard et s'éloigne aussi calmement que possible du patio pour rejoindre la pelouse du jardin. Avec un peu de chance, il atteindra le labyrinthe et trouvera un coin calme avant de s'effondrer, loin des regards.

Il est presque à l'entrée du labyrinthe lorsqu'il perçoit des pas derrière lui. Seigneur. Il ne sait pas comment affronter Bobby pour l'heure. Comment lui expliquer tout ce qui tourne dans sa tête au point de lui donner le vertige ?

— Tout va bien ? s'inquiète Bobby en prenant gentiment son coude.

James s'oblige à acquiescer et poursuit son chemin à l'intérieur du labyrinthe végétal. Bobby le suit sans insister. Après tout, il l'a déjà vu dans ce même état de nerfs, même si cela ne s'est plus produit depuis qu'ils ont commencé… ce qu'ils ont commencé.

Et puis, même s'il aimerait que Bobby ne soit pas concerné, de fait, il l'est. Ils ont de toute évidence des sentiments l'un pour l'autre, alors il n'a d'autre choix que de… L'anxiété l'empêche de réfléchir calmement, il ne sait plus…

— James, tu veux bien ralentir, demande Bobby en l'obligeant à s'arrêter. Qu'est-ce qui ne va pas ?

Le jeune homme baisse les yeux sur ses pieds et s'efforce d'inspirer profondément. Il doit trouver les mots pour rassurer Bobby.

— Est-ce que Gwen a dit quelque chose pour te mettre dans cet état ?

— Pardon ? Non, non pas du tout !

Sous le coup de la surprise, il commet l'erreur de lever les yeux sur lui. Mais Bobby est irrésistible avec son regard inquiet et James sent une douleur insoutenable lui ravager la poitrine.

— Alors, qu'est-ce qui s'est passé ?

— Rien du tout, j'ai juste eu un peu chaud à cause du soleil, sans doute, prétexte-t-il.

Bobby lève un sourcil dubitatif.

— Vraiment ? Tu as besoin d'une petite sieste, alors ?

James a un bref rire étranglé.

— Parle-moi, demande Bobby. Que se passe-t-il, vraiment ?

— Je… c'est juste…

La main de Bobby caresse tendrement son bras et il ne parvient pas à formuler une phrase maîtrisée.

— Comment peux-tu supporter tout cela ? s'exclame-t-il brusquement.

La main de Bobby s'immobilise et il cligne des paupières.

— Supporter quoi ?

James peut voir son esprit tourner à plein régime, il n'aura pas d'autres occasions d'exprimer clairement ce qu'il ressent.

— C'est comme... comme si j'avais la poitrine écrasée sous des pierres, tu comprends ?

Bobby penche la tête.

— Non.

— J'ai... Être ici est merveilleux. Tu es merveilleux. Et j'ai essayé, vraiment, d'être comme toi – de vivre le moment présent, sans m'inquiéter de l'avenir et des conséquences.

James entend ses propres mots comme s'ils ne venaient pas de lui. Il assiste impuissant à leur effet : le visage de Bobby s'assombrit, sa main glisse de son bras. Il ne bouge pas, mais James sent douloureusement la distance qui s'est brusquement instaurée.

— C'est ce que je fais, selon toi ? Me moquer des conséquences ? C'est ce que tu penses toujours de moi ?

— Non ! Ce n'est pas... je me suis mal exprimé...

— De toute évidence, répond Bobby sans chaleur ni humour.

— Je veux seulement dire... Je ne sais pas comment je peux – comment nous pouvons – simplement retourner à Londres et affronter tout le monde après ce que nous avons fait, comment nous...

— « Ce que nous avons fait » ? répète Bobby. Parce que c'est un vilain secret pour toi ? Quelque chose de mauvais et détestable ?

— Non ! proteste James.

La peur pulse violemment dans tout son corps. Il est en train de tout ruiner. Sa bouche va trop vite, les mots ne sortent pas comme ils le voudraient.

— C'est mon beau-père, la société et – tu sais qu'ils n'attendent que cela d'avoir quelque chose contre moi, contre nous, alors si jamais ce que nous avons fait se sait...

— Arrête de répéter ça, s'écrie Bobby. Je ne suis pas le complice d'un crime, ni un objet que tu as consommé avec culpabilité. Je ne suis pas un garçon avec qui tu as couché dans l'obscurité d'une cachette. Nous... c'est plus que ça.

James serre les poings et tente de contrôler sa respiration erratique.

— Évide...

— Je sais que tu le sens, toi aussi, le coupe Bobby. Il y a quelque chose entre nous, James. As-tu tellement peur de ton beau-père que tu es prêt à sacrifier cela de crainte qu'il ne le découvre ? Tellement peur que tu refuses d'admettre que tu l'as voulu, toi aussi ?

— Comment veux-tu que l'on poursuive notre relation en plein Londres ? Dans le monde ? demande James d'un ton implorant.

Son cœur bat tellement fort qu'il a la sensation qu'il va sortir de sa poitrine à chaque seconde.

— Dis-moi que tu ne ressens rien, exige Bobby.

James recule sur les graviers.

— Bobby.

— Dis-moi que tu as couché avec moi seulement parce qu'on est à la campagne, que tu ne ressens rien pour moi.

Son dos se presse contre la haie du labyrinthe, tandis que, face à lui, Bobby ne le lâche pas un instant du regard. Il ne peut pas mentir et prétendre qu'il ne ressent pas quelque chose qui lui oppresse constamment le cœur. Mais il ne peut pas davantage libérer les mots qui lui brûlent la gorge, alors qu'il n'a aucun plan pour les préserver du danger. Il ne sait pas comment leur amour pourrait survivre au-delà des limites du domaine des Mason.

Dépassé et désespéré, il fait la seule chose que son instinct lui dicte : il s'agrippe à Bobby de toutes ses forces et l'attire à lui en un baiser sauvage. Mais bientôt Bobby s'immobilise, puis il s'écarte, les mains sur ses épaules, le visage sombre.

Ils se regardent un long moment. Il y a tellement à dire que leurs bouches restent scellées. Puis, brusquement, leurs lèvres se retrouvent avec la violence et l'urgence d'une passion incontrôlable. James gronde quand Bobby tire sur sa chemise. Ses mains caressantes sur sa peau font naître des frissons sur sa peau brûlante. Il mordille le cou de Bobby, tandis que sa main se fraye un chemin dans son pantalon.

— Dis-moi que tu ne ressens rien pour moi, exige Bobby sans cesser de le faire gémir.

James ne peut rien contre la montée incontrôlable du plaisir, tandis que son amant utilise tout ce qu'il a appris de lui ces derniers jours pour lui faire perdre entièrement la raison.

— Dis-le-moi.

James n'a pas les mots, mais il peut tenter de lui montrer... Il prend la bouche de Bobby avec une ferveur presque brutale, alors que ses mains déboutonnent son pantalon.

Il veut tomber à genoux devant lui, afin de lui témoigner sa vénération par ces gestes, puisque les mots lui font défaut. Peut-être qu'ainsi Bobby pourra comprendre...

Un hurlement perçant les fige sur place, glaçant en une fraction de seconde la colère, le désir et toute la tempête d'émotions qui les agitait. Alors, James perd définitivement la bataille contre la peur panique qui l'assaille.

# 23

## *Bobby*

Bobby se tord les mains en allant et venant sur le tapis aux couleurs fanées du salon. Si seulement il avait sa chevalière !

Dans son esprit se rejoue encore et encore l'horrible vision de Lady Harrington qui s'évanouit, tandis qu'il tient dans sa main le…

Bobby inspire profondément et fait rouler ses épaules douloureuses. Si seulement c'était le pire… Mais non ! Le pire, c'est James qui prend la fuite et le laisse seul au beau milieu du labyrinthe, avec le corps inerte de Lady Harrington. James a quitté le domaine en laissant tout derrière lui – ses bagages, ses livres, son argent, tout.

Non que cela le surprenne. Fuir est la spécialité de James.

Il interrompt ses allées et venues devant la porte fermée derrière laquelle Gwen, Beth, Meredith et Albie sont en train d'essayer d'arranger le chaos qu'il a provoqué.

Son cœur lui fait tellement mal ! Parce que cette fois il ne pensait pas que James prendrait la fuite. Une part de lui, et sans doute une part plus grande qu'il n'aimerait l'admettre, espérait que peut-être, cette fois, *il* suffirait, que ce qu'ils construisaient ensemble, en partageant des baisers complices, des parties de whist et du temps avec sa famille, suffirait à James pour…

Pour quoi, en fait ? Pour lui donner envie de lutter contre ses peurs tout à fait justifiées ? De crier sur tous les toits de Londres qu'il veut continuer à coucher avec Bobby Mason jusqu'à la fin des temps ? Pour lui faire oublier tous ses devoirs et le faire renoncer à une femme, une famille ? Tout ça pour lui ?

Bien sûr que Bobby ne peut suffire.

James a une existence plus vaste, plus importante à construire, un titre à honorer, des ambitions politiques à réaliser.

Comment Bobby seul pourrait-il suffire à le persuader de sacrifier tout cela ? À quoi pensait-il ? Jamais il ne suffira pour l'amour.

Il sursaute quand la porte s'entrouvre. Meredith se glisse à l'intérieur et lui jette un coup d'œil rapide. Bobby reste bien droit et fait de son mieux pour ne pas révéler qu'il s'effondre littéralement au-dedans. Il doit au moins essayer de trouver les mots pour s'excuser et promettre que cela ne se produira plus jamais.

— Meredith..., murmure-t-il.

— Viens, dit-elle en l'entraînant à travers le couloir jusqu'à la porte du bureau de son père.

Bobby tente de contenir le goût du malheur qui tapisse sa gorge, tandis que l'humiliation, la peur et la colère enflent dans sa poitrine. Il ne peut rien faire d'autre que vaciller derrière Meredith quand elle ouvre la porte et lui fait signe d'entrer.

Le temps semble s'être arrêté depuis qu'Albie et lui sont partis à Londres : les meubles sont toujours recouverts de draps, les rideaux sont encore tirés. La pièce sent la poussière, le renfermé, et elle est encore habitée par le fantôme de son père, qui ne manquerait pas d'en appeler au meurtre s'il avait surpris Bobby...

— Je suis désolé, balbutie-t-il tandis que Meredith tire les rideaux.

Un nuage de poussière s'élève dans la pièce et les rayons du soleil couchant éclairent vaguement les lieux.

— Ça ne doit pas être très bon pour toi d'être ici, s'alarme-t-il.

Elle lui jette un regard noir par-dessus son épaule, puis ouvre la fenêtre pour laisser entrer la chaude brise de fin d'après-midi.

Bobby observe les quelques papiers restés sur le bureau remuer légèrement dans un murmure du passé.

— Assieds-toi, ordonne sa belle-sœur, les mains sur les hanches.

Bobby soulève les draps qui recouvrent les deux fauteuils installés face au large bureau. Leur couleur rouge un peu fanée est supposée s'accorder avec le bois sombre des étagères, mais elle ne fait que rendre l'atmosphère de la pièce plus écrasante encore.

Seule la présence de Meredith qui se laisse tomber dans l'autre fauteuil apporte un semblant de paix dans la pièce. Sa mère ne venait jamais s'asseoir ici… Mais Meredith, si. Et Meredith n'est pas son père.

— Je suis vraiment désolé, répète-t-il.

— Bobby, assieds-toi.

Il s'installe en face d'elle et une quinte de toux le terrasse quand la poussière se soulève tout autour de lui. Meredith agite une main devant son visage, jusqu'à ce que le nuage retombe au sol.

Bobby a l'impression que sa langue prend toute la place dans sa bouche, comme si toutes ses excuses et ses justifications gonflaient et poussaient contre ses dents.

— Comment ça va ?

La question de Meredith lui fait écarquiller les yeux.

— Pardon ?

— Est-ce que tu vas bien ? répète-t-elle.

— Je… Est-ce que ta mère va bien ? Elle est tombée et…

Meredith se penche pour prendre sa main.

— Elle va très bien. Elle a simplement été surprise. C'est pour toi que je m'inquiète.

— Pour moi ? Mais enfin, pourquoi ? demande-t-il d'une voix rendue aiguë par la nervosité.

— Parce que tu as la tête d'un enfant qui vient de trouver son doudou en morceaux. Parce que tu es horriblement nerveux. Et parce que l'homme que tu… parce que James s'est enfui… Pour toutes ces raisons, je veux savoir comment tu te sens, s'il te plaît.

— Bien, bien, assure-t-il beaucoup trop vite. J'espère seulement que ta mère n'est pas trop en colère. Je ne voulais vraiment pas... Seigneur, de nous avoir vus... Je ne voulais pas que quiconque... Nous étions prudents, jamais je n'aurais voulu mettre qui que ce soit dans une telle position et...

— Bobby, s'il te plaît... Personne n'est fâché, le coupe Meredith en serrant doucement sa main.

Il sent son cœur exploser de douleur.

— Inutile de mentir...

— Je ne mens pas, réplique-t-elle avec fermeté. Ma mère va bien. Elle a été simplement surprise. Elle n'est ni fâchée ni scandalisée. Quant au reste d'entre nous...

Elle s'interrompt et il croit voir ses yeux s'embuer. Sa main se crispe plus fort autour de la sienne.

— Pensais-tu réellement que nous ne te soutiendrions pas ?

Bobby pousse un brusque soupir et son menton se met à trembler. Il ne veut pas pleurer devant sa belle-sœur enceinte, alors qu'elle a déjà tant de choses à gérer. Elle n'a vraiment pas besoin de le voir s'effondrer en sanglots.

— Nous t'aimons, Bobby. Peu importe qui tu choisis d'aimer, d'accord ?

Une première larme coule lentement sur sa joue et il comprend qu'il a perdu la bataille. Il s'agrippe à la main de Meredith et voit son sourire s'adoucir à travers ses larmes.

— Nous aimons Gwen et Beth exactement de la même manière, tu le sais...

— Bien sûr, murmure-t-il. Mais ce n'est pas... Elles ont oncle Dashiell et tante Cordelia et... ce n'est pas pareil.

— Ce sera sans doute plus difficile pour vous dans la haute société, en revanche, ce n'est pas différent pour nous, ni pour moi, ni pour Albie, je te le promets.

Bobby secoue la tête, parfaitement conscient que ses relations à lui mettent bien plus Albie en danger que Gwen et Beth si elles étaient exposées.

Mais Meredith serre toujours sa main et il reprend son souffle.

— Albie et moi allons t'aider à te construire la vie que tu veux. Nous avons le choix, désormais, alors c'est nous contre le reste du monde – n'est-ce pas exactement ce que tu as dit à Albie l'autre soir ?

Il croise enfin son regard et, pour la première fois, le désespoir semble refluer légèrement.

— Ce sont de vieilles habitudes, admet-il. Avec toi coincée ici et Albie qui ne faisait que travailler pour le Parlement, je n'ai pas...

— Je sais, dit-elle d'une voix un peu tremblante. Mais je vais mieux maintenant. Et Albie et toi, vous allez travailler ensemble pour nous construire une vie qui nous rendra tous heureux.

— D'accord, balbutie-t-il.

Il se bat de toutes ses forces pour la croire, parce qu'il en a désespérément besoin.

— Et nous trouverons un moyen de convaincre James que...

Il secoue aussitôt la tête, les yeux baissés, le cœur à nouveau écrasé de douleur.

— Non, je ne sais pas à quoi je pensais. James... Demeroven ne veut pas d'une vie comme celle-là. C'était simplement une passade...

Il ne peut terminer, car chaque mot lui fait l'effet d'un poignard planté dans sa poitrine. Il a cru que c'était tellement plus qu'une simple passade. Il s'est imaginé qu'ils étaient en chemin vers une sorte d'absolu... Il s'est tellement trompé.

— Très bien, continuez à fuir tous les deux, on attendra tranquillement que vous ayez fini, déclare Meredith.

Bobby croise son regard.

— Meredith...

Elle se contente de sourire tranquillement.

— Tout ira bien, c'est promis. Maintenant, je dois aller m'assurer que Gwen et Beth s'en sortent avec ma mère.

— Je devrais venir avec toi pour m'excuser.

— Ce n'est pas nécessaire, mais si tu veux. C'est elle qui a fouiné, elle est seule responsable de ce qu'elle a trouvé.

Bobby rougit jusqu'aux oreilles.

— On aurait dû...

— Nous sommes tous passés par là, dit-elle avec un petit haussement d'épaules timide qui lui tire pour la première fois un vrai rire. Dans quelques parties de whist, elle aura complètement oublié.

— J'en doute, marmonne Bobby avant de se lever pour l'aider à se remettre debout.

— Soyons heureux qu'elle n'ait pas surpris Beth et Gwen, nous en aurions entendu parler jusqu'à la fin des temps ! s'exclame Meredith en rejoignant la porte.

— Parce que tu penses que ce ne sera pas le cas, là ?

Elle lui jette un sourire narquois par-dessus son épaule.

— Tu sais que tu es terrible, lui dit Bobby dans un sourire.

Hélas, son humeur ragaillardie s'évapore à la seconde où on toque à la porte. Meredith lui serre gentiment la main puis la relâche pour aller ouvrir. Albie se tient dans le couloir, imposant dans la pénombre du couloir. Bobby sent la peur lui comprimer la poitrine, tandis que Meredith se hisse sur la pointe des pieds pour embrasser rapidement Albie avant de s'éloigner.

Bobby se prépare à l'affrontement et s'ancre fermement dans le sol. Albie entre dans la pièce et ferme la porte derrière lui dans un claquement sourd. *Allons, courage, une bonne leçon de morale sera bien plus méritée que les mots affectueux de Meredith...*

Albie referme les bras autour de lui et le serre contre sa poitrine. Bobby cesse de respirer un instant, interdit, puis il referme à son tour les bras autour de son frère.

Les larmes qu'il tente de retenir depuis tout ce temps explosent d'un seul coup et il sanglote contre l'épaule de son frère. C'est comme si toute la douleur accumulée au cours de l'année passée : le chagrin, la colère, et la douleur de voir James s'enfuir, parce qu'il ne suffit pas à lui donner envie d'une vie différente… c'est comme si tout sortait d'un coup, arraché de lui par la violence de son chagrin d'amour. Albie reste solide et lui frotte le dos en attendant que la tempête passe.

Après ce qui lui semble une éternité, les larmes se tarissent et Bobby s'écarte en marmonnant des excuses.

— C'est moi qui suis désolé. Nous allons trouver un moyen pour vous deux de rester ensemble.

Bobby secoue la tête.

— James ne veut pas…

Albie pousse un soupir et le prend par les épaules.

— Alors, tu trouveras quelqu'un qui le veut, affirme-t-il avec assurance. J'aurais dû te parler bien plus tôt, pour que les choses soient claires. J'aimerai forcément celui que tu choisiras d'aimer et je le traiterai comme un membre de ma famille.

Bobby sent une dernière larme couler sur sa joue, et sa poitrine se gonfle d'amour.

— On est une équipe, tu te rappelles ? Avec Gwen et Beth aussi. Et plutôt une bonne équipe, en plus ! ajoute Albie en essuyant gentiment sa joue.

— Oui, Meredith me l'a rappelé.

— Parfait. Tout ira bien.

— Oui, souffle-t-il dans un hochement de tête. Oui, ça ira.

Albie lui serre l'épaule.

— Et maintenant, dépêchons-nous de rejoindre les autres. Quand je suis parti, Lady Harrington racontait à Beth et Gwen qu'elle était tombée amoureuse d'une femme à la fin de ses études et on est en train de manquer ça !

— Pardon ? s'exclame Bobby.

— Elle parle d'un « coup de cœur d'écolière ». Cela lui est passé ensuite, mais elle nourrit pour cette histoire une tendresse toute particulière, apparemment. Quand je suis sorti, elle en était au moment de l'histoire où elle se faufilait la nuit dans les couloirs des dortoirs pour rejoindre sa chambre…

— Qu'est-ce qu'on fait encore là ? s'écrie Bobby.

Il se mouche bruyamment puis adresse un sourire légèrement tremblant à son frère. Albie éclate de rire et lui prend le bras pour l'entraîner vers le salon.

Bobby n'est pas sûr que tout se passera bien, et pour le moment, en vérité, rien ne va. Il n'est pas du tout certain qu'ils parviendront un jour à créer pour lui une vie pleine d'amour comme ils le lui promettent, mais en tout cas il va tout faire pour essayer.

Et si James ne peut pas faire partie de cette vie, il aura toutes les nuits pour pleurer. Aujourd'hui, il refuse qu'on lui vole une seconde de plus de bonheur.

# 24

## *James*

Si chaque pas de l'énorme étalon qu'il chevauche ne provoquait pas une explosion douloureuse sous son crâne, il serait encore en train de pleurer.

Pris dans un accès de panique incontrôlable, James a chevauché sans s'arrêter pendant plus de deux miles jusqu'à Oswestry. Il a tout laissé derrière lui, si ce n'est les vêtements qu'il a sur le dos et l'argent dans sa poche, qu'il aura entièrement dépensé le temps de rejoindre Londres.

Alors que le soleil se couche, il continue sa route, la tête et le corps perclus de douleurs, épuisé par les sanglots, la terreur et son cœur brisé.

Branwen, son terrifiant compagnon de voyage, avance à l'allure punitive avec laquelle il a commencé, et ses pas rapides se calquent sur le staccato affolé de son cœur qui, lui non plus, n'a pas ralenti depuis que Lady Harrington les a surpris pendant que Bobby…

James ravale un sanglot et s'oblige à regarder le chemin, pour éviter à son énorme monture et à lui-même de finir dans un fossé. Le hurlement horrifié de Lady Harrington continue de lui percer les tympans, mais c'est surtout le visage défait et brisé de Bobby qui persiste devant sa rétine.

Pendant la fraction de seconde où la paix fragile qu'il avait créée dans sa vie a volé en éclats, il a vu quelle serait sa décision dans le regard de Bobby, avant même de l'avoir consciemment prise. Il a vu l'espoir disparaître, son visage se tendre et ses mains s'écarter de lui. Bobby savait avant lui qu'il s'enfuirait. Et James n'a rien fait pour lui prouver le contraire.

Il avait enfin trouvé la famille et les amis qu'il avait toujours désirés, des gens aimants qui l'acceptaient, l'encourageaient, même. Il avait aussi apparemment trouvé le seul homme capable de le comprendre entièrement, de lui faire confiance – et il s'est enfui comme un lâche au premier signe de danger. Comme il l'a toujours fait.

Il se déteste et il déteste tout le monde, peut-être même déteste-t-il Bobby pour lui avoir montré combien la vie pouvait être différente – belle, joyeuse, glorieuse... – s'il n'était pas aussi lâche.

Il aurait pu aimer...

Quelle importance, maintenant ? Dans moins d'une heure, il sera de retour à Londres, de retour dans la sécurité de sa misérable existence, où il n'y aura plus rien à craindre, plus rien à perdre. Il pourra redevenir exactement celui qu'il était six jours plus tôt.

Cette pensée lui arrache un autre sanglot déchirant et il manque lâcher les rênes. Il serre les jambes autour de Branwen pour ne pas perdre l'équilibre. Il veut retrouver la vie qu'il vient de perdre. Il veut ses amis, sa famille – la paix fragile qu'il vient de faire avec Beth, sa camaraderie avec Albert, les échanges vifs avec Gwen... Plus que tout, il veut retrouver Bobby. *Son* Bobby. Non pas le fantasme d'écolier, ni l'adversaire de la Saison avec qui il se disputait. Non, le véritable Bobby Mason, l'homme qui aurait pu être le partenaire dont James a toujours rêvé. Le genre de partenaire dont parlait Prince.

Avec Bobby, tout était nouveau, tendre, plein de promesses... Et tout a disparu en un instant.

Il se retrouve sur le dos d'un cheval monstrueux, devant l'entrée de service de la maison de ville des Demeroven. Sa maison... Seulement, il n'a jamais demandé à hériter tout cela de son défunt oncle. Il n'a jamais demandé à siéger au Parlement. Il n'était que le beau-fils d'un gentleman sans envergure, dans une vie simple à la campagne.

Il a lutté depuis le début de la Saison pour prouver qu'il était à la hauteur d'une existence qu'il déteste et tout ça pour quoi ? Il a abandonné sa fierté, sa liberté et, maintenant, il a abandonné le peu de bonheur qu'il avait pour protéger un titre, une maison, une famille qu'il abhorre.

Seulement, il avait promis à Beth de faire mieux que ses prédécesseurs, promis de construire quelque chose de nouveau. Au lieu de quoi, à la première occasion, il a couru retrouver le misérable qu'il était voilà six jours.

James serre les dents. Il sent la béance terrifiante au creux de sa poitrine, et la morsure du chagrin qui lui déchire le cœur. Il prend une inspiration tremblante, même plus surpris de découvrir qu'il a encore des larmes à verser. Mais surtout il prend conscience que ce qui domine c'est la colère. Une colère brutale, sauvage... dirigée contre lui-même. Et contre son beau-père qui l'a fait se sentir minable depuis si longtemps qu'il a oublié ce que ça faisait de tenir son rôle. Et contre ce monde qui veut le forcer à choisir entre l'amour et le devoir.

Il reste assis sur le dos de l'étalon, le souffle court, incapable de savoir ce qu'il veut, ni comment réparer ce qu'il a brisé.

Soudain, Reginald apparaît à la porte pour y déposer des pots de lait vides. Il se redresse, s'essuie les mains sur son tablier, avant de vaciller sous la surprise en découvrant Branwen dans la petite cour des serviteurs.

— Bon sang ! s'exclame-t-il en refermant la porte derrière lui pour s'avancer vers James. Où... Pourquoi... À qui appartient ce monstre ?

— À l'auberge d'Oswestry, répond James d'une voix rauque.

— Tu es aussi pâle qu'un fantôme. Descends, lance Reginald avant de prendre les rênes du cheval.

James accepte son aide avec gratitude, car tout son corps le fait souffrir. Il atteint le sol dans un grognement et lutte pour garder l'équilibre. Jamais il n'a galopé si vite, si longtemps. Sans compter les six nuits de débauche qu'il a enchaînées juste avant. Il se laisse complètement aller contre Reginald, à bout de forces.

— Que s'est-il passé ? s'inquiète ce dernier en le guidant vers une pile de caisses.

James lutte pour faire passer les mots dans sa gorge. L'épuisement pèse sur ses épaules maintenant que les cinq heures de course effrénée sont derrière lui. Il devrait se sentir soulagé d'être arrivé, seulement, il n'a aucune envie d'être là.

Le seul endroit où il a un jour eu envie d'être est précisément celui qu'il a fui.

— James, le presse Reginald.

— J'ai tout gâché, souffle-t-il. Comme je l'ai toujours fait.

Reginald l'observe dans la pénombre du soir, les traits tirés et soucieux.

— Je suis sûr que non. Viens à l'intérieur, je vais te donner quelque chose à manger et tu iras au lit. Tu y verras plus clair demain matin et tout ne te paraîtra plus aussi sombre.

— Si, murmure-t-il.

Tout rentrera bientôt dans l'ordre, mais cela n'ira jamais mieux.

— Tu verras que si, insiste Reginald en passant un bras autour de ses épaules pour le ramener vers la porte.

James se laisse conduire à l'intérieur. Quel serait l'intérêt de le contredire ? Tôt ou tard, Reginald verra bien par lui-même que James est un lâche. Tout le monde le voit. Comment l'ignorer puisqu'il fuit et qu'il tremble de peur ?

— Allons, viens.

Soudain, une toux bruyante retentit. Son beau-père sort par

la porte dans un nuage de fumée. Il porte la montre du défunt vicomte et ses pantoufles.

— Le voilà de retour. Trop tôt, comme toujours ! Pourquoi ne suis-je même pas surpris ?

Sa voix dure résonne dans la petite cuisine et ses yeux brillent d'une lueur méchante. James le regarde, mais il ne l'écoute pas vraiment, tandis que son beau-père reprend son refrain favori : James est faible, James est pathétique, James ne vaut rien. Il a entendu les mêmes phrases des milliers de fois, il les entend même quand son beau-père n'est pas là, à chaque fois qu'il a peur, à chaque fois qu'il hésite.

C'est encore cette voix qu'il a entendue aujourd'hui, quand Lady Harrington a hurlé – cette voix qui lui enjoint de fuir, comme si c'était la seule et unique option. Et, à chaque fois, il l'écoute.

En cet instant, pourtant, c'est la voix de Bobby qui résonne en lui, qui lui dit qu'il a trop peur de son beau-père pour prendre ce qu'il veut, trop peur pour mériter tout ce que la vie lui a offert.

Il regarde son beau-père hurler, tandis que Reginald le soutient. Et, soudain, il le voit réellement : Griggs n'est rien d'autre qu'un modeste gentleman qui convoite ce qui n'a jamais été à lui et qui lui en a voulu toute sa vie d'avoir hérité d'un titre que James n'a, pour sa part, jamais désiré.

Au cours des trois dernières années, depuis le décès du précédent vicomte Demeroven, son beau-père a largement profité de l'héritage de James, sans jamais rien faire en retour. Il a prétendu remettre de l'ordre dans le domaine, alors qu'en vérité il s'est contenté de vider le whisky de James et de fumer ses cigares.

Il lui a fallu bien trop longtemps pour comprendre que son beau-père prospère sur une gloire qu'il a volée. Pas un seul membre du Parlement ne l'a jamais mentionné ; personne ne se soucie de lui. C'est Griggs qui est pathétique, affamé de pouvoir, avide et finalement faible, puisqu'il n'a de pouvoir que tant que James le couvre. C'est James qui a les cartes en main, pas l'inverse.

En prendre conscience lui donne brusquement la sensation d'avoir revêtu une armure. Il n'est peut-être pas encore prêt à prendre ce que Bobby a à lui offrir –une véritable relation et tous les dangers que cela peut impliquer dans le monde londonien. Mais il a envie de se battre pour le devenir.

Il veut mériter les amis, la famille et l'amant qu'il vient d'abandonner. Il ne sait pas s'il en sera capable, ni s'il existe une vie où Bobby pourrait être auprès de lui sans qu'il délaisse les devoirs liés à son titre, ni même si Bobby voudra encore de lui. Mais il veut essayer. Ici même, dans cette maison qu'il déteste, loin de l'existence pleine d'amour qu'il a découverte, maintenant qu'il n'a plus rien à perdre, il se sent prêt à affronter sa peur. Pour cela, au moins, il saura faire preuve de courage.

— Quel vicomte navrant tu fais, poursuit son beau-père.

— Et vous, vous n'êtes rien, lâche-t-il en s'écartant de Reginald.

Il redresse les épaules, ignorant superbement ses muscles tendus et se hisse de toute sa taille. Quand enfin il cesse de s'écraser, il peut sans peine regarder son beau-père dans les yeux. Il fait un pas vers lui et, sous l'effet de la surprise, Griggs recule.

— Qu'as-tu dit ? demande-t-il, alors que son rictus moqueur s'évanouit.

James n'hésite pas. Il peut remporter cette bataille, au moins. Quant au reste, il avisera.

— Sortez de ma maison, lance-t-il d'une voix forte en avançant toujours.

La fierté gonfle sa poitrine quand son beau-père recule jusque dans le hall.

— Ta maison ? s'exclame-t-il avec un geste théâtral vers les peintures et les bustes hideux qui emplissent l'espace. C'est ta maison, tout à coup ?

James jette un œil autour de lui. Reginald se tient debout dans l'embrasure de la porte qui mène à la cuisine, les yeux élargis, le souffle court. Oui, c'est sa hideuse demeure.

— C'est ma maison. Mon titre. Je ne suis plus le gamin que vous avez rabaissé sans cesse en épousant ma mère pour lui prendre notre argent.

— Tais-toi ou je me chargerai de te faire taire ! s'écrie Griggs, les poings serrés, le teint rougi.

Malgré son air menaçant, James ne s'effraie nullement. Il est sobre, son beau-père non. Il n'a qu'à faire un pas de côté pour éviter son poing, tandis que le coup qu'il lance envoie l'ivrogne rouler sur le sol.

Son beau-père reste étendu là, enragé, et James le toise.

— Hors de chez moi, -dit-il lentement. Vous avez déshonoré notre famille, vous avez jeté ma tante et ma cousine à la rue, vous avez sali notre nom en prétendant détenir un pouvoir que vous n'avez jamais eu. C'est vous qui êtes une insupportable déception. Rentrez sur vos terres et contentez-vous-en à l'avenir.

L'homme tente de se redresser, mais l'alcool et ses réflexes ralentis le laissent pitoyablement assis sur le sol.

— Quand je serai debout, je vais...

— Vous ferez exactement ce que je dis, sans quoi je vous supprimerai votre pension.

— Tu n'oserais pas !

— Vraiment ? Ne me tentez pas. Je vais m'assurer que ma mère ait un accès sans limites à la dot qu'elle a apportée à mon père. Elle sera libre de vous suivre, si c'est son souhait, mais je l'encouragerai fortement à rester auprès de moi. Néanmoins, la décision lui reviendra.

Il entend justement un léger bruissement de tissu et comprend que sa mère vient d'approcher de l'escalier. Personne dans cette famille ne sera plus sous le contrôle de son beau-père.

— Tu..., commence Griggs en s'agrippant à sa jambe.

James l'écarte du pied.

— Dessoûlez, faites vos bagages et vous prendrez le cheval que j'ai ramené avec moi de la campagne. Si vous partez sans esclandre, je n'aurais aucune raison de dénoncer aux autorités vos paris frauduleux ou les mauvais traitements que vous avez fait subir à ma mère. Elle pourra demander le divorce, si elle le souhaite. Lord Havenfort connaît les meilleurs avocats en ville et Lady Ashmond sera heureuse de la soutenir.

— Je t'interdis de parler de ma femme ! s'époumone Griggs.

— Mère ? interroge calmement James, même s'il est conscient qu'il prend un risque en lui demandant son avis.

Après un court silence, la voix de sa mère s'élève, tremblante mais ferme.

— Je reste ici. Partez, John. Vous avez entendu mon fils.

Avec un sourire, James se tourne vers son beau-père.

— Est-ce assez clair pour vous ?

Son beau-père lui lance un regard noir, mais ne répond rien.

— Reginald aussi restera auprès de moi. Si certains membres du personnel souhaitent rentrer avec vous, je ne les retiendrai pas, mais aucun n'y sera contraint. Quittez les lieux d'ici demain matin, ou j'appellerai un agent.

Sur ce, il tourne les talons et monte les marches. Du coin de l'œil, il observe avec amusement Reginald qui lance des ordres au groupe de domestiques sortis en bonnet de nuit pour assister à la scène. En quelques instants, tout ce petit monde se met à emballer les affaires de Griggs avec enthousiasme. Reginald lui lance un clin d'œil.

En haut des marches, sa mère l'attend, les yeux écarquillés de stupeur.

— Dans quelques semaines, nous vendrons cet endroit et trouverons une nouvelle maison en ville que vous pourrez diriger à votre guise pendant l'année. Mais je tiens à choisir moi-même la décoration, au moins pour le rez-de-chaussée, annonce-t-il avec un vrai sourire. Bien sûr, vous pourrez également séjourner sur le domaine quand la Saison sera terminée.

Sans attendre qu'il termine, sa mère se jette dans ses bras.

— Mon merveilleux, merveilleux garçon ! s'exclame-t-elle.

L'étau se desserre autour de sa poitrine et il répond dans un murmure :

— Il m'a fallu bien trop de temps...

Elle se redresse légèrement pour écarter une mèche de son front.

— Tu es bien plus courageux que moi et c'est extrêmement important. Si cela ne t'ennuie pas, je dormirai dans la chambre d'ami ce soir. Et dès demain, tu pourras t'installer dans la chambre de maître.

— Est-ce là votre désir ?

— Oui, répond-elle aussitôt.

— Dans ce cas, nous échangerons. Et nous pouvons aussi commander tout ce que vous voudrez, dans les limites du raisonnable, précise-t-il.

— Pourrions-nous prendre le petit déjeuner ensemble avant ton départ ? suggère-t-elle humblement.

Cela fait des semaines qu'ils n'ont plus partagé un repas.

— J'aimerais beaucoup, répond-il en lui serrant les mains. Pour l'heure, je vais prendre un peu de repos. La journée a été longue.

— Est-ce que tout s'est bien passé chez les Mason ?

James n'hésite qu'un bref instant.

— Je vous raconterai demain matin.

Il ne sait pas encore s'il lui dira tout ou s'il gardera le secret. Il avisera demain, mais ils seront ensemble dorénavant, quelle que soit sa décision.

Il monte les dernières marches et ferme la porte de sa chambre avant de s'effondrer sur son lit.

Ce soir, il a fait le premier pas pour reprendre le contrôle de sa vie, et ce n'est pas rien...

# 25

## *Bobby*

— Tu en es sûr ? demande Albie, alors qu'ils sont installés dans leur voiture nouvellement retapissée.

Meredith est installée près de lui et semble tout aussi inquiète avec sa nouvelle robe d'après-midi et son chapeau élégant qui laisse voir quelques boucles rousses.

Ils ont passé la semaine à le tenir constamment occupé entre la maison, les thés, les réceptions et d'interminables séances chez la modiste. Meredith s'est évertuée à parler constamment de tout et n'importe quoi. Quant à Albie, il a annulé presque toutes ses réunions avec oncle Dashiell et n'a pas dit deux mots sur les rares où il est allé. Tout cela fait partie de leur accord tacite pour prétendre que tout va pour le mieux.

Bobby n'a reçu aucun courrier, aucune lettre d'excuse ou d'amour, ni même aucune preuve de vie. Et ça lui va. Vraiment, il va parfaitement bien.

Seulement, cela ne les empêche pas de le regarder constamment, comme s'il allait s'effondrer à tout instant.

— Je vais bien, insiste-t-il en triturant son col, les yeux tournés vers la fenêtre pour éviter de croiser leurs regards.

Sa présence n'est pas réellement requise à ce déjeuner. Meredith et Albie auraient suffi. Mais oncle Dashiell lui a demandé s'il pouvait escorter Beth et Gwen afin qu'il puisse se concentrer exclusivement sur Cordelia pour sa première sortie dans le monde. Comment le lui refuser ?

Voilà comment Bobby se retrouve devant la demeure des Stationers, le cœur au bord des lèvres à l'idée qu'il va passer trois heures dans la même pièce que James, pour la première fois depuis une semaine. Il ne sait pas ce qu'il ressent, ni comment il va pouvoir gérer la situation.

— Bon, je suppose que nous devrions..., dit Albie avec un nouveau regard inquiet quand la porte s'ouvre et qu'un valet s'avance avec un parapluie pour Meredith.

— Allons-y, assure-t-il avec un entrain forcé.

Albie se glisse sous la protection de Meredith, tandis que le pauvre valet se retrouve littéralement trempé sous la pluie.

Bobby court derrière eux pour rejoindre l'entrée, les cheveux déjà mouillés. Il se recoiffe comme il peut et suit son frère et sa belle-sœur. Albie sourit à tous ceux qu'ils croisent. L'endroit est bondé de parlementaires accompagnés de leurs familles qui attendent qu'on ouvre les portes de la vaste salle à manger pour le déjeuner.

Bobby reste tout près de Meredith, les yeux en alerte. Il devrait être en train de chercher Beth et Gwen, au lieu de quoi, son cœur sursaute à chaque chevelure blond foncé. Il ne sait pas s'il brûle d'envie ou s'il redoute plus que tout de voir James. Depuis une semaine, il est incapable de décider s'il est en colère, dévasté ou seulement déçu. Sans doute un horrible mélange des trois. Ce qu'il sait, c'est que son ventre le brûle depuis une semaine et qu'aucune quantité de nourriture, de whisky ou de conversation n'a pu l'aider.

— Te voilà.

Il se tourne avec un intense soupir de soulagement en voyant Beth près de lui. Elle rayonne dans sa robe bleu pâle, tandis que Gwen approche dans un bleu plus sombre.

— Tu es magnifique, souffle-t-il à Beth.

Elle sourit quand Gwen feint l'indignation.

— Et moi, alors ?

— Eh bien, tu es étonnamment difficile à repérer avec ce chapeau sur la tête, réplique-t-il.

Pendant qu'elle rit de bon cœur, Bobby sourit à son oncle et sa tante qui arrivent à leur tour. Tante Cordelia est radieuse dans sa robe bleu roi. Ses joues sont encore rondes et elle lui adresse un sourire si plein de tendresse qu'il rêve de se jeter dans ses bras pour y rester indéfiniment.

— Tu es un peu pâle, mon chéri, dit-elle en rajustant son col de chemise.

— Ça ira mieux dès que nous aurons mangé, assure-t-il.

Certes, manger ne résoudra pas ses nuits sans sommeil, ni l'inconfort constant, mais être assis un moment en compagnie de sa famille, sans plus avoir à craindre de tomber sur James, fera sans nul doute des merveilles sur ses nerfs tendus.

— Mince, souffle Beth près de lui.

Il se retourne vers elle, un sourcil levé, quand James apparaît, juste derrière oncle Dashiell. Il porte un ensemble qu'il ne lui a jamais vu, les cheveux fraîchement coupés, impeccablement rasé et le dos droit.

Les doigts de Beth se crispent autour de son bras quand il recule instinctivement d'un pas. James regarde partout sauf dans sa direction et Bobby a l'impression que son estomac tente de remonter dans sa gorge.

James est là, toujours aussi beau, mais de nouveau terriblement guindé. C'est le même homme qui a fui loin de lui, pas l'amant tendre et passionné qui a partagé son lit. Si seulement le monde pouvait être différent…

— Comment allez-vous, James ? le salue tante Cordelia avec juste un peu trop d'enthousiasme.

— Je vais bien, merci. Et vous ? Vous semblez vous porter à merveille.

Bobby se force à détourner le regard. Aussitôt, Meredith rejoint leur petit cercle et se met à parler avec Gwen et Beth de la liste de réceptions auxquelles ils doivent se rendre avant leur départ pour Cowes et la régate. Quatre dîners, cinq thés et au moins deux soirées de cartes, et les filles sont fermement conviées à se joindre à eux pour absolument tout. Le rôle de Bobby sera de rester auprès de Meredith en utilisant son esprit aussi peu que possible. Il est déjà certain qu'il sera hors de la pièce avant qu'un seul murmure n'aborde le sujet du Parlement.

Hélas, cette séparation sociale stratégique ne pourra être pleinement mise en œuvre qu'à compter de demain… Pour l'heure, tante Cordelia n'a d'autre choix que d'inviter James à partager leur table et Bobby se sent mourir un peu plus intérieurement.

— Tu veux que je le cogne ? souffle Gwen quand les portes de la salle de réception s'ouvrent et qu'ils avancent au milieu de la foule.

Elle prend son autre bras et Bobby s'oblige à sourire.

— Plus tard, peut-être. Si tôt, ce serait suspect…

Gwen hoche la tête sérieusement.

— Fais-moi simplement signe.

Bobby serre son bras contre lui et tire un semblant de réconfort de sa solidarité. Ils avancent tous trois dans la grande salle, immédiatement suivis par Dashiell, Cordelia et James. Ils s'installent à l'une des tables rondes situées au centre de la pièce. Le bois de chêne sombre ajoute à l'atmosphère médiévale de la salle. S'il était d'humeur, il prêterait attention aux boucliers et aux armes exposées aux murs. Mais pour l'heure, il en est incapable, alors qu'il s'apprête à subir trois heures de torture émotionnelle.

Par chance, Gwen, Beth, Albie et Meredith font en sorte que James et lui soient le plus éloignés possible. Hélas, cela signifie en contrepartie qu'ils se font face de part et d'autre du large cercle de la table. En conséquence, leurs regards se croisent pour la première fois depuis une semaine, depuis que Bobby a mis son cœur à nu et que James a fui le plus loin possible.

Le feu et la glace se mêlent en lui. D'instinct, il agrippe le verre de vin posé devant lui, puis il le repose. Il se sent déjà suffisamment engourdi pour ne pas en rajouter.

Gwen s'appuie sur son côté gauche, tandis que la main de Beth serre brièvement la sienne.

— Tu veux jouer à Repère-les-ivrognes ? murmure Gwen. Le premier qui repère cinq parlementaires endormis gagne.

Bobby ne peut retenir un rire, ce qui lui vaut un regard noir de Cordelia, car quelqu'un tient un discours solennel sous un dais tendu pour l'occasion. Il feint d'y prêter attention, tout en envoyant un léger coup de coude à Gwen qui ricane en silence.

Malgré toute sa bonne volonté, il ne peut empêcher son regard de revenir constamment vers James. Il n'a pas envie que Gwen le mette à terre. Il voudrait seulement se réveiller de ce cauchemar et se retrouver dans son lit d'enfance, James dans ses bras.

Le punir ne lui rendra pas la magie de la semaine qu'ils ont passée ensemble. Cela ne rendra pas James plus courageux, ni Bobby plus digne de son affection. Non, cela ne ferait qu'empirer les choses.

Il se trouble quand James croise son regard. Dans la lumière plus tamisée de la pièce, il remarque soudain les cernes sous ses yeux et son air hagard. Seigneur, il voudrait tellement être en colère, mais quand il le voit ainsi…

Brusquement, James détourne le regard vers la gauche et ses yeux s'élargissent instantanément. Il se lève d'un seul coup, murmure quelque chose à l'oreille d'oncle Dashiell, avant de sortir de la pièce à pas précipités. Il s'enfuit, encore ? Il est à ce point incapable de rester un moment à la même table que lui ?

Non qu'il se soit laissé aller à la moindre illusion concernant ces retrouvailles… Mais tout de même… Doit-il en conclure qu'ils ne se verront plus jamais ?

— Bobby, souffle Gwen près de lui.

Il s'oblige à détourner les yeux de la chaise vide. D'un mouvement de tête, Gwen lui indique une direction et il se retrouve sous le regard de Raverson qui est installé à la table la plus proche. Étonnamment, c'est le soulagement qui s'impose d'abord à lui : finalement, ce n'est peut-être pas lui que James a fui. En tout cas, pas cette fois.

Seulement, le résultat est le même : il se retrouve seul face à Raverson. Bobby note ses joues creusées, son costume trop large pour sa silhouette amaigrie et ses cheveux trop longs. De toute évidence, ces dernières semaines n'ont pas été tendres pour lui. Cela ne peut être bon pour aucun d'eux...

Raverson étrécit les yeux et Bobby se redresse sur son siège. Il doit paraître impénétrable. Hors de question de faiblir face à lui au milieu de tout ce monde. Puisque James a pris la fuite, l'un d'entre eux doit faire face à Raverson. Alors il soutient son regard jusqu'à lui faire baisser les yeux. Rien n'est réglé pour autant. James et lui ont toujours...

— Tu devrais aller lui parler, souffle Beth.

Bobby grimace sous l'effet de la douloureuse pulsation qui lui écrase la poitrine. Ils doivent effectivement trouver un moyen d'empêcher le chantage de Raverson. Seulement, s'il se lève maintenant...

— Je dois me rendre au petit coin, annonce Gwen sans préambule.

Elle se lève aussitôt, attirant l'attention de toute la table. Beth lui donne un coup de coude.

— Je... euh, je vais t'escorter.

Bobby se lève à son tour et lui offre son bras. Au passage, oncle Dashiell lui adresse un petit sourire. Accompagné de Gwen, ils se hâtent hors de la salle de banquet, tandis que le discours se poursuit sous le dais. Il pousse la porte et se retrouve dans une pièce tendue de rouge. James n'est nulle part en vue.

Sans un mot, Gwen le guide vers un couloir latéral. Avait-elle réellement besoin d'une escorte pour les toilettes ? Au moins, cela lui octroie quelques minutes de répit pour calmer son pouls erratique. Entre James et Raverson, il a la sensation d'avoir été sévèrement secoué.

Gwen marche toujours. Comment se fait-il qu'elle connaisse cet endroit ? Il est trop épuisé pour percer ce mystère immédiatement. Ils grimpent un petit escalier qui s'ouvre sur un autre couloir. Juste après le virage, James apparaît, à quelques pas de l'entrée des toilettes, échevelé, les mains crispées, le regard sauvage.

Il lève les yeux à leur approche et ils restent tous trois figés. Malgré lui, des images s'imposent à son esprit : James et lui emmêlés entre les draps, le beau visage de James au-dessus de lui, et leur discussion au bord du lac, et leurs mains serrées tandis qu'ils marchaient, toutes ces heures à rire et à s'embrasser, et puis la sensation de son corps nu et tendu de désir...

— Je dois passer aux toilettes, murmure Gwen.

Elle hésite une fraction de seconde, lui serre le bras et disparaît.

James et lui se retrouvent seuls, de nouveau près des toilettes... Il veut s'enfuir très loin. Il veut presser James contre le mur et l'embrasser à perdre haleine, ou alors le secouer rudement.

Lui qui a cru savoir ce qu'était un chagrin d'amour voilà bien longtemps, quand des garçons qui lui plaisaient ne partageaient pas son inclination, découvre qu'il n'a jamais rien ressenti de tel. Il lui suffit de plonger dans les profondeurs bleutées de ce regard pour avoir la sensation qu'un poing géant se referme sur son cœur et serre de toutes ses forces.

# 26

## *James*

Il a sincèrement cru qu'affronter son beau-père serait la chose la plus terrifiante qu'il aurait à faire pour cette Saison, mais il s'est lourdement trompé. Être debout dans ce long couloir aux murs blancs et au parquet de bois, face à l'homme qu'il a abandonné, est de loin le plus effrayant.

Bobby est aussi beau qu'il l'était le jour où il lui a tourné le dos. Sa veste bien coupée épouse à la perfection son torse et ses épaules musclés. Ses cheveux sont encore humides de pluie. Il est resplendissant, en dépit des cercles noirs sous ses yeux. Hélas, il reste inaccessible.

James a fait tout son possible : il a renvoyé son beau-père, fait la paix avec sa mère, organisé la vente de son horrible maison de ville et il a travaillé jour et nuit avec Lord Havenfort pour s'assurer que la loi sur la réglementation de l'exercice médical passe bien. Malheureusement, il n'a trouvé aucun moyen d'être avec cet homme qui l'a rendu tellement heureux.

Face à lui, Bobby serre les dents et crispe les poings. Allons, James doit se reprendre. Le problème n'est pas Bobby, mais Raverson et les hommes de son acabit. Le problème, c'est la peur qui refuse de lâcher prise et qui l'ancre dans le malheur et le devoir.

— Donc, tu n'es pas mort sur le chemin du retour, lâche Bobby.

James reçoit ces mots comme un coup de poing. Il a cru mourir de ne plus entendre cette voix adorée, mais l'entendre à présent, aussi froide et distante, est une agonie plus douloureuse encore. C'est comme si leur semaine merveilleuse n'avait jamais existé. Comme si la soirée de Prince ne les avait jamais rapprochés. Ils se font face, forcés de reprendre leurs rôles initiaux : des partenaires contraints de s'associer contre une tentative de chantage, et rien de plus.

— Non, parvient-il à dire. Et ton voyage ?

Il brûle tellement de toucher Bobby que ses paumes le piquent désagréablement.

— C'est vraiment la question que tu veux me poser ? Comment s'est passé mon foutu voyage ? explose Bobby.

James se trouble devant la fureur qui s'imprime à présent sur ses traits.

— Je...

— Eh bien, merci de t'en soucier. Ça a été un enfer. J'imagine que tu as bien reçu toutes tes affaires.

— Euh, oui, oui, Mr Tilty me les a rapportées.

— Parfait. Mr Tilty est d'une loyauté à toute épreuve. Il fait toujours ce qu'il dit.

James lutte contre l'envie de s'écraser contre le mur. Bien sûr qu'il a eu envie d'écrire pour s'expliquer. Il ne désire rien tant qu'arranger les choses, mais il ne sait tout simplement pas comment faire. Il ne peut simplement ignorer la menace du scandale, de la prison... Il a certes le pouvoir de devenir le vicomte qu'il veut être, mais pas celui de changer toute la société !

— Tu aurais au moins pu écrire, lance sèchement Bobby.

James cligne des yeux, décontenancé. Qu'aurait-il pu dire, en vérité ? Qu'il est bien le lâche que Bobby l'a accusé d'être au début de la Saison ? Qu'il n'a fait qu'aggraver les choses en les convainquant l'un et l'autre qu'il ne l'était peut-être pas ?

— Tu aurais pu envoyer un message à Albie.

— Je… je pensais que tu ne voudrais plus rien entendre de moi, admet-il honnêtement.

— C'est la chose la plus ridicule que j'aurais entendue de ta bouche de toute la Saison ! s'exclame Bobby.

— Vraiment ? Tu voulais des excuses dans un message plein de platitudes ? réplique-t-il, tendu à son tour. Est-ce que cela aurait apaisé ta colère ? Est-ce que tu m'aurais pardonné ?

— J'aurais au moins eu quelque chose ! s'emporte Bobby en avançant d'un pas. Tu t'es enfui, Dieu sait où et comment, en laissant toutes tes affaires derrière toi ! Ne serait-ce que pour Beth et Gwen, tu aurais dû écrire.

James le fixe, incrédule.

— Comme si qui que ce soit voulait entendre parler de moi après ça. Albert a esquivé la plupart de nos réunions avec Lord Havenfort.

Et les rares fois où il est venu, il est resté silencieux et est reparti aussitôt. Non que James lui en fasse le reproche. Il est plus que normal que sa loyauté aille à Bobby.

— Oh ! bon sang ! Le monde ne tourne pas toujours autour de toi ! Albie et moi avons dû installer Meredith confortablement à la maison.

James secoue la tête. Même si c'est le cas, il est certain qu'Albert est en colère contre lui.

— Beth et Gwen non plus ne voulaient pas entendre parler de moi, lâche-t-il dans un souffle.

Dans l'instant, Gwen sort la tête pour déclarer, le regard noir :

— Tu es un bel imbécile et tu aurais dû écrire.

Sur ce, elle retourne à l'intérieur des toilettes, laissant James le souffle coupé. Est-ce possible ? Il a fui et, pourtant, ils voulaient tout de même…

— Personne n'est content de ce que tu as fait, mais nous aurions au moins aimé savoir que tu étais rentré sain et sauf, dit doucement Bobby.

James tourne les yeux vers lui. Toute colère a déserté son visage, remplacée par une tristesse infinie et un épuisement douloureux. Il a l'air de souffrir autant que James. Seigneur, il n'a jamais voulu blesser quiconque, et encore moins cet homme magnifique et si tendre.

— Et je mérite bel et bien des excuses, ajoute Bobby en faisant rouler les muscles crispés de ses épaules.

Le cœur en plomb, l'esprit douloureux, le corps horriblement noué, James pousse un lourd soupir.

— Tu mérites bien plus que des excuses, mais je ne sais pas comment te les présenter, avoue-t-il en plongeant dans le regard de Bobby.

Il lit sur son visage que ses mots l'atteignent en plein cœur. Il voit aussi le regret qui marque ses traits lorsqu'il recule d'un pas. Sa poitrine à lui se serre de douleur, mais il ne sait pas comment agir autrement. Il aimerait tellement trouver un moyen, pourtant !

— Je suis désolé, souffle-t-il, parfaitement conscient qu'il ce qu'il peut offrir ne suffira jamais.

— Moi aussi, répond Bobby.

James voudrait le rejoindre, apaiser la tension qu'il lit sur son visage... Déjà, Bobby reprend :

— Je suppose que c'est pour le mieux. Résolvons le problème avec Raverson, et nous n'aurons plus jamais à nous voir, si ce n'est en de rares occasions forcées.

Cette fois, c'est au tour de James de vaciller sous la violence de ces mots.

— Ce n'est pas ce que je veux, répond-il. Vraiment, ce n'est pas ce que je veux, insiste-t-il devant le visage défait de Bobby qui se contente de le fixer en silence.

— Eh bien, c'est déjà ça, je suppose, lâche-t-il d'une voix rauque.

Ils restent ainsi un long moment, face à face, lisant sur le visage de l'autre la détresse qui gagne leurs corps respectifs.

James ne sait pas quoi dire d'autre. Y a-t-il seulement quelque chose à dire ? Rien ne paraît à la hauteur…

— Nous devons redescendre.

La voix de Gwen les fait sursauter en même temps. Elle sort des toilettes, le teint rosi, les yeux brillants. Au moins, quelqu'un parvient à pleurer sur leur sort…

— Escorte Gwen, j'attendrai un moment ici, suggère James avant d'adresser un sourire forcé à la jeune femme.

— Bien sûr. Sauvons les apparences. Allez viens, Gwen, répond Bobby en lui donnant son bras.

Elle s'avance jusqu'à James et pose une main sur son épaule un moment, avant de prendre le bras de Bobby. La mort dans l'âme, il regarde leurs silhouettes s'éloigner, tourner au coin et disparaître, le laissant seul dans le couloir des toilettes, exactement à la même place qu'au tout début de la Saison.

Il doit absolument trouver une solution. Il le faut.

# 27

*Bobby*

Bobby se masse la nuque, debout sur le perron des Havenfort. Ces dernières nuits passées en compagnie d'Albie à finaliser les recherches pour la loi médicale, et à compulser les livres de comptes de leur père sur la dernière décennie, l'ont laissé avec un torticolis qui semble permanent.

Néanmoins, cela lui a fait du bien de travailler avec son frère. Il a l'impression qu'ils ont trouvé un rythme. La distance qu'il voyait s'installer petit à petit entre eux a définitivement disparu et, depuis que Meredith les a rejoints à la maison, celle-ci ressemble à un véritable foyer pour la première fois depuis des mois.

Mieux encore, le travail constant auquel il s'est astreint l'a gardé tellement occupé qu'il n'a pas eu le temps de repenser à cette horrible discussion lors du banquet. Pas une seconde...

Il refuse d'accorder une seule seconde de ses pensées à la souffrance dans les yeux de James, ou à l'oppression qui refuse de céder dans sa propre poitrine.

La porte s'ouvre et Miss Wilson l'accueille d'un sourire.

— Oh ! Miss Bertram sera ravie ! Et Mrs Stelm a préparé une bonne douzaine de gâteaux différents. Mrs Gilpe est partie au marché, mais elle voudra vous voir dès son retour !

— Comment allez-vous, Miss Wilson ? lui demande-t-il en sentant son cœur fondre de tendresse.

Il adore Mr Tilty et le personnel qui les aide à Londres, mais il ne se sent jamais aussi à son aise qu'auprès des femmes de Havenfort. Quand elles l'accueillent, il a toujours la sensation d'être enlacé avec tendresse.

— Je vais bien, très bien, même. Quoique je doive dire que j'ai été fort contrariée hier soir, quand le cuisinier de Lord Demeroven m'a pris une bonne part de ma mise au whist.

Bobby sent son cœur cesser un instant de battre à la mention de ce nom, mais il parvient à se reprendre.

— Je suis certain que vous la lui reprendrez. Et James me l'a confié : son chef a un penchant pour la confidence, dès lors qu'il a bu un verre de trop.

— Ah, alors, comptez sur moi, Mr Mason ! s'écrie-t-elle joyeusement en le conduisant au salon. Pour l'heure, je vais vous apporter du thé et quelques douceurs.

Il a été tellement occupé ces derniers temps qu'il n'a eu que les nuits pour songer à son cœur ravagé par le chagrin. Seul dans le lit trop grand et trop froid, il s'est tourné et retourné sans parvenir à trouver le sommeil depuis des jours. Alors, du thé lui fera le plus grand bien.

En un clin d'œil, Miss Wilson disparaît. Bobby secoue la tête et entre dans le salon où il découvre Beth lovée dans un fauteuil à bascule près du feu. Elle porte une charmante robe de matinée d'un vert pastel qu'il croit avoir déjà vue sur Gwen. Tout en souriant à son adorable petit frère, elle maintient un balancement régulier de la chaise. Le spectacle est si attendrissant qu'il répugne à l'interrompre.

— Et voilà notre gentil cousin Bobby, l'accueille Beth avec un sourire.

Il les rejoint et se penche pour poser un baiser sur la joue de Beth, avant de caresser celle, rebondie, du bébé qui lui sourit en retour. Beth lui fait signe de s'installer dans le fauteuil près du sien et il s'exécute. La chaleur du foyer le réconforte immédiatement et il s'étire, content de la compagnie douce de Beth.

— Comment vas-tu ? lui demande-t-il.

— Très bien. N'est-ce pas que nous allons très très bien ? demande-t-elle au bébé.

Pourtant, Bobby perçoit la tension dans sa voix, et l'absence de Gwen à ses côtés n'est pas non plus anodine.

— Beth ? insiste-t-il.

— Je vais bien, répète-t-elle en refusant de lever les yeux du bébé.

Bobby se lève et lui prend le petit des bras, ignorant délibérément sa protestation. Il se rassoit aussitôt, les bras refermés autour de l'enfant qui commence à s'assoupir.

— Parle, ordonne-t-il.

Maintenant qu'elle n'a plus son frère pour faire diversion, Beth s'agite, mal à l'aise.

— Je t'assure que tout va bien.

Bobby attend en berçant le petit dans ses bras. Alors, enfin, Beth pousse un lourd soupir et se laisse retomber dans le fauteuil. Elle abandonne son expression faussement calme pour révéler son épuisement.

— C'est juste... difficile, tu sais.

— Qu'est-ce qui est difficile ?

En vérité, ils doivent tous affronter tellement de complications en ce moment qu'il ne sait pas de quoi elle parle.

— Être de retour ici, avoue-t-elle. Quand nous étions chez toi au manoir, nous étions tellement... libres. C'était un refuge hors du temps.

— C'est vrai, admet Bobby, la gorge nouée par l'émotion.

Il ressent précisément la même chose. Pourtant, lorsqu'il songeait à Beth et sa cousine, il se disait qu'elles avaient une chance folle de pouvoir vivre leur amour sous le toit d'oncle Dashiell, à l'abri des mauvaises langues.

Mais, évidemment, il est idiot d'avoir cru cela. Hors de cette maison, elles ne sont que deux amies, et même demi-sœurs par alliance, ce qui ne doit guère faciliter une relation qui a tout d'un véritable mariage. Il s'est tellement noyé dans ses propres déboires qu'il a perdu de vue que ses amies vivaient une réalité tout aussi difficile.

— C'est dur de revenir, d'assister aux thés et aux réceptions sans pouvoir…

Beth hausse les épaules d'un air triste, les yeux rivés sur le bébé endormi contre lui. Bobby la revoit un instant plus tôt, en train de bercer le tout-petit avec adoration ; il lit maintenant sur son visage un désir douloureux.

— Beth, tu aimerais avoir des enfants ?

Elle cligne des paupières, puis croise son regard.

— Je… peut-être, admet-elle en se tordant les mains.

Ses épaules semblent porter un poids infini.

— Et Gwen ?

— Peut-être, répète-t-elle. Mais…

— Mais ce serait un sacrifice, complète Bobby qui comprend enfin ce qui se passait juste sous son nez.

Hélas, il était bien trop occupé par ses propres problèmes pour songer à poser des questions.

— Même si l'une d'entre nous songeait à se marier et à faire… le nécessaire pour avoir un enfant, je ne pense pas que l'autre y survivrait. Je ne veux personne d'autre que Gwen, dit-elle, la voix rendue rauque par l'émotion.

— Beth…, commence-t-il sans savoir comment la réconforter.

Elle secoue la tête et essuie ses yeux humides.

— Non, non. J'ai Gwen, ma mère, Dashiell et Frederic. Je suis sincèrement heureuse et comblée, assure-t-elle devant la détresse qu'elle doit lire sur ses traits. C'est ce petit ! Il est tellement adorable qu'il me rend mélancolique, parfois.

Bobby suit son regard et observe son petit cousin. On dirait un ange endormi. Il est si doux, si chaud au creux de ses bras, et il sent incroyablement bon. Ce doit être merveilleux d'avoir un petit être rien qu'à soi à câliner, à élever, à chérir…

— Et toi, Bobby ? Tu en veux ?

Il lève lentement les yeux et croise son regard entendu. Ils n'ont pas reparlé de ce qui s'était passé avec James, ni de son départ précipité, ni de leur dernier échange pendant le déjeuner. Bobby n'a pas voulu ennuyer Beth ou Gwen avec ses malheurs, ni d'ailleurs prendre le risque de briser un peu plus son cœur en leur laissant voir dans quel état déplorable il est.

Peut-être aurait-il dû le faire, puisqu'apparemment il ignorait ce qui se passait réellement dans la vie de son amie. Elle aurait pu avoir quelqu'un avec qui en discuter, plutôt que de garder toutes ces émotions enfouies en elle. Et puis, cela pourrait lui faire du bien à lui de pouvoir se décharger, ne fût-ce qu'un instant, du poids insupportable qui écrase sa poitrine.

— J'adorerais avoir une famille à moi, admet-il doucement, tandis que son pouce caresse la petite couverture qui enserre le bébé. Mais comme toi, je ne pense pas être capable des sacrifices que cela impliquerait. Je ne crois pas que j'arriverais à être heureux.

— Mais si tu pouvais ? Si le monde était différent – meilleur – est-ce qu'il y aurait quelqu'un avec qui tu pourrais vouloir une famille ?

Devant son sourire encourageant, il admet :

— Si je pouvais avoir ce que Gwen et toi avez ? Ce qui lie Albie et Meredith ou Dashiell et ta mère ? Oui… oui, sans doute.

— Et tu songes à quelqu'un en particulier ?

Même si penser à James suffit à le terrasser, il ne peut résister au ton tendrement moqueur de Beth.

— Mmh… peut-être, avoue-t-il. Seulement, le monde n'est pas bon, et je suis presque sûr qu'il ne sera jamais assez bien pour l'inciter à prendre un tel risque.

Il laisse son regard se perdre dans le spectacle des flammes. Il aimerait être en colère contre James. Seulement, depuis qu'il l'a vu au déjeuner, aussi brisé et blessé que lui-même, il n'y arrive pas. La société est un endroit terrible pour les gens comme eux. Tout ce qui effraie James est parfaitement légitime. Il comprend désormais que ce qu'ils ont vécu au manoir était un conte de fées, une histoire hors de la réalité.

C'est peut-être ce qui lui fait le plus mal. Bobby a voulu y croire jusqu'à ce que le monde se rappelle à eux ; James, lui, n'a jamais voulu prendre le risque, il a préféré fuir avant de se brûler les ailes. Comment pourrait-il lui en vouloir ?

Pour autant, la blessure est toujours aussi vive, enfouie sous ses côtes.

— Et si c'était possible ?

Bobby fronce les sourcils sans comprendre.

— C'est-à-dire ?

— Eh bien, si le monde était réellement meilleur ? Si on trouvait le moyen d'en faire un endroit meilleur… pour nous tous…

— Je ne comprends pas…

Beth hausse les épaules avec un soupir.

— Gwen et moi avions l'intention de vous obliger à vous retrouver tous les deux, mais le temps a manqué et je crois que si je l'attends…

— Mais enfin, de quoi tu parles ?

Beth prend une inspiration et se lance enfin :

— Écoute, nous… nous avons eu cette idée au tout début de la Saison pour James et toi et… Enfin, nous l'avons abandonnée rapidement, puisqu'il semblait que vous ne pouviez vous supporter. Ensuite, notre plan est redevenu une option et nous avions l'intention d'aborder le sujet avec vous sur le trajet du retour pour Londres, mais James est parti… Enfin, je pense que si c'est vraiment ce que tu veux, alors…

— Beth ! Je t'en supplie ! De quoi es-tu en train de parler ?

— Nous pensions que James et toi pourriez tomber amoureux,

et qu'ensuite James pourrait épouser Gwen, que tu pourrais m'épouser et que nous irions tous vivre à la campagne… heureux…

Son débit se ralentit devant son expression interloquée.

— Tu savais ? s'exclame-t-il, assez fort pour que le pauvre petit Frederic sursaute et pose sur lui un regard plein de reproches. Oh ! pardon, pardon.

Il le berce un instant, avant de reporter son attention sur Beth.

— Tu savais ? répète-t-il plus bas, mais avec la même consternation.

Beth rougit.

— Eh bien, on le suspectait. Mais bien sûr, nous n'aurions jamais forcé les choses si l'un d'entre vous ne… Nous avons tout arrêté après cette horrible soirée à l'Opéra.

— Vous avez essayé de nous piéger dans un mariage ? répète Bobby, estomaqué.

— Un faux mariage ! corrige-t-elle. Tu aurais vécu avec James, moi avec Gwen, et ç'aurait été la couverture parfaite, comme lorsque nous étions…

— … au manoir, termine-t-il à sa place.

Tout ce chaos d'idées prend étrangement sens, une fois son esprit plus calme. Bien sûr qu'elles ont machiné dans leurs dos. Il les revoit les invitant tous deux, les forçant à faire équipe, harcelant ce pauvre oncle Dashiell pour inviter James à tous les événements. Toutes ces fois où James et lui se chamaillaient, Beth et Gwen attendaient dans les coulisses avec l'espoir qu'ils tombent amoureux et qu'ils obtiennent tous la fin de leur conte de fées…

— C'est… brillant, marmonne-t-il enfin.

— C'est ce que je pense aussi, confirme Beth en se repositionnant dans son fauteuil avec un sourire satisfait.

Bobby baisse les yeux sur le tout-petit blotti entre ses bras.

— Mais, Beth… Dieu sait que je t'aime et que si je devais me marier, tu serais la seule que je choisirais, mais je ne sais pas si je pourrais…

— Non, non, Seigneur, non ! s'écrie-t-elle en se redressant si vite qu'elle manque glisser au bas du fauteuil. En fait, le plan était presque parfait, sauf en ce qui concerne cette histoire d'héritiers et de bébés…

— Ah, bien… bien.

— Et il n'y a jamais eu aucune obligation. Je t'en parle simplement parce que, eh bien, si tu penses que cela pourrait fonctionner, peut-être que ce sera aussi le cas pour James…

Bobby se mordille la lèvre, les yeux rivés sur Frederic qui ronfle adorablement. Ce serait vraiment le subterfuge parfait… Eux quatre, à la campagne, réunis, pour toujours, dans l'amour, l'amitié et la famille. S'ils avaient pu éviter que Lady Harrington ne les découvre en pleine débauche, ils se seraient peut-être épargné bien des souffrances…

— Pourquoi ne pas m'en avoir parlé plus tôt ? demande-t-il à Beth.

Elle lui sourit tristement.

— Ce n'est que lorsque nous vous avons vus ensemble au manoir que nous avons songé que notre plan pouvait réellement être un succès, et puis… J'imagine qu'on a eu peur, tout simplement. Nous ne savions pas ce que tu ressentais réellement pour James, si c'était « pour toujours ». Nous ne voulions surtout pas que tu te rendes malheureux pour faire notre bonheur, et je crois que nous avons toutes les deux craint que tu ne te sacrifies pour nous.

Bobby sent son cœur se briser et exploser d'amour en même temps.

— Vous êtes vraiment les meilleures amies dont on puisse rêver, vous le savez ?

— Eh bien, le sentiment est réciproque, dit-elle en rougissant, les yeux humides. Le choix est entre tes mains, entièrement. Nous pouvons absolument rester amis comme aujourd'hui. Ce sera très bien aussi.

Bobby prend le temps d'éprouver l'idée dans son esprit.

— Gwen serait heureuse d'épouser James ? Je sais que ce ne sera un mariage que de nom, mais tout de même, aux yeux du monde, dans les fonctions officielles, les réceptions...

— N'as-tu pas remarqué l'équipe de sportifs qu'ils forment, tous les deux ? Gwen serait ravie ! Et quand elle deviendra trop tendue, nous pourrons les laisser ensemble et partir pour une longue balade reposante, juste nous deux.

Bobby rit.

— James est capable de parler des heures d'aviron et de navigation.

— Parfait ! Laissons cela à Gwen, elle adore !

Une lueur d'espoir, étrange et tentatrice, prend racine en lui. Ce serait un arrangement parfait, l'issue idéale à une situation inextricable – un moyen d'obtenir enfin le bonheur et la sécurité dont James et lui rêvent. Au passage, la menace que représentent Raverson et les rumeurs serait écartée pour toujours.

Oui, ces faux mariages résoudraient tous leurs soucis... à la condition que James et lui soient assez courageux pour se faire mutuellement confiance. Seulement, Bobby n'est plus tellement sûr d'être prêt à mettre en péril une fois de plus son cœur.

# 28

## *James*

Debout entre Albert et Lord Havenfort, James applaudit vigoureusement à leurs côtés. Le marteau vient de tomber : la loi est adoptée par la Chambre des lords et doit à présent faire son chemin à la Chambre des communes.

Il sent une profonde fierté couler dans ses veines. Lui, James, vicomte Demeroven, a accompli quelque chose de bon. Ce sentiment lui donne presque le vertige.

James suit Albert à l'extérieur de la vaste salle. Au passage, il salue de la tête plusieurs visages connus dans leur aile. Certains lui sourient, d'autres touchent poliment leur chapeau, d'autres encore les acclament tous trois à pleine voix.

Peu lui importent les grognements mécontents en provenance de l'autre aile politique qui déplore la prétendue ingérence du gouvernement. Il préfère se concentrer sur le ciel d'un bleu parfait quand ils sortent de St Stephen et savourer la sensation d'accomplissement qui monte en lui. Il a la ferme intention de faire de cette sensation une habitude dans les années à venir.

En fait, il compte demander à Lord Havenfort quel pourrait être leur nouveau cheval de bataille à la prochaine session parlementaire. Il en est le premier étonné : ce travail lui plaît et il est impatient d'apporter une nouvelle pierre à l'édifice de sa vie qu'il a enfin prise en main.

— Je ne pourrais jamais vous remercier assez pour votre aide, mes garçons – enfin, milords, dit Lord Havenfort ému.

Il les écarte de la foule et les entraîne dans un coin plus calme. James ne peut contenir un sourire timide, tandis qu'Albert sourit largement. Lord Havenfort tire de sa poche deux enveloppes épaisses et les leur tend. En découvrant son contenu, James balbutie, atterré :

— Lord Havenfort, c'est...

— C'est oncle Dashiell, James, le coupe-t-il. Et je veux qu'Albert et toi profitiez de cet argent pour vous détendre à Cowes. Gâtez les filles et Bobby, et amusez-vous tous. À votre retour, nous verrons comment nous nous organiserons tous pour la saison de la chasse.

James tente encore de se faire à l'idée d'appeler Lord Havenfort « oncle Dashiell », tandis qu'Albert accepte pour eux deux et remercie avec enthousiasme. James peine à comprendre, c'est comme si rien ne s'était passé, comme si Albert et lui étaient toujours amis.

Il a l'étrange impression que son cœur fond dans sa poitrine, et il doit soudain cligner furieusement des yeux pour ne pas laisser couler une larme.

— Je suis très fier de vous deux et j'ai hâte de travailler à nouveau avec vous dans les années à venir. Vous faites honneur à vos titres, messieurs.

James comprend soudain qu'il ferait n'importe quoi pour lire encore cette fierté dans les yeux de son oncle. C'est un sentiment inconnu tellement étrange...

— Merci..., souffle-t-il, le cœur délicieusement serré.

— Adressez à ma tante toutes nos pensées, ajoute Albert en passant un bras autour de ses épaules.

D'abord surpris, James se détend rapidement à ce contact

amical. Sur un dernier clin d'œil, leur oncle part en sifflotant au milieu de la foule de parlementaires en haut-de-forme.

— C'était un sacré spectacle ! s'écrie Albert en lui serrant l'épaule.

Puis, du pouce, il feuillette la liasse de billets contenue dans son enveloppe.

— Bon sang ! Rien qu'avec la mienne, on pourrait payer tout le voyage deux fois !

— Je préfère ne pas compter, lui répond James, emporté par la chaleur joyeuse qui se répand en lui.

— Comment comptes-tu te rendre à Cowes ? demande Albert.

— J'ai pu avoir un billet de train pour arriver juste à temps pour la seconde manche, le jour de l'ouverture.

— Tu devrais plutôt venir avec nous la veille.

James le regarde, stupéfait et incertain. Albert lui sourit gentiment, presque un peu tristement, comme Gwen la semaine passée. C'est comme s'il comprenait et voulait que James vienne malgré...

— Oncle Dashiell nous a réservé une voiture privée et des chambres à l'hôtel de la côte pour que nous puissions prendre le premier ferry.

— Pour tout le monde ?

— Gwen, Beth, Meredith, Bobby, moi... et toi, si tu veux une place. Les filles seraient ravies.

James hésite. Il vient de traverser deux semaines à chercher désespérément comment ajuster les dernières pièces du puzzle. Les pièces les plus importantes en vérité, celles qui impliquent d'avoir le cœur battant à tout rompre, le corps saturé de plaisir, et de l'amour dans le sang. Il veut vraiment découvrir un moyen de faire rentrer cette partie-là dans l'existence qu'il est en train de se créer. Hélas, il n'a pas encore trouvé...

— Bobby en serait probablement heureux, lui aussi, continue Albert.

James ouvre la bouche, mais sa langue est comme paralysée

par trop de mots qui ne peuvent sortir quand, soudain, il est violemment percuté dans le dos.

— Hé ! Attention ! proteste Albert.

James retrouve l'équilibre et se retourne pour faire face à Raverson qui le toise d'un regard menaçant. James remarque tout de suite sa mise négligée, sa perte de poids et la lueur presque maniaque dans son regard.

Instinctivement, James a envie de s'effondrer, mais il s'oblige à rester bien droit, tout comme Albert qui se dresse de toute sa hauteur.

— Ce n'est qu'un pari, il y en aura d'autres, lâche-t-il sèchement en misant sur la raison la plus plausible de l'agressivité de Raverson.

— Pas aussi élevé que celui-ci, gronde ce dernier.

James reste un instant pétrifié, avant de balbutier.

— Attendez... vous aviez parié sur le vote ?

Le regard amer et mauvais de Raverson confirme leur hypothèse.

— Tu viens de me coûter près de deux mille livres, déclare-t-il, la voix basse et menaçante.

Même Albert sursaute en entendant la somme.

— Comment puis-je être responsable d'un pari que vous avez fait ? réplique James, sincèrement estomaqué.

— J'avais tout parié sur ce vote. Maintenant, tu vas m'aider à rembourser.

— Nous n'avons aucune intention de rembourser quoi que ce soit, alors que vous êtes seul responsable de votre mauvais pari, répond Albert.

Discrètement, il lui prend des mains son enveloppe pleine de billets et la range, ainsi que la sienne, dans les poches de sa veste, tandis que Raverson continue de poser un regard assassin sur James.

— Ah, mais voyez-vous, Demeroven était précisément la raison pour laquelle j'ai dû me tourner vers d'autres ressources.

James le fixe avec des yeux ronds.

— Pardon ?

— C'est toi qui m'as dit d'arrêter mes petits jeux, regarde où cela m'a mené !

— Ce n'est pas...

— Donc, maintenant, je reviens prendre ma part de mon arrangement. Ou bien préfères-tu que j'aille voir ton cher papa ?

Brusquement, le visage de Griggs se superpose à celui de Raverson face à lui. Il a tenu tête à l'un, il peut tenir tête à la pâle réplique de Raverson qui se tient devant lui.

— Mon beau-père a quitté la ville, réplique James. Et je ne vous dois rien du tout.

— Vous allez me payer. Toi et Mason, sans quoi ce sera dans les journaux après Cowes, lance-t-il d'un ton menaçant en s'avançant d'un pas.

James s'oblige à ne pas reculer, si bien qu'ils se retrouvent presque torse contre torse. Il sent le souffle de l'haleine chargée de Raverson sur son visage. Il peine à croire que c'est bien le même homme qui l'a tellement intimidé pendant ses études, le même qui a fait pression sur Lord Havenfort, Bobby et lui toute la saison. L'homme qu'il a face à lui n'est plus que l'ombre de lui-même.

— Il n'y a rien à mettre dans les journaux, répond James avec autant de fermeté qu'il le peut.

Albert s'approche d'eux, ils doivent former un trio hautement suspect de l'extérieur.

— Oh ! tu peux jouer les braves désormais, mes preuves n'en sont pas moins valides. C'est pour ça que tu me donneras ce que je veux.

— Et sinon ? lance James.

Il se force à réprimer une vague de chagrin quand il songe qu'à présent Bobby et lui ne sont même plus ensemble. Mais apparemment Raverson compte les poursuivre, qu'ils soient ensemble ou non.

— Dans ce cas, vous serez sûrement ravis tous les deux de

partager une cellule de Newgate, pendant que je profiterai de l'argent de votre cher oncle, lâche Raverson.

— Et ces deux mille livres régleront tous vos soucis, peut-être ? On ne se retrouve pas avec des bleus et des coups pour cette somme, intervient Albert en le frappant légèrement sur les côtes.

Aussitôt, Raverson grimace : Albert a vu juste, il a été roué de coups.

— Quel est votre plan quand les deux mille auront été épuisés ?

— Vous n'êtes que les premiers, grommelle-t-il en s'écartant légèrement pour être hors de portée des poings d'Albert. Quand j'aurai récupéré tout ce qu'on me doit, je serai plus riche que vous tous. Tous ceux qui riaient de moi à l'école, qui se moquaient du petit cadet, qui me prenaient pour un pauvre idiot sans envergure... Vous tous, vous ne rirez plus quand je serai plus puissant que vous.

— Et que se passera-t-il quand quelqu'un viendra vous demander des comptes ? demande James qui peine toujours à accepter que l'homme soit encore plus vil qu'il ne l'imaginait.

— Idiot ! Je serai tellement puissant que personne ne pourra rien contre moi, s'emporte-t-il dans un mélange de haine et de délire. Je te préviens, Demeroven : prépare ta bourse pour ton dernier jour à Cowes, sans quoi tu finiras en prison.

Sur ces mots, il tourne les talons et s'éloigne, laissant James et Albert seuls. Par chance, ils n'ont pas trop attiré l'attention, mis à part quelques regards curieux des vendeuses de fleurs ou des cochers qui attendent la fin de l'affluence pour s'égailler.

— Bon, apparemment, tu es contraint de venir avec nous à Cowes, dit enfin Albert. Nous allons devoir élaborer un plan.

James se tourne lentement vers lui, le cœur au bord des lèvres, embarrassé au-delà des mots.

— Si j'avais parlé à Bobby avant qu'il... Si j'étais allé voir ton oncle – *notre* oncle, peut-être...

Albert tend la main pour lui serrer l'épaule.

— Le fait que Raverson soit un être vil, déplorable et pathétique n'est pas ta faute. Tous ensemble, nous allons trouver une solution quand nous serons à Cowes. Je te le dis, Meredith a toujours adoré les défis. Quant à Beth et Gwen, elles seront absolument enchantées de remettre un type comme lui à sa place.

— Elles ne le connaissent même pas, proteste-t-il, la gorge serrée.

— Peu importe. Il s'en prend à vous deux, donc il s'en prend à nous tous, elles n'ont pas besoin d'en savoir plus. Mais revenons aux choses importantes, dit-il soudain très sérieusement en posant son autre main sur son épaule, de sorte qu'ils sont face à face. Si, de retour de Cowes, je ne jure pas à ma belle-mère que tu as passé un merveilleux séjour en notre compagnie, je ne donne pas cher de ma peau. Tu ne voudrais pas que cette brave Lady Harrington me fasse passer de vie à trépas, n'est-ce pas ?

James éclate de rire et l'étau se desserre dans sa poitrine.

— Pardon ?

Albert l'entraîne vers un fiacre.

— Après ton départ en catastrophe, elle était terriblement inquiète que tu ne disparaisses sous le poids de la honte et qu'elle ne puisse même pas te taquiner avec cette histoire.

— Mais alors... elle n'était pas... fâchée ?

Il peut de nouveau sentir l'horrible morsure de la mortification et de la panique qui ne l'a pas lâché pendant tout cet horrible trajet de retour à Londres.

Albert ouvre la porte du fiacre et lui fait signe de grimper le premier. James s'exécute, un peu surpris quand Albert donne l'adresse du Foundling Hospital au cocher.

— Nous allons récupérer Gwen qui vient de finir son service à la maternité, explique-t-il en refermant la porte sur lui. Et non, Lady Harrington n'est nullement fâchée, alors que c'est sa trop grande curiosité qui lui a joué des tours.

— Mais nous n'aurions pas dû...

James s'interrompt, incapable de terminer cette phrase sans abandonner ses manières de gentleman.

— Elle a voulu espionner, ça lui a bien servi de leçon, assure Albert avec un naturel déconcertant.

Devant la mine effarée que doit afficher James, il éclate de rire.

— En toute honnêteté, elle a surpris bien pire entre Meredith et moi... Ce sera une histoire à raconter un jour. Qu'il te suffise de savoir qu'elle tient sincèrement à ce que tu t'amuses autant que possible le reste de la Saison et qu'elle m'a chargé de m'en assurer. Donc, tu dois impérativement nous accompagner à Cowes.

James ne peut qu'acquiescer, interloqué, tandis qu'Albert se tourne vers la fenêtre avec un sourire de satisfaction. Plutôt que de lui demander des comptes à propos de Raverson, plutôt que de s'énerver et tempêter après sa fuite, Albert se contente de... le protéger.

La douce chaleur reprend le dessus dans sa poitrine et James se laisse aller contre la banquette, presque étourdi. Raverson est à ses trousses, mais tout ce qui semble importer à Albert, c'est de le voir... heureux. Même après qu'il s'est enfui sans donner la moindre nouvelle. Comment pourraient-ils tous lui pardonner ? Comment pourra-t-il jamais se pardonner à lui-même ?

Malgré l'affection qui l'anime, le mélange de chagrin et de malaise pèse lourd dans son estomac. Raverson a été très clair : aucun subterfuge, aucune distance entre Bobby et lui, même réelle, ne le feront reculer.

Et il en sera de même pour toute la société. Quoique Bobby en pense, le monde ne veut pas de James tel qu'il est. Il peut devenir l'incarnation du parfait vicomte, le monde ne cessera pas de le haïr, trop corseté dans sa peur, son étroitesse d'esprit, ses préjugés.

À l'exception d'Albert, Gwen, Beth et Meredith. Même Lady Harrington, apparemment ! Sans oublier son oncle Dashiell et sa tante Cordelia.

Et puis... Bobby.

Les regrets le prennent à la gorge. James leur a infligé des semaines de douleur et de chagrin pour rien. Au lieu de combattre Raverson ensemble, unis et heureux, il les a fait horriblement souffrir.

Quel idiot il est de ne le comprendre que maintenant ! Ils ne peuvent pas changer le monde, mais au moins ils pourraient l'affronter ensemble. Tous ensemble.

Il doit absolument arranger ce qu'il a fait ! Et tout de suite !

Il ouvre la bouche sans savoir exactement par où commencer, lorsque le fiacre freine brusquement devant l'hôpital. Il suit le regard d'Albert vers Gwen. Sous l'une des arches en pierre de la façade, la jeune femme est baissée devant une petite fille qui tient un ourson en peluche et se mordille les lèvres. L'enfant paraît décharnée, mais elle porte une robe et un bonnet propres et à sa taille.

Albert saute du fiacre et James descend à son tour, juste à temps pour entendre les derniers mots de Gwen à la fillette :

— Je te promets que Beth et moi reviendrons jouer avec toi la semaine prochaine.

Les yeux de la petite se remplissent de larmes. Elle ne doit pas avoir plus de deux ou trois ans. Gwen la serre dans ses bras, puis une femme sort du bâtiment pour emmener l'enfant par la main.

Gwen se relève et leur fait un signe, avant d'essuyer ses yeux avec son mouchoir. Albert la guide vers la voiture et s'installe à côté d'elle.

La gorge serrée d'émotion après ce qu'il vient de voir, James tape contre le plafond et le véhicule démarre. Après un moment pour se reprendre, Gwen s'excuse dans un petit rire fragile :

— Je suis désolée. Elle est tellement adorable...

— Lady Ashmond prendra bien soin d'elle, dit Albert pour la rassurer.

— Je sais. Elle est étonnamment douce avec les enfants... Savez-vous qu'elle travaille avec Thomas Parker sur un nouveau projet ?

— Parker ? s'exclame James, de nouveau paniqué. Comment diable se connaissent-ils ?

— Oh ! il est régulièrement invité dans le salon qu'elle tient, explique Gwen d'un ton parfaitement neutre. Apparemment, Parker a promis de lui présenter de jeunes gens pour son programme d'investissement. J'imagine que tu fais partie des jeunes gens en question ?

Lentement, James confirme d'un hochement de tête.

— Effectivement, je dois lui rendre visite après notre séjour à Cowes.

Il n'arrive pas à y croire... Thomas Parker et Lady Ashmond. La clientèle de D'Vere en étroite collaboration avec les membres les plus influents du *Ton*... Tout ce temps perdu à tenter de séparer strictement sa vie personnelle de la haute société, alors que ces deux mondes sont visiblement mêlés, sans même qu'il s'en soit rendu compte. Quel imbécile il fait !

— Parfait ! Lady Ashmond est impatiente de lancer ce projet. Mais dites-moi maintenant... la loi est passée ?

— Absolument ! s'exclame Albert.

Gwen pousse un cri de victoire.

— Père doit être tellement heureux !

— Il l'était, dit Albert en ressortant l'enveloppe de James de sa poche pour la lui rendre.

Gwen émet un sifflement à la vue de la somme d'argent.

— Apparemment, il est de notre devoir de profiter pleinement de la semaine à Cowes, commente James.

Inutile de parler de Raverson et de son chantage tout de suite, un simple coup d'œil à Albert lui confirme qu'il partage son avis. Il est également décidé à s'excuser de son comportement passé par des gestes, plutôt que par de simples excuses, alors il demande plutôt :

— Et mis à part les projets de Lady Ashmond, tu te plais toujours à l'hôpital ?

— C'est merveilleux ! Je sais que l'idée vient de Beth, mais désormais j'adore y passer du temps. C'est tellement gratifiant ! Honnêtement, j'aimerais ramener tous ces adorables petits avec moi à la maison, conclut-elle avec une note de tristesse.

— J'espère qu'avec la nouvelle loi il y aura un peu moins d'orphelins, déclare James d'un ton encourageant. Et il sera peut-être également possible d'obtenir quelques médecins supplémentaires à la maternité pour que moins de femmes ne meurent en couches.

— Oui, j'aimerais beaucoup. Tu as des listes de praticiens à me proposer ?

— Absolument. Dès notre retour, nous pourrons y jeter un œil et proposer quelques postes.

Gwen le regarde un instant sans mot dire, puis, du regard, elle semble approuver, et James a l'étrange impression d'avoir réussi un test qu'il ignorait passer.

— Ce serait merveilleux, affirme-t-elle finalement, solennelle. Bon, et maintenant, Cowes. Qu'avez-vous en tête ?

— Pour commencer, nous assisterons aux régates, bien entendu, explique Albert. Je sais que tu meurs d'envie de monter sur l'un de ces voiliers, donc j'ai pensé que l'un d'entre nous pourrait servir de capitaine ?

Il fait un geste vers James qui confirme :

— J'aurai besoin d'un second, mais oui, je peux diriger comme capitaine.

— Parfait ! s'écrie Gwen avec un regard plein d'attente.

— Tu aimerais apprendre à naviguer ?

— Oh oui !

Dans son enthousiasme, elle jette les bras autour de son cou avec une impétuosité qui manque renverser le fiacre. Quand elle reprend sa place, James doit être rouge comme une pivoine.

— Personne n'a jamais voulu me laisser apprendre, j'ai tellement hâte !

— À toi de gérer le monstre que tu as créé, s'exclame Albert en riant.

Ce qui convient tout à fait à James, en vérité. En dépit des superstitions tenaces, il n'imagine pas meilleur marin que Gwen. Elle a la ténacité des plus grands aventuriers et fera un excellent second.

— Marché conclu !

— Fabuleux ! s'écrie Gwen, alors que la voiture ralentit devant la résidence Havenfort. Prépare-moi un pantalon et un manteau de pluie, je veux pouvoir bouger sans entraves.

— Nous en rediscuterons, coupe Albert, alors que James est déjà en train d'acquiescer.

Gwen lève les yeux au ciel et saute du fiacre sans attendre leur aide.

— À demain ! lance-t-elle gaiement avant de courir vers le perron.

— Nous sommes fichus, plaisante Albert.

James hausse les épaules avec un sourire tendre.

— Cela la rend tellement heureuse.

— Absolument…

James regarde par la fenêtre alors que le fiacre poursuit son chemin jusque chez les Mason. En l'absence de Gwen, sa bonne humeur disparaît rapidement.

— Voudrais-tu rester dîner, pour fêter notre succès ? propose Albert quand ils parviennent devant la maison.

James a beau mourir d'envie de se ruer à l'intérieur pour prendre Bobby dans ses bras et sentir ses lèvres chaudes sur les siennes… il doit se donner le temps de bien faire les choses. Il ne veut pas risquer de tout gâcher par trop de hâte. Bobby mérite mieux que des excuses piteuses mal préparées.

— Non merci, répond-il. Je vous rejoindrai demain. Je dois préparer mes affaires et…

Il s'interrompt, pensif. Pendant ce temps, Albert ouvre la

porte et attend, lui laissant le choix. Au moment de descendre, il se tourne vers lui. Certes, il ne peut pas simplement embrasser Bobby à perdre haleine, mais partager avec Albie ce qui se passe dans son esprit paraît un minimum.

— J'ai besoin de temps pour m'excuser correctement.

Albert le regarde un long moment, avant de souffler, d'une voix basse presque menaçante.

— Tu vas le rendre heureux, n'est-ce pas ?

James ne sait pas encore comment il va s'y prendre, néanmoins, à présent débarrassé de ses peurs les plus ancrées, le choix lui paraît infiniment facile.

— Oui, promet-il. Oui, je vais le rendre heureux.

Pour commencer, il ne compte laisser personne, et Raverson moins que quiconque, leur voler la possibilité de connaître le véritable bonheur au sein d'un foyer rempli d'amour. Il a commis cette erreur par le passé… il ne compte pas recommencer.

# 29

## *Bobby*

Installé sur le siège à côté d'Albie quand le train se met en mouvement, Bobby admire la façon dont la lumière qui perce à travers les arbres parsème leur groupe de six d'éclats de vert, de bleu et de blanc. Il ne sait pas quoi faire de ses mains.

Face à lui, James est assis, sans aucun décorum, trop occupé à discuter avec animation avec Gwen pour se préoccuper de son maintien de gentleman. Ils expliquent à Beth et Meredith quels paris ils ont décidé de faire pour les courses de la semaine.

James est magnifique dans son costume de lin bleu clair qui fait ressortir la teinte de ses yeux. Ses cheveux retombent de façon adorable devant ses yeux. Il n'est plus fébrile et épuisé, comme lors de leur terrible face-à-face quelques jours plus tôt, mais paraît détendu et excité par leur séjour à Cowes. Plus étonnant encore, au lieu d'ignorer Bobby, il a rougi lorsque leurs regards se sont croisés la première fois à son arrivée dans le train.

En conséquence, Bobby se sent complètement perdu et il ne sait plus comment se comporter.

Sa conversation avec Beth continue de tourner dans sa tête, tandis qu'il écoute Gwen et James échanger avec vivacité. C'est évident qu'ils s'entendent à merveille… Ils pourraient tous obtenir ce qu'ils veulent… Seulement, Bobby doit trouver le courage de demander James en mariage. Enfin, non, techniquement, il doit lui demander d'épouser Gwen, mais c'est tout comme...

S'il ne lui restait pas un semblant de bonne éducation, il pourrait faire sa demande ici même, dans leur wagon privé, comme un écolier impatient privé de toute dignité.

Seulement, même s'il a souri, James ne lui a pas adressé plus de deux mots. Dans son âme, la douleur le dispute à l'espoir. Son cœur bat tellement fort qu'il lui fait mal. Un peu plus et il risque de prendre feu avant d'arriver à Southampton.

— J'ai réfléchi... Si nous gagnons tous nos paris, nous triplerons la somme que ton père nous a donnée, à Albert et moi. Peut-être pourrions-nous investir cet argent pour agrandir l'aile réservée aux enfants au Foundling Hosp...

Tout le monde fait silence, les yeux rivés sur James qui se tait brusquement, l'air gêné.

— C'est une merveilleuse idée, dit enfin Beth en levant les yeux vers Bobby. Et très utile.

Le sourire de James s'élargit et il se redresse sur son siège.

— Il y aurait sans doute même les fonds pour héberger les enfants dans une maison à l'extérieur de l'hôpital. Ce pourrait devenir un véritable orphelinat, avec des jardins et du bon air. Nous pourrons sans doute trouver une demeure à vendre à la campagne. Nous pourrions faire appel à une... communauté avec laquelle j'ai des liens. Gwen m'a appris que Lady Ashmond souhaitait déjà travailler avec Thomas Parker, qui a des relations...

Bobby l'interrompt, stupéfait.

— Thomas Parker ?

James lui adresse un regard complice.

— Ne crois-tu pas que les clients de son club seraient intéressés, pour certains, par l'ouverture d'un orphelinat ?

— Je... absolument. La cause est excellente et parfaite pour les relations publiques.

— N’est-ce pas ? lance James enthousiaste, le regard brillant, avant de revenir à Gwen.

Bobby a les oreilles qui sifflent. Se peut-il qu’il ait eu une hallucination ou bien James vient-il vraiment de mentionner Thomas Parker comme si de rien n’était ? La panique incontrôlable qui l’a fait fuir voilà quelques semaines aurait disparu comme par magie, au point qu’il mentionne la clientèle introvertie du D’Vere de la sorte ? Que diable s’est-il passé ?

— Beth et moi allons arranger une réunion entre Lady Ashmond et Thomas Parker à notre retour, annonce joyeusement Gwen. Et nous pourrons également discuter des excellents médecins que vous avez dégotés.

— Nous devrions nous assurer qu’il y aura dans le lot quelques praticiens gallois, propose James.

— Et de l’étranger également, car l’hôpital reçoit beaucoup d’immigrants. S’ils pouvaient être reçus par des soignants qui connaissent leur langue et leur culture, ce serait parfait, ajoute Beth.

— Dans ce cas, il va falloir envisager d’étendre notre champ d’action et nos recherches à l’étranger, intervient Albie qui caresse doucement les cheveux de Meredith pendant qu’elle somnole sur son épaule. Bobby, apprécierais-tu un petit voyage sur le continent ?

— Évidemment !

En fait, il a toujours ardemment désiré partir pour le Grand Tour[1], mais son père n’aurait jamais approuvé ni bien sûr financé une telle extravagance, qui plus est pour un cadet. Il ne sait pas bien où Albie trouverait l’argent pour un tel projet, mais son enthousiasme est intact.

— Je parie que Cunningham serait ravi de venir aussi. Pour ma part, j’ai toujours eu envie d’un tel voyage, fût-ce seulement quelques mois, commente James.

1. Le Grand Tour est un long voyage en Europe effectué par les jeunes hommes, plus rarement les jeunes femmes, issus de la haute société européenne.

Bobby soutient son regard plein de promesses. Il y lit aussi une certaine hésitation, mais quelque chose a définitivement changé, le doute n'est plus permis. Est-ce pour le mieux ? Il ne peut que l'espérer. Malgré son cœur brisé qui lui enjoint la prudence, il ne peut s'empêcher d'espérer. Seigneur, comment va-t-il tenir les prochaines heures étant donné son état de tension ?

Le temps qu'ils atteignent la gare de Southampton et rejoignent l'hôtel, ses nerfs sont tellement tendus qu'il les sent pratiquement vibrer. Son esprit épuisé n'a pu élaborer aucun plan, ni formuler aucun discours, ni quoi que ce soit d'un tant soit peu utile. Au lieu de cela, il n'a rien fait d'autre que se mettre les nerfs à vif.

Il s'avance dans le hall de l'hôtel, remarque à peine le ravissant papier peint et les lampes harmonieusement disposées près des étagères chargées de livres. L'endroit est charmant, certes, seulement son estomac est complètement noué.

— Tout va bien ?

Bobby sursaute et affronte James qui semble parfaitement calme et en pleine maîtrise de lui-même. Quelle injustice !

— Oui, oui, très bien, prétend-il.

James s'apprête à parler quand Meredith approche et pose une clé dans la main de Bobby.

— Les porteurs sont déjà en train de monter les bagages. Vous êtes chambre sept.

Interdit, Bobby cligne des paupières, le cœur battant.

— Tous les deux ?

— Eh oui, oncle Dashiell n'a pu réserver que trois chambres, nous sommes bloqués, conclut-elle avec un clin d'œil. Passez une bonne nuit !

Sur ce, elle suit Albie à l'étage, pendant que Beth et Gwen gloussent en les suivant. Ils restent seuls, sans oser se regarder. Bobby sent la chaleur monter à son visage. Il n'est pas prêt à… Il s'imaginait qu'il aurait la nuit pour réfléchir, se reprendre…

— Je suppose qu'on devrait…, commence James, la voix mal assurée.

— Oui, j'ai la clé, donc…, répond Bobby en avançant droit vers l'escalier, les épaules raides.

James le suit et, le temps qu'ils parviennent en haut des marches étroites, Bobby a l'impression que son corps est traversé d'éclairs brûlants. Il manque trébucher à l'arrivée sur le palier, mais James le rattrape.

Sa paume reste posée en bas de son dos et Bobby réprime un gémissement d'anxiété et de désir mêlés, alors qu'ils suivent les derniers porteurs dans le salon privé qu'ils partageront tous les six. Une fois leur mission accomplie, les porteurs repartent aussitôt, parfaitement indifférents à deux compagnons de voyage comme ils en voient tant. Ils ne peuvent pas savoir combien ce petit séjour à l'hôtel est en réalité complexe.

Bobby jette un regard vers la porte entrouverte de leur suite. S'ils entrent… Oui, mais s'ils n'entrent pas, il va réellement prendre feu sous l'effet de la tempête qui ravage son corps et son âme.

— Allons-y, lâche James en pressant calmement sa main qui n'a pas bougé au bas de son dos.

Bobby se met brusquement en mouvement et les conduit dans la pièce. C'est lui encore qui referme la porte derrière eux. Puis ils restent immobiles sur le seuil de la chambre, qui contient le strict nécessaire : un lit double, une seule chaise et leurs bagages.

Bobby lève les yeux sur James qui a les siens fixés sur le lit, avec sa barbe claire déjà en train de repousser et ses lèvres sensuelles qu'il mordille. Des images de leur semaine à la campagne repassent dans sa tête. Impossible pour Bobby de faire bouger sa langue dans sa bouche asséchée. Parler pourrait tout arranger, et cependant… James pourrait aussi dire non.

Malgré ses œillades complices dans le train, il pourrait dire non. Toute cette histoire de mariage est peut-être complètement délirante. Il sait fort bien que, parfois, Gwen, Beth et lui se laissent emporter. Mais James a besoin de concret, de réel, et leur proposition ne suffira peut-être pas.

Maintenant qu'ils sont presque côte à côte, leurs manches se touchent, ils sont si proches... Mais Bobby ne sait pas s'il pourra supporter un nouveau rejet.

Ce serait sans doute moins douloureux de rester toute la nuit, et le reste de leurs jours, dans cet entre-deux du possible, sans prendre aucune décision.

James détache enfin son regard du lit et se tourne pour lui faire face. Leurs regards s'accrochent et toute la tension des dernières heures, des dernières semaines, même, se concentre entre eux. Bobby entrouvre les lèvres et James lève une main hésitante qui vient caresser sa joue.

Sa main s'immobilise, ses yeux toujours plongés dans les siens, sa paume chaude contre sa joue. Bobby peine à déglutir, tant de questions se pressent dans sa bouche. Mais ce n'est plus le moment de parler. Il a tellement envie, non... besoin de se perdre dans les baisers de James.

Son esprit épuisé ne sait plus réagir correctement, son cœur bat bruyamment dans sa poitrine, en revanche, ses mains semblent parfaitement capables. Elles se lèvent d'elles-mêmes pour entourer la taille de James, remonter dans son dos et l'attirer plus près.

Enfin, leurs lèvres se touchent et Bobby s'abandonne enfin. Peut-être s'est-il endormi dans le train et tout cela n'est-il qu'un merveilleux rêve... Sa bouche sur la sienne, la caresse de sa langue et la pression des doigts de James sur son visage.

Puis James s'écarte trop tôt, sans lâcher son visage. Bobby cligne des yeux et s'accroche à son dos, inquiet, s'il bouge, de se réveiller brusquement. Il n'osait pas espérer... Il ne sait pas vraiment ce que signifie ce baiser, ni comment il convient d'y réagir, sinon en s'accrochant de toutes ses forces à James avant que ce moment parfait ne prenne inévitablement fin.

James lève les yeux vers lui, le regard inquiet et interrogateur.

Bobby aimerait beaucoup parvenir à formuler une seule phrase, une question pour comprendre…

— Je suis tellement désolé, souffle James.

Le pouce de James passe sur sa joue, et son souffle se bloque dans sa gorge sous la puissance de cette tendresse.

— Je me suis affreusement mal expliqué l'autre jour et je sais que je t'ai profondément blessé. Je suis absolument navré, poursuit-il, la voix légèrement tremblante mais assurée. Je n'aurais jamais dû te laisser penser que tu me faisais honte, ou que notre… amour était un problème.

Est-il en pleine attaque ? Bobby peine à croire ce qu'il entend.

— Notre…, répète-t-il estomaqué.

— Ton frère a raison, continue James en lui souriant.

— Qu'est-ce qu'Albie a à voir…

— C'est le monde qui a tort, pas nous.

Bobby cligne des yeux, la peau couverte de frissons sous la caresse de James. C'est seulement alors qu'il prend conscience des larmes qui coulent sur ses joues. Comme c'est embarrassant… Au même instant, James se hisse pour poser les lèvres sur les larmes et il songe soudain que, peut-être, ses pleurs sont beaux, en vérité.

Est-ce seulement possible ? Sont-ils enfin tous les deux contre le reste du monde, comme il l'a toujours souhaité ?

— James…, souffle-t-il, apparemment incapable de trouver les mots justes – n'importe quels mots, en fait – pour exprimer le brusque afflux d'émotions qui le submerge.

— J'ai quelque chose à te dire, reprend James en s'écartant.

Le contact de ses mains sur son visage lui manque immédiatement. Par bonheur, James noue ses doigts aux siens, les yeux plongés dans les siens, l'air sombre.

— Après Cowes, Raverson va venir exiger mille livres de chacun de nous, sans quoi il ira voir la presse.

— Merde…, lâche Bobby, ce qui est décidément le mot le moins élégant qui pouvait sortir de sa bouche.

— Albert a prévu de réunir tout le monde demain pour que nous trouvions une solution, mais je tenais à te prévenir moi-même.

— Pourtant, tu es toujours là ?

Il sait parfaitement que Raverson et la menace qu'il représente sont très exactement ce qui a fait fuir James. Cependant, il est bien là, à lui tenir les mains comme si Bobby était ce qu'il avait de plus précieux au monde.

James hoche lentement la tête, vulnérable, effrayé, mais toujours là...

— Raverson nous attaque, que nous soyons ensemble ou non. Le monde nous dira que nous sommes malades, pervers et nous rejettera que nous soyons ensemble ou non. Et moi, je suis fatigué de supporter tout cela seul. Mieux vaut que nous affrontions ce misérable monde ensemble, tu ne penses pas ?

La surprise, la joie et la tristesse se mêlent dans sa poitrine, mais Bobby n'hésite pas un seul instant.

— Ensemble, c'est mieux, déclare-t-il.

Le sourire de James s'élargit et il se hisse sur la pointe des pieds pour donner à Bobby un baiser fabuleux, plein de rire et de triomphe.

Mais, à présent que James lui a ouvert le chemin de son âme, Bobby n'a plus le choix : il doit parler, parce qu'il a peut-être la solution à leur problème.

— Et si Raverson n'était bientôt plus une menace ? demande-t-il.

— Comment ça ?

— Si nous pouvions apporter la preuve éclatante qu'il n'y a aucun scandale à révéler – rien qu'un chantage mal intentionné ?

James s'immobilise et pose les paumes à plat sur le torse de Bobby, l'air attristé.

— Je te l'ai dit, il ne reculera pas. Prétendre que nous ne sommes pas... cela n'a aucune importance à ses yeux.

Bobby secoue la tête et saisit James par les bras.

— Je ne parle pas de faire semblant ou de se cacher, cette fois.

Beth et moi – enfin, plutôt Beth et Gwen ont un plan et je crois qu'il est bon…

— Un… plan ?

— Un moyen pour nous tous d'obtenir une fin heureuse.

— Une fin heureuse ? Ça semble… sinistre.

Bobby éclate de rire.

— Non, non, rien de sinistre. Je veux t'épouser ! s'écrie-t-il.

Sous le coup de l'impatience, les mots sont sortis tout seuls, sans élégance. James le regarde, stupéfait.

— Pardon ?

— C'est notre plan ! Grâce à lui, je peux t'épouser, Gwen peut épouser Beth et… Enfin, si c'est ce que tu souhaites, bien sûr.

— T'épouser ? Mais…

— Enfin, m'épouser en épousant Gwen, ajoute-t-il précipitamment. Seigneur ! Je suis en train de massacrer tout ça, pas vrai ?

Il rit, un peu nerveux, mais James ne s'est pas écarté. Ses mains sont toujours posées sur sa poitrine.

— L'idée, c'est que j'épouse Beth, tu épouses Gwen, et nous nous installons tous les quatre à la campagne, et ce sera comme quand nous étions au manoir… pour toujours.

Sa gorge se serre à mesure qu'il prononce à haute voix tous ses espoirs.

— Ainsi, nous aurions chacun notre partenaire pour les événements sociaux. Nous pourrions vivre tout près les uns des autres, et… enfin, c'était simplement une idée.

Bobby sent sa belle assurance fondre comme neige au soleil. Ses doigts sont soudain glacés et l'inquiétude se répand dans ses os. Et si James ne voulait pas ? Si son vœu était de se marier pour de bon, dans quatre ou cinq ans, pour avoir un héritier bien à lui ? Et si…

— Tu veux passer le reste de tes jours avec moi ? murmure James.

Bobby n'a presque plus de souffle, pourtant, il parvient encore à s'exclamer, parce que la réponse est tellement simple :

— Bien sûr ! Je suis en train de te demander en mariage. Enfin, à travers ma cousine, mais...

James tombe d'un seul coup, et Bobby vacille, les mains dans le vide. Jusqu'à ce qu'il prenne conscience que James n'est pas tombé, non, il a mis un genou en terre.

Bobby se laisse tomber à son tour, à genoux face à lui, et ils s'embrassent à perdre haleine. James rit contre ses lèvres, les mains serrées contre son dos.

— Je n'ai pas de bague..., marmonne-t-il sans cesser de l'embrasser.

— C'est normal, c'est moi qui te demande en mariage. D'ailleurs, je n'ai pas de bague non plus.

Puis, brusquement, la réalité s'impose à son esprit.

— Mais alors... tu veux m'épouser ? s'écrie-t-il.

— Je pensais que m'agenouiller devant toi était une réponse suffisamment claire, répond James en riant.

Bobby l'embrasse à nouveau, avant de s'écarter pour préciser :

— À travers Gwen... M'épouser, à travers Gwen. Je t'épouserais directement si c'était possible, et avec toute la fierté du monde. C'est important que tu le saches.

Le sourire de James est éclatant quand il écarte tendrement une mèche de son front.

— Moi aussi je t'épouserais sans hésiter. Et pour l'heure, je suis infiniment heureux de t'épouser en épousant Gwen. Et je te promets que nous allons vous battre, Beth et toi, à tous les sports et tous les jeux pour le restant de nos jours.

Bobby éclate de rire.

— Nous l'emporterons un jour !

— Vous pouvez toujours essayer...

Bobby ne peut s'empêcher de l'embrasser à nouveau. Cette fois, il n'y a plus de retenue. En quelques instants, ils se déchaînent sans retenue. Bobby se frotte délicieusement contre la cuisse de James, alors que ce dernier le débarrasse de sa veste. Bobby gémit et halète quand James tire les pans de sa chemise hors de son pantalon. Il est tellement excité et à bout de nerfs qu'il envisage un instant de jouir ainsi, sans même retirer leurs pantalons. Mais James fait alors passer sa chemise par-dessus sa tête et pose les mains sur sa peau.

Non, pas de précipitation. Ce soir, ça ne doit pas être rapide et sauvage, non. Ce soir, ils sont fiancés.

Leurs retrouvailles doivent être tendres, lentes, savoureuses... et se passer dans un lit plutôt qu'à même le sol de la chambre.

— Lève-toi, ordonne-t-il en se redressant sur ses jambes tremblantes.

Malgré ce qu'il s'est promis, une fois James debout, il ne perd guère de temps pour le déshabiller. Les bras autour de lui, il pose avec ravissement les lèvres sur le chaume subtil de sa barbe. Quand James frissonne, Bobby sourit contre sa peau, puis frémit à son tour. Les doigts habiles de James ont déjà trouvé le chemin de son pantalon, défait les boutons et sa paume chaude se glisse...

— Déshabille-toi, marmonne Bobby, tandis que ses doigts s'attaquent à leur tour au pantalon de James qui rit de son impatience.

Enfin, leurs mains trouvent chacune leur but, leurs regards se croisent, emplis d'une telle joie, d'un tel bonheur que leurs souffles se coupent.

— Nous avons toute la nuit, murmure James. Cette fois-ci, dans la précipitation, mais ensuite...

— Ensuite, tu me laisseras poser les lèvres sur chaque centimètre carré de ta peau ?

Son membre réagit aussitôt à cette proposition et ses doigts se crispent autour du sexe de Bobby qui se tend à son tour.

— Marché conclu.

Sans se séparer un seul instant, ils tombent sur le lit, leurs pantalons à demi enlevés, emportés par une fièvre trop brutale. Ils font ça vite, n'importe comment, et ce n'est qu'ensuite, leur désir sauvage assouvi, qu'ils se déshabillent et s'étendent sur la couverture légèrement râpeuse, leurs doigts entremêlés.

Bobby lève les yeux sur les poutres du plafond, incapable de contenir son sourire.

— Tu as ta propre chambre à Cowes ? demande-t-il.

— Oui, mais on devrait pouvoir s'arranger avec les filles pour que les nôtres communiquent entre elles et les leurs de même, répond paresseusement James en caressant sa main de son pouce.

— On pourra faire de même pour chaque voyage quand nous serons mariés.

— Avoir des chambres communicantes ?

— Oui, comme deux couples, ensuite, nous n'aurons plus qu'à échanger, explique Bobby qui s'imagine déjà en train de faire le tour de l'Europe tous les quatre, avec la perspective, chaque soir, de se coucher auprès de James.

— J'ai hâte, souffle James.

Sa voix est incroyablement détendue et joyeuse... Bobby tourne la tête pour regarder son amant, et son propre sourire atteint des proportions épiques.

— Moi aussi.

# 30

*James*

Au réveil, leurs corps sont entremêlés. Une jambe de Bobby repose entre les siennes, son bras passe en travers de son torse et sa tête est posée dans le creux de son épaule. James reste étendu, bercé par le rythme lent de la poitrine de Bobby qui se soulève, par la chaleur de sa peau contre la sienne. Il se découvre incapable de ne pas sourire. Seigneur, il doit avoir l'air d'un idiot amoureux fou…

Soudain, il sent Bobby se raidir et grommeler :

— Rideaux.

Aussitôt, James tire la couverture plus haut au-dessus de leur tête et ils se retrouvent plongés dans une semi-obscurité. Bobby cligne des yeux, le sourire aux lèvres.

— Je t'aime.

James sent ces mots tout simples s'enrouler autour de son cœur et une vague de chaleur le traverser de part en part.

— Moi aussi, je t'aime, murmure-t-il.

Bobby pose ses lèvres sur les siennes et James se serre contre lui, leurs deux corps ondulant à l'unisson.

Il risque de s'habituer très vite à des réveils comme celui-ci – avoir quelqu'un à embrasser, à câliner, à aimer, jour après jour pour le restant de sa…

— Oh ! On va rater ce fichu ferry !

Ils sursautent si fort que le front de James cogne la joue de Bobby et ils poussent un grognement.

Gwen frappe encore une nouvelle à la porte, puis ils l'entendent discuter avec Albert, à un niveau sonore bien trop élevé pour le réveil doux et confortable que Bobby et lui se préparaient.

— Je n'entends aucun mouvement là-dedans ! lance Gwen d'une voix forte.

Bobby gronde avant de lui voler un dernier baiser.

— Ce soir...

— C'est une promesse, lui répond James.

Puis ils passent les minutes qui suivent à se préparer dans la précipitation, cherchant à travers la chambre les vêtements qu'ils ont fait voler en tous sens, la veille.

Bobby noue la cravate de James et s'attarde avec délice sur sa gorge. James se penche pour un baiser quand ils perçoivent le bruit de la porte. Ils se séparent d'un bond, mais ce n'est que Gwen. Évidemment, il ne lui faut qu'un bref regard à leurs visages rougis pour glousser. Elle repart en laissant la porte ouverte et ils l'entendent passer dans le couloir et entrer avec la même délicatesse dans la chambre de Meredith et Albert.

— Vous me devez vingt livres ! annonce-t-elle.

James rougit jusqu'aux oreilles, tandis que Bobby rit. Il se laisse entraîner vers l'entrée, où Beth les attend déjà dans une robe de voyage grise. Elle leur adresse un sourire bien trop perspicace, puis Gwen les rejoint.

Mortifié, James voit Bobby tendre un billet à Gwen.

— Tiens ! Ce sera plus simple comme ça. Et puis, on n'a même pas payé pour la chambre...

James se sent encore plus embarrassé, quand soudain une pensée le fait perdre toute couleur.

— James ? s'alarme Gwen devant sa mine blême.

Bobby se tourne vers lui

— On aurait dû demander à ton père, parvient-il seulement à chuchoter.

Il n'a même pas songé jusque-là à demander à Lord Havenfort la main de sa fille pour pouvoir être réellement marié à son neveu…

Meredith apparaît à son tour, Albert sur ses talons.

— Demander quoi ?

La réponse de James est immédiatement noyée dans le cri suraigu de Beth qui se jette dans les bras de Bobby, lequel la soulève et la fait tournoyer dans les airs en riant à gorge déployée. Son sentiment d'horreur ne fait pas long feu devant leur joie, et il est sûr qu'il doit les regarder avec un sourire attendri.

Il sursaute quand Gwen pose vivement un baiser sur sa joue.

— Mon père sera plus qu'heureux d'approuver. Et il ne s'attendait certainement pas à ce que tu ailles lui parler en premier, alors que je suis une femme indépendante et capable de faire mes propres choix.

Sous son regard amusé, la tension le quitte peu à peu.

— Néanmoins, j'aurais apprécié que tu me fasses ta demande…, ajoute-t-elle, un sourcil levé.

— Pour ma part, j'aurais apprécié être informé que vous prévoyiez toutes deux de nous piéger dans le mariage !

Gwen le serre soudain dans ses bras. D'instinct, il se raidit, puis il s'oblige à se détendre et l'étreint à son tour.

— Je ne suis absolument pas désolée, déclare-t-elle solennellement.

— Le contraire m'eût étonné, rétorque-t-il, alors qu'elle rit de bon cœur.

— Quelqu'un pourrait-il enfin nous dire ce que nous célébrons ? intervient Meredith.

Gwen s'écarte et lui prend le bras, avant de se tourner vers Meredith et Albie. James s'affole soudain : aurait-il dû demander la permission à Albert pour Bobby ? Non qu'il existe un protocole à respecter dans leur situation…

— Oh ! James et moi allons nous marier, de même que Bobby et Beth, déclare-t-elle avec nonchalance.

Albert ouvre des yeux stupéfaits, tandis que Meredith rit de bon cœur. Albert se tourne face à sa femme et lance :

— Tu savais ?

— Non ! Pas du tout !

— Menteuse ! proteste-t-il en la saisissant à la taille, heureux à son tour.

— Je t'assure ! J'avais juste un pressentiment ! Je ne savais rien, juré !

James les regarde se chamailler, puis il découvre que Beth et Bobby sont déjà lancés dans une discussion animée à propos des dates et du décor. Tout le monde est heureux, rieur, enjoué... grâce à lui... pour lui.

Il sent ses yeux le piquer dangereusement et veut s'écarter de Gwen, submergé par une joie qui le dépasse. Mais sa fiancée ne le laisse pas faire, au contraire, elle passe un bras autour de ses épaules.

— Je te promets que tu te feras à toute cette agitation.

Il rit, la gorge légèrement enrouée de larmes de bonheur, tandis qu'ils restent là, à contempler le reste de leur petit groupe perdre complètement le contrôle de leurs nerfs.

Alors, il lui reste juste assez de présence d'esprit pour rassembler le peu de courage qu'il a encore et demander :

— Gwen ? Veux-tu m'épouser ?

Ses yeux dans les siens, elle sourit encore plus largement.

— Absolument, à condition que nous ne nous mariions pas réellement ensemble, précise-t-elle avec un clin d'œil.

— Seulement sur le papier, promet-il avec le plus grand sérieux.

Dans un rire, ils échangent une poignée de main pour sceller leur accord.

— J'imagine qu'il va falloir réfléchir à la succession.

— Oui, admet-il, l'ivresse du moment légèrement assombrie à cette idée.

— J'aimerais..., murmure Gwen, les yeux rivés sur Beth qui rit à gorge déployée avec Bobby.

Soudain, James revoit Gwen agenouillée devant cette petite fille à l'hôpital. Lui aussi aimerait que les choses soient différentes. Cependant, il sait qu'aucun d'entre eux ne pourra faire ce qu'il faut pour... Peut-être que Wristead et sa femme sont parfaitement heureux avec une troisième personne dans leur mariage, mais James s'en sait incapable, et il suffit de voir le regard que Gwen pose sur Beth pour comprendre qu'elle partage son opinion.

— De toute façon, j'aurais sans doute fait un père tout à fait médiocre, dit-il, même si cela n'enlève rien à la soudaine tristesse qui pèse sur son cœur.

— Pareil pour moi, je n'ai pas les qualités attendues d'une mère. En revanche, Beth serait excellente dans ce rôle, répond calmement Gwen. Sait-on jamais... On a bien fini par s'en sortir, et pas si mal, après tout...

James hoche la tête, tandis que Meredith retrouve suffisamment de sang-froid pour les entraîner à l'extérieur, afin qu'ils ne manquent pas le premier ferry pour Cowes.

Avant qu'ils ne sortent, la main de Bobby trouve brièvement la sienne. Ils échangent un regard ému. Ils vont vraiment le faire. Ils vont vraiment se construire un avenir ensemble. Et c'est suffisant pour écarter toutes les inquiétudes de James. Il serre la main de Bobby et la relâche, avant d'offrir son bras à Gwen.

— Ma chère ?

Elle le prend avec une grimace comique.

— Laissez-moi vous montrer le chemin, sir.

La chambre offre une vue magnifique sur le Solent[1]. S'il en avait envie, il pourrait s'asseoir au bord de la fenêtre et observer

1. Le Solent est le bras de mer qui sépare l'île de Wight de l'Angleterre.

les bateaux glisser gracieusement vers Lepe Country Park et vers les tentes que l'on aperçoit au loin. Mais tout ce qu'il veut, c'est s'étendre sur le lit et dormir tout l'après-midi.

James ose un coup d'œil dans le couloir de l'hôtel. Leurs chambres sont toutes situées sur le même côté, mais ce n'est pas aussi privé que d'avoir tout l'étage pour eux comme hier. Pour autant, qu'y aurait-il de suspect à s'aventurer une heure ou deux en plein jour dans la chambre de Bobby ?

Évidemment, au moment où il s'aventure dans le couloir, la porte de la chambre d'Albert s'entrouvre, et ce dernier lui fait signe de le rejoindre dans leur suite. La pièce est spacieuse et ensoleillée, meublée d'une méridienne, d'une petite table et d'un espace de toilette séparé.

L'an prochain, Gwen et lui pourraient eux aussi avoir une suite aussi confortable que celle-ci, et ils n'auront plus qu'à échanger avec Beth et Bobby. Très bientôt, ils vivront comme deux couples mariés, avec tous les bénéfices que cela implique. Il a tellement hâte !

— James ?

Il cligne des paupières et prend soudain conscience qu'il est resté debout sur le seuil, tandis que Gwen, Beth et Meredith sont installées autour de la table. C'est alors qu'il remarque les chaussures de Bobby qui dépassent de la méridienne.

Albert l'incite à entrer d'une tape amicale sur l'épaule et referme la porte derrière lui.

— Meredith a réfléchi…, annonce-t-il.

— Ce n'est jamais bon signe, lance ironiquement Bobby depuis la méridienne.

James lève les yeux au ciel. Il soulève les pieds de Bobby et se glisse sur le sofa. Son amant se réinstalle confortablement, les pieds en travers de ses cuisses.

— Pardon, Meredith, tu disais ? demande James.

Après un regard d'autorité royale feint, celle-ci fouille dans le petit sac posé au centre de la table.

— Eh bien, pour commencer…

Quand elle en sort une petite boîte, Beth et Gwen poussent un léger hoquet d'émotion. James jette un œil interrogateur vers Bobby qui hausse les épaules, aussi intrigué que lui.

C'est alors que Gwen glisse de son siège pour mettre un genou à terre devant Beth… Oh ! Beth hoche la tête avec ardeur, et une larme coule sur sa joue rosie.

— Je t'aime tellement, murmure-t-elle quand Gwen glisse un anneau à son doigt et serre sa main dans la sienne.

Rayonnante, Beth s'agenouille sur le sol à son tour et prend dans la boîte une deuxième bague qu'elle passe à l'annulaire de Gwen. Celle-ci lui murmure quelque chose d'inaudible, avant de l'embrasser.

Ému, James serre doucement la jambe de Bobby. Il n'y a pas qu'eux qui auront le droit à leur fin de conte de fées. Beth et Gwen aussi vont pouvoir vivre ensemble pour le restant de leurs jours. Il sent sa poitrine se gonfler d'amour et de tendresse devant le spectacle qu'elles offrent à présent : pleurant doucement dans les bras l'une de l'autre.

— Nous aussi, on fera nos propres anneaux, promis, murmure Bobby.

James lui répond d'un sourire encore plus ému. Ils restent assis tous ensemble en silence quelques minutes, le temps de laisser Gwen et Beth se reprendre, puis chacun fait comme si elles n'avaient pas passé au moins deux minutes à s'embrasser.

Seigneur… Comment a-t-il pu avoir aussi peur de se montrer honnête avec ces gens ? Il ne le comprendra jamais. Heureusement, il n'hésite plus, désormais.

— Très bien, lance finalement Meredith. À présent, tout le monde debout ! Vous rejoindrez chacun vos chambres pour la suite !

Albert lève les yeux au ciel :

— Mon épouse… une grande romantique…

Beth et Gwen se relèvent en gloussant, tandis que Bobby, une fois debout, lui tend la main pour l'aider à se redresser. Il l'attire pour une brève étreinte et pose les lèvres dans son cou. Aussitôt, James frissonne, transpercé par les flèches du désir.

— Qu'est-ce que je viens de dire ? Ça suffit, répète Meredith d'un ton de maîtresse d'école, avant d'écarter Bobby sans douceur pour le placer à côté de Beth.

Gwen se moque, jusqu'à ce que Meredith la place à son tour près de James.

— Quelques leçons de maintien ne me semblent pas de trop, leur lance Meredith.

Gwen répond d'un claquement de langue.

— J'ai traversé cinq Saisons, je pense que je sais comment être courtisée par mon fiancé.

— Oui, et moi, j'ai été réellement fiancée par le passé, ajoute Beth.

— Quant à moi, Albie et toi m'avez traîné à la moitié de vos sorties pour servir de chaperon, intervient Bobby.

Tous les yeux se tournent alors vers James, qui a brusquement très envie de se cacher derrière Gwen.

— Je… euh… en termes d'expérience… j'ai provoqué le problème initial avec Raverson ? propose-t-il enfin.

Bobby émet un grognement, tandis que Gwen rit et lui prend le bras.

— Bon, cela fait trois expérimentés sur quatre. Je pense qu'on saura très bien former James aux règles de la cour, sans tes leçons pédantes…

— Alors, je suis navrée, mais faire étalage de ses fiançailles heureuses devant le *Ton* et un maître chanteur méprisable, et être courtisée au cours de la Saison ne sont pas tout à fait les mêmes choses, l'interrompt Meredith. Il va falloir convaincre la bonne société que vous êtes tous d'heureux fiancés et que vos sentiments pour votre tendre moitié ont débuté voilà un moment, tandis que Raverson s'est inventé un récit scandaleux et totalement fictif.

— Seulement, il n'invente pas..., rappelle Bobby en rougissant.

Meredith fait volte-face vers lui, les mains sur les hanches, et James se retient de reculer d'un pas. Elle peut être vraiment autoritaire...

— Il n'invente pas quoi ?

— Elle fera une excellente mère, elle, murmure Gwen à son intention et il est obligé de cacher son rire derrière une quinte de toux.

— Eh bien, je veux dire... Raverson est très bien placé pour porter des accusations contre moi. Et il a également volé ma chevalière, avoue Bobby qui refuse résolument de croiser le regard de Meredith.

— Il a également des preuves solides contre moi, quoique notre... relation soit plus ancienne, ajoute James.

Il n'en est certes pas fier, mais il refuse de laisser Bobby seul. Ils ont tous les deux commis la même erreur de jugement et, aussi agréable que ce soit de ne plus jamais avoir à s'inquiéter de coucher avec un homme malfaisant et dangereux, ils doivent pour l'heure affronter les conséquences de leurs actes.

Sans lâcher son bras, Gwen tend son autre main vers Beth. Avec un soupir appuyé, celle-ci pose un billet dans la paume tendue. James se sent rougir horriblement, tandis que Bobby grommelle quelque chose dans sa barbe. C'est déjà suffisamment désagréable d'avoir dû leur expliquer les menaces d'extorsion proférées par Raverson quand ils étaient sur le ferry, mais savoir que des paris ont été tenus à propos de détails sordides ? Ne peuvent-ils donc rien laisser de côté dans cette famille ?

Gwen lui jette un regard, un sourcil levé, et James ne peut que lever les mains en signe de défaite.

— Disons simplement que tout le monde ne peut pas trouver l'amour de sa vie du premier coup !

Gwen rit de bon cœur, tandis que Beth retourne auprès de Bobby et lui souffle quelque chose à l'oreille.

Avec un sourire, Albert hoche la tête et déclare :

— Quand bien même discuter des terribles décisions qui vous ont conduits l'un et l'autre dans le lit de cet homme pourrait nous occuper toute la journée...

— Et nous fournir quelques détails croustillants, intervient Gwen qui n'aime rien tant qu'appuyer là où ça fait mal.

— ... ce n'est pas votre passé avec Raverson qui pose un problème, continue fermement Meredith. Raverson ne peut utiliser que des informations qui ne l'impliquent pas directement, et comme la seule véritable « preuve » qu'il a de votre... euh...

— « Préférence » ? suggère Bobby devant son hésitation.

— « Véritable nature » ? propose James.

— Beaucoup mieux, lui répond Bobby avec un sourire tendre.

— Quoi qu'il en soit, reprend Meredith. Il n'est prêt à aller voir la presse que parce qu'il pense avoir d'autres preuves contre vous. Quant à cette chevalière, tu ne dois pas t'en inquiéter, Bobby. Nous pourrions facilement la récupérer ou bien en faire une copie. Il ne pourra pas davantage l'utiliser comme preuve.

Bobby et James échangent un regard, décontenancés. Tout cela a l'air fort simple à l'entendre...

Meredith lève les yeux au ciel.

— Nous allons devoir simplement veiller à ôter toute charge contre vous, ce qui signifie que chacun d'entre vous doit être particulièrement démonstratif et enthousiaste à propos de vos fiançailles. Je vous veux constamment sur scène à vous donner en spectacle !

— En spectacle..., répète Gwen, dans un sourire légèrement inquiétant.

— Donc, nous avons la permission officielle de nous donner en spectacle ? demande Beth, à peine moins inquiétante.

Seigneur, que mijotent-elles encore, ces deux-là ?

— Eh bien, puisque nous avons l'assurance qu'aucune d'entre vous ne risque de commettre l'irréparable avec son faux fiancé, absolument, du spectacle ! Nous allons assister à tous les événements cette semaine.

À cette annonce, tout le monde pousse un soupir et s'affaisse, y compris Albert.

— Pas le choix, décrète Meredith. Il faut absolument que vos fiançailles soient rapportées à Londres avant que Raverson ne parvienne à ses fins. Quand tout le *Ton* saura que vous êtes fiancés, il lui paraîtra encore plus compliqué de salir publiquement vos réputations. Il va donc falloir supporter une semaine de réceptions et de mièvreries en public ! Je n'ai aucun doute que vous saurez vous montrer à la hauteur.

— Oh ! j'ai une idée ! s'exclame Gwen. Je parie cinq livres que ce sont nos fiançailles, à James et moi, qui paraîtront les premières dans la presse !

— Seigneur, marmonne James.

Mais, lorsqu'il voit le regard de défi que Bobby et Beth échangent, il sort de lui-même un billet de sa poche.

— Je mise dix livres.

— Oh ! tu vas être un excellent mari ! décide Gwen en lui serrant le bras.

— Si nous faisons les choses bien, vos réputations à tous seront protégées, nous mettrons hors d'état de nuire un vicomte aux pratiques fort douteuses et vous serez tous heureux en mariage d'ici la fin de la Saison, résume Meredith.

— Bien dit ! s'exclame Bobby sans cesser de lui sourire.

James lui rend son sourire, pourtant, quelque chose lui reste en travers de la gorge, une sourde angoisse qui refuse de lâcher prise.

— Albert, penses-tu vraiment que nos fiançailles suffiront à discréditer toutes les accusations de Raverson ?

Albert fronce les sourcils et se rassoit lentement sur le lit.

— Sans doute pas.

James pousse un soupir. Aussitôt, Bobby glisse sa main dans la sienne, ce qui lui donne le courage de déclarer :

— Je ne veux plus jamais que quiconque ait à subir les agissements de Raverson qui n'hésite pas à détruire les hommes avec qui il a été en relation, simplement pour satisfaire son désir d'argent et de pouvoir.

Bobby acquiesce :

— Nous pourrions peut-être parler à Thomas Parker quand nous serons de retour à Londres, pour voir s'il peut convaincre sa clientèle de se confier sur de tels agissements. Une lettre menaçante, même anonyme pourrait être utile...

— C'est une bonne idée, convient James. Cunningham est à Cowes aussi cette semaine, il me semble ?

— Je crois que oui, répond Albert.

— Nous dînons avec lui demain, annonce Meredith.

Ils tournent tous trois les yeux vers elle.

— Vous avez tous été très occupés avec le projet de loi et les recherches, alors j'ai fait quelques visites de mon côté, poursuit-elle. Parker est présent également, invité par Cunningham, et j'ai déjà compilé une liste de gentlemen de leur connaissance qui ont eu affaire à Raverson et qui seront également présents au dîner demain soir. Ensuite, nous pourrons discuter avec tous ceux qui seraient en mesure de nous mettre en relation avec des hommes que Raverson n'a pas intérêt à voir sortir de l'anonymat : ceux qu'il a pu extorquer à l'école, ou bien leurs pères. Tout cela devrait suffire à l'intimider suffisamment pour qu'il garde le silence.

James et Bobby le fixent, les yeux écarquillés, tandis qu'Albert se laisse tomber en arrière sur le lit, sonné, une main sur les yeux.

— Vous devriez vraiment apprendre à demander de l'aide, tous les trois, dit simplement Meredith. Nous formons une équipe, qu'il s'agisse de mettre ensemble des parents endeuillés, ou de faire chanter un vicomte, nous ferons toujours ce qu'il faut pour protéger notre famille et nos amis, c'est clair ?

Bobby glousse et James sent de nouveau cette douce chaleur se répandre en lui, tandis qu'il regarde Meredith traverser la pièce jusqu'à son mari pour lui tapoter gentiment la cuisse, alors qu'il secoue la tête d'embarras.

— Prêt à tromper toute la bonne société ? lance Bobby.

James le regarde, puis ses yeux se tournent vers Beth et Gwen, alors, enfin, il se hisse sur la pointe des pieds pour embrasser Bobby. Celui-ci passe un bras autour de sa taille, tandis que son autre main est toujours entremêlée à la sienne.

— Oh ! pour l'amour du ciel, prenez une chambre, lance Gwen.

— C'est ce qui est prévu, lui rétorque James en reposant les pieds bien à plat sur le sol.

Il prend une profonde inspiration sans jamais cesser de sourire. C'est parti pour tromper toute la bonne société…

# 31

*Bobby*

— Cher James, merci, j'avais la gorge affreusement sèche, minaude Gwen en battant des cils sous son extravagant chapeau.

Elle accepte la coupe de champagne que lui tend le vicomte et agite ses imposantes jupes couleur lilas, avant de saisir aussitôt son bras en s'appuyant coquettement contre lui. Bobby n'a jamais vu Gwen porter un accoutrement aussi féminin par choix : de toute évidence, elle prend leur défi au sérieux. Sans doute trop pour James, s'il faut en croire le regard malheureux qu'il lui lance par-dessus son épaule, comme un appel au secours.

Déjà, Gwen l'entraîne à l'écart en pérorant sur la porcelaine de Chine, et Bobby en est réduit à hausser les épaules dans un geste d'impuissance, ce qui lui vaut un regard noir de James.

Beth glousse et lui prend son verre des mains. Ils échangent un sourire de conspirateurs.

— Tu sais qu'ils sont en train de gagner, dit-elle en passant son bras sous le sien.

Moins théâtralement, ils suivent les pas de James et Gwen en direction de la vaste couverture de pique-nique sur laquelle Meredith et Albie sont déjà installés.

— Je peux me montrer scandaleux, propose-t-il en sirotant la coupe de champagne qu'elle lui a rendue, tandis qu'ils contemplent l'eau en contrebas.

— Inutile. Nous pouvons leur concéder la victoire pour aujourd'hui : ils ont besoin d'approfondir leur amitié.

Beth lève ses grands yeux de sous son chapeau légèrement moins extravagant que celui de Gwen. Néanmoins, elle est superbe dans sa robe verte et a l'air absolument ravie d'être à son bras. Peut-être perdent-ils, mais ils ne se débrouillent tout de même pas si mal pour donner le change.

Il lève son verre à l'adresse de quelques connaissances, des types qui étaient dans la même année qu'Albie à Oxford, lui semble-t-il. Tous les regards sont tournés vers eux.

Sous le soleil, toute la bonne société de Cowes est dispersée sur des couvertures dans l'herbe verte qui surplombe la plage du canal. Aussi loin qu'on puisse voir s'étend une marée de robes de mousseline et de costumes en lin. Sur l'eau, les voiliers sont déjà alignés pour la deuxième journée de course. Avec ce ciel sans nuages et cette brise fraîche, les conditions sont idéales pour feindre leurs fiançailles.

— Voudriez-vous vous asseoir, chère Beth, ou bien préférez-vous flâner encore un peu avant le début de la course ? demande-t-il d'une voix claire en passant près d'une ribambelle de matrones.

— Votre mère doit être tellement ravie, déclare l'une d'elles à Beth.

Celle-ci lui répond d'un sourire rayonnant en s'appuyant contre Bobby.

— Nous avons hâte de la retrouver. Elle va terriblement chouchouter ce pauvre Robert.

— Non, non, ce sera mon honneur de vous gâter toutes les deux, réplique-t-il avec un clin d'œil appuyé aux matrones.

Puis, il l'entraîne jusqu'à leur destination pour demander :

— La lettre que tu as écrite à ta mère et oncle Dashiell doit être arrivée, non ?

Sur la couverture, James s'est étendu de tout son long, un bras sur les yeux, tandis qu'à ses côtés Gwen engloutit avec gourmandise un chou à la crème.

Elle tapote l'espace libre de l'autre côté et Beth s'installe en mettant de l'ordre dans sa jupe encombrante.

— Je m'attends à recevoir en retour une très longue missive, lui répond Beth, quand il s'étale près d'elle.

— Parfait, dit-il en refrénant son inquiétude face à la réaction de sa tante et de son oncle.

Son instinct lui souffle qu'ils se réjouiront pour eux tous, seulement, accomplir leur plan à l'abri du petit monde de Cowes n'est pas pleinement rassurant pour la suite.

Il jette un regard vers Albie et Meredith. La jeune femme s'est installée entre les jambes de son mari, le dos confortablement appuyé contre son torse, tandis qu'il garde une main posée sur son ventre rond.

— Alors, comment ça se passe la vie de jeunes mariés ? leur lance-t-il.

— C'est plutôt merveilleux, répond Meredith en tournant le cou vers Albie. En plus, Cunningham est parti nous chercher des glaces.

— C'est fort pratique de venir avec un ami célibataire à ce genre de manifestations, déclare Gwen en passant un scone à Beth. Les célibataires sont toujours très utiles, il en faudrait davantage.

— Lord Cunningham n'est pas célibataire, rectifie James.

— Même s'il préférerait l'être, murmure Bobby en écho, avant de mordre dans le scone de Beth.

— Quelle tristesse, soupire Beth.

— Que veux-tu ? Nous n'avons pas tous des amis fabuleusement intelligents, conclut Bobby en lui donnant un petit coup d'épaule.

— Vous ai-je entendue dire qu'il vous fallait davantage de célibataires pour votre service, Lady Gwen ?

Ils tournent tous la tête vers Thomas Parker qui se tient

derrière eux, l'allure désinvolte dans son costume de lin blanc et son chapeau de paille.

— Quel plaisir de vous voir, Mr Parker ! Venez donc vous joindre à nous ! s'exclame Meredith en tapotant l'espace libre près d'elle.

Parker prend place sans se faire prier et retire son chapeau qu'il fait mine d'inspecter, alors qu'il en profite pour passer discrètement un papier plié à Meredith. Celle-ci l'enfouit aussitôt dans les plis de sa jupe bleue.

— Vous avez passé une bonne matinée ? questionne-t-elle.

— Une matinée pleine de rebondissements, en vérité. Reprenez donc vie, Lord Demeroven, la course va commencer.

Rappelé à l'ordre, James se redresse sur les coudes à contrecœur et grommelle :

— Peut-être que si on m'avait servi moins de whisky hier soir, j'apprécierais davantage ce bain de soleil.

— Allons, allons, nous vous avons envoyé au lit suffisamment tôt pour profiter d'une bonne nuit de sommeil, assure Parker, dont le regard se pose sur Bobby qui tente de prendre son air le plus innocent.

Après avoir officiellement dîné et joué aux cartes avec Parker et Cunningham, – mais officieusement discuté et planifié leur défense –, James et lui ont profité de l'ivresse d'une nuit blanche pour célébrer leur liberté imminente.

— Le matelas était dur, marmonne James, qui secoue la tête avec désapprobation devant les gloussements de Beth et Gwen. Heureusement que Cunningham a l'air encore plus mal en point que moi.

Ce dernier se fraie justement un chemin difficile à travers la foule resserrée des spectateurs, les mains chargées de trois pots de glace, le visage grimaçant. Sa chemise blanche est tachée de rouge et l'une de ses bretelles retombe le long de son bras.

— Je crains que ce ne soit le seul trajet que je ferai pour de la glace, Lady Meredith, annonce-t-il d'une voix épuisée.

Il tend les glaces à Albie avant de s'effondrer à son côté.

— C'était bondé ? interroge Bobby.

— Le stand de glaces était littéralement assailli, indique Cunningham après avoir avalé une énorme bouchée de sa glace à la fraise. Néanmoins, ce n'était pas inutile…

— Tu as croisé Scotsman ? Il m'a dit qu'il te cherchait, lui signale Parker d'un ton détaché.

— Tout à fait. Il était avec Gladmon. Ils sont tous les deux partants pour un dîner avec notre petit groupe dans la semaine. Gladmon pourrait également investir avec nous. Apparemment, il a besoin de diversifier ses placements après avoir été piégé par un sale type qui a menacé d'aller voir son père et l'a fait chanter alors qu'il sortait à peine de l'école.

Bobby jette un œil à James, dont les épaules se crispent involontairement. Tous ceux que Raverson a tenté d'extorquer n'ont pas eu le même soutien que James et lui. Ils sont tellement chanceux d'avoir eu oncle Dashiell de leur côté. Personne ne devrait avoir à craindre d'entacher la réputation de sa famille ou d'être ostracisé, voire emprisonné, pour être simplement ce qu'il est.

— Scotsman et Gladmon pensent être en mesure d'organiser quelques autres rencontres intéressantes pour nous, continue Cunningham. Je leur ai donné votre carte à tous les deux, Lady Meredith.

— Merveilleux ! Eh bien, on peut tous se féliciter d'une semaine extrêmement productive !

Bobby croise le regard de James et y lit la même détermination qu'il ressent dans son cœur. Cet homme magnifique, un peu rougi par le soleil, un peu froissé par leur nuit d'amour, est entièrement à lui. Et puis, il y a tout ce soutien de leur famille… Ensemble, ils vont triompher, ils vont faire tomber Raverson. Cela ne fait plus aucun doute.

— Alors, Bobby, quels sont vos plans pour cette Saison ? demande Parker.

Bobby détourne le regard de James et note que tout le monde les fixe avec un sourire moqueur. Bon, d'accord… tout n'est pas encore gagné : pour faire tomber Raverson, ils doivent encore trouver le moyen d'arrêter de se regarder comme des amants éperdus en public. Ou au moins essayer…

— Voilà, serre bien, lance James depuis la poupe tandis que Gwen sécurise d'un geste expert la drisse.

Les flots agités du Solent claquent contre leur petit voilier. Bobby se tient fermement à Beth, tous deux ballottés par la houle, pendant que James, Gwen, Cunningham et Parker s'activent avec efficacité pour les guider le long de la côte.

De toute évidence, Gwen et James forment une équipe parfaitement assortie pour leur petite excursion navale. Et Gwen ne ralentit absolument pas les manœuvres, au contraire, si bien que Cunningham et Parker, qui affirmaient encore ce matin pouvoir participer aux régates officielles, sont un peu déconfits devant le talent inné de Gwen.

Au cours de la matinée, ils ont ainsi appris qu'elle ferait un marin solide, que Beth a le mal de mer et que Cunningham n'a jamais véritablement acquis le pied marin. En revanche, Parker virevolte sur le pont comme s'il avait passé toute sa vie en mer.

— Tu te sens bien ? s'inquiète Bobby auprès de Beth.

Il est presque obligé de crier pour se faire entendre par-dessus le vent.

— Ça va, mais ne me lâche pas ! crie-t-elle en retour.

— Jamais, promet-il en croisant le regard de James qui évolue sans effort autour d'eux. On arrive bientôt ? lui lance-t-il quand il rejoint Cunningham pour le remplacer à la barre.

James jette un œil sur la pauvre Beth et leur adresse un doux sourire.

— Nous avançons bien. Et je pense qu'on pourra décréter que ces petites escapades marines seront une tradition exclusivement réservée aux Demeroven à partir de l'an prochain, qu'en pensez-vous ?

— Oui ! s'exclament Bobby et Beth dans un bel ensemble, accrochés l'un à l'autre dans leurs manteaux de marins trempés.

Heureusement que la crinoline de Beth n'est pas trop large et lui permet de la tenir fermement contre lui. La pauvre ressemble à un adorable petit rat mouillé quand elle implore :

— Tu me promets que nous ne referons plus jamais ça ?

— Pas de marin chez les Mason, déclare-t-il avec conviction.

Cela lui arrache un petit rire, une seconde avant qu'ils ne grognent tous deux quand le bateau gîte brusquement. James a finalement repris le gouvernail des mains d'un Cunningham boudeur.

Gwen les rejoint en se tenant d'une seule main à la ligne de vie.

— Oh ! ma pauvre chérie, souffle-t-elle en se laissant tomber près de Beth.

— Je te déteste, annonce cette dernière.

Gwen lui prend la main pour la soutenir à l'approche de la jetée, à l'embouchure de la rivière Medina, juste en dessous de leur hôtel. Bobby repère Albie et Meredith qui remontent tranquillement l'allée vers eux. Ils ont l'air reposés, sont vêtus avec élégance, leurs cheveux soigneusement coiffés. Seigneur, il ne laissera plus jamais James le sortir du lit avant 9 heures.

Le voilier s'arrête enfin. Aussitôt, Cunningham et Parker lancent des cordes pour sécuriser le bateau. Bobby et Gwen aident Beth à se mettre debout, tandis que James saute sur la jetée, avant de tendre les bras pour porter Beth à terre. Gwen ne peut s'empêcher de sourire d'un air tendrement moqueur, et Bobby songe un instant à la laisser à bord pour lui apprendre les bonnes manières. Mais Albie lui jette un regard noir depuis l'allée au-dessus, alors il passe Gwen à James avant de quitter à son tour cette embarcation de malheur pour retrouver avec bonheur la terre ferme.

Il sent ses jambes vaciller sous lui et James le rattrape par le bras, tandis que Gwen ravale son petit sourire pour aider Beth.

— Bon… Je suppose qu'une croisière jusqu'en Amérique est hors de question, soupire James.

Il libère son bras à contrecœur quand Meredith et Albie arrivent enfin à leur rencontre.

— Pas de marin chez les Mason, répètent en chœur Bobby et Beth.

Quand tous les autres éclatent de rire devant leurs mines déconfites, Beth hausse les épaules, saisit sa main et l'entraîne en avant de leur petit groupe. Bobby masque son rire du mieux qu'il peut et la laisse le tirer jusqu'à l'allée.

— On plaisante, c'est tout, lance Gwen dans leurs dos.

Il jette un œil par-dessus son épaule et découvre que Gwen et James leur ont emboîté le pas, tandis qu'Albie et Meredith discutent avec Cunningham et Parker qui finissent d'amarrer le bateau.

— Eh bien, ce n'est pas drôle, rétorque Beth, mais Bobby note que la couleur revient à son visage et que sa bouche retient un sourire. Honnêtement, c'était un enfer.

— Je suis désolée, dit Gwen.

Ils s'arrêtent tous quatre en haut des marches. À cette heure matinale, la promenade de bois est quasiment déserte. Les voiliers ne partiront pas avant encore une bonne heure, et il ne fera pas trop chaud avant 1 heure de l'après-midi. L'endroit et le moment sont incroyablement paisibles, loin des embruns et du vent.

— Nous ne te ferons plus naviguer, assure Gwen. Ce sera une activité réservée aux Demeroven, désormais.

— Cela me fait toujours étrange de savoir que tu vas devenir une Demeroven, admet Beth.

— Eh bien, ce serait assez peu convenable que tu le deviennes une seconde fois, ne crois-tu pas ?

James plisse le nez de dégoût à cette idée, ce qui lui vaut un regard noir de Beth.

— Hé ! Je vais être une excellente épouse, figure-toi ! Tu aurais bien de la chance de m'avoir pour femme.

— Inutile de te battre pour ça, j'ai déjà déposé une réclamation pour t'avoir comme épouse, tempère Bobby. Tu es toute à moi, Beth chérie.

— Et elle n'est pas la seule…

Ils se tournent tous ensemble pour découvrir Raverson juste derrière eux. Il porte toujours le même costume de lin et ses cheveux sont légèrement sales. Mais le plus marquant est le rictus qui traverse son séduisant visage et le rend étrangement sinistre dans la lumière du matin. Il a l'air amer, désespéré… prêt à tout.

Bobby jette un coup d'œil à James et ils s'avancent d'un pas pour protéger Beth et Gwen sans échanger un mot.

— Le quatuor heureux, quelle escroquerie ! s'exclame Raverson d'une voix forte.

— C'est vous l'escroc, rétorque Beth avec emportement. Pourquoi vous ne dégagez-vous pas d'ici pour aller ennuyer quelqu'un d'autre ailleurs ?

Bobby tend le bras pour empêcher Beth, bouillonnant de rage, de s'avancer. Il sait que, en dépit de sa douceur habituelle, elle peut avoir un sacré tempérament, avec ou sans mal de mer.

— Que de belles paroles, réplique froidement Raverson. Vous les avez apprises de votre mère ? Apparemment, votre lignée a un talent certain pour s'introduire là où il y a de la richesse, n'est-ce pas ?

— Je vous interdis de dire un mot de plus sur Lady Havenfort ! s'exclame James, furieux à son tour. Allez donc prendre un verre pour soigner votre gueule de bois, vous nous dérangez, et nous avons mieux à faire.

— Oui, c'est ce qu'on dirait, ironise Raverson, qui dégage une énergie proche de la folie malgré sa façade calme. Il n'empêche… Je vous ai donné un ultimatum, Demeroven. La date butoir est demain.

— La seule chose que vous verrez demain, c'est le wagon du train qui vous emmènera loin de Southampton, rétorque Gwen.

Raverson les toise tous du regard. James et Bobby s'interposent bravement pour faire barrage à la colère des filles qui s'agitent derrière eux.

— Le train qui m'emmènera tout droit auprès de Lord Havenfort, apparemment. Je vais prendre à votre cher papa tout ce qu'il a, dit-il avec un sourire mauvais à l'adresse de Gwen.

— Mon père va vous réduire en miettes, lui lance-t-elle.

Le regard de Raverson passe sur elle comme s'il ne la voyait pas avant de revenir sur Beth.

— À moins que vous ne souhaitiez me proposer un marché, Miss Bertram ? Je pourrai oublier toute cette vilaine histoire avec vos cousins et votre beau-père si vous me donnez de quoi maintenir mon train de vie.

— Allez plutôt au diable ! s'écrie James furieux.

— Faites de moi un honnête homme, poursuit Raverson. Épousez-moi et le scandale disparaîtra.

— Hélas, je ne pourrais faire de vous un homme honnête, même si vous mouriez, rétorque Beth d'un ton neutre.

Le regard de Raverson s'assombrit.

— Je vois que les manières déplorables de Lady Gwen ont fini par déteindre sur vous.

— Fermez votre…, commence Gwen.

— Vous êtes tout près d'être jeté du haut de cette promenade, prévient James d'une voix basse, menaçante. Retournez dans votre trou et priez que rien de tout ceci ne parvienne aux oreilles de Lord Havenfort. Vous avez insulté trois membres de sa famille, il ne prendra pas cela à la légère.

— En vérité, c'est vous qui ne lui laissez aucun choix, réplique sèchement Raverson. Au point où en sont les choses, soit il me donne l'une des filles en mariage, humiliant l'un d'entre vous au passage, soit je vous fais tous tomber.

— Beth et moi préférons encore mourir que vous épouser, rétorque fermement Gwen.

— La ferme, s'écrie Raverson.

— Vous êtes un homme misérable et pathétique, si votre meilleur plan de carrière consiste à mener de force une femme à l'autel, intervient Beth. Est-ce parce que vous n'êtes pas capable de concevoir qu'on puisse vous aimer sincèrement ? C'est bien triste.

Bobby prend une brusque inspiration quand le regard inquiétant de Raverson se pose sur Beth. Il tente de la placer davantage derrière lui.

— Parce que votre fiancé a envie de vous mener à l'autel, peut-être ? rétorque-t-il d'une voix basse et coupante comme de la glace.

— Vous n'avez aucune idée de ce que je veux, dit Bobby en se grandissant pour toiser Raverson.

— Ce n'est pas parce que vous n'arrivez à coucher avec quelqu'un que sous l'effet de l'alcool ou de la menace que le reste du monde est aussi désespéré que vous l'êtes, lui lance James. Quant aux raisons pour lesquelles les personnes se marient, elles vous échappent entièrement, n'est-ce pas ?

Raverson le dévisage.

— Quelles raisons ? L'amour et la responsabilité ? Cesse de mentir, Demeroven. Tu ne veux pas plus d'une épouse que tu ne veux aller à l'échafaud. Je te connais.

— Non, vous ne me connaissez pas, répond James avec une fermeté qui force l'admiration de Bobby. Vous n'avez pas grandi depuis que nous étions à l'école, vous vous êtes accroché à vos petits chantages et autres manigances parce que vous avez bien trop peur d'affronter le monde comme un homme. Vous êtes terrifié d'accepter le titre et les responsabilités qui vous échoient, de devoir faire de votre mieux pour que le monde puisse vous apprécier.

— Pathétique, lâche Gwen en guise de conclusion.

Raverson fait un pas en avant, menaçant, mais James s'avance déjà sur lui pour lui barrer le chemin.

— Je vous ai déjà frappé une fois, je suis prêt à recommencer.

— Allons, allons, qu'est-ce que cela ferait à votre précieuse réputation ?

— Eh bien, je suppose que cela me vaudrait des félicitations de tous ceux qui ont croisé votre route pour leur malheur, réplique James, et Bobby se retient de lancer un hourra triomphal.

— Tu ne seras plus aussi confiant quand j'irai voir les journaux, ricane Raverson, déstabilisé.

— Avec quoi, exactement ? lance Gwen. Qu'il est heureusement fiancé et sur le point de recevoir une dot conséquente de sa promise ?

— Je peux prouver que vos fiançailles ne sont qu'une escroquerie en un tournemain, s'écrie Raverson avant de fouiller dans sa poche pour en sortir un petit anneau d'or.

Bobby sent la rage bouillonner en lui quand il reconnaît sa chevalière. Il se rue en avant, mais James le repousse.

— Vous paierez, vous ou Havenfort, sans quoi tout le *Ton* saura que vous êtes des invertis !

— Mon père ne vous donnera pas un cent, assure Gwen.

— Pas plus que nous, ajoute Bobby.

— Je vois que vous jouez tous les fiers à bras loin de la bonne société, mais quand vous serez de retour à Londres et que vous verrez vos noms sur tous les gros titres...

— En fait, ce sera plutôt votre nom qu'on verra partout.

Raverson se tourne d'un coup vers Albie et Meredith qui terminent de monter tranquillement les marches.

— Pourquoi ce brusque besoin d'étaler ainsi la vie des autres ? s'enquiert Meredith d'un ton suave.

— Ne serait-ce pas justement parce que vous avez été aperçu par au moins trois parlementaires à traîner dans une allée avec le nouveau ténor de la Saison ? questionne poliment Albie.

Beth cesse enfin de pousser dans le dos de Bobby, et Gwen tire James en arrière, laissant Raverson seul à la pointe du triangle qu'ils forment tous, entre Albie, Meredith et la rambarde. Bobby entend au loin un juron et, très vite, Cunningham et Parker les rejoignent au pas de course.

— Je ne vois pas de quoi vous parlez, assure Raverson avec légèreté.

Cependant, son regard n'est plus aussi arrogant, et il vacille légèrement sur ses jambes.

— Sans oublier ce journaliste, ce docker et... Combien était-ce, Meredith ?

— Je crois que c'était... oui, pas moins de trois fils cadets de lords parfaitement respectables qui savent eux fort bien de quoi nous parlons. Je suis certaine que leurs pères seraient fort contrariés de découvrir que vous avez l'intention de faire chanter leurs fils, alors que chacun d'entre eux a un alibi pour les rencontres que vous prétendez avoir eues.

— En ce qui concerne le chanteur d'opéra, le docker et les quelques autres palefreniers, ils sont tout à fait heureux de garder le silence en échange d'une somme raisonnable. Il ne faudrait tout de même pas exposer votre réputation dans les journaux, n'est-ce pas ? Cela risquerait de vous empêcher à tout jamais de trouver un moyen respectable de gagner votre vie, dit calmement Albie.

Raverson fait un pas menaçant vers eux et Albie se place aussitôt devant Meredith. Avec son visage fermé et sa haute taille, son frère est véritablement intimidant.

— Faites un seul pas de plus vers mon épouse, et vous finirez dans le canal.

Raverson s'arrête et leur jette un regard noir.

— Un jour, l'un d'entre vous dérapera et je serai là pour en profiter.

— Bien sûr, et ce jour, comme aujourd'hui, ce sera votre parole contre celle de nous six, celle de Lord Havenfort et tout son clan politique, réplique James.

— Ainsi que les clients de Thomas Parker, ajoute Bobby, pas peu fier de voir Raverson blêmir.

— En effet, nous n'apprécions guère les prédateurs de votre genre dans notre entourage, qui qu'ils soient et quelles que soient leurs connexions, déclare Parker qui arrive en haut des marches en même temps que Cunningham.

Ils sont un peu échevelés, et cela ne fait que renforcer leur allure menaçante, avec la lumière du soleil en contrejour.

— Vous l'aurez compris, nous avons compilé une longue liste de témoins qui sont au courant de vos escapades nocturnes, résume Meredith, derrière Albie.

— Pour un homme avec un tel penchant pour le chantage, vous vous montrez bien imprudent, se moque Cunningham.

De sa poche, Meredith sort la liste de toutes les accusations qu'ils ont été en mesure de rassembler contre Raverson. Celui-ci rougit et avance encore vers Albie et Meredith.

Bobby serait incapable de dire lequel d'entre eux réagit le premier, mais, en un clin d'œil, James, Albie, Parker, Cunningham et lui se jettent sur Raverson et le soulèvent par-dessus la rambarde. Il atterrit dans l'eau, dans une gerbe impressionnante. Il remonte à la surface, crachant et vociférant en direction des huit visages penchés par-dessus la rambarde.

— Bande de sales…

— Allons, allons, voilà ce qui arrive quand on est ivre à 8 heures du matin, lui lance Albie.

Bobby jette un œil par-dessus son épaule et découvre que le bruit de la chute a attiré les rares passants présents sur la promenade. Un groupe hétéroclite de gentlemen, de mères avec leurs filles et de travailleurs du port arrive à leur niveau. L'audience parfaite pour les rumeurs…

— Mes cousines vous ont dit non, reprend Albie d'une voix

tonnante. Vous devez accepter qu'aucune d'elles ne vous veut dans son entourage et être reconnaissant que leurs fiancés se soient contentés de vous jeter à la mer, plutôt que de porter plainte pour avoir agressé leurs futures épouses.

— Je..., éructe Raverson.

Mais Albie s'est déjà détourné pour contempler la foule qui s'assemble autour d'eux.

— Les déceptions amoureuses peuvent avoir un effet terrible sur un homme. Ne jugez pas Lord Raverson trop durement, mesdames et messieurs, je vous en prie.

Sur ce, il saisit le bras de sa femme et la guide à travers la foule. Parker et Cunningham se placent de part et d'autre de Bobby et James qui prennent les bras de Gwen et Beth. Ils se fraient un chemin parmi les spectateurs pour rejoindre en hâte la rue qui mène à leur hôtel.

Tout est terminé. Et cela s'est passé rapidement.

Bobby regarde Meredith tendre leur liste à Parker, qui l'empoche aussitôt.

— Vous feriez une excellente politicienne, Lady Meredith, déclare Parker, alors qu'ils ne sont plus qu'à quelques pas de l'hôtel.

— Oh ! je sais, je sais, répond-elle avec un haussement d'épaules nonchalant.

— J'aurais pu mettre cet imbécile par terre sans aide, marmonne Gwen, ce qui fait éclater de rire James.

— Je n'en doute pas, assure Beth. Seulement, ce n'est pas exactement l'impression qu'on aimerait donner, en l'occurrence.

— Mais le spectacle aurait été magnifique, glisse Bobby.

Son regard croise celui de James. Ils ont réussi.

— Messieurs, pouvez-vous vous assurer que Raverson reprenne bien le ferry ? demande Albie à Parker et Cunningham. Je pense que sa visite à Cowes touche à sa fin.

Parker acquiesce en passant un bras autour des épaules de Cunningham.

— Très bien. J'ai hâte de commencer nos réunions à votre retour. Félicitations pour l'excellent jeu d'acteur, à vous tous, répond Parker avec un regard vers Bobby et James.

— Merci, lui dit ce dernier d'un ton solennel.

Parker sourit et, d'un mouvement adroit du pouce, il envoie quelque chose de brillant dans leur direction. Bobby réagit d'instinct et saisit l'objet au vol. Dans le creux de sa paume, les initiales de sa chevalière scintillent dans la lumière du matin.

— Merci, souffle Bobby en croisant le regard de Parker.

— Les secrets ne sortent pas d'ici, jamais, répond-il avec sérieux.

Puis, sans cérémonie, il se détourne r, et laisse Cunningham le ramener vers la marina pour faire monter de force Raverson dans le prochain ferry.

Ils restent tous les six là, l'esprit encore embrumé des derniers événements, Beth appuyée au bras de Bobby, Gwen à celui de James.

— Petit déjeuner ? suggère brusquement Meredith.

— Ah, enfin ! s'exclame Beth et ils éclatent tous de rire.

La main de James effleure celle de Bobby, tandis qu'ils reprennent le chemin de l'hôtel au bras de leurs fiancées respectives. Ses doigts agiles récupèrent la chevalière au creux de sa paume.

— Tu m'as promis une bague, murmure-t-il.

Bobby rit, le cœur incroyablement léger.

— Absolument.

Les joues de James rosissent tandis que leurs regards se mêlent un long moment. Bobby prend une inspiration heurtée. Ils sont enfin saufs, libres d'être eux-mêmes, libres de s'aimer et d'évoluer dans le monde, armés non seulement du soutien de leur famille, mais de celui de toute une communauté protectrice.

Tout ce qu'il reste à faire, c'est se marier pour de bon... après avoir affronté oncle Dashiell.

# 32

*James*

— Laisse-moi la brûler.

James baisse les yeux sur la lettre froissée dans son poing.

— Ça va, assure-t-il.

— Tout de même, insiste Reginald en lui prenant doucement la lettre des mains. Ni ta mère, ni toi n'avez besoin de vous inquiéter de lui.

James regarde Reginald fourrer le papier froissé dans sa poche. Il a raison. Cette lettre n'a plus aucun poids dans leur vie, désormais.

— Ne le laisse pas te miner. C'est une belle journée, lui rappelle Reginald en le tenant par les épaules.

James s'oblige à acquiescer.

— Et préviens bien Miss Wilson qu'elle doit être prête à 8 heures ce soir.

— Je le lui dirai sans faute, promet James.

Reginald a un sourire ravi. Il croit savoir que son plan implique Miss Wilson, Thomas Parker et un repas délicieux... Reginald lui presse les épaules une dernière fois, avant de le pousser vers la porte.

James pousse une profonde expiration et rejoint la cour où résonne la célèbre musique. Ce que son futur ex-beau-père pense de lui n'a plus d'importance. Pourtant, alors qu'il s'avance à pas rapides vers son avenir, le poids de son passé pèse lourd sur ses épaules.

De fait, Griggs lui a envoyé ses félicitations, apparemment fier de lui pour avoir mis la main sur la dot des Havenfort et heureux qu'il poursuive l'illustre lignée des Demeroven avec une alliance aussi prestigieuse. Quelle pourriture...

James se moque éperdument de l'argent de Gwen et il n'y aura pas d'héritier au titre ou à la fortune des Demeroven. La lignée s'éteindra avec lui. Il fera de son mieux tant qu'il disposera du titre pour œuvrer charitablement, puis il le laissera mourir.

Hélas, même ainsi, il a ressenti une émotion primitive, instinctive en lisant le mot « fier » écrit de la main de son beau-père. Visiblement, cela a réveillé il ne sait quelle blessure d'enfance qui se refermera avec le temps.

Aujourd'hui, il avance vers sa véritable famille, celle qu'il a choisie, celle qu'il a construite, alors il laisse les mots de son beau-père derrière lui.

Distrait, ce n'est que lorsqu'il sonne à la porte des Havenfort qu'il se rappelle la raison de sa présence et la seule pour laquelle il doit se sentir anxieux.

Miss Wilson lui ouvre et le tire aussitôt à l'intérieur, rayonnante.

— Ils vous attendent tous.

James rit, surpris, et se laisse entraîner à travers le hall jusqu'au salon.

— Je suis pourtant à l'heure.

— C'est vrai... contrairement à Miss Gwen. Je vous souhaite bien du plaisir avec elle, qui est allergique à la ponctualité.

— Je le garde en tête, répond-il en réprimant un nouvel éclat de rire. Au fait, Reginald vous fait dire d'être prête pour 8 heures ce soir.

— Oh ! parfait, dit Miss Wilson. Et maintenant, profitez.

Elle ouvre la porte du salon et le pousse à l'intérieur, avant de disparaître vers l'escalier sans qu'il ait eu le temps de la remercier.

Il est aussitôt accueilli par Mrs Stelm qui lui demande quel est son thé préféré, pendant que Mrs Gilpe lui retire sa veste. Il tente de répondre que le parfum du thé importe peu, mais à leur tour elles disparaissent dans un tourbillon. Puis Beth apparaît et le guide jusqu'à un sofa, auprès de Gwen et elle. Bobby lui sourit depuis un fauteuil, les joues rosies et bébé Frederic dans les bras.

— Maman et Lady Harrington sont décidées à ce que la réception se tienne ici, mais on voulait d'abord ton opinion, pour être sûr que tu ne veux pas plutôt...

— Dans la résidence Demeroven ? Seigneur, non ! s'exclame James.

— Fort bien, dit Lady Harrington. Je serai heureuse de fournir le trousseau de linge, nous avons toujours celui du mariage de Meredith.

— Ce serait merveilleux, la remercie Cordelia avec un sourire à la ronde. Albert, tu pourras emmener James et Bobby faire faire leurs costumes ?

— Bien sûr, répond celui-ci debout près de la fenêtre, un verre à la main. Oncle Dashiell a déjà pris rendez-vous chez le tailleur.

— Je vous accompagnerai pour m'assurer que tout est parfait, intervient celui-ci.

James a un léger sursaut, car il n'avait pas vu leur oncle, un peu en retrait dans un autre fauteuil. Surtout, regarder Bobby murmurer de douces paroles au bébé est tellement captivant qu'il ne voit plus rien autour. Ce spectacle provoque d'étranges soubresauts dans son ventre et sa poitrine, alors il se force à détourner le regard et croise celui de Gwen qui vient clairement de le surprendre en pleine contemplation amoureuse de Bobby.

Avec un sourire, elle lui donne un léger coup de coude qui le fait rougir.

— Et les licences ? s'enquiert Lady Harrington.

— Tout est arrangé, répond Albert. Les bans seront expédiés, mais sans une urgence qui créerait l'alarme.

— Juste des jeunes gens amoureux pressés, approuve Lord Havenfort.

— En fait, Lord Demeroven, je prends conscience que je n'ai pas eu l'occasion de vous féliciter, fait remarquer Lady Harrington.

Ce n'est qu'à ce moment-là que l'esprit de James fait le lien. En vérité, il devrait être absolument mortifié, étant donné que la dernière fois qu'elle l'a vu, il était...

— J'étais si heureuse d'apprendre vos fiançailles, poursuit-elle. Abandonner les amitiés d'école pour les joies du mariage sera pour vous un grand bonheur, j'en suis sûre.

James cligne des yeux, sans bien savoir comment prendre ses félicitations. Cependant, Bobby, Gwen, Meredith et Albert font visiblement de gros efforts pour ne pas rire, il a donc dû manquer quelque chose. Poliment, il répond :

— Un grand merci, Lady Harrington, cela signifie beaucoup pour moi.

Elle lui sourit avant de reprendre avec Cordelia leur discussion sur les préparatifs. James se renfonce contre le dossier et croise le regard amusé de Bobby. Il meurt d'envie de savoir quelle est la plaisanterie qui lui a échappé.

Tout à coup, Lord Havenfort se lève et frappe dans ses mains.

— Le moment me semble tout indiqué ! Robert, James, venez dans mon bureau, s'il vous plaît.

La nervosité l'envahit d'un coup. Bobby et lui ne peuvent même pas échanger un regard, tandis qu'ils suivent Dashiell devant le grand escalier avant de parvenir à son bureau. James a les paumes moites et la sensation que son nœud de cravate l'étrangle lentement mais sûrement.

Tous deux mal à l'aise, ils s'installent dans les fauteuils de cuir qui font face au vaste bureau. James tente de desserrer son col. Le mouvement fait bouger la chevalière de Bobby qu'il porte à même la peau, au bout d'une chaîne, cachée à la vue de tous. Cela lui donne la force de tourner les yeux vers Bobby qui répond à son regard, le visage pâle. Une même grimace crispe leurs traits quand ils entendent les portes de la pièce grincer en se refermant.

— Oncle Dashiell, commence Bobby d'une voix tendue.

Mais leur oncle lève une main pour le faire taire et les dévisage tour à tour.

— Protégerez-vous mes filles ?

James et Bobby échangent un regard circonspect.

— Euh, oui, balbutie James.

Dashiell lève un sourcil et James répète avec plus d'assurance :

— Tout à fait. De toutes nos forces.

— Et ferez-vous tout ce qui est en votre pouvoir pour les rendre heureuses ?

— Évidemment, répond Bobby.

Un petit sourire apparaît sur les lèvres de Dashiell.

— Et acceptez-vous que mes avocats établissent pour chacun un contrat de mariage qui assurera que chacune d'elles sera protégée dans l'éventualité de votre décès ?

— Absolument !

Le ton révolté de James fait sursauter Bobby et Dashiell le regarde avec étonnement. James déglutit et lutte contre la brusque crise de nerfs qu'il sent monter en lui.

— Je veux dire… Je ne ferais – *nous* ne ferions jamais rien – qui puisse placer Beth ou Gwen dans une situation comme celle qu'a vécue ma tante. Je serai plus qu'heureux de léguer toute ma fortune à Gwen, en vérité.

— C'est une bonne chose à savoir, dit Dashiell.

— J'en ferai de même pour Beth, affirme Bobby. Même si, bien sûr, mon geste n'a pas la même valeur…

Dashiell pose sur lui un regard adouci.

— Ça ne le rend pas moins appréciable pour autant. Merci

à vous deux. Il ne me reste donc plus qu'une seule question à vous poser.

James crispe les poings, impatient de réussir cet examen et de rendre son oncle fier, car il n'y a plus que son approbation à lui qu'il recherchera désormais et, pour la première fois de sa vie, il sent que cet objectif – rendre fier une figure paternelle – n'est pas inatteignable.

— Je suis ravi de constater combien vos mariages et votre installation à tous les quatre sur le domaine Demeroven rendent mes filles heureuses et les mettent à l'abri. Néanmoins, je tiens à m'assurer que vous deux êtes également heureux et prêts à la vie que vous vous apprêtez à mener.

Devant le visage redevenu sévère de Dashiell, Bobby prend la main de James. Rassuré par ce contact, James sourit à leur oncle. Cette question-là est de loin la plus facile.

— Nous le sommes, mon oncle. Et nous vous sommes infiniment reconnaissants de votre aide et de votre soutien.

Dashiell se laisse tomber dans son fauteuil, soudain beaucoup moins impressionnant et intimidant.

— Alors, tout est parfait ! conclut-il avec un sourire rayonnant. Je convoquerai les avocats dès demain. Pour le reste, je m'en excuse d'avance, mais je vous laisse entre les griffes de ma femme, de mes filles et de Lady Harrington.

Bobby éclate de rire et James sent toute nervosité le quitter.

— Qu'ont-elles prévu ?

— Eh bien, pour faire taire toute rumeur, il n'y a pas d'autre choix que d'organiser le mariage le plus extravagant de la Saison, vous en conviendrez ?

Dans le petit sourire cynique de Dashiell, James retrouve Gwen. Il sait déjà qu'ils vont endurer ensemble les misères d'une telle cérémonie.

— Pour ma part, j'ai hâte de me lancer dans les achats ! lance Bobby avec enthousiasme.

Cette fois, James se renfonce dans son fauteuil. Il n'avait pas songé à cela, mais effectivement, entre les costumes de cérémonie, les fleurs, les cartons d'invitation… il y aura tellement de préparatifs à organiser pour leurs mariages qu'il en a le tournis.

Dashiell lui tend un verre de scotch qu'il ne l'a même pas vu servir, trop occupé à songer à ce que Prince a dû faire pour son propre mariage.

— On y survit, James, c'est promis, assure-t-il avec un clin d'œil, au moment même où les portes s'ouvrent.

— Bobby, il est temps d'y aller ! déclare Gwen en tenant à la main ce qui ressemble à des coupons de dentelle.

— Tout à fait, déclare-t-il en se levant prestement.

Il referme sa veste, sourit à Dashiell et pose un baiser sur la joue de James.

— Nous serons de retour dans quelques heures.

— Où est-ce que vous allez ? interroge James en sursautant presque lorsque c'est au tour de Beth d'apparaître, le bébé dans les bras.

— Acheter des robes, dit-elle en lui tendant sans cérémonie le petit Frederic, avant de lui prendre son verre des mains pour en avaler le contenu.

James reste là, interdit, un bébé joueur dans les bras.

— Tu t'habitueras à leur manque de manières, promet son oncle.

— Oui, oui, répond-il en souriant au bébé. Ils sont tous bruyants et désordonnés, mais c'est comme ça qu'on les aime, n'est-ce pas ?

Dashiell rit et James lève les yeux en rougissant. Apparemment, les bébés ont un effet immédiat sur le cerveau…

— Mon oncle, je veux que vous sachiez que jamais je ne ferai vivre à Gwen ce que mon oncle et mon beau-père ont infligé à votre épouse, reprend-il, les yeux dans les siens. Je n'ai pas encore eu l'occasion de le dire à ma tante, mais ce qui lui a été fait est déplorable et je tiens à lui présenter mes excuses ainsi qu'à vous, au nom de ma famille. Je promets d'utiliser le titre à bon escient à l'avenir, et pour Beth aussi.

Dashiell ouvre la bouche pour lui répondre, quand sa femme déclare depuis la porte laissée ouverte :

— C'est très aimable à vous et parfaitement inutile, assure-t-elle en approchant.

Bon sang ! Il ne l'a pas entendue approcher. C'est sans nul doute d'elle que Beth tient son caractère discret. Sur ce, Albert entre à son tour, beaucoup moins silencieusement, et se laisse tomber sans façon dans le fauteuil abandonné par Bobby.

— J'apprécie sincèrement vos excuses, James, mais ce n'est pas à vous de me les présenter. Vous n'êtes aucunement responsable, affirme Cordelia en rejoignant son époux.

— C'est aussi ce qu'a dit Beth, répond James. Néanmoins, je tenais quand même à vous le dire.

— Ma fille est une jeune femme intelligente, déclare joyeusement Cordelia. Tout ce que je vous demande, c'est d'être un bon mari pour Gwen, un bon ami pour Beth, et le partenaire de vie que Bobby mérite. Ainsi, il n'y aura jamais aucun souci entre nous.

— C'est entendu, promet James, submergé par une douce chaleur presque violente.

C'est quelque chose de puissant et de doux à la fois, venu de l'enfance, comme lorsque, petit, il serrait son ours en peluche si fort qu'il aurait pu lui arracher la tête.

— Buvons à cela ! s'exclame Dashiell.

Albert lève son verre et s'apprête à porter un toast quand il est interrompu par la voix de Gwen en provenance de l'entrée :

— Cordelia ! Nous partons !

Dashiell émet un reniflement outragé, Albert éclate de rire et Cordelia lève les yeux au ciel en soupirant avec tendresse :

— Voilà notre croix...

Elle se hisse sur la pointe des pieds pour embrasser son époux, puis elle marche jusqu'à James et caresse tendrement la joue de son fils, avant de répondre d'un sonore :

— J'arrive !

Depuis le bureau, ils écoutent le vacarme des filles et de Bobby qui s'agitent dans l'entrée. James baisse les yeux vers le nouveau-né qui a fini par s'endormir dans ses bras. Il sait déjà qu'ils trouveront tous deux parfaitement leur place dans cette famille. Peut-être que le petit Frederic et lui seront les seuls calmes au milieu du chaos... Mais maintenant qu'il y pense, James prend conscience que le calme d'Epworth ne lui manque plus vraiment. Il est heureux d'être entouré par les rires, le chahut et l'amour.

Albert et Dashiell discutent de l'agenda parlementaire de la prochaine session, mais James n'écoute pas, concentré sur les adorables petits mouvements involontaires du bébé endormi. Une nouvelle vague de mélancolie monte en lui.

— Cunningham pense qu'un amendement pourrait être voté, à la suite de la loi sur la médecine, concernant l'établissement de règles dans les orphelinats.

Les mots d'Albert le ramènent au présent et, brusquement, une idée, pourtant évidente, s'impose pour la première fois à lui.

— Combien d'enfants du Foundling Hospital ont besoin d'un toit ? demande-t-il brusquement.

Dashiell lui sourit d'un air étrangement entendu.

— Je crois que tu devrais discuter de cela avec ta fiancée, elle a quelques idées sur le sujet...

Il risque à tout moment de fendre le marbre du petit vestibule, qui ne pourra résister bien longtemps à ses allées et venues frénétiques.

Bien sûr, il est tellement impatient de découvrir Beth et Gwen dans leurs robes... et Bobby dans son costume de mariage. Mais dans le même temps il aimerait que la cérémonie soit derrière eux, tout comme la réception qui suivra, afin d'être déjà en route pour Douvres.

Si elles savaient ce qu'il espère, Gwen et Beth l'étrangleraient sûrement de leurs mains : elles ont passé les trois dernières semaines dans un brouillard de panique et de frénésie pour tout planifier, avec l'aide de Cordelia, de sa mère et de Lady Harrington.

Quant à James, il s'est retrouvé exclu de toutes leurs réunions... à son grand soulagement.

La communauté autour de Parker s'est unie et leur coopération a permis de créer plusieurs opportunités d'affaires qu'aucun d'eux n'avait envisagées par le passé. En conséquence, James a régulièrement discuté avec Parker, Cunningham et de nouveaux associés, tout en maintenant ses échanges hebdomadaires avec Albert et Dashiell concernant les questions du Parlement.

Ainsi, il a à peine vu Bobby. Alors, maintenant qu'il attend de rejoindre la nef de l'église pour épouser Gwen, il supporte fort mal que Bobby soit en retard. Le vitrail étroit au-dessus de lui projette des taches de couleur sur le sol et il les écrase du pied, anxieux.

Il est sur le point de rejoindre la nef pour avoir quelque chose à faire, n'importe quoi, quand les portes du vestibule s'ouvrent sur Bobby.

James perd le souffle face à lui. Bobby se redresse et ferme la porte derrière lui, puis il lui fait face et toute la colère de James s'évanouit en un instant. Son amant est resplendissant dans sa queue-de-pie noire, le torse moulé dans une chemise blanche parfaitement ajustée. Son nœud de cravate est un peu de travers et ses cheveux légèrement désordonnés après ce que James devine être des passages nerveux de ses doigts. Il est absolument parfait et James se sent fondre.

— Tiens, lance Bobby en s'avançant vers lui, la paume ouverte.

James découvre un anneau d'or à l'intérieur et cligne des yeux, perdu.

— Les alliances ne devraient-elles pas être entre les mains du neveu de Cunningham ?

— J'ai pensé que nous pourrions le faire pour nous... pour la première fois.

James lève les yeux et croise son regard.

— Pour nous ?

Bobby pose son autre main sur le torse de James, qui prend l'anneau en tremblant. Avec un sourire, Bobby lève sa main gauche et glisse l'autre anneau à l'annulaire de James... où il est très vite arrêté par la première phalange.

James ne peut s'empêcher de rire, les yeux embués.

— Bon... c'est beaucoup moins romantique que prévu, soupire Bobby. Tu n'es pas obligé de...

Mais James est déjà en train de passer l'anneau à son doigt, où il reste également bloqué. Apparemment, les doigts de Bobby sont nettement plus larges que ceux de Gwen.

— Et voilà, souffle-t-il en plongeant son regard dans le sien.

Ils rient ensemble et Bobby l'embrasse. James prend son visage dans ses mains pour le sentir plus près de lui encore. Le bras de Bobby s'enroule autour de sa taille et ils restent ainsi enlacés, dans les rayons de lumière du vitrail, seuls dans un silence incroyablement paisible, comblés par une promesse scellée avec des alliances trop petites.

Un coup frappé à la porte les sépare brusquement et James enlève à regret son anneau, tandis que Bobby lutte pour se débarrasser du sien avec une grimace.

— C'était une jolie idée, murmure James en le voyant regarder l'anneau.

— Et c'est l'idée qui compte ? demande Bobby.

— Oui, parce que je saurai que tu as porté cet anneau avant Gwen.

— Et toi, avant Beth, acquiesce Bobby.

Un autre coup, plus insistant, retentit.

Dans un gloussement, Bobby l'attire pour un dernier baiser, une seconde avant que la porte ne s'ouvre sur Albert.

— Cunningham vient de me dire que les bagues ont disparu, annonce-t-il, catastrophé.

Bobby rougit et lui tend les anneaux.

— Qu'est-ce... ? Non, je préfère ne pas savoir... Vous avez deux minutes, dit-il avec un clin d'œil à James avant de refermer la porte.

— Je suppose qu'on y est, dit Bobby avec un haussement d'épaules.

James le rejoint pour rajuster sa cravate.

— On y est.

— Tu es prêt ? demande Bobby en le couvrant de son regard incroyablement doux.

— Je suis déjà dans notre chambre à Douvres, en train de t'arracher ton costume avec les dents, répond-il en savourant la réaction stupéfaite de Bobby.

— Tu...

Un nouveau coup à la porte lui coupe la parole.

— Allons nous marier, lance James en se penchant pour l'embrasser une dernière fois sur la joue.

Il ajuste sa veste et vient se placer à côté de Bobby qui lui serre brièvement la main.

James lève les yeux vers lui.

— Je t'aime, souffle Bobby.

Le sourire de James s'élargit un peu plus.

— Moi aussi, je t'aime.

Quand ils émergent sur le parvis de l'église après le tourbillon de la cérémonie, James serre fort la main de Gwen dans la sienne, impatient de commencer cette vie qu'ils se sont choisie. Une vie qui permet à chacun d'eux d'être pleinement qui il est et d'être aimé pour cela.

Dashiell et Cordelia les étreignent avec force, avant de faire de même avec Bobby et Beth.

Puis, ils se placent tous sur les marches, prêts à prendre la pose pour le photographe. Lorsque celui-ci disparaît sous la toile de sa machine, James sent le petit doigt de Bobby effleurer le sien et il adresse un sourire rayonnant à l'objectif.

Sa vie peut enfin commencer et il a l'intention d'en saisir chaque moment de joie.

# Épilogue

*Cinq ans plus tard*

*Bobby*

Ce sont les gloussements qui les tirent d'abord du sommeil, aussitôt suivis d'un choc et d'un « chut » murmuré trop fort.

Bobby sourit contre l'épaule de James qui grommelle en se serrant contre lui, avant de tirer le drap au-dessus de leurs têtes.

— James, souffle-t-il.

— Je dors, proteste ce dernier en enfonçant la tête dans son oreiller. Trop tôt.

— Je n'aurais jamais cru voir ce jour arriver, s'amuse Bobby. Je t'ai épuisé,

— Oui, marmonne James en se pressant contre lui d'une façon qui ne risque pas de les aider à sortir du lit. Et le whisky a aussi sa part de responsabilité.

Bobby se penche pour embrasser la peau brûlante de sa nuque.

— Parker t'a bien eu, hmm ?

— Il n'arrêtait pas de faire poser de nouvelles bouteilles à notre table et on parlait du terrain pour l'orphelinat, alors... Tu savais que Lady Ashmond tenait mieux l'alcool que nous deux réunis ? geint James, la voix enrouée.

Décidément, il a bien fait de choisir de rester au calme à la maison à jouer aux échecs avec Miss Wilson.

— Je veux un rapport détaillé sur les progrès accomplis avec l'orphelinat !

— Quand j'aurai retrouvé mes esprits, acquiesce James. C'était une bonne soirée... Chez Parker et... ensuite.

Bobby se penche pour lui voler un baiser. C'était une excellente soirée, et ils y sont peut-être allés un peu fort. Seulement, James doit partir pour deux mois dans deux jours, et ils doivent faire des réserves pour tenir...

— Donc, si je descends préparer le petit déjeuner, tu referas ce que tu as fait avec ta langue pour...

— Oui, oui, pars, s'écrie James en le poussant hors du lit, avant qu'ils se retrouvent emmêlés entre les draps et que des petits curieux ne viennent jeter un œil.

— Très bien, très bien, lance Bobby en enfilant pyjama et robe de chambre. Je peux te faire gagner encore trente minutes.

La main de James émerge de l'amoncellement de draps, couvertures et oreillers, elle esquisse un geste vague, puis retombe inerte.

Avec un sourire, Bobby sort sans bruit de la chambre et écrit un petit mot qu'il coince sous la poignée pour s'assurer que personne ne vienne nettoyer leur suite aujourd'hui. Nul besoin que les domestiques soient témoins de leur nuit de folie.

Il s'efforce de rester joyeux lorsqu'il traverse la maison, les bras croisés pour lutter contre le froid de l'hiver qui arrive doucement. C'est toujours difficile pour lui quand James doit partir à Londres, mais il ne choisit pas le calendrier parlementaire. Et puis, ils seront de nouveau réunis pour les fêtes de fin d'année. Ensuite, avec un peu de chance, ils pourront tous rentrer à la maison avant le début de la Saison.

Il aperçoit Georgie et Henry au rez-de-chaussée, les épaules des deux valets se touchent tandis qu'ils épluchent des pommes de terre juste devant la porte de la cuisine. Il faudra peut-être revoir bientôt l'organisation des chambres dans les quartiers des domestiques...

Il les salue d'un hochement de tête et retient un sourire devant leur gêne. Ils sont parvenus à créer un refuge, non seulement pour eux, mais pour tous ceux qui travaillent à leur service. Un endroit où chacun peut vivre en accord avec ce qu'il est, aimer qui il veut. Dans la mesure où tout cela se passe loin des regards impressionnables, tout fonctionne à la perfection.

Pour l'heure, les petits yeux curieux des enfants ne se préoccupent que de leurs parents. Beth et Gwen ont été prises en flagrant délit par la petite Martha, confuse, lors d'une escapade dans la cabane de Beth. La pauvre en rougit encore à chaque fois qu'elles viennent.

— *Daddy !*

Bobby sourit en entrant dans la cuisine où Martha et Sammie sont déjà installés autour de l'immense table en chêne, de la confiture étalée sur leurs visages et leurs tabliers.

— Bonjour, mes chéris, dit-il en parcourant le sol de pierre brute pour poser un baiser sur les cheveux emmêlés de Sammie et la joue de Martha. Mmh... Confiture de fraise ?

— Miss Wilson a dit que nous pouvions la finir, répond sérieusement Martha en tapotant le banc à côté d'elle pour qu'il s'y installe.

Il s'exécute et note au passage que les enfants sont déjà habillés. La robe à petites fleurs de Martha s'accorde à merveille avec son tablier en dentelle, même maculé de confiture. Sammie porte un pantalon et une chemise bleus sous son tablier à manches longues blanc. Ses yeux clairs se posent enfin sur Bobby à qui il sourit timidement. Le matin, il est toujours ainsi, sur la réserve, mais d'ici à l'après-midi il criera aussi fort que sa sœur.

— Combien de temps avant qu'elles arrivent ? demande Martha, tandis qu'il étale du beurre sur un scone.

— Une heure, environ.

Bobby ne peut retenir un petit rire devant la moue déçue de Martha. Avec ses grands yeux bruns et ses cheveux longs de la même teinte, elle est exactement telle qu'il s'imagine Beth à sept ans.

— C'est trop loooong !

— Le soleil vient à peine de se lever, lui dit Bobby. Sammie est encore à moitié endormi.

— Sammie n'est jamais vraiment réveillé avant midi, rétorque-t-elle.

— Et on l'aime comme ça. Papa aussi dort parfois tard.

— Bien sûr qu'on l'aime comme ça, répète-t-elle.

Sa petite main tapote la tête de Sammie, ce qui a pour effet d'étaler de la confiture partout dans ses cheveux.

Sammie ne cligne même pas des paupières, occupé à mâcher lentement son scone. Il va peut-être falloir leur faire prendre un bain avant que tout le monde arrive, sinon Dashiell et Cordelia vont s'imaginer qu'ils laissent leurs enfants couverts de confiture.

— Oh ! délicieux !

— Maman ! s'exclame Martha en sautillant sur le banc.

Beth lui sourit depuis la porte qui mène à l'extérieur. Perché sur sa hanche, le petit Louie se frotte encore les yeux. Beth fait passer sa large jupe à crinoline dans l'encadrement étroit, encore peu habituée à ce nouvel accessoire à la dernière mode, certes, mais fort peu pratique dans les petits espaces. Sa robe simple est élégante et Bobby se sent soudain inquiet d'accueillir leurs invités en pyjama.

— Je vois que le réveil n'a pas été matinal chez vous non plus, s'exclame Beth en déposant Louie dans sa chaise haute. Bonjour, mes chéris.

Elle fait le tour de la table pour embrasser les enfants, puis s'installe près de Louie à qui elle tend un scone qu'il s'empresse de réduire en miettes de ses petites mains maladroites.

— *Daddy* dit qu'ils seront là dans une heure, lui dit Martha.

— Tout à fait.

— Seigneur ! Tu es encore en pyjama, comme c'est fâcheux ! lance Gwen en entrant à son tour.

Sa tenue est assortie à celle de Beth, si ce n'est qu'elle est bleue et non verte et qu'elle n'a pas pris la peine de dompter sa cascade de boucles blondes.

— Le cérémonial t'importe, tout à coup ? réplique Bobby, tandis qu'elle embrasse les enfants.

Elle ébouriffe amicalement ses cheveux avant de s'asseoir près de Beth.

— Père se moque bien de te voir en pyjama, mais Meredith ne va pas manquer de te taquiner.

— Je peux le supporter, décide Bobby avec un clin d'œil à Martha. Tu as vu, ma belle ? *Mummy* a les mêmes boucles que toi aujourd'hui.

Martha adresse un sourire rayonnant à Gwen qui lui souffle un baiser.

— Pourquoi maman n'a pas les mêmes boucles ? questionne-t-elle en regardant Beth qui se met à rire.

— Parce que tout le monde n'a pas eu la chance de recevoir tes magnifiques cheveux.

— Ou la patience de laisser Miss Wilson travailler les boucles au fer, marmonne Gwen.

Beth lui envoie un coup de coude.

— J'adore tes boucles, ma chérie, dit Beth à Martha. Et Mr Sammie, comment vas-tu ?

Il lève les yeux sur elle et esquisse son timide sourire.

— Bien, souffle-t-il.

— Tu as bien dormi ici avec tes papas ? le questionne Gwen.

D'ordinaire, les enfants passent quelques jours chez elles, puis quelques jours chez eux, mais Louie s'est comporté comme un petit pot de colle la veille, alors Beth et Gwen l'ont gardé avec elles à Drightmore Cottage, qu'elles occupent juste à l'entrée du domaine.

Officiellement, le cottage est à Beth et lui, tandis que James et Gwen sont supposés vivre ici, à Demeroven Hall. Ils ont rapidement décidé que Beth et Gwen seraient mieux installées dans le cottage.

Les enfants partagent donc leur temps entre les deux, ainsi chacun peut profiter de quelques nuits de tranquillité de temps en temps. Ils sont tous papa et maman pour les enfants qui adorent organiser de fantastiques parties de cache-cache entre les deux maisons. Martha détient le record après être restée quatre heures cachée, ce qui a bien failli provoquer quelques attaques cardiaques chez les adultes. Dire qu'elle n'avait que quatre ans à l'époque…

— Est-ce que papa James doit vraiment partir ? lui demande Martha, tandis que Beth et Gwen adressent des sourires à Sammie.

Bobby baisse les yeux vers elle. Son petit visage peut être tellement sérieux, parfois.

— Oui, il n'a pas le choix. Mais il nous écrira chaque semaine et nous le reverrons pour les vacances.

— OK, lâche-t-elle dans un murmure, l'expression attristée.

Bobby sent son cœur se serrer. Sa fille est tellement attachée à James.

— Hé ! Avec Sammie et Louie, on va bien s'amuser. On va fabriquer des forts, rester dans la cabane de maman Beth jusqu'à ce que nos lèvres soient bleues de froid, et on jouera à toutes sortes de jeux. Et tes mamans viendront jouer avec nous. Tu vas tellement t'amuser que les semaines passeront en un éclair, et hop, on retrouvera papa à Londres.

— Et Johnnie et Frederic ?

— Eux aussi, répond Gwen. Ils seront avec tante Meredith et mamie Cordelia. Et j'ai encore mieux, ajoute-t-elle avec un clin d'œil à Bobby. Tu sais qui sera là pendant ces deux prochains mois ?

— Qui ça ? demande Martha en gloussant d'impatience.

— Mrs Stelm et Mrs Gilpe ! s'exclame théâtralement Gwen.

Martha et Sammie poussent un cri d'excitation auquel se joint Louie, les joues maculées de confiture.

— Elles sont impatientes de vous voir tous les trois.

— Est-ce qu'elles pensent toujours à s'organiser avec Lady Ashmond pour adopter un enfant ? interroge Bobby.

Beth hausse les épaules.

— Je ne sais pas. Je suis certaine que mère et Dashiell pourraient se passer d'elles si c'est ce qu'elles veulent. En revanche, je ne suis pas sûre qu'elles soient prêtes à abandonner leur vie londonienne.

— Et il n'y a aucun moyen d'organiser tout cela à Londres ? s'enquiert Gwen.

— Ce serait bien plus compliqué. Mais j'y pense... Marchston Cottage est toujours à vendre, non ? demande Beth à Bobby.

— Oui. Il est situé juste à côté du terrain que James et Parker envisagent d'acheter pour l'orphelinat. Ce serait parfait pour elles.

— Je suis sûre que Lady Ashmond serait heureuse de les engager. Elles s'occuperaient merveilleusement d'un enfant. Presque aussi bien que nous, conclut Gwen avec une grimace à l'adresse des petits.

— Je sais que Miss Wilson serait ravie de les avoir près d'elle.

— Gilpe et Stelmie viendraient ici tout le temps ? s'écrie Martha.

Cela devient difficile d'avoir des discussions d'adultes au petit déjeuner, désormais...

— Peut-être, répond fermement Beth, mais n'espère pas trop non plus et ne les ennuie pas avec ça. Elles doivent décider elles-mêmes où et comment elles souhaitent vivre.

— Mais tout le monde devrait vivre ici ! insiste Martha. Comme ça, on pourrait tous jouer ensemble et tout le monde pourrait embrasser qui il veut !

Bobby étouffe un rire dans sa tasse de thé, pendant que Gwen camoufle le sien derrière une quinte de toux.

— Oui, nous sommes tous heureux ici, et c'est tout ce qui importe, déclare Beth avec sérieux.

Elle est bien meilleure qu'eux tous quand il s'agit de discuter de sujets importants avec les enfants, alors que Gwen et lui gloussent comme des idiots, même après quatre ans d'entraînement en tant que parents.

— À propos de quoi tout ce raffut ?

Martha poussa un cri de joie en repérant James debout dans l'embrasure de la porte. Il porte un pantalon beige et une veste verte, et Bobby commence à se sentir un peu ridicule, maintenant qu'il est le seul en pyjama, alors qu'ils attendent de la visite.

— Papa, papa, *daddy* a promis qu'on pourrait construire des forts avec Johnny et Frederic !

James lui adresse un sourire, avant de se glisser entre Martha et Sammie qu'il installe sur ses genoux. Aussitôt, le petit garçon se blottit contre lui, heureux de trouver ce refuge. James écoute Martha et répond à ses questions, tout en faisant des grimaces à Louie.

Beth et Gwen discutent de leur programme de la journée, et Bobby reste simplement assis, à observer les uns et les autres.

Il n'a pas plus envie que Martha que James parte pour deux mois. Il a dû se retenir plus d'une fois cette nuit de lui demander de rester, alors qu'ils étaient dans les bras l'un de l'autre, essoufflés et comblés. Seulement, James a une mission. Il va dans le monde pour eux aussi, pour faire des lois plus justes, pour travailler auprès d'Albie et assurer leur avenir financier.

Oncle Dashiell n'a pas abandonné tout espoir, mais il n'est pas certain, loin de là, que sa proposition de loi pour que les enfants adoptés puissent hériter les titres de leurs parents passe dans aucune des deux Chambres. Aussi, ils ont collectivement décidé de s'appuyer sur le titre Demeroven pendant qu'ils le peuvent – ce qui implique de gros efforts et de grosses prises de risques. Ils souhaitent tous rendre le monde plus juste pour leurs enfants, pour tous les enfants, en vérité.

Les affaires que James a lancées avec Parker ont déjà permis de créer un fonds conséquent, et ils auront le temps de faire grossir ces investissements, afin que les enfants puissent poursuivre les œuvres de charité, même une fois que les titres et les domaines seront légalement retournés à la Couronne.

Soudain, la cloche se met à sonner et Martha bondit. Elle tire Sammie hors des bras de James et l'entraîne en courant vers la porte d'entrée. Gwen prend Louie dans ses bras et Beth les suit, laissant James et Bobby seuls à table.

— Je peux te dire à quel point je n'ai pas envie de partir ? demande James.

Bobby lui sourit tristement et se lève pour le serrer contre lui.

— Je n'ai pas envie que tu partes, moi non plus. Mais tu as du travail qui t'attend et tout se passera bien ici en ton absence. La maison sera pleine de monde.

Ils entendent des exclamations et un brouhaha joyeux en provenance de l'entrée.

— Même, souffle James en glissant un bras autour de sa taille, tandis qu'ils prennent le chemin de l'entrée.

— Je t'écrirai des lettres absolument scandaleuses, promet Bobby en baissant les yeux vers James.

Dans un rire, celui-ci se hisse sur la pointe des pieds pour poser un baiser sur ses lèvres.

— Tu as intérêt…

— C'est une promesse, déclare Bobby en prenant sa main pour entrer dans le hall.

Le vacarme est assourdissant. Martha et Sammie, désormais parfaitement éveillé, sautent et courent dans tous les sens avec Frederic et le petit Johnnie qui a bien grandi. Il vient de fêter ses cinq ans et ressemble terriblement à Albie. Les quatre enfants courent entre les jambes des adultes, pendant que Cordelia embrasse Gwen, Beth et Louie qu'elle emporte immédiatement dans ses bras. Louie se laisse faire de bon cœur, occupé à jouer avec la dentelle de son col.

Bobby est bien placé pour savoir que rien n'est comparable aux câlins d'un petit de deux ans, ni à ses hurlements, d'ailleurs. Cela dit, il y a de grandes chances que Louie soit finalement le plus calme des enfants dans les semaines à venir. Qu'est-ce qui leur a pris d'inviter un petit Bertram et un petit Mason en plus pendant tout l'hiver ?

Albie et Meredith retirent leurs manteaux tout en discutant avec Dashiell qui sort une tonne de cadeaux de son sac. Frederic a pourtant un nombre tout à fait correct de jouets à Havenfort Manor, mais il semble que Dashiell soit incapable de se montrer raisonnable quand il s'agit de ses petits-enfants.

Mrs Gilpe et Mrs Stelm leur adressent un signe de la main, tandis qu'elles discutent avec Miss Wilson dans un coin. Bobby leur sourit en retour. Il espère vraiment qu'elles prendront la décision de venir s'installer tout près. Elles feraient des directrices merveilleuses pour l'orphelinat à venir, et Gwen et Beth adoreraient les avoir plus près d'elles au quotidien, sans même parler de Miss Wilson. Quant à Parker, cela le distrairait sans aucun doute. Il commence à s'ennuyer pendant leurs parties de cartes hebdomadaires.

Pour sa part, malgré le bruit et l'agitation, Bobby ne voudrait être nulle part ailleurs qu'ici, au milieu de la frénésie de sa famille pas comme les autres.

Ils ont tous vieilli, se sont assagis et sont tellement plus heureux qu'ils ne l'étaient voilà cinq ans. Il a hâte de vieillir ainsi, dans cette vie idéale avec toutes ses petites imperfections.

— J'ai déjà hâte de revenir, souffle James en s'appuyant contre lui.

Bobby sourit et pose les lèvres sur le haut de sa tête.

— Oui, s'il te plaît, reviens vite à la maison.

# Remerciements

Écrire *Un ennemi irrésistible* dans la foulée directe de *La Valse des cœurs* s'est apparenté à regarder deux incroyables spectacles l'un juste après l'autre, produits par la même équipe, mais chacun étant une expérience unique. Et à la fin du marathon on se sent exalté, épuisé et un peu surexcité. Je suis extrêmement reconnaissante à mon équipe d'avoir répondu présent à deux soirées de lancement en même temps, avec un style impeccable, du talent et un véritable enthousiasme.

À Sylvan, mon merveilleux éditeur : merci d'avoir cru en mes personnages. Pouvoir raconter l'histoire de James et Bobby (et la suite de celle de Gwen et Beth) avec toi était comme un rêve devenu réalité. Merci pour tes remarques sensées, tes commentaires hilarants et le soutien sans faille que tu as offert à Beth, Gwen, Bobby et James tout au long de l'aventure. Et celui que tu m'as prodigué.

À Allie : merci d'avoir accompagné James et Bobby (ainsi que Gwen et Beth) jusqu'au bout avec tant d'attention. Ton enthousiasme, ton énergie et ton dévouement ont été inestimables, et j'ai hâte que nous partagions encore bien des histoires.

À Stacy, ma merveilleuse agente : merci pour tes conseils, ton soutien, ton expertise et ta gentillesse pendant ce marathon. Tu as veillé à ce que je reste saine d'esprit, tu m'as fait apprendre beaucoup de choses, et tu m'as fait sourire. Je n'en serais pas là sans toi, et j'ai hâte de voir ce que donnera la suite.

À Larry, mon incroyable manager : merci d'avoir célébré avec moi chaque étape de cette aventure. Le chemin est long, et je n'aurais pas réussi sans toi. Et à toi, Devra, un immense merci.

À Wayne, un avocat d'exception : merci pour ton soutien, tes lectures, nos conversations, et tes conseils. J'espère avoir encore beaucoup de choses à apprendre de toi et à discuter avec toi.

À Leni Kauffman, pour cette superbe couverture, une fois de plus. Tu as parfaitement retranscrit la relation entre James et Bobby. Je ne me lasse pas de la regarder.

À tous les extraordinaires professionnels du monde de l'édition qui ont contribué de près ou de loin à faire de *Un ennemi irrésistible* le meilleur livre possible, merci : Erika Tsang, May Chen, Linda Sawicki, Chistine Vahaly, Diahann Sturge-Campbell, Shelby Peak, Amy Halperin, Christine Vahaly, DJ DeSmyther, Jes Lyons, Kalie Barnes-Young, Ronnie Kutys, Andy LeCount et Caroline Bodkin.

À mes bêta-lecteurs et mes *sensitivity readers*, Lovell, Kris, Zach, Becca, Lindsay, Aviva et Stacy : merci pour vos commentaires pertinents, vos suggestions et vos retours. Ce roman ne serait pas le même sans vous, et moi pas la même autrice. Vous êtes des personnes exceptionnelles !

À mes amis, qui me soutiennent de manière inconditionnelle, m'encouragent et m'aiment : merci. Vous m'envoyez plein d'énergie, me faites rire et doublez chaque fois mon enthousiasme. Je vous aime de tout mon cœur.

À Dylan, à qui ce roman est dédié : je n'en serais pas là sans ton soutien, ton amour, ta camaraderie et ta gentillesse. Mon enfance a été incroyable parce que je l'ai partagée avec toi. Et, chaque année, je suis plus heureuse et fière d'être ta petite sœur. Il n'y a rien de plus important à mes yeux que de faire partie de ton équipe.

À Dani, le dernier membre en date de l'équipe Alban : je suis tellement heureuse que tu sois parmi nous ! Tu nous rends meilleurs et plus forts.

À mes parents : les mots ne suffisent pas pour dire combien je suis reconnaissante d'être votre enfant. Merci pour la vie que vous m'avez offerte. Merci pour votre amour et votre soutien. *Merci !*

Et à toi, cher lecteur, qui a vécu cette aventure aux côtés de Bobby et James : merci d'avoir lu ce roman. J'espère que tu t'es autant amusé à parcourir ces pages que moi à les écrire !

À Dani, le dernier membre de notre équipe à huit ; je suis tellement heureuse que tu sois parmi nous ! Tu nous rends meilleurs et plus forts.

À mes parents : les mots ne suffisent pas pour dire combien je suis reconnaissante d'être votre enfant. Merci pour la vie que vous m'avez offerte. Merci pour votre amour et votre soutien. Merci !

Et à toi, cher lecteur qui a vécu cette aventure aux côtés de Bobby et James, merci d'avoir lu ce roman ! J'espère que tu t'es autant amusé à parcourir ces pages que moi à les écrire !